Annalen des historischen Vereins für den Niederrhein, insbesondere die alte Erzdiöcese Köln

15. Heft

SALZWASSER
VERLAG

Anonym

Annalen des historischen Vereins für den Niederrhein, insbesondere die alte Erzdiöcese Köln

15. Heft

Unveränderter Nachdruck der Originalausgabe von 1864.

1. Auflage 2022 | ISBN: 978-3-75259-586-4

Verlag: Salzwasser Verlag GmbH, Zeilweg 44, 60439 Frankfurt, Deutschland
Vertretungsberechtigt: E. Roepke, Zeilweg 44, 60439 Frankfurt, Deutschland
Druck: Books on Demand GmbH, In de Tarpen 42, 22848 Norderstedt, Deutschland

Annalen

des

historischen Vereins

für den Niederrhein,

insbesondere

die alte Erzdiöcese Köln.

Herausgegeben

von

Dr. J. Mooren. Dr. Eckertz. Dr. Ennen. Fischbach. Prof. Dr. Hüffer.

Fünfzehntes Heft.

Köln, 1864.

Inhalt.

Seite

Bericht des Ritters Ludwig von Eyb über des Römischen Königs Maximilian Krönung zu Aachen im Jahre 1486.

Mitgetheilt von **Joseph Baader**, königl. Archiv-Conservator zu Nürnberg.

Es wird hier ein Bericht über die Krönung des neugewählten Römischen Königs Maximilian I. zu Aachen im Jahre 1486 veröffentlicht. Derselbe ist meines Wissens noch ungedruckt. Er findet sich in den Aufzeichnungen oder dem „Buch" des Ritters Ludwig von Eyb, der einer der Räthe des Markgrafen Albrecht (Achilles) von Brandenburg war und als solcher der Krönung zu Aachen beiwohnte. Er berichtet sohin als Augenzeuge. Seine Aufzeichnungen sind in einem Codex des k. Archivs zu Nürnberg zusammengestellt. Der Codex enthält 160 Folien und auf Folio 116 bis 127 den vorbezeichneten Krönungsbericht. Diese Aufzeichnungen sind aber nicht das Original, sondern nur eine im Jahre 1492 angefertigte Abschrift des „Buchs", das der Ritter „der herrschafft Brandenburg zu gut" angelegt, und worin er außer den Ordnungen des fürstlichen Haushalts, der fürstlichen Leichenbegängnisse 2c., auch andere merkwürdige Begebenheiten aufgezeichnet hat, die sich zu seiner Zeit im Reich, bei dem fränkischen Adel und anderwärts zugetragen. Das Original ist, wie es scheint, verloren gegangen.

Außer diesem „Buch" schrieb Ludwig von Eyb auch die „Denkwürdigkeiten der Brandenburgischen Fürsten", die Professor Höfler in der Quellen-Sammlung für die fränkische Geschichte (herausgegeben vom historischen Verein zu Bamberg, Bd. I.) veröffentlicht hat. — Ludwig von Eyb war ein scharfblickender Staatsmann, für die Interessen seines fürstlichen Herrn ohne Unterlaß thätig und deßhalb auch in alle Geheimnisse des Markgrafen eingeweiht. Seine Hauptthätigkeit war auf die Verbesserung des fürstlichen Haushalts, die Eröffnung neuer Finanzquellen und die Durchführung der Pläne gerichtet, die dem ehrgeizigen Brandenburger neuen Zuwachs an Land und Leuten bringen sollten. Er starb hochbetagt im Jahre 1502, nachdem er noch die Wahl seines Sohnes Gabriel zum Bischof von Eichstädt erlebt hatte.

Soviel über den Verfasser des Krönungsberichtes. — Die Krönung selbst ist darin so ausführlich beschrieben, daß sie leicht jeder Zuthat entbehren mag. Nur einige kurze Erläuterungen sind dem Texte beigegeben. — Um dem Leser einige Ruhepuncte zu bieten, wurde folgende Eintheilung gemacht: 1) Einritt zu Köln, 2) Einritt zu Aachen, 3) die Krönung, und 4) Zug ins Rathhaus und Krönungs-Banket.

1. Einritt zu Köln.

Item auff Dinstag Nach dem hailigen Ostertag [1]) als man zalt nach cristi geburt Tausent vierhundert vnd Jn dem Sechs vnd achtzigisten Jar furen vnser gnedigsten Herrn der Römisch keyser vnd konig auß zu frankfurt am Mein [2]) gen Ach, die koniglich kronung zu volbringen.

Item auff Donderstag nach dem Ostertag [3]) kam die keyserlich vnd koniglich Maiestet an den konigsstull zu Reinß an dem Rein [4]). Do thet der Ertzbischoff von Mentz ein forderung an den Römischen konig: So da er die fürsten des Reichs yeglichen solt behalten vnd lassen bey Jren alten previlegia vnd herkomen, Dergleichen solten Jm die fürsten gehorsam sein, wie von alter her auff sie pracht ist. Dar auff thet der konig ein Verwilligung.

---

1) 28. März.

2) Hier wurde Maximilian, der seit 8 Jahren seinen Aufenthalt in den Niederlanden genommen hatte, auf Antrag des Bischofs Berthold von Mainz am 16. Februar 1486 von den in der St. Bartholomäuskirche versammelten Kurfürsten einstimmig zum Römischen König erwählt und als solcher sodann nach altem Herkommen zu Aachen gekrönt.

3) 30. März.

4) Dieses zwischen Boppard und Coblenz gelegene Städtchen ist in der deutschen Geschichte berühmt wegen des sogenannten Königsstuhles, auf dem die neugewählten deutschen Könige ausgerufen wurden, und auf welchem sie den Fürsten und der deutschen Nation ihren Eid schwuren. Er steht (in neuerer Zeit wiederhergestellt) in der Nähe des Rheines unterhalb der Stadt. Diese mußte für seine Unterhaltung sorgen und genoß dafür verschiedene Freiheiten.

Item auff den nechsten freytag [1]) darnach kam vnser Her der Romisch keyser vnd konig mitsampt etlichen Curfürsten vnd andern gen kolnn, vnd In da empfiengen am Rein an der trenckengassen mit einer proceß [2]) cöstlich vnd Im entgegen gangen der Ertzbischoff von Coln:

Item zum ersten gieng vor der proceß von den gaistlichen auß dem Stifft zu Coln [3]), darnach ein groß zall der Rittern vnd edell knecht, darnach vill greuen vnd freyen,

Item ein gutte zall Trumetter,

Item heralt vnd perseuant [4]), darnach ein herolt genant Ramreich [5]),

Marggraff Albrecht von Baden,

Der Bischoff von Meyssen,

Der Bischoff von Seckawscheyt [6]),

Item darnach Hertzog Albrecht von Sachßen,

Der Ertzbischoff von Saltzburg,

Marggraff Cristoffel von Baden,

Item Marggraff Friderich von Baden trug das Creutz vor dem keyser vnd konig,

Item Hertzog Ernst trug das schwert vor dem kaiser vnd konig,

Item der keyser gieng mitten vnd der konig zu der linken seitten, vnd neben dem konig der Bischoff von Trier vnd der Bischoff von Coln dem keyser zu der rechten seytten.

Item darnach volgten vill ander fürsten, Grauen, Herrn, Ritter vnd knecht, Nemlich der Hertzog von Gellern [7]) 2c., vnd In solicher ordnung giengen sie biß zu sant Margreten kirchen an die trappen [8]), do stund der Weichbischoff von Coln vnd hielt ein kostlich Heilthumb [9]) von dem hailigen Creutz geuast In gold vnd silber, das küst der konig vnd der Ertzbischoff von Coln.

Item darnach fürt man In für die hailigen drey konig, do knyet er nyder zu sprechen sein gepett, vnd da wurd er von dan gefürt In den Chor. Vor sant petres Altar knyet er aber nider vnd hilten

1) 31. März.
2) Procession, festlicher Aufzug.
3) d. h. mehrere Mitglieder des Domcapitels.
4) Herolde von untergeordnetem Rang, Unterherolde.
5) Der kaiserliche Reichsherold.
6) Schait war der Familienname des Bischofs, Matthias sein Taufname.
7) Geldern.
8) Treppen.
9) Reliquie.

Im für die zween Ertzbischoff Coln und Trier ein Buch, darjnnen er ein collect laß. Darnach hub man an zu singen Te Deum laudamus vnd gab Im darnach presentz[1]).

Item nach solichem geschicht pleitten[2]) sie den keyser In sein hoff, vnd darnach auch den konig.

Item darnach des selbigen abents vnd des andern tags kam der Bischoff von Mentz vnd der Pfaltzgraff, bliben zu Coln biß auff Montag nach dem sontag Quasimodogeniti[3]).

Item auff Montag nach Quasimodogeniti do Reitt der Romisch keyser vnd konig mit den Bischoffen Mentz, Trier, Koln, Pfaltz, Sachßen, Bayern, Hessen, Baden biß gen Theuren[4]), vnd ist Im feld zu Im komen der Hertzog von Gülch.

2. Einritt zu Aachen.

Item auff Dinstag darnach[5]) ist der Romisch keyser vnd konig zu Ach eingeritten mit den genanten Curfürsten, fürsten vnd Herrn oben gemelt.

Item vor Ach Im feld ist zu In komen Hertzog von Cleff[6]) mit einem hübschen zeug, vnd seind In solicher ordnung eingeritten, wie hernach volgt, bei guter tag zeyt:

Item zum ersten komen der Herrn von Sachßen Trumeter vnd baucker, Irß zeugs eins tayls,

Item darnach des pfaltzgrauen Trumeter; auff die so rietten ye vier zusamen, zwen pfalßgreuisch zu der rechten hant vnd zwen Sachsischen zu der linken seytten, vnd hetten ein hübschen zeug.

Item darnach komen des Romischen keysers vnd konigs zeug, ye vier vnd vier.

Item darnach des konigs Trumetter; Item darnach Herolt vnd perseuant,

Item der Graf von Beütten, darnach Her Friderich von Egemond,

1) Die Einkünfte oder Pfründe eines Domherrn oder Collegiatgeistlichen.
2) begleiteten.
3) 3. April.
4) Düren.
5) 4. April.
6) Cleve.

darnach der Hertzog von Gellern vnd neben Im der Her von Symel [1]),

Der Bischoff von Verthun, der prost von tricht [2]),

Darnach der Hertzog von Gülch, Neben Im der Hertzog von Cleff,

Marggraff Cristoffel von Baden, Neben Im der Bischoff von Saltzburg vnd Hertzog Albrecht von Sachßen,

Item darnach der Bischoff von Tryer,

Darnach der Romreich mit des keysers wappen, rock vnd stab,

Item darnach der pfaltzgraff vnd Neben Im Hertzog Ernst von Sachßen mit dem schwert,

Der Bischoff von Coln auff der Rechten seytten,

Der Bischoff von Mentz auff der linken seytten;

Do reitt der Romische konig zwischen In.

Der Romische keyser fur auff seinem wagen.

Dem komen nach vill fürsten, Grauen vnd Ritterschafft.

Darnach kam des keysers vnd konigs zeug, ye drey vnd drey.

Item darnach kam der kolnisch zeug vnd zu letzst der Gülchisch zeug. Dye thetten glayt byß gen Ach nach Irer gepüre.

Item an dem ersten thor zu Ach, da warffen des konigs thürhütter silberj gemüntz ꝛc. [3]) vnder daz volck.

Item vnder demselben ersten thor namen dy wachter von der stat zu Ach das Roß von dem konig nach Irer gerechtigkeyt.

Item an dem selben thor stunden die Chorherrn von dem Stifft zu Ach mit einer procession vnd hetten keysers Karls haubt mit seiner kron, vnd empfiengen den Romischen konig mit lobgesang, vnd fürten In biß für die kyrchen. Da name der Erbhoffmaister Im Hertzogthumb von Gülch das ander Roß.

Darnach gieng der konig mit den fürsten In die kirchen vnd knyet nider vor dem altar vnser lieben frawen zu thun sein gebete. Do sang der Chor veni, sancte spiritus vnd das Te deum laudamus.

Darnach gieng er wider aus der kyrchen vnd gab dem keyser seinem vater mitsampt den fürsten das glayt. Also ward er auch belayt In seinen hoff von den fürsten.

---

1) Chimay (?).

2) Mastricht.

3) Silberpfennige.

3. Die Krönung.

Darnach auff Sontag Misericordias domini [1]) Anno c. lxxxvj^ten. [2]) ist der Romisch konig gekront worden In solcher ordnung wie hernach volgt:

Zum ersten, so ist vnser Herr der Romisch keyser zu fuß biß zu des konigs hoff gangen vnd den konig In die kyrchen beleytet mit den weltlichen Curfürsten vnd andern fürsten.

Item so het der konig an ein langen gulden rock, darüber ein chormantel, vnd auff seinem haupt ein guldin zeug verpriemt mit laßla [3]).

Item so seind zu morgens früe zu Syben oren [4]) die drey Ertzbischoff Mentz, Koln vnd Trier In vnser lieben frawen kyrchen zu Ach gewest, Ein Ertzbischoff von Coln als ein consecrator ganz angetan, als er zu dem altar gen solt, allein das er nit an het das meß gewandt, Sunder an stat des meß gewands het er ein kosperliche korkappen, vnd die andern zwenn ertzbischoff Mentz vnd Trier hetten an Jr pontificalia kappen vnd Inseln auff.

Item als der konig solt eingen In die kyrchen zu der krönung, do sein die vorgeschriben drey Ertzbischoff Im entgegen gangen vnd der Ertzbischoff von Coln nach den zweyen vorgenantten vnd den Romischen konig empfangen mit der procession der kyrchen von Ach vnd des Thumstiffts von Coln prelaten. Zugegen waren thumbrost, Custer, Herr Jorg von Wittichstein, Marggraff von Baden, Hertzog Ruprecht, Chorher Bischoff, der Her von Reichenstein, Maister Heinrich stain, weichofficiall, Meister Vlrich Kreydenweiß, Doctor In der gotheit vnd weltlicher recht, Item der Bischoff von Camerich, der legat In Iren pontificalen. Item der Abt der von sant Cornelius, der von sant Mertin, Abt zu sant Benignen vnd der Abt von sant Cornelius gieng In sein pontifical, die andern In Iren schwartzen habetten.

Also ward der erwelt Romisch konig empfangen mit der proceßion vnd gesang, vnd der keyser vnd konig hinein beleyt mit sampt den fürsten, wie sie vor In eingeritten waren, In der selbigen ordnung.

Item als der konig zum Ersten In die kyrchen kam haben In die zwenn ertzbischoff Mentz vnd Trier vnd — für vnser frawen altar geführt, für dy trappen des Altars, daselbst er nider knyet vnd sich

---

1) 9. April.
2) 1486.
3) Eine Art Pelzwerk.
4) Um sieben Uhr.

Creutzweyß nider gelegt auff die erden. So hat der Ertzbischoff von Coln vor vnser frawen altar her ab gedretten, vnd etlich oraciones vnd Collect über Jn gelesen.

Item darnach huben Jn die zwenn Ertzbischof Mentz auff der rechten vnd Trier auff der linken seytten den konig wider auff, vnd Jn gefürt auf seinen stull gegen vnser frawen Altar über vnd Jn darauff gesetzt, vnd sie bayd einer staffeln niderer mit Jren ornatten vnd Jnfeln.

Item also bald ward vnser Her der keyser hinter seinem stull in sein keyserlich habet angethan mit auffgesatzter kron, vnd setzt sich auff sein stull, der ein staffel hoher was dan des konigs. Vnd stunden auff der rechten seytten bey vnser frawen altar vnd bey Jm sassen auff der linken seitten der pfaltzgraff vnd Hertzog ernst von Sachßen Jn Jren kurfürstlichen habetten, Auch der Bischoff von Augspurg an stat Marggraff Johansen von Brandemburg, auch einer staffeln Nyderer.

Item als pald legt auch der Bischoff von Coln das meßgewand an vnd gieng mit sampt seinen ministrantten, Bischoffen vnd Abten zu vnser frawen altar vnd fieng das Ampt der meß von den hailigen drey konigen Ecce dominator dominus veniet: Nempt war, der Her aller Herrn kompt.

Item do die Epistel gelesen ward vnd das alleluia gesungen, do las Doctor Kreydenweyß auß beuelhung des Bischoffs von Coln dem konig auß einem buch etlich Artickel erstlich Jn latein, darnach Jn teutsch, darauff der konig zu yedem Artickel, der Jm gelesen ward, Ja sprach, den zu halten.

Item darnach haben als bald die zwenn Ertzbischoff Mentz und Trier dem erwelten konig den Mantel vnd die almutzien[1]) außgethon vnd Jn widervmb gefürt für die trappen des altars, hat er sich wider Creutzweyß für den altar gelegt, vnd die vorgenantten Ertzbischoff auff Jren knyen geknyet mit den andern Hern vnd an gehaben die leteney, nach Jnnhalt des buchs gelesen ob Jm, vnd der chor alweg geantwurt ora pro nobis.

Item darnach zu end der leteney haben dy ertzbischoff vorgenant den konig auffgehaben vnd Jn gestelt zu der rechten seytten des altars, hat der konig zwenn finger gelegt auff den Altar vnd geschworn ein ayd nach Jnhalt des meßbuchs.

Item do nun der konig den Ayd gethon hat, namen die zwenn

1) Langes Unterkleid.

vorgenantten Ertzbischoff In von der Rechten seitten des altars vnd stelten In für die trappen des altars, vnd das gesicht keret er gegen den fürsten vnd dem volck, vnd In gefragt von den dreyen statten der obedienz vnd Reuerenz ꝛc. Nach Inhalt des Ertzbischoffs von Coln meßbuch, haben geantwurt fürsten vnd das volck dreymal fiat fiat fiat.

Item als ditz alles ergangen was, haben die obgemeltten Ertzbischoff Mentz vnd Trier In wider vmb kert zu dem Altar vnd In wider nyder gelegt auff die erden Creutzweyß für die treppen des altars vnd aldo In benedicirt von dem Ertzbischoff von Coln.

Item do nun die benedicion geschehen was, haben die zwenn Ertzbischoff Mentz [vnd] Trier den konig auffgehaben vnd die stett [1]) der salbung aptieret vnd berayt, zum Erst das haubt, zum andern die prust, zum dritten zwischen die schultern, zum vierden die gleichung von dem Ellenbogen, die arm vnd mitten In den henden.

Item do die salbung geschehen was, do ward der konig gefürt durch die zwenn vorgeschriben Ertzbischoff In die Sacristei, da haben des konigs Caplan vnd die Canonicken der kyrchen Ach die stett der salbung getrucket vnd geschwischet [2]) vnd den konig angethon Sandalis, In seyden gewand, Alben vnd stollen.

Item darnach ward er wider vmb gefürt durch die vorgenantten Erzbischoff auf seinen stull gegen dem altar. Als dann hat der Ertzbischoff von Coln furt procedirt nach Inhalt des meßbuchs vnd gesprochen drey oraciones mit einer langen prefacion.

Item [do] die oraciones auß waren, haben die zwenn Ertzbischoff mentz vnd Trier den konig gefürt von seinem stull für die trappen des altars zu empfahen sein koniglich wappen vnd zaichen.

Item darnach hielt der ChorBischoff von Koln Hertzog Friderich von Bayren die kron keyser Karls, biß das sie dem Romischen konig aufgesetzt ward, vnd darnach die andern fürsten vnd Greuen hielten yeglicher sein stuck, wie hernach volgt:

Item Landgraff Wilhelm von Hessen hielt keyser Karels Äpffel,

Item Graff Philipps von Virenperg hielt keyser Karels schwert,

Item Graff Hans von Nassaw vnd Dietz hielt das Zepter.

Item diß waren die stück, die der Ertzbischoff von Coln dem konig vmbpand vnd befalhe ein yegliches nach seiner ordnung:

---

1) Stellen.

2) gereinigt, abgewischt.

Item zum Ersten mal ward Im geben durch den Ertzbischoff von köln keyser Karels schwert ploß In die hand,

Item darnach namen die zwenn obgemelten Ertzbischoff das schwert vnd gürten Im daz vmb,

Item zum Ander ward Im der mantel keyser Karels geben vnd angethon, vnd pande Im ein Creutz auff die Prust, vnd gegeben der Ringe vnd Zepter keyser Karels vnd gesprochen durch den Ertzbischoff von Coln Salus &c. Als In dem Buch geschriben stett.

Zum Drytten mal kronet In der Ertzbischoff von Coln, da die zwenn vorgeschriben Ertzbischoff Hand mit an schlugen [1]) auffzusetzen, Auch der keyser vnd ander kurfürsten mit andasten henden [2]) vnd zu der zeyt zu latein gesprochen vom Ertzbischoff von Coln Accipe coronam Regni: Nym die kron des Reichs.

Item darnach haben die zwenn Ertzbischoff Mentz und Trier den konig, also krönet, gefürt wider zu dem altar vnd darauff abermals gelegt beyde hend vnd zu teutsch koniglich profeß vnd ayd gethon als im meßbuch zu latein geschriben vnd Inn latein Im vorgelesen warde.

Item als nun die profeß geschehen was, da haben die zwenn Ertzbischof Mentz und Trier den konig gefürt auff die porkyrchen In keyser Karels stull, der ist merbelstein, da hat In der Ertzbischoff von Coln darauff gesetzt vnd Im den koniglichen stull gegeben. Vnd darnach must er den fürsten globen, vnd darnach schlug er Ritter:

Item zum Ersten den pfalzgrauen Curfürsten 2c., Herzog Ernst von Sachßen, Curfürsten 2c., Hertzog Wilhelm von Gülch, Landgraff Wilhälm von Hessen der Jung, Marggraff Cristoffel von Baden, Marggraff Bernhart von Baden,

Darnach Grauen, Freyherrn, Edelleut, an einer summe ij^{c}xx [3]) Ritter.

Do das alles also geschehen was, giengen sie wider in solicher Ordnung herab, vnd die clerik als pald an gehaben zu singen Te deum laudamus &c.

Item als sie her ab komen, hat Im Hertzog Ernst das schwert vorgetragen, vnd der pfaltzgraff den appffel, vnd der von Weinsperg

1) Hand anlegten, mithalfen.

2) Der Sinn dieses abgebrochenen Satzes ist unklar. Es soll damit wahrscheinlich ausgedrückt werden, der Kaiser und die Kurfürsten hätten mitgeholfen, die Krönung zu verrichten, und den König mit ihren Händen berührt.

3) 220.

das zepter von Marggraff Johansen[1]) wegen, vnd sich wider nyder gesetzt vnd die obgeschriben vor Im gestanden.

Item als diß alles verbracht was, laß man das evangelium, vnd als das gelesen was, trug der byschoff von Camerich dem konig das buch zu küssen. Des widert sich der konig, sunder das es der vater[2]) küste.

Item darnach procedirt man furter In der meß byß auf das offertorium. Da gieng der Romisch konig zu opffer vnd hielt das zepter In der hant vnd knyet nyder auff ein seyden küssen vnd opffert In eyn pecken, vnd ist darnach wider nyder gesessen In sein stull.

Item ist vorgangen zv opffer der pfaltzgraff mit dem apffel, Hertzog Ernst mit keyser Karels schwert vnd der Bischoff von Augspurg an Marggraff Albrechts[3]) von Brandenburg statt, trug der von Weinsperg das zepter vnd der konig opffert allein.

Item der Graff von Sanbergk[4]) vnd der graff von Waldeck gaben ob dem altar dem byschoff von Coln das wasser auff die hend.

Item als man gewandelt, stund schenk Cristoffel von Lympurg an statt des konigs von Beham vnd nam dem keyser die kron ab, vnd der Byschoff von Mentz hub sie dem konig ab vnd gab sie dem Bischoff von Augspurg an stat Marggraff Albrechts von Brandemburg.

Item darnach trug der Bischoff von Camerich dem konig das Pacem zu küssen, da nam es der Bischoff von Trier vnd gab es dem keyser zu küssen.

Item darnach gieng er her ab von dem stull vnd die andern wertlichen[5]) Curfürsten vor, vnd die zwenn Ertzbischoff Neben Im wie vor, vnd knyeten vor dem Altar. Da gab Im der von Coln das heylig Sacrament, vnd der von Mentz vnd Trier hielten Im das seyden tuch; darnach trank er alspald auß dem kelch, vnd nam In selbs In die hand.

Item Marggraff Albrecht von Baden hielt die kron, da der konig das Sacrament enpfieng.

1) Von Brandenburg.

2) Nämlich der Kaiser, der es zuerst küssen sollte.

3) Soll wohl heißen: An Markgraf Johannes von Brandenburg statt. Denn Markgraf Albrecht war am 11. März 1486 zu Frankfurt mit Tod abgegangen. Ihm folgte in der Kur sein Sohn Johann.

4) Ein unbekanntes Grafengeschlecht. Wird wohl heißen Schaumberg oder Schaumburg.

5) Weltlichen.

4. Zug ins Rathhaus und Krönungs-Banket.

Item da nu der konig das heilig Sacrament enpfangen hett, vnd das ampt der meß auß was, da fürt man den konig auff das Ratthauß zu Ach von der kirchen In solicher ordnung wie hernach stett:

Item zu foderst giengen vill edelleut, darnach vill Ritter, darnach die Greuen vnd freyherrn, nach den xliiij [1]) Trumeter vnd xiij [2]) Herolt vnd Perseuantten,

Item nach den giengen die fürsten, vnd vor In Ritten des konigs thürhütter, zwenn dy wurffen gold vnd silber auß, des Lutzel [3]) was, vnder das volck von der kyrchen an biß zu dem Rathauß.

Item Es gieng vor den fürsten zu Nechst ein probst von Tricht, Her Bernhart von Polheim, einer von Wolckenstein.

Item darnach der Marggraff von Baden, der Bischoff von Meissen der Bischoff von Wurms vnd der teutschmeister.

Item darnach gieng Hertzog Wilhalm von Gülch, Hertzog Casper von Bayrn [4]), Hertzog Hans von Cleff.

Item darnach Hertzog Albrecht von Sachßen, der Bischoff von Saltzburg vnd grun [5]).

Item darnach der Bischoff von Trier gieng allein In sein pontifical.

Item darnach der pfaltzgraff, trug den Äpffel, gieng zu der Rechten seyten, vnd Hertzog [Ernst] neben Im trug das schwert, vnd giengen In Ihrer Curfürstlichen cleydung, vnd zu der lyncken Hand neben In der Bischoff von Augspurg, vnd der von Weinsperg trug das zepter von Marggraff Albrechtz wegen von Brandenburg.

Item darnach der Ertzbischof von Coln gieng dem konig zu der rechten hand, den er was, der In gesalbt hett, vnd Mentz zu der linken seytten, vnd fürtten den konig.

Item dem konig trug der Hertzog von Gellern vnd Marggraff Cristoffel von Baden sein gewand nach.

Item darnach gieng vnser aller genedigister Herr der Romisch keyser allein. Dem trug schenck Cristoffel sein keyserlich Cappen nach. Vnd

1) 44.

2) 13.

3) Wenig.

4) Pfalzgraf Kaspar. Dieser war aber schon 1481 verschieden. Es muß sohin eine Verwechslung des Namens stattgefunden haben.

5) Gran.

gieng der Romisch keyser lang In irer claydung [1]), Als dan gewonheit ist.

Item darnach komen die andern Abbt, Prelatten, Grauen vnd Herrn.

Item als pald der konig auff das Ratthauß kam, da kam Hertzog Ernst von Sachsen als ein Ertzmarschalck geritten auff einem Roß, vnd het ein silberin meß vnd streichen, da mit er dem konig haber meß zu dem pferd.

Als das nun geschehen was, do nam der Erbmarschalck Her Sigmund von Pappenheim das Roß vnd das meß mit der streychen; das stund Im zu von seinem Ampt.

Item der von Weinsperg gab Im das wasser über die hend an des Marggraffen von Brandenburg statt, hielt Hertzog Ernst von Sachßen vnd Marggraff Friderich von Baden die handzweheln [2]).

Item darnach sprach der Bischoff von Coln das Benedicite.

Item vor des konigs hoff auff dem platz was gemacht ein kostlich Säull, dar auff zwenn leiwen, der ein schwartz, der ander vergult, vnd ob dem leiwen ein adler mit ausgespantten flügeln zu einer bedeutnuß des heilig Reich. Vnd auß yedem leiwen gieng ein Rör, darauß ging wein, den yedermann trinken mocht, vnd darby zu nechst ein großer spys gemacht, vnd an dem spys was gesteckt ein gantzer Ochß; der ward da gepratten vnd het sein hörner vnd sein clawen.

Item als man nun nach dem essen gangen was, do kam des Romischen konigs koch vnd schnad ein stück von dem Ochßen vnd gab vrlaub yedermann, dauon zu nemen, deßgleichen der schenck von dem prunnen. Diß was ein zeichen der miltigkaytt von koniglicher macht In dem anfangk der mall zeytt.

Item do gieng der pfaltzgraff Nach dem Essen als ein Ertztruchses, vnd nam von der kuchen zway verdeckte silber [schüssel] mit kostlicher speyß, vnd saß auff ein Roß, das was verdeckt mit einer Rotten Sametten Deck, und fürt das essen biß an die stiegen des Ratthauß. Do stund er ab vnd gieng mit dem selber essen für den keyser vnd konig. Da nam der Erbtruchses Philips von Seldneck das pferd vnd silberin schüssel; dy waren sein.

Item vor dem selben Essen gieng Hertzog Ernst mit seinem

---

1) In langen Kleidern.

2) Handtücher.

stab als Ertzmarschalck, vnd der von Plawen [vnd] der von Salmentz [1]) trugen Hertzog Ernst sein cleider nach; da gieng der Romreich vnd andern partzysanden all vor.

Item vor den giengen des Romischen konigs, keysers vnd ander fürsten wol xliiij Trumetter, yeglich nach seinem stant. Und dem pfaltzgraffen trug graff Albrecht von Hohenloch vnd Her gotz von Allentheim seyn clayder nach, vnd In solicher ordnung gieng man für des keysers, [vnd] konigs tisch.

Item thette In Credentz vnd fürschneidung zu tisch Graff Friderich von Zoller.

Item so pracht Schenck Cristoffel von Lympurg dem Romischen keyser vnd konig zum Ersten den Wein als ein Erbschenck vnd gieng Hertzog Ernst mit dem stab vor.

Item do das Erst essen geschehen vnd In der ordnung nach lautt der gulden bull getragen was, da satzt man die Curfürsten zu tisch, ein yeden nach seinem stand:

Item zum Ersten saß vnser Herr der keyser Oben an, vnd saß Im zu der linken hand der Romisch konig, sein sun, an einem Tisch, vnd stund Neben dem keyser Marggraff Albrecht von Baden, thet dem keyser Credentz über tisch mit dem wein.

Item so thet Marggraff Cristoffel von Baden dem konig Credentz mit dem wein.

Item vor dem tisch des keysers vnd konigs stund Her Sigmund marschalck von Pappenheim vnd hielt das schwert.

Item Schenck Cristoffel von Lympurg hielt die keyserlich kron als ein Erbschenck.

Item Her Philips von Weinsperg hielt das zepter als ein Erbcamerer vor dem konig und keyser.

Item Philips von Seldneck hielt den Apffel als ein Erbtruchßes vor dem keyser vnd konig.

Item zu dem andern gang do trug Hertzog Karell von Gellern dem Romischen keiser und konig zu Essen vnd giengen vor von der teutschen Nacion wegen Pryntz von Synay [2]), Graff Philipps von Nassaw, Graff Friderich von Bitsch, Graff Wickarus von Bitsch, Mein

1) Vielleicht soll es heißen Saltza. Dieses Geschlecht blühte in Sachsen, in der Oberlausitz, Böhmen ꝛc. Eine Familie Salmentz kommt nicht vor.

2) Chimay.

Herr von Yselstain, Pranckhorst, Graff Rudolff von Anhold, Graff Aßmus von Wetheim[1]).

Item vor solichem essen giengen zu allem gang der hoffmeyster Graff Adolff von Nassaw vnd Her Wolff von Polheim.

Item zu dem andern gang gieng der Printz von Synay vnd trug dem Romischen keyser vnd konig als von der welschen Nacion wegen. Vnd der geng waren v vnd zu yeglichem gang dem keyser vnd konig trug man x essen.

Item die Schaw Essen: Zum ersten ein pawm mit seinen esten, vergult vnd bereit mit einem costlichen füssen, dar auff lieff ypocraß[2]).

Item darnach ein Phahen[3]), der was gepratten vnd het sein schwantz von seiner Natur.

Item darnach ein pratten Schwann, vergult mit des keysers wappen In dem munde, vnd darnach an der prust eins yeden fürsten wappen für wen man den tragen solt.

Item darnach gegossen Adler vnd lewen von mandeln vergult In dem silber verdeckt.

Item es was vill costlichs wesens da vnd mancherley hoffirung[4]) vor der keyserlichen Maiestet vnd dem konig.

Item zu der Rechten hand stund der schencktisch.

Item zu der linken seytten stund des konigs Credentz, gezirt mit kostlichen stücken.

Konigs von Beham:

Item dem konig von Beham war die stat vnd der tisch bereyt vnd gedeckt dem keyser zu der rechten hand mit seinem schenck tisch, vnd stund ledig.

Coln:

Item vnder des konigs beham tisch do saß der Ertzbischoff von Coln allein ob dem tisch In seinem kurfürstlichen cleyd; dem schnyd für Graff Heinrich von Nassaw vnd Her zu Beylstein.

---

1) Wertheim.

2) So lautet der Text. Bei ypocraß könnte man an Ipekratz denken, ein Wort, das am Niederrhein einen bösen Menschen, oder gar den Teufel bezeichnet. Hat ypocraß diese Bedeutung, so ist an eine um den Baum (im Paradiese) sich schlingende (lausende) Schlange (Teufel) zu denken. Möglicher Weise ist der Text corrumpirt; in diesem Falle könnte man „aussi" statt „auff" lesen. Dann stellt sich die Sache so, daß aus dem Fuße des Baumes Wein, Gewürzwein — Hypocras, vinum hippocraticum, mit Honig und Gewürzen gemischter Wein, — geflossen wäre.

3) Pfau. 4) Musik und anderes Spiel.

Graff Philips von Waldeck gab Im den Wein vnd Trugen Im zu essen dise hernach geschriben Grauen vnd Herrn: Johann graff zu Nassaw, Philips graff zu Virenberg, Johann, graffe zu Schawmburg, Philips, graff zu Solms, Johanns, graff zu Wittichstein der Jung, Gamprecht graff zu Nuwenar, Johann von Genunch (?), hoffmaister Ritter, Vincencius von Schwanberg, Marschalck Ritter.

Pfaltzgraffe:

Item Rechst vnter meinß Herrn von Coln tisch da stund des Pfaltzgrauen tisch darvnder. Dar an saß er auch allein In seinem habett. Dem schnayd für Graff Crafft von Hohenloe.

Item Asmus schenck von Erpach gab Im den wein, den pracht Im graff wolff von Fürstenberg. Vnd trugen zu essen Graff Philips von Hanaw der Jung, Graff Jorg von Virenberg, Graff Heinrich von Lüphen, Graff Hans von Muntfort der Jung, Graff bernhart von Solms, Her Hans von schwartzenberg, freyherr, Plickhart von Genningen.

Trier:

Item des Ertzbischoffs von Trier tisch stund gleich vor des keysers vnd konigs tisch allein, nach dem dann sein stand außweist. Vnd schnayd Im für Graff Johan von Mandelschayd.

Graff Dieterich von Mandelschayd gab Im den wein, Graff Emig von Leynigen giengen vor dem essen vnd trugen zv essen Graff Weck von Bitsch, Graff von Wolckenstein, Jung Herr Wenrich von Oberstein, Wilhelm Runkel, Dietterich von Emeck, Cunn von Wannenberg, freyherrn, Johan Her zu Eltz der alt, Jorg zu der Leyen, Heinrich, Her zu Permond, Johan von Helffenstein der Jung, der Marschalck Holtzapffel.

Mentz:

Item des Ertzbischoff von Mentz tisch stund dem konig zu der lincken seytten. Dar an saß er allein nach außweyßung der gulden bull.

Renhart von Reneck der Jung schnayd Im für.

Graff Sigmund von Gleichen der alt gab Im den wein, Thoma Rüd, Marschalck, gieng vor dem essen; Graff Herman von Hennenberg, Graff Johann von Eysenberg [1]), Her Wilhalm von Rechberg, Dietz von Thüngen, hoffmaister, Hans Pauls von Preytenbach Rutt, Wolf

1) Isenburg.

von Parsperg, Oßwalt groß schlack, Dieter von Erelbach, Symon von Stetten, Ritter, Haben zu essen tragen.

Sachßen:

Item vnder des bischoff von Mentz tisch stund Hertzog Ernst von Sachßen tisch. Dar ob saß er allein In seinem habett.

Graff Hans von Werdenberg schnayd Im für,

Graff Karell von Gleichen gab Im den wein,

Reuß von Plawen gieng vor dem essen. Vnd trugen zu essen Graff Ber von hanstein, Casper Pflug, Aßmus von Dettaw, Dietterich von Peulwitz, Friderich von Witzleben, Karius von Kochenberg, Bernhart von Schawmberg, Günther von Pünaw, Daniel (?) von Herlulßgrün (?).

Brandenburg:

Item nechst nach Hertzog Ernst tisch stund des Marggrauen von Brandenburg tisch, gedeckt nach seiner gebürt, alls einem Curfürsten zu stet nach der ordnung; vnd stund ler.

Item nechst nach des marggraffen von Brandeburg tisch da stund ein ander tisch. Daran saß zum ersten Hertzog Albrecht von Sachßen, Hertzog Casper von Feldentz, Hertzog Wilhalm von Gülch, Hertzog Hans von Cleff vnd bey In ein doctor von Wirttenberg.

Item den obgemelten fürsten allen zu samen schnyd für Graff Adam von Beuchlingen.

Item Dieterich von Haraß nam den Wein von Hertzog Albrechten, Hans von Helmstat gab den wein Hertzog Casper von Bayren, Lutzenrod nam den Wein von Hertzog Wilhalm von Gülch; Heinrich stayl, ritter, nam den wein von Cleff.

Item diese trugen Hertzog Albrechten von Sachßen das essen: Dieterich von stentz, Ritter, Jorg von Koferitz ritter, Jorg von schinditz.

Item der Polleck, steffan kreßmatz trug Hertzog Casper zu essen.

Item diese nachgeschriben trugen Hertzog Wilhalm von Gülch zu essen: Graff Eberhart von Wittichenstein, Graff Cun von Mandelschir [1]), Graf Wilhalm zu Wieden der Jung.

Dem Hertzogen von Cleff trug zu essen Johann von aldenbuche ritter, Johan von der Horst, Eberhart von schirm ritter.

Item darnach vnder der pfaltzgrauen Tisch do stund ein Tisch.

1) Soll wohl heißen Manderscheid.

Dar ob saßen Marggraff Albrechtz von Brandenburg vnd Hertzog Sigmunds von Oesterreichs Rett, Nemlich:

Der Bischoff von Augspurg als brandenburgisch, Graff Joßniclas von Zoller, Jorg von Absperg, Vlrich von Freundsperg, ritter, Osterreichisch, Philips, Her zu Weinsperg, Ludwig von Eyb, Brandenburgisch, Johann Pföttlein, brandenburgisch.

Item nest vnder In ein ander tisch. Daran saßen der Bischoff von Lüttich, der Bischoff von Wurms, der Bischoff von Camerich, der Bischoff von Meyßen, der teutschmaister zu Horneck.

Item darnach stund ein tisch. Dar ob saß der Ratt von Ach, Johan Bertolff, Peter Genunch, Heinrich von Rottkirchen, Gerhart Byßel, Johann Bößel.

Item darnach aber ein tisch. Dar an saßen die von Coln, wer hernach stet: Peter von Erckleinß, Johann Menßigen, der Cantzler daselbst.

Auff der Lincken seyten vnder Hertzog Albrechts tisch vnd der andern Herrn saßen die von Frankfurt, zum ersten: Hans von Rein, Burgermeister, Meister Johans Reuß aduocat, Doctor Pfeffer, mentzischer Cantzler.

Item zu nechst darnach stund ein tisch. Dar an sassen die von Nürnberg, Gabriel Nützer [1]), Vlman stromayer.

Item all obgeschriben tisch hat Ir yeglicher gehabt sein schencktisch, vnd der [was] beclaydet mit der Credentz vnd silber geschir; yeglicher nach seinem stand.

In solicher ordnung vnd geseß ward das mall verpracht; vnd darnach gab man dem keyser vnd konig wasser In maß, wie zu dem ersten mal von dem von Weinsperg geschehen ist.

Item darnach sprachen die gaistlichen fürsten das gracias.

Item darnach Rufft des Romischen keysers Herold auß, welicher sich Ritter het laßen schlagen vnd nit von sein vier anen Edel wer, die solten die Ritterschafft [2]) nicht tragen, oder man wolt sie In abnemen. Vnd welicher sich versäumpt hett, der doch gern Ritter werden wolt, solt er furkomen, So wolt In der konig nach Ritter schlagen.

Item zu letzst dar Rufft er, welicher ritter geschlagen wer, der solt

1) Nützel. Dieser und Stromayer (Stromer) hatten den zu Nürnberg verwahrten Krönungsornat der deutschen Kaiser nach Aachen gebracht.

2) Zeichen oder Orden.

sich verzeichet bringen, vnd dieselbigen verzaichnuß geben Her Sigmunden Marschalck von Pappenheim.

Item nach diesem allen gieng der Romisch keyser vnd konig, vnd die Curfürsten vnd fürsten all In des konigs hoff. Da hielt der konig mit In ein kostliche Pankett.

Item es sind ob ij^c [1]) fürsten, Grauen, Freyherrn vnd Edelleut zu Rytter geschlagen worden In der kyrchen.

Item als der Romisch keyser vnd konig von der kronung gen Coln komen, ist des konigs von Polen botschafft treffenlich dahin komen bey j^c [2]) pferden vnd bey xxx [3]) edeln.

---

1) 200.
2) 100.
3) 30.

Historisch-kritische Erörterungen zur Geschichte der Pfalzgrafschaft am Niederrhein mit besonderer Berücksichtigung des Auelgaues und der Abtei Brauweiler.

I.

Die erste urkundliche Erwähnung des Auelgaues geschieht im Jahre 948 in einer Verordnung, wodurch Erzbischof Wichfrid den Sprengel und Zehntbezirk der Pfarre Oberpleis bestimmt [1]). Er wird in derselben pagus Aúalgauensis genannt; spätere Bezeichnungen sind: 966 pagus Auulgouui [2]), 906 Auelgoue [3]), 996 Aualgaune [4]), 1015 bis 1068 Auelgowe [5]), 1096—1116 Auelgôe [6]). Woher dieser Name? Auel bezeichnet: 1) eine am Wasser liegende Gegend; 2) Weideland; und 3) einen mit Gras bewachsenen Platz. Die erste Bedeutung ist die gewöhnlichste und faßt die beiden andern in sich, eben weil eine am Wasser gelegene Gegend in der Regel mit Gras bewachsene Weideplätze darbietet. Demgemäß würde der Name Auelgau die Bedeutung haben: der Gau der Auen und seinen Namen herleiten von den vielen Auen, so in demselben gelegen sind. Allerdings finden wir in demselben eine große Menge Ortschaften, welche sowohl das Wort Aue in sich schließen, als auch dieser Bedeutung entsprechen, und zwar an den beiden Hauptflüssen des Gaues: Sieg und Agger. So liegen an der Sieg in den jetzigen Bürgermeistereien Lauthausen, Uckerath und Eitorf: Auelsheck, Oberauel, Auel, Bülgenauel, Bourauel und Lützenauel; an der Agger in den Bürgermeistereien Wahlscheid und Overath: Auel, Auelerhof, Rosauel, Krebsauel, Aeuelchen, Bernsau, Altenbernsau. Es war also in dieser Gegend beliebt, die Ortschaften, welchen die Natur eine entsprechende Lage verliehen hatte, mit „Aue“ zu bezeichnen. — Unter den Hügeln des Siebengebirges erhebt sich einer, welcher die ganze weite Gegend des früheren Auelgaues beherrscht, es ist dies der

1) Lacomblet I, 103. 2) Lac. I, 107. 3) Lac. I, 111. 4) Lac. I, 126. 5) Günth. I, 32 und Lac. I, 210. 6) Lac. I, 252 und 278.

Oelberg, früher Auelberg genannt. Auf seinem Gipfel findet der Wanderer noch spärliche Ueberreste einer längst verfallenen Burg, allein nicht vermag der Führer, welcher sonst alle Merkwürdigkeiten des Siebengebirges zu deuten weiß, dem fragenden Fremdling einige Auskunft über diese Ruine zu geben. Und keine Urkunde spricht von ihr, und als die jetzt auch zerstörten Burgen Drachenfels, Löwenburg und Wolkenburg erstanden, war sie bereits ein Schutthaufen.

Drei Burgen beherrschten zur fränkischen Zeit den Auelgau; es waren die Siegburg, die Blankenburg und die Auelburg. Die erste führte ihren Namen vom Flusse Sieg, die zweite von einem Bache, welcher sich dort in die Sieg ergießt, die dritte aber von der weiten Herrschaft, über welche sie sich erhob und die ihrem Besitzer unterwürfig war. Also die bedeutendste war sie dem Namen nach, die bedeutendste vielleicht auch in der That, denn mit ihrer Zerstörung war auch die Macht der Gaugrafen auf immer gebrochen.

Die Geschichte der Grafen des Auelgaues beginnt früher, als die Geschichte der Pfalzgrafen von Niederlothringen. Die bereits angezogene Urkunde [1]) vom Jahre 948 nennt als Gaugrafen einen gewissen Herimann: in pago Aúalgauense sub comitatu Hermanni comitis. Weitere Nachrichten über diese Person besitzen wir nicht. Bereits im Jahre 966 finden wir in einer Urkunde [2]) Eberhard als Graf des Auelgaues bezeichnet: in pago auulgouui in comitatu eberhardi. 970 war Graf desselben Godefrid [3]); in pago Auelgone in comitatu Godefridi comitis. Bald darauf scheint dieses Grafengeschlecht ausgestorben zu sein, denn in einer Urkunde des Papstes Gregor V. vom 24. Mai 996 treffen wir den Pfalzgrafen Hermann als Besitzer des Auelgaues an [4]). Die betreffenden Worte dieser Urkunde [5]) lauten: nec non in comitatu herimanni palatini comitis . . . pago autem aualgauue . . . situm.

Demgemäß haben wir die nothwendigen Erläuterungen zu diesem zweiten Grafengeschlechte zu geben. Wenn wir in der Zeit des 10. und 11. Jahrhunderts von Pfalzgrafen reden, so ist es klar, daß wir nicht jene Pfalzgrafen zur Zeit der Karolinger (comites palatii) im

---

1) Lac. I, 103. 2) Lac. I, 107. 3) Lac. I, 111.

4) Also lebte Hermann noch 996 und starb zwischen 996 und 1002. Giersberg in diesen Heften VII. S. 14 gibt an, zwischen 993 und 1002; wir haben also die Zeit des Todes näher bestimmt.

5) Lac. I, 126.

Sinne haben, sondern wie sie von den Zeiten K. Heinrich's I. und Otto's I. an eingesetzt worden. Groß war die Macht der Herzoge; der Kaiser mochte befürchten, in ihnen zur Zeit des Zwiespaltes gefährliche Gegner zu finden, und deßhalb setzte er ihnen königliche Beamte gegenüber, welche einestheils die Krongüter beaufsichtigen, anderntheils in der betreffenden Provinz die richterliche Thätigkeit des Königs ausüben sollten. Dies waren die Pfalzgrafen. Bei dem Aussterben des ersten Grafengeschlechtes des Auelgaues war diese Grafschaft an die Krone zurückgefallen, sie wurde nun dem Pfalzgrafen von Niederlothringen, als deren erster der oben genannte Hermann erscheint, vom Kaiser übergeben. Wenn man die in Heft VII. dieser Annalen S. 12 als wahrscheinlich ausgesprochene Ansicht: „966 bereits habe der Kaiser unsern Hermann als Pfalzgrafen von Niederlothringen eingesetzt", gelten lassen will, so steht es hingegen fest, daß damals der Auelgau noch keineswegs in die Hände des Pfalzgrafen überging, sondern erst in der Zeit von 970 bis 996, welches die oben angeführten Urkunden nachweisen.

Hermann hinterließ von seiner Gemahlin Helwygis zwei Söhne, welche die Lehen des Vaters erbten, Ezzo, den Erstgebornen und Hezelin oder Heinrich. Ezzo (auch Aermfridus, Ermfridus, Erenfridus, Aezzo, Etzo genannt), welcher einer der schönsten Männer am Hofe gewesen sein soll, gewann die Liebe der Tochter Kaisers Otto II., Mathilde, und heirathete sie. Der Geschichtschreiber der Pfalzgrafen, ein Mönch von Brauweiler, gibt die Veranlassung zur Heirath folgender Maßen an [1]): „Otto III. war ein großer Freund des Schachspiels. Als Ezzo eines Tages mit dem Kaiser beim Spiele saß, kamen sie überein, wer den Gegner drei Mal nach einander matt mache, dürfe das Beste verlangen, was dieser besitze. Sie beginnen das Spiel. Ezzo ruft den Beistand des dreieinigen Gottes an und wird drei Mal Sieger. Er begehrt, was seit einiger Zeit Gegenstand seiner heißesten Wünsche war, die Hand Mathildens, des Kaisers Schwester. Dieser sieht, daß aus Scherz Ernst geworden, er bedenkt, nicht königlich handle er, wenn er sein Wort zurücknehme; habe ja auch der Sieger bei seinen Vorfahren in hoher Achtung gestanden; er verspricht Ezzo unter Handschlag seine Schwester, auf daß er, nach den Worten unserer Quelle, castum connubium et thorum immaculatum in sua servaret uxore."

1) Pertz IX, 397. Annalen des hist. Vereins &c. a. a. O.

Mit Recht wird diese Vermählung in das Jahr 990 gesetzt. Thietmar von Merseburg bemerkt darüber: „Diese Ehe erregte bei Vielen Mißfallen, aber der junge König Otto III., Mathildens Bruder, konnte die Sache nicht mehr rückgängig machen und stattete die Schwester, damit sie standesgemäß leben könne, mit Vermögen aus." Diese Dominialgüter, welche nun an die Pfalzgrafen übergingen, lagen in Sachsen, Thüringen und am Main. Wir müssen es auf eine andere Zeit verschieben, alle Besitzungen des Pfalzgrafen Ezzo genau zu bestimmen; er besaß den Auelgau zufolge einer Urkunde des Jahres 1015 [1]), worin es heißt: praedium in villa Wintere dicta (Königswinter) in pago Avelgowe in comitatu vero Ezzonis comitis situm [2]). Von Heinrich II. erlangte Ezzo die Orte Duisburg und Kaiserswerth, so wie in Thüringen das Schloß Saalfeld nebst Zubehör.

Der gewöhnliche Wohnsitz des Pfalzgrafen und seiner Gemahlin war das Schloß Tomberg [3]) im Eifelgau. Im Herbste 1025 besuchte Pfalzgräfin Mathilde von dort aus ihren Schwager Hezelin, Ezzo's Bruder, auf dessen Gute Esch bei Bergheim, starb aber während des Aufenthaltes daselbst unvermuthet den 4. November, nachdem sie ihrem Gemahl nicht weniger als 10 Kinder, 7 Töchter und 3 Söhne, geboren hatte. Auch der Pfalzgraf befand sich nicht zu Hause; „er war nämlich", sagt der Mönch von Brauweiler, „nach Aachen gereis't, um im Pfalzhofe daselbst mit den Großen von ganz Lothringen über die Angelegenheiten des Reiches zu verhandeln." Ezzo überlebte seine Gemahlin um 9 Jahre. Der Chronist von Hildesheim meldet: „Im Jahre 1034 starb Pfalzgraf Ezzo, wie das Gerücht geht, an einem

1) Günth. I, 37.

2) Die rechtsrheinischen Gebiete, welche unter der Botmäßigkeit der Pfalzgrafen standen, sind der Auelgau, der Deutzgau und nördlich von demselben der Kelda- und Ruhrgau. Mit Otto III. hatte Erzbischof Heribert von Köln das Gelübde gethan, gemeinschaftlich ein Kloster zu errichten, und Heribert hatte nach dem Tode Otto's sofort Hand an die Ausführung desselben gelegt. Es war dies die Abtei Deutz, welche nun laut Stiftungsbrief vom 3. Mai 1019 (Lac. I, 153) das Castell Deutz mit Thürmen, Zwischenwerken, Gräben und Umkreis als freies Eigenthum und als Immunität erhielt. Die Kirche zu Deutz nebst deren Kirchspiel, d. h. die Villen Kalk, Vingst, Rolshoven, Poll und Westhoven fügte er hinzu. Diese Stiftung rührte offenbar von Otto III. her und traten demgemäß diese Besitzungen, wenn sie überhaupt früher der Verwaltung der Pfalzgrafen untergeben und nicht unmittelbare Reichsgüter waren, aus dem Lehensverbande aus. Porz, der nächste Gränzort des Kirchspiels Deutz, ward nun Sitz des Hauptgerichtes des Gaues.

3) toneburch. Lac. I, 164.

Gifttrank, welchen ihm seine Kebse Thietburg beigebracht hatte.“ Der Mönch von Brauweiler dagegen berichtet, Ezzo habe nach dem Tode seiner Gemahlin mit den brauweiler Mönchen ein klösterliches Leben geführt und dem Dienste des Herrn stets beigewohnt. Im Jahre 1035 sei er zu Saalfeld in Thüringen, fast 80 Jahre alt, gestorben. Sein Leichnam wurde nach Brauweiler gebracht und dort neben dem seiner Gemahlin beigesetzt.

Die Kinder Ezzo's waren folgende: Ludolf, Vogt des Erzstifts Köln; Otto, später Herzog von Schwaben; Hermann, Erzbischof von Köln; Richeza, Königin von Polen; Adelheid, Aebtissin von Nivelles; Ida, Aebtissin von St. Marien im Capitol zu Köln; Mathilde, Aebtissin von Dietkirchen in Bonn; Theophanu, Aebtissin in Essen († 5. März 1054); Helywiga, Aebtissin in Neuß; Sophia, Aebtissin in Gandersheim.

Ludolf, der Erstgeborne, vermählte sich mit Mathilde, der Tochter des Grafen Otto von Zütphen, und zeugte in dieser Ehe zwei Söhne: Heinrich, welcher bald starb, und Kuno, welcher 1049 von Kaiser Heinrich III. das Herzogthum Baiern erhielt, vier Jahre nachher aber auf dem Reichstage von Merseburg wieder abgesetzt wurde. Auch Ludolf starb vor seinem Vater, im Jahre 1031. Er, so wie sein Sohn Heinrich fanden ihre Grabstätte im Kloster Brauweiler. Nach der Grabschrift [1]) starb Ludolf am 11. April, Heinrich am 31. October 1031.

Die Pfalzgrafschaft mußte also auf den zweiten Sohn Ludolf's, Kuno, übergehen. Allein er war bei dem Tode Ezzo's noch minderjährig, welches daraus erhellt, daß er 1031 pupillus genannt wird. Somit ward die pfalzgräfliche Würde dem zweiten Sohne Ezzo's, Otto, übertragen. Dieser hatte bereits 1025 den Deutzgau in Besitz; denn in einer Urkunde Konrad's II. von diesem Jahre [2]), wodurch derselbe der Abtei Deutz ein Gut in diesem Gaue schenkt, wird ein Otto als Graf desselben angeführt, welches nur der unsrige gewesen sein kann. Im Jahre 1045 ward dieser an die Stelle Hermann's zu Goslar zum Herzoge von Schwaben ernannt; er mußte an die Krone Duisburg und Kaiserswerth, an seinen Vetter Heinrich, Hezelin's Sohn, die Pfalzgrafschaft abtreten, wie wir später näher entwickeln werden. „Otto war“, so sagt der Mönch von Brauweiler [3]), „von großer Statur, angenehmem Aeußern und einnehmendem Betragen. Derselbe starb

1) Dieselbe abgedruckt in „Annalen des historischen Vereins für den Niederrhein“ VII, S. 20. 2) Lac. I, 161. 3) Annalen VII, S. 21.

am 7. September 1048 auf Tomberg. Kaiser Heinrich, welcher im Begriffe stand, den Feldzug gegen Flandern zu unternehmen, feierte damals das Fest Mariä Geburt zu Xanten; Otto's Bruder, Erzbischof Hermann, hielt eine Anrede zur Wiederherstellung des Friedens an das Volk; da brachte ein Bote die Nachricht von dem Tode Otto's. Alle wurden zu Thränen gerührt; der Kaiser selbst wohnte den Trauer-Ceremonien in Brauweiler bei. Statt Hermann's aber, welcher beim Heere blieb, nahm Bruno, Bischof von Toul, später Papst Leo IX., das Begräbniß in Brauweiler vor."

Der dritte Sohn Ezzo's, Hermann, trat in den geistlichen Stand, wurde 1036 Erzbischof von Köln, erhielt als Lohn für seine dem Stuhle Petri geleisteten Dienste von Papst Leo IX. 1049 die Ehre der Ernennung zum römischen Erzkanzler und starb im Februar 1056.

Richeza, von ihrem Vetter, Heinrich, erzogen [1]), vermählte sich mit dem Polenkönige Miceslav II., dem sie einen Sohn, den nachmaligen König Kasimir, gebar. Allein diese Ehe war eine unglückliche; von den Polen vertrieben mußte Richeza in die Heimat flüchten und starb als Verbannte im März 1063 bei ihren Verwandten am Rhein. Am Begräbnißtage ihres Bruders Otto legte sie sämmtlichen Schmuck, goldene Ringe, Ketten und Ohrringe, kurz alles, was sie an Gold und Kostbarkeiten besaß, auf den Hochaltar in Brauweiler nieder, schenkte dem Kloster zu Otto's Seelenheil verschiedene Ministerialen und Hörige mit ihren Beneficien [2]). Dann nahm sie aus Bruno's Hand den Schleier und zog sich ins Ursulakloster zu Köln zurück.

Inzwischen war auch Hezelin (c. 1033) gestorben. Er hinterließ zwei Söhne, nämlich Heinrich, welcher 1045 Pfalzgraf von Niederlothringen wurde, und Kuno, ein Anverwandter der Kaiserin Agnes, welcher 1057 zum Herzoge von Kärnthen erhoben wurde [3]).

Nachdem wir nun die nothwendigsten Aufschlüsse über die Familien der Ezzoniden und Hezeliniden gegeben, sind wir im Stande die wichtigsten Fragen zu erörtern:

---

1) Sie sagt nämlich in einer Urkunde des Jahres 1056 (Günth. I, 56): „per manum Henrici palatini comitis, filii patrui mei, sub cuius tunc mundiburdio manebam."

2) Die betreffende Urkunde d. d. 7. Sept. 1054, siehe Lac. I, 189.

3) Trithemius behauptet, Mathilde, Tochter des Königs Otto II., habe den Pfalzgrafen Hezelin geheirathet und aus dieser Ehe sei Erzbischof Eberhard von Trier entsprossen. Beides ist unrichtig.

1. Welche Güter gingen von den Ezzoniden auf die jüngere Linie über?
2. Wodurch war dieser Uebergang bedingt?

Zwei Fragen von der größten Wichtigkeit, von denen die erstere meines Erachtens noch nicht erörtert worden, die zweite von Gfrörer [1]) in ein klares Licht zu stellen versucht worden ist. Wir werden also hierbei dessen Untersuchungen besonders zu berücksichtigen haben.

Den Uebergang der Pfalzgrafschaft auf die Linie der Hezeliniden erwähnt der Mönch von Brauweiler mit folgenden Worten: „imperator accepta ab Ottone insula Sancti Suiberti atque Duysburg, Suevorum ei committit ducatum, Henrico eius patrui filio ad palatii officium substituto.“ Also wurden Kaiserswerth und Duisburg nicht auf die Hezeliniden übertragen. Aber auch der übrige Theil der Pfalzgrafschaft wurde nicht ganz an die Hezeliniden abgetreten. Wir finden nämlich 1047—1076 einen Grafen Sikko als Inhaber: 1. des Bonngaues: in pago bônnensi in comitatu Sikkonis. in uilla Walathorp [2]); (oder) 2. des Ahrgaues: octo mansos in loco Sinceche dicto in pago Argowe in comitatu Sicconis sitos [3]); 3. der Untervogtei von Klotten; 4. eines Gutes in Kurscheidt bei Siegburg; predium Sicconis in Cornsceith [4]); 5. des Zehnten in Zülpich: decimationem in Zulpiaco que in beneficio fuerat Sicconis comitis [5]); alles Besitzungen, welche in der Hand der Ezzoniden gewesen.

Wer war dieser Graf Sikko? Offenbar ein Getreuer des Ezzonischen Hauses. Denn in der Urkunde vom Jahre 1056 [6]) sagt von ihm Richeza: Misi autem Sicconem et alios milites meos cum abbate eodem (Tegeno von Brauweiler) ad Clottene, qui ei arpennas et vineas illas atque omnia ad ipsum predium pertinentia demonstrarent, in Sancti Nicolai eiusdemque abbatis dominium redigerent. Ihm hatte sie die Vogtei über Klotten übergeben: Sicconi comiti cui aduocatiam super ipsum predium commendaueram. Und doch wissen wir bestimmt aus derselben Urkunde, daß der Pfalzgraf Heinrich zum Vogt über Klotten bestimmt und eingesetzt war. Der Widerspruch hebt sich, wenn wir die Bestätigungs-Urkunde des Kaisers Heinrich vom 20. August 1051 [7]) zur Hand nehmen. Derselben hat ohne Zweifel ein Entwurf, wie ihn diese Urkunde v. J. 1056 andeutet, zu Grunde gelegen. Es heißt darin: Sicconi vero

1) Gfrörer, Papst Gregor VII. Bd. I. 2) Lac. I, 182. 3) Günth. I, 62. 4) Lac. I, 203. 5) Lac. I, 202. 6) Günth. I, 56. 7) Lac. I, 186.

comiti, qui eandem aduocatiam a palatino comite predicta regina Richeza petente suscepit, tale servitium tribus tantum temporibus anni sibique succedentibus aduocatis constituit. Also als Richeza dem Kloster Brauweiler Klotten, dem Pfalzgrafen Heinrich aber Kochem nebst der Vogtei über Klotten übergab, machte sie zur Bedingung, daß dieser Sikko Untervogt sei, welches also ein neuer Beweis einer besondern Beziehung ist, in welcher Sikko zum Ezzonidischen Hause stand.

Nähere Aufklärung über diesen Grafen Sikko erhalten wir aus der Lebensbeschreibung des h. Abtes Wolfhelm von Brauweiler. Sikko war nach derselben ein Oheim Wolfhelm's mütterlicher Seite und ein Bruder des Abtes Heinrich von Gladbach, welcher am 27. August 1066 als Abt von St. Pantaleon in Köln starb [1]). In derselben heißt es, daß nicht nur Güterreichthum und eine zahlreiche Familie, sondern auch kriegerischer Muth den Sikko ausgezeichnet habe. Nun, diese Güter erhielt er erweislich von den Ezzoniden. Die engen Beziehungen des Abtes Wolfhelm zu den Ezzoniden erklären wiederum die Hochschätzung, welche Sikko bei denselben genoß.

Allein auch noch andere Güter mußten dem Ezzonidischen Hause verbleiben. So das Schloß Tomberg, wo Otto von Schwaben 1048 starb und welches Erzbischof Hermann 1052 [2]) der kölnischen Kirche übergab, ferner Saalfeld, Koburg, Orla, Meckenheim, Brauweiler, Asseln und mehrere andere. Indessen ging das rechtsrheinische Gebiet ganz auf die Hezeliniden über.

Wodurch kam es, daß die Pfalzgrafschaft nicht bei den Ezzoniden verblieb? In einer Urkunde vom Jahre 1033 [3]), wodurch Hezelin dem Gereonsstifte zu Köln einen Frohnhof zu Lövenich schenkt, sagt er: ego Hezel, non merito sed nomine palatinus comes dictus. Also führte Hezelin noch stets den Namen Pfalzgraf, obschon er zugleich sagt, daß er nicht wirklicher Pfalzgraf sei. Hierauf gründet nun Gfrörer die Vermuthung, daß Hezel dadurch sein Recht auf den wirklichen Besitz der Pfalzgrafschaft habe ausdrücken wollen, gleich als

1) Die Verwandtschaft erklärt sich aus nachstehender Tabelle:

N. N.

1. Sikko. 2. Heinrich. 3. Eveza heir. Frumoldus.

1. Wolfhelm † 1091. 2. Frumoldus. 3. Orwenda, 4. Bertha, welche die vita b. Adelheidis, erster Aebtissin v. Vilich, schrieb.

2) Lac. I, 187. 3) Lac. I, 169.

wenn er sage: ich führe zwar den Titel, aber noch nicht bin ich im Besitze der Pfalzgrafschaft [1]). Die Schlußfolgerung Gfrörer's ist nun folgende: „Es bestand in der pfalzgräflichen Familie ein Hausgesetz des Inhaltes: 1. Das Palatinat ist in beiden Linien des von dem Ahnherrn Hermann gegründeten Gesammthauses, nämlich sowohl in der Ezzonischen als in der Hezelinischen erblich. 2. Dasselbe verbleibt vorerst den Ezzoniden gemäß nachstehender Ordnung; auf Ezzo folgt sein Erstgeborner, auf diesen wieder sein Erstgeborner und so fort. Stirbt ein Erstgeborner unverheirathet oder kinderlos, doch so, daß er einen jüngeren Bruder hinterläßt, so ist nicht dieser, sondern der Oheim des Verstorbenen, nämlich der nächste Vatersbruder zum Erbe berechtigt. 3. Stirbt ein in letzterer Weise in die Pfalzgrafschaft Eingetretener kinderlos oder erhält er eine andere Versorgung und hat er Vetter oder Neffen, nachgeborne Söhne älterer Mitglieder des Ezzonidenzweiges, so erben nicht diese, sondern die Pfalz geht an das jeweilige Haupt der zweiten Linie des Gesammthauses oder der Hezeliniden über."

Es leuchtet ein, daß dieses Gesetz, wenn es bestand, ein Ausnahmegesetz war, und daraus folgt, daß es nur dann angenommen werden darf, wenn zwingende Gründe es verlangen. Hat Gfrörer diese gezeigt? Wir wollen es untersuchen.

Nach dem allgemeinen Erbschaftsgesetze geht die Nachfolge so lange in directer Linie auf die Descendenten über, als deren vorhanden sind. Der Erstgeborne Ezzo's war Ludolf. Allein als Ezzo 1034 starb, war dieser bereits todt; mithin ging die Pfalzgrafschaft auf dessen allein noch lebenden Sohn Kuno über. Nun war dieser erst einige Jahre alt, konnte also die Verwaltung der Pfalzgrafschaft nicht antreten, weßhalb diese bis zur Großjährigkeit desselben auf den nächsten Anverwandten, nämlich Otto übergehen mußte. So weit also stimmt die allgemeine Erbfolge mit den Thatsachen überein. Im Jahre 1045 nun tritt eine Veränderung ein: Otto wird zum Herzog von Schwaben ernannt. Gleichzeitig mußte er an die Krone Duisburg und Kaiserswerth und die Leitung der Pfalzgrafschaft an Heinrich, den Hezeliniden, abtreten. Offenbar liegt diesem Verfahren ein Interesse des Kaisers zu Grunde. Er suchte jene schönen Besitzungen wieder zu gewinnen. Dem waren nun die Ezzoniden entgegen und um das Haupt derselben,

1) Das Wort „noch" ist hier mit gesperrter Schrift gedruckt, obschon Gfrörer es in Klammer gesetzt hat, weil die weitere Folgerung desselben auf diesem Worte hauptsächlich basirt.

Otto, zu der fraglichen Abtretung zu bewegen, gab er ihm das erledigte Herzogthum Schwaben. Daß nunmehr die Verwaltung der Pfalzgrafschaft auf den Hezeliniden Heinrich überging, verstand sich von selbst, weil von den Ezzoniden nur der Erzbischof Hermann von Köln übrig blieb. Leicht konnte ihm der Kaiser auch noch versprochen haben, daß er die Pfalzgrafschaft auch für die Zukunft behalten sollte, wenn Kuno großjährig werde. Denn nichts hindert anzunehmen, daß Kuno 1045 noch minderjährig war. Nun trat im Jahre 1049 ein neues Ereigniß ein: Kuno erhielt vom Kaiser das Herzogthum Baiern.

Welchen Grund hatte der Kaiser zu dieser Verleihung? Dem Anscheine nach war Kuno großjährig geworden, es war also die Zeit herangekommen, wo derselbe und seine Verwandten die Ansprüche auf die Pfalzgrafschaft geltend machten, und um diese zu beseitigen (denn sonst mußte der Kaiser ja auch Duisburg und Kaiserswerth wieder herausgeben), griff der Kaiser zu dem Mittel, dem Kuno ein Herzogthum zu verleihen. Dadurch aber hatte der Kaiser noch mehr erreicht. Die Ezzoniden waren am Niederrhein mächtig und einflußreich geworden und wie es das Bestreben des Kaisers war, die ihm untergebenen mächtigern Fürsten in engere Schranken einzuschließen, so erreichte er hier seinen Zweck auf die vorhin gedachte Weise. Damit stimmt genau die Thatsache überein, daß Graf Sikko, wie wir gezeigt, einen Theil der Pfalzgrafschaft erhielt, andererseits noch bedeutende Güter den Ezzoniden verblieben. Wir müssen es nun der Beurtheilung der Leser überlassen, ob die hier entwickelte Ansicht oder die Gfrörer's annehmbarer erscheint. Sollten nicht in diesen Verwicklungen auch die Zwistigkeiten zwischen dem Kaiser und dem Erzbischofe Hermann begründet sein, deren in den gleichzeitigen Chronisten und Biographen Erwähnung geschieht?

Bevor wir nun, gestützt auf dieses Resultat, die beifolgenden Streitigkeiten im pfalzgräflichen Hause näher entwickeln, müssen wir vorerst die Aechtheit zweier Urkunden untersuchen, welche Lac. I, 185 und 186 abgedruckt sind. Auffallend ist es auf den ersten Blick, daß in denselben Anno archiepiscopus unter den Zeugen genannt wird (in einer sogar coloniensis archiepiscopus), welcher erst am 3. März 1056 [1]) zur erzbischöflichen Würde von Köln gelangte. Gfrörer ist der Ansicht, Kaiser Heinrich habe dem Erzbischofe Hermann bereits

1) Müller, Anno II. S. 14.

1051 den Anno entgegengestellt und letzterer auch damals schon den Titel Erzbischof erhalten. Diese Ansicht stützt sich allein auf die beiden angeführten Urkunden, ist also nicht haltbar, so lange nicht vollständig erwiesen ist, daß beide Urkunden im Jahre 1051, so wie sie uns vorliegen, ausgeführt worden sind.

Bezüglich der an diesen Urkunden befindlichen Siegel haben Dr. Ennen in dem Feuilleton der Kölnischen Zeitung vom December 1860, ferner Lacomblet in seinem Archiv für die Geschichte des Niederrheins [1]), und wiederum Ersterer im 9. und 10. Heft dieser Annalen des Nähern berichtet. Wir beschäftigen uns hier mit den Zeugen dieser Urkunden. Es haben die Urkunden Lac. I, 185 und 186, sowie Act. Ac. Palat. III, 144 dieselben Zeugen und in derselben Reihenfolge, wie eine Urkunde Richeza's vom Jahre 1056, die sich bei Günth. I, 56 vorfindet. Demgemäß steht es fest, daß im Jahre 1051 zu Kaufungen mehrere Urkunden in Bezug auf Brauweiler ausgefertigt worden, daß diese Urkunden im Jahre 1056, nachdem Erzbischof Hermann gestorben war und Anno den erzbischöflichen Stuhl von Köln bestiegen hatte, erneuert wurden, wobei der Schreiber derselben die frühern Zeugen wiederum abschrieb und nur statt Hermann den Anno hinsetzte. Sodann sei noch bemerkt, daß sich in den Urkunden vom Jahre 1051 (1056) [2]) vorfindet: anno regni Henrici XIIII., da doch 1051 das zwölfte Jahr der Regierung Heinrich's III. war.

Wir haben also hier einen neuen Beweis für die Thatsache, daß im Mittelalter, wenn eine Stiftung angefochten wurde, neue Bestätigungs-Urkunden hinzutraten. Hierzu fand sich ein besonderer Grund, dieselben zu begehren, darin, daß Hermann gestorben war und die Stiftung der Ezzoniden gefährdet zu sein scheinen mochte. Die über die Stiftung von Brauweiler vorhandenen Urkunden sind nun folgende:

1) 1028 den 10. Oct. Erzb. Piligrim von Köln beurkundet die Stiftung der Abtei durch Pfalzgrafen Ezzo. Lac. I, 164 und Act. Acad. Pal. III, 133.

2) 1028. Derselbe bestätigt die Stiftung durch eine zweite Urkunde. Act. Ac. Pal. III, 135.

3) 1028. Pfalzgraf Ezzo schenkt an die Abtei seine Besitzungen zu Lövenich. Act. Ac. Pal. III, 132 und Lac. I, 165.

4) 1028. Erzbischof Piligrim schenket an das Kloster Brauweiler

---

1) Lac. III, 2. S. 415. 2) Lac. I, 185 und 186.

einen Hof zu Köln (den spätern Brauweilerhof). Act. Ac. Pal. III, 139.

5) 1051 den 17. Juli. Kaiser Heinrich beurkundet, daß die von Pfalzgraf Ezzo gemachte Stiftung von Brauweiler widerrechtlich sei; die von den Kindern desselben neu erfolgte Stiftung dieser Abtei bestätigt er. Act. Acad. Pal. III, 140 und Lac. I, 184.

6) 1051 den 18. Juli. Kaiser Heinrich III. bestätigt die durch Erzbischof Hermann und seine Schwester Richeza gemachte Stiftung von Brauweiler. Act. Acad. Pal. III, 147 und Tolner cod. dipl. Nr. 31.

7) 1051 den 18. Juli. Kaiser Heinrich III. bestätigt die durch Richeza geschehene Begiftung der Abtei mit verschiedenen Gütern, welche zum größern Theile an der Mosel gelegen sind. Act. Ac. Pal. III, 144 und Tolner Nr. 29.

8) 1051 den 7. Sept. Die Königin Richeza übergibt der Abtei verschiedene Güter in Klotten an der Mosel. Act. Ac. Pal. III, 150; Tolner 32 und Gelenius in vind. B. Richezae Reg.

9) 1052 den 7. Mai. Papst Leo IX. bestätigt dem Erzbischof Hermann die geschehene Stiftung von Brauweiler. Act. Ac. Pal. III, 152.

10) 1054 den 7. Sept. Die Königin Richeza bestimmt Brauweiler als ihre Begräbnißstätte und verleiht derselben Abtei mehrere Güter. Lac. I, 189; Tolner 34 und Gelenius in vind.

11) 1056. Königin Richeza bestätigt der Abtei Brauweiler ihre Besitzungen an der Mosel und bestimmt die Rechte des Vogtes. Günth. I, 56.

12) 1056 (1051) den 20. August. Kaiser Heinrich bestätigt einen Stiftungsbrief Ezzo's für Brauweiler. Lac. I, 185.

13) 1056 (1051) den 20. August. Kaiser Heinrich III. bestätigt die Begiftung der Abtei Brauweiler mit verschiedenen Gütern der Richeza (Lac. I, 186).

Schon die große Zahl dieser Urkunden deutet darauf hin, daß die Stiftung von Brauweiler und namentlich die Schenkung von Klotten an diese Abtei in der Zeit von 1051 bis 1056 vielfach angefochten worden sei. Eingehender werden wir diese Frage in einem besonderen Abschnitt behandeln; es genügt hier, das allgemeine Resultat derselben zusammen zu fassen.

Durch die Stiftung Brauweilers war natürlich die Hezelinidische Seitenlinie als muthmaßliche Erbin der Pfalzgrafschaft und der Privatgüter der Ezzoniden beeinträchtigt oder sie mochte sich beeinträchtigt glauben. Es lagen nun Streitigkeiten zu Tage, wobei die Linie der Ezzoniden offenbar ihre Hauptstütze an dem Erzbischofe Hermann und dem mit diesem besonders befreundeten Papst Leo fand. Als nun Erzbischof Hermann starb, glaubte Kaiser Heinrich in Anno den Mann gefunden zu haben, alle diese Zwistigkeiten zu heben, und mag auch wohl der Grund der Mission, mit welcher Anno nach seinem Biographen im Februar 1056 an Hermann betraut wurde, in diesen Verhältnissen gelegen haben. Es ist nicht unwahrscheinlich, daß Hermann demselben auf dem Sterbebette mehrere geheime Mittheilungen gemacht habe, auf denen sein späteres Auftreten fußt.

Kurz nachdem Anno (3. März 1056) zum Erzbischofe von Köln eingesetzt ist, finden wir ihn mit Kaiser Heinrich III., Pfalzgraf Heinrich und Richeza in Kaiserswerth. Hier scheint ein endgültiger Vergleich Statt gefunden zu haben, denn die Stiftung von Brauweiler wird seit dem nicht mehr angefochten. Dieser Vergleich muß in Folgendem bestanden haben: 1. Pfalzgraf Heinrich verzichtet auf die Vogtei von Brauweiler. 2. Derselbe erhält von Richeza schon jetzt das Schloß Kochem. 3. Erhält er die Obervogtei von Klotten erblich; stirbt seine Familie aus, so geht dieselbe auf die Anverwandten Richeza's über und sind auch deren keine vorhanden, auf den Erzstuhl Köln.

Vielleicht war die Unzufriedenheit Kaiser's Heinrich III. im Jahre 1056 darin begründet, daß Anno, seinem Wunsche entgegen, sich enger an die Familie der Ezzoniden anschloß. Am 8. Sept. fand die Aussöhnung zwischen dem Kaiser und Anno auf Vermittlung des Papstes Victor in Goslar Statt. Bekanntlich starb Heinrich III. zu Bothfeld am 5. October 1056. In diese Zeit glauben wir jene Zusammenkunft setzen zu müssen, welche in „Miracula Servatii [1])“ erwähnt wird. Diese fand in Andernach Statt zwischen Anno, Erzbischof Eberhard von Trier, Gottfried von Lothringen und Pfalzgraf Heinrich [2]). Als Zweck dieser Zusammenkunft werden Reichsangelegenheiten angedeutet; ohne Zweifel handelte es sich um die Aussöhnung, welche auf der am

1) Acta SS. 13. Maji.

2) Der Chronist von Lobbes (Pertz IV, 20) sagt, die Gemahlin des Pfalzgrafen Heinrich, Mathilde, sei eine Tochter des 1044 verstorbenen Herzogs Gozelo I. v. Brabant, also eine Schwester des obengenannten Gottfried gewesen. Dagegen behauptet Günther I, S. 245, Anm. 3, daß dieselbe eine Gräfin von Ahr-Hochstaden gewesen und ihrem Gemahl die Hälfte der Gegend und des See's Laach zugebracht habe, welche später zur Stiftung des Klosters Laach hergegeben wurde.

5. Dec. desselben Jahres in Köln Statt findenden Reichsversammlung zwischen der Kaiserin-Regentin und Gottfried vor sich gehen sollte. Gewiß sind bei dieser Gelegenheit Vereinbarungen bezüglich der Zustände Lothringens getroffen worden. Die Machtvergrößerung des Hauses Luxemburg geschah in Lothringen hauptsächlich auf Kosten des brabanter Hauses, sowie des Erzbisthums Trier [1]); eben jetzt war die beste Gelegenheit vorhanden, die alten Rechte wieder zu gewinnen, und dazu konnte es keinen bessern Vermittler geben, als Erzbischof Anno.

Die eben angeführte Quelle sagt ferner: Pfalzgraf Heinrich sowohl als dessen Untervogt hätten durch Ungerechtigkeiten und Erpressungen gegen die Armen die Unterthanen, namentlich die von Güls, empört. Bei der gedachten Zusammenkunft nun seien diese erschienen, um sich über das Verfahren Heinrich's bei Anno zu beschweren; bei dieser Gelegenheit sei der Untervogt von einem wilden Thiere zerrissen worden.

Warum wenden sich die Unterdrückten an Anno? Güls lag weder in seinem Erzbisthum, noch hatte er irgend eine Lehensherrlichkeit darüber. Offenbar, weil das Verhältniß zwischen Anno und Heinrich nicht das freundschaftlichste war und sie hoffen mußten, bei Anno ein williges Gehör zu finden. Nun aber scheinen die gespannten Beziehungen beider hauptsächlich darin ihren Grund zu haben, daß Anno in die Fußstapfen seines Vorgängers trat, dessen Schenkungen zu Gunsten der kölnischen Klöster (z. B. Maria ad gradus) aufrecht erhielt und dahin strebte, auch die übrigen Güter der Ezzoniden für die Kirche zu gewinnen. Eine Urkunde vom 25. Juni 1057 [2]) gibt uns darüber Aufschluß. Es ist diejenige, durch welche Anno bekundet, daß Richeza ihm Saalfeld, Koburg und Orla übergeben und statt dessen neben lebenslänglicher Nutznießung eine Leibrente erhalten habe. Der Eingang derselben lautet: Betrachtend, daß Großes an mir gethan hat der Herr, der da mächtig ist, wurde ich ängstlich, ich möchte wohl nichts finden, mit dem ich dem Herrn vergelten sollte für Alles, was er mir gegeben. Von diesen Sorgen gequält, öffnete mir Gottes Güte einen Weg, auf dem ich zu meinem Wunsche gelangen zu können hoffen durfte, indem ich nämlich durch größeren Fleiß in Bereicherung der mir durch Gottes Gabe verliehenen Kirche meinem auf dem ganzen Erdkreise durch Heiligkeit, durch väterliches Erbtheil und Adel des

---

1) Bekanntlich hatte der Luxemburger Friedrich die Fahne Brabant erhalten, Erzbischof Eberhard wurde von den Luxemburgern nicht weniger belästigt.

2) Lac. I, 192.

Geschlechtes hervorragenden Vorgänger gleich zu werden strebe. Da sich mir nun eine Gelegenheit darbot, so sprach ich die Königin Richeza in Betreff einiger Besitzungen zu Saalfeld und Koburg an, sie möchte gegen eine Leibrente dieselben dem heiligen Petrus zu Köln übergeben. Da dieses nun im ersten Anfange wenig nach Wunsch von Statten ging, so war es doch der Wille Gottes, daß nicht lange darauf das, was wir wünschten, einen günstigen und glücklichen Ausgang hatte.“ In diesem letzten Satze finden wir eine wichtige Andeutung. Anno hatte diese Güter begehrt, konnte sie aber nicht erhalten, weil Pfalzgraf Heinrich darauf Anspruch machte. Es muß demgemäß zwischen Sommer 1056 und dem 25. Juni 1057 ein Ereigniß Statt gefunden haben, welches das entgegenstehende Hinderniß beseitigte und dieses Ereigniß war die Besiegung Heinrich's durch Anno in offenem Kriege.

Als Grund dieses Krieges führen die gleichzeitigen Schriftsteller Unterdrückungen und Grausamkeiten des Pfalzgrafen an. Anno selbst gibt den Grund in zwei Stiftungs-Urkunden der Abtei Siegburg [1]) folgender Maßen an: „Wegen der natürlichen Festigkeit des Ortes zogen sich kühne und verwegene Menschen, denen Bosheit für Gesetz und Raubsucht für Gerechtigkeit galt, zuweilen dorthin zurück und trieben nicht nur auf den Gütern unserer Kirche, sondern auch auf den umliegenden Gütern in grausamer Weise Beute ein, so wie wir es nicht nur von den Einwohnern vernommen, sondern in unsern Tagen zum Schaden und Leidwesen unserer Kirche gesehen haben. Jedoch der allmächtige Gott, der die, so auf ihn hoffen, nie verläßt, hat eben die Räuber der Kirche durch seine Kraft bezwungen, so daß sie nicht nur von ihrem Unternehmen abstanden, sondern auch den Berg selbst mit all seinen Gebäulichkeiten in die Gewalt des heil. Petrus, des Apostelfürsten, übergaben.“ Daß Anno hier den Pfalzgrafen Heinrich versteht, geht aus den beiden andern Stiftungs-Urkunden hervor: „Denselben Berg aber und was mit dem Fuße des Berges zusammenhängt, hat der Pfalzgraf Heinrich dem Apostelfürsten Petrus und uns ohne Widerspruch zum Eigenthume übergeben. Der Biograph Anno's erzählt den hier erwähnten Krieg mit folgenden Worten: „Pfalzgraf Heinrich, ein Mann von hoher Geburt und großer Macht, faßte ohne gerechten Anlaß tiefen Groll gegen den Erzbischof Anno und erfüllte von seinem Schlosse Siegburg aus das ganze Erzstift mit Mord, Raub

1) Lac. I, 202 und 203.

und Brand. Anno verhängte den Kirchenbann über ihn, worauf er gefangen und nach Köln abgeführt wurde. Dort angekommen, stürzte der Pfalzgraf dem Erzbischof zu Füßen und bat um Verzeihung, die er auch erhielt. Sodann ging Heinrich als Mönch in das Kloster Görz." In ähnlicher Weise spricht der Verfasser der „Miracula St. Servatii". Nun aber können wir unmöglich annehmen, daß Pfalzgraf Heinrich, wenn auch ein übermüthiger, grausamer Mensch, nur aus Raubsucht diesen Krieg begonnen habe; Rache muß sein Beweggrund gewesen sein. Er wußte recht wohl, daß zwischen Anno und Richeza Verhandlungen über die Abtretung der thüringischen Besitzungen an das Erzstift Köln gepflogen wurden und ihm in Folge dessen das Vermögen der Richeza nicht zufallen sollte. Hierauf also deutet jener Satz in der angezogenen Urkunde[1]) hin; klar spricht es der mehrerwähnte Mönch von Brauweiler aus: „Richeza habe an Brauweiler die Schenkung von Klotten machen wollen; um dieses aber zu erreichen, habe sie des Beistandes des Erzbischofs Anno bedurft (offenbar sollte dieser beim Kaiser die Genehmigung der Schenkung erwirken). Deßhalb habe sie sich (1056) nach Kaiserswerth begeben, wo Anno sich beim Kaiser aufhielt und dem Erzbischofe die Güter zu Saalfeld und Koburg übergeben, worauf ihre Schenkung an Brauweiler genehmigt wurde." Also in diesem Verfahren Anno's fand Heinrich einen Grund zum Kriege; er wollte Alles daransetzen, seinen Vortheil zu wahren.

Der zweite Krieg zwischen Anno und dem Pfalzgrafen ist von den gleichzeitigen Schriftstellern mit hinreichender Klarheit dargestellt. Er endigte bekanntlich auf traurige Weise mit dem Tode des Pfalzgrafen und seiner Gemahlin. Der Biograph Anno's sagt uns, daß Heinrich einen Sohn, dessen Namen er aber nicht nennt, hinterlassen; Anno habe diesen bei sich erziehen lassen und später mit Lehen ausgestattet. So endete dieses pfalzgräfliche Geschlecht.

II.

Die Pfalzgrafschaft bei Rhein bis zum Schlusse des 11. Jahrhunderts.

Nach jener für das Haus der Hezeliniden so unglücklichen Katastrophe tritt eine neue Familie an das Ruder der Pfalzgrafschaft. Welche? Hierüber sind die Ansichten der Geschichtforscher verschieden,

1) Lac. I, 192.

die deßfallsige Untersuchung und Festsetzung des wahren Thatbestandes ist unsere nunmehrige Aufgabe.

Nach dem Verschwinden des Hezeliniden Heinrich aus der Geschichte tritt als Pfalzgraf in Urkunden ein gewisser Herimann auf, welchem auf der rechten Rheinseite der Ruhrgau, der Keldagau und der Auelgau zugeschrieben werden. Urkundlich wird er in den Jahren 1064 bis 1082 [1]) aufgeführt, denn das Jahr 1086 der Urkunde bei Günth. I, 68 ist als solches nicht erwiesen. Die Hildesheimer Chronik [2]) sagt, daß Pfalzgraf Herimann zu Ende des Jahres 1085 gestorben sei. Zu welcher Familie gehörte dieser Herimann?

Zu Ende des 9. und Anfang des 10. Jahrhunderts lebte in Lothringen ein Graf Wigerich, welcher nach einer Urkunde des Bischofs Adalbert von Metz vom Jahre 945 [3]) die höchsten Würden am Hofe der Könige und im Reiche bekleidete, mit Ehren und Reichthümern überhäuft wurde und durch seine Weisheit und seine Tugend den ersten Rang unter den Großen des Reiches behauptete. Seine Gemahlin hieß Kunigunde [4]), mit welcher er mehrere Kinder, unter diesen den am 26. April 964 verstorbenen Bischof Adalbert von Metz zeugte [5]). Nachdem Wigerich gestorben war, ehelichte Kunigunde erweislich einen Grafen Richwin, mit dem sie ebenfalls Kinder zeugte: Sigfrid, welcher nicht vor 998, wahrscheinlich 1004 starb, Otto und Richwin II. [6]). Dieser Richwin II. hatte, wie Bertholet nach einer ungedruckten Urkunde v. J. 946 behauptet, Gertrud, die Tochter eines Herzogs von Franken zur Gemahlin, welcher offenbar kein Anderer sein kann, als der 939 erschlagene Herzog Eberhard. Später nun finden wir keine Spur von Kindern Richwin's II., wohl aber die Kinder des eben genannten Sigfrid im Besitze ansehnlicher Ländereien in Franken. Da nun die Brüder Siegfrid's aus erster Ehe an diesen Gütern nicht Theil haben, so können dieselben nicht von ihrer gemeinschaftlichen Mutter Kunigunde herkommen; da ferner die Gemahlin Sigfrid's, Hedwig, eine Schwester des Markgrafen Adalbert von Lothringen, aus dem Elsaß-Etichonischen Hause stammt, so folgt, daß diese Güter nur durch Richwin II. auf Sigfried und seine Kinder vererbt werden konnten.

Daß aber die Kinder Sigfrid's Güter in Franken besessen, folgt

---

1) Lac. I, 201, 205, 210, 216, 232. 2) Pertz III, 105. 3) Calmet, hist. de Lorraine II. 4) Miraeus, op. dipl. II, 805. 5) Siehe: Krit. Erörterungen über die Grafschaft Luxemburg von Schötter §. 4 ff. 6) Wenck, hessische Landesgeschichte III, §. 17.

daraus: 1) Kunigunde, die Gemahlin Heinrich's II., stiftete aus ihren Erbgütern das Kloster Kauffungen; 2) eben so hat Friedrich I., ihr Bruder, Besitzungen in Franken, welche sich auf seine Kinder vererben [1]). Diese Kinder nun führen sogar den Namen „Grafen von Gleiberg", welches ein Bergschloß in der Nähe der Stadt Gießen an der Lahn war. 1) Seine Tochter Imiza heirathete Welf von Ravensberg, worüber der Mönch von Weingarten bemerkt: Guelfo supra nominatus Rudolfi filius, uxorem de gente Salica de castro Glizberg Imizam nomine, sororem Heinrici ducis Noricorum et Friderici ducis Lotharingiorum et Adilberonis Episcopi Metensis. Imiza ist ein Diminutiv von Irmentrud, denn Köhler führt in seiner Dissertatio de fam. Luxemb. eine Stelle aus der Vita St. Altonis an, welche lautet: veneranda matrona Irmentrud dicta, parentibus nobilissimis orta, scilicet Catuli (Welf's) eiusdem per annos iam multos vidua. 2) Das Chron. Ursperg., Chronogr. Saxo und Annal. Saxo berichten zum Jahre 1057, daß der Luxemburger Fridrich und seine Brüder sich gegen Heinrich IV. empört, aber besiegt worden seien. Dasselbe Factum nun berichtet Bernold von Constanz (z. J. 1059) mit folgenden Worten: Fridericus et frater eius de Glichberga Heinrico regi rebellant und gleich darauf: Fridericus et frater eius de Glichberga Heinrico regi rebellant et postea illi ad deditionem veniunt. 3) Das Chron. Peterhus. ad annum 1081 sagt von dem Gegenkönige Hermann von Luxemburg: Herimannum constituerunt regem genere Francum de Glichberg. Da wir also unzweifelhaft bewiesen haben, daß das Haus Luxemburg in Franken begütert war und von dem dort gelegenen Schlosse Gleichberg auch den Namen führte, können wir nun zeigen, daß es in diesem Hause um diese Zeit einen Hermann gegeben habe, welcher den Namen von Gleichberg führte und daß derselbe der gleichbenannte Pfalzgraf war.

1) Die Genealogia com. Flandriae Nr. 6 [2]) führt unter den Söhnen des 1019 verstorbenen Friedrich von Luxemburg einen Hermann auf.

2) In Hoffmanni Annal. Bamberg. ad an. 1044 heißt es: Sequenti anno (1044) Henricus Bavariae dux, acceptis a Snidgero

---

1) Wenck a. a. O.

2) Pertz IX, 318. — Schötter a. a. O. hat von diesem Hermann gänzlich geschwiegen. — Auch hat er statt der obigen Imiza eine Judith aufgeführt und sich auf die erwiesen fehlerhafte Stelle bei Leibnitz berufen. Wenck a. a. O.

episcopo ex thesauris ecclesiae Bambergensis viginti auri talentis, Creylingam et Rintebachium, praedia ad Danubium, in comitatu Hezilonis comitis sita, ea conditione oppignoravit, ut si vel ipse dux vel post obitum suum fratres sui Hermannus et Theodericus, aurum mutuaticium aequalis ponderis, infra diem praestitutum non solverent, obligata bona in ecclesiae potestate manerent.

3) In einer Stiftungs-Urkunde der Abtei Siegburg [1]) wird gesagt: Gulesa et bettendorf commendata sunt in manum Herimanni comitis de Glizberc.

Dieser Hermann nun ist der in Rede stehende Pfalzgraf. Denn erstlich sagt eine Urkunde Heinrich's V. vom Jahre 1118 [2]): curtem nostram Bettendorf a cognato nostro Herimanno Palatino comite ad nos hereditario iure transfusam. Da nun derselbe Ort auch in der eben benannten Stiftungs-Urkunde von Siegburg vorkommt (höchst wahrscheinlich hatte Hermann die benannten Besitzungen zu dieser Stiftung hergegeben), und Hermann von Gleiberg Vogt über die daselbst der Abtei Siegburg gehörigen Güter wurde, ein anderer Hof daselbst sich aber von dem Pfalzgrafen Hermann auf Kaiser Heinrich V. vererbte, so liegt der Schluß nahe, daß der vorbenannte Hermann von Gleiberg unser Pfalzgraf ist [3]).

Ferner besagt in einer Urkunde vom Jahre 1097 [4]) Adelheit palatina comitissa: quod ego... presente volenteque filio meo Sigefrido...beneficium Manegoldi Kapellani mei... propter animae salutem dominique mei Herimanni perpetuam redemptionem sancto Georgio Lintburgensi canonice famulantibus habendum delegavi... Actum in Limburck in pago Logenahe. Diese Schenkung bestätigt Erzbischof Adalbert von Mainz im Jahre 1124 [5]): fratres in Limpurg... nostram adiere claritatem, rogantes nos super beneficio illo VI. videlicet mansos in Bisena et Muede quos Adelheit Comitissa pro remedio animae coniugis sui domni Herimanni Palatini comitis... ipsis in elemosinam contradidit. Diese Güter Isenburg und Meuth lagen im Engersgau. Woher stammen diese Besitzungen in Franken, welche Pfalzgraf Hermann inne hatte? Offenbar von der Gleiberg'schen Familie. Von Adelheid konnten sie nicht kommen, wie wir bald sehen werden, also von Hermann, für den auch

1) Lac. I, 203 Anm. 2) Honth. hist. Trevir. dipl. I, 329 und Kremer orig. Nass. cod. dipl. Nr. 98. 3) Ueber Bendorf später ausführlicher. 4) Act. Ac. Pal. t. III, p. 80. 5) Ibid. p. 81.

die Begiftung geschieht. Zudem hätte Adelheid, wenn die Stiftung aus ihren Privatgütern bestanden hätte, keineswegs der Einwilligung ihres Sohnes Sigfrid bedurft. — Nun, diese Gründe gewinnen einen besondern Halt, wenn wir berücksichtigen, an welchem Orte die Schenkung geschehen ist, nämlich zu Limburg. Dieses Schloß aber gehörte zur Erbschaft der Luxemburger, denn die Magdeburger Chronik erzählt zum Jahre 1086, also kurz vorher: Eodem anno Hermannus rex nomen regium deponit et statim a suis hominibus in obsidione castri sui Lintberg interficitur.

Wir glauben also den Beweis geliefert zu haben, daß dieser Pfalzgraf Hermann dem Hause Luxemburg angehörte und ein Sohn des 1019 verstorbenen Fridrich von Luxemburg war. Danach zerfällt die Behauptung Giersberg's [1]), daß dieser Hermann ein Bruder Heinrich's des Wüthenden gewesen; eben so bedarf die Behauptung Lacomblet's [2]), er sei ein Verwandter desselben gewesen, des Beweises [3]).

Es ist hier der Ort, über das Geschlecht der Gemahlin Hermann's, Adelheid, nähere Auskunft zu ertheilen. Bernold. Constant. zählt zum Jahre 1077 unter denen, welche dem Kaiser Heinrich IV. treu blieben, nachdem der schwäbische Herzog Rudolf als Gegenkönig aufgetreten war, auf: non modica pars Francorum, Herimannus, comes palatinus, qui gener regis Rudolfi futurus erat. Ist diese Aussage richtig, so müssen diese Heiraths-Unterhandlungen jedenfalls vor 1075 Statt gefunden haben, da in diesem Jahre der Bruch zwischen Kaiser Heinrich IV. und Rudolf seinen Anfang nahm, Hermann aber stets und bis an sein Ende, selbst nach den Aussagen dieses Chronisten, auf Seiten des Kaisers stand. Jedenfalls waren diese Unterhandlungen ohne Erfolg. Als Gemahlin Hermann's erscheint urkundlich Adelheid. Nach dem Zeugnisse des Annalisten Saxo [4]) war sie eine Tochter Otto's

1) A. a. O. 2) Archiv III, 1. S. 33.

3) In Betreff der oben angedeuteten Verwandtschaft zwischen Pfalzgraf Hermann und Kaiser Heinrich V. bemerken wir, daß man im Mittelalter die Verwandtschaften oft sehr ins Weite rechnete. Der Bruder der Kaiserin Kunigunde, Adalbero, Propst zu St. Paulin, nennt den Kaiser Konrad II. nepotem suum (Honth. T. I. p. 372), Graf Giselbert v. Luxemburg wird nepos Conradi imperatoris genannt. Kremer Ardenn. Geschichte §. XXVII. S. 57 Not. 9 und §. XXVIII. S. 61 sagt, daß die Mutter Kaisers Konrad und des Propstes Adalbert Geschwister gewesen seien.

4) ad annum 1060 und 1062. Pertz VI, 693.

von Orlamünde und der Adela von Löwen [1]); sie vermählte sich zuerst mit Adalbert von Ballenstedt, welcher mit ihr zwei Söhne zeugte: Graf Otto von Ballenstedt und den nachmaligen Pfalzgrafen Sigfrid. Nachdem Adalbert gestorben war, ehelichte sie den Pfalzgrafen Hermann und nach dessen Tode den Nachfolger desselben, Heinrich von Laach. Die beiden letztern Ehen blieben kinderlos.

Einige Schriftsteller (Browerí ann. Trev. und Tolner) nehmen an, Adelheid habe noch einen vierten Gemahl, Heinrich II. von Löwen, gehabt und Pfalzgraf Sigfrid sei aus dieser Ehe entsprossen. Sie stützen sich auf eine Urkunde, wodurch Sigfrid in Gemeinschaft mit Heinrich III. von Löwen ein Kloster zu Alost gründet und auf die Bestätigungs-Urkunde der Abtei Laach durch Heinrich IV. (Günth. I, Nr. 84), in welchen beiden von patrimonium in Brabant die Rede ist. Indessen muß berücksichtigt werden, daß das Wort patrimonium im Mittelalter nicht immer in dem stricten Sinne von väterlichem Erbtheil zu nehmen ist. Es ist unwahrscheinlich, daß Sigfrid ein Sohn Heinrich's II. von Löwen gewesen, weil sowohl nicht leicht anzunehmen ist, Adelheid habe vier Männer gehabt, als auch, daß sie ihren Vetter geheirathet habe. Deßhalb glauben wir, der Ansicht beistimmen zu müssen, daß er ein Sohn Adalbert's von Ballenstedt gewesen sei.

Auf Hermann II. folgte unmittelbar als Pfalzgraf Heinrich II., welcher der dritte Gemahl Adelheid's war. Er nannte sich früher Heinrich von Laach; auch über sein Herkommen sind die Meinungen verschieden. Wir haben hier nicht jene Geschichtschreiber zu berücksichtigen, welche, wie z. B. Tolner, ihn mit Heinrich dem Wüthenden identificiren; es steht unzweifelhaft fest, daß er ein Anderer war. Nun behaupten Viele, er sei desselben Sohn gewesen; allein diese Ansicht ist durch nichts erwiesen. Ueber den Sohn Heinrich's I., dessen Name

1) Ihre Abstammung ist aus nachstehender Tafel ersichtlich:

Lantbert I, von Löwen † 1013.

Heinrich I. † 1038. — Lantbert II. heir. Oda, Tochter des Herzogs Gozelo I. von Brabant. — Adela heirathet Otto von Orlamünde.

Heinrich II. von Löwen. (Sohn Lantberts II.)

Heinrich III. von Löwen.

Adelheid heir. I. Adalbert v. Ballenstedt. (Tochter Adelas)
II. Pfalzgraf Hermann.
III. Pfalzgraf Heinrich von Laach.

ex I. Otto von Ballenstedt und Pfalzgraf Sigfrid.

uns nirgendwo mitgetheilt wird, haben wir nur die früher mitgetheilte Nachricht des Biographen Anno's, wonach Anno denselben erzogen und später mit Lehen ausgestattet habe. Gfrörer deducirt nun mit vollem Rechte, daß diese letzte Angabe hinreichend beweis't, daß er nicht der hier in Frage stehende Heinrich von Laach sein könne, und gewiß würde der Biograph, welcher seine Schrift 1104 verfaßte, nicht übergangen haben, daß dieser Sohn Pfalzgraf und als solcher ein Nachfolger seines Vaters geworden sei, wenn dieses wirklich der Fall war; im Gegentheil will er durch obigen Ausdruck zeigen, daß er es nicht geworden ist.

Somit kommen wir zu einer andern Ansicht, daß nämlich Heinrich von Laach aus dem Hause Luxemburg stamme und ebenfalls ein Sohn des 1019 verstorbenen Fridrich sei. Derselben huldigt u. A. Gfrörer, er führt zwei Gewährsmänner an: Marianus Scotus und Heinrich von Laach selbst in seiner Stiftungs-Urkunde von Kloster Laach. Allerdings sagt Marianus, der Gegenkönig Hermann von Luxemburg sei ein Brudersssohn Heinrich's von Laach gewesen. Offenbar irrt er. Daß er ein Brudersssohn des Pfalzgrafen Hermann gewesen, haben wir nachgewiesen; allein der Heinrich von Luxemburg, welcher ein Bruder dieses Hermann war, ist kein Anderer als Heinrich von Baiern. Auch widerspricht dieser Ansicht die Heirath mit Adelheid, der Witwe des vorigen Pfalzgrafen. Nun sagt Gfrörer (S. 120) selbst, daß der Oheim des Gegenkönigs Hermann, Heinrich, 1042 das Herzogthum Baiern erhalten habe und 1047 ohne Nachkommrn gestorben sei. Seine Berufung auf Marianus ist also nichtig [1]).

Ferner beruft sich Gfrörer auf die Stiftungs-Urkuude von Laach vom Jahre 1093. Nachdem Ernst in seiner histoire de Limbourg bereits klar nachgewiesen hat, daß dieselbe unecht ist, hätte Gfrörer erst die Gründe dieses Geschichtforschers für seine Behauptung zu nichte machen müssen, ehe er sich auf diese Urkunde berief. Das ist nicht geschehen, und zudem sind die von Ernst angeführten Gründe so

---

1) Spener op. herald. p. 669 irrt, eben so in der Behauptung, daß Heinrich von Laach ein Sohn dieses Heinrich von Baiern gewesen sei. Noch auffallender sind die Nachrichten des Trithemius: Graf Sigfrid von Luxemburg, der Vater der h. Kunigunde, zeugte Ezzelin, Ezzelin den Ludolf und seine Brüder Hermann und Erzbischof Eberhard von Trier. Ludolf zeugte Heinrich den Wüthenden und Eberhard; Heinrich den Mosellanenherzog Eberhard und Heinrich von Laach. Wir stimmen Meibom vollkommen bei, da er sagt: Trithemius personas et tempora mirifice confundit.

schlagend, daß eine Widerlegung nicht möglich erscheint. Die Hauptgründe findet er in der Angabe der Zeugen: 1) die Brüder Walram und Fulko, Grafen von Arlo, waren 1093 bereits todt; 2) Heinrich von Limburg wird in derselben als Herzog aufgeführt, er erhielt das Herzogthum Niederlothringen erst 1101. Daher schließt Ernst mit vollem Recht, daß diese Urkunde ein späteres Machwerk der Mönche von Laach war [1]). Wenn sich also Gfrörer für seine Ansicht darauf beruft, daß in dieser Urkunde Wilhelmus dux de Lemburg. Wilhelmus comes de Lutzellenburg cognati mei, also Anverwandte Heinrich's von Laach genannt werden, so fällt auch dieser Gewährsmann weg.

Wir glauben nach den vorhergegangenen Bemerkungen zu der Behauptung berechtigt zu sein, daß sich nach den vorhandenen Urkunden weder für die Abstammung Heinrich's aus dem pfalzgräflichen Hause

1) Es muß demnach in dieser Urkunde etwas enthalten sein, was den Mönchen zu der Verfälschung Anlaß gab. Allerdings ist dieses der Fall. In dieser Urkunde heißt es, daß Heinrich dem Kloster Laach: „Crufte cum ecclesia. Bettendorp. et Hembach et eorum adiacentia. Belle, Reitle, Alkene, Willeberg,“ geschenkt habe. In der zweiten Stiftungs-Urkunde des Pfalzrafen Sigfrid (Günth. I, 83) stehen dieselben Güter in derselben Reihenfolge, nur fehlen Bendorf und Heimbach. Wir wissen, daß Heinrich V. dieses Gut zu Bendorf als ihm vom Pfalzgraf Hermann erblich überkommen bezeichnete und daß er es wirklich in Besitz hatte. Im Jahre 1138 (Acta Acad. Pal. III, 128) beschwerten sich die Mönche von Laach beim Könige Konrad II., daß ihnen der Hof zu Bendorf, den Pfalzgraf Heinrich zu ihren Stiftungsgütern geschlagen hätte, von dessen Stiefsohn und Nachfolger Sigfrid wieder entrissen worden sei. Konrad erzählt nun in der betreffenden Urkunde die Stiftung des Klosters Laach, welches von Adelheid nach Heinrich's Tod vollendet worden; dann fährt er fort: „Deinde aliquo tempore elapso Sigefridus Palatinus, qui praefato Comiti in Palatii comitatu successit, quaedam patrimonia sua per quasdam conditiones aequas avo nostro Henrico (König Heinrich IV.) divae recordationis imperatori Augusto in perpetuum tradidit, et cum sua predia non sufficerent, unam curtim quae est in Bettendorph ecclesiae beatae Mariae apud Lacum, semper ecclesia reclamante, cum omnibus appendiciis suis violenter abstulit, et Imperatori tanquam sua essent inter cetera donavit.“ Die Mönche verschwiegen, sagt Wenck a. a. O., dem hierin ganz unbelehrten Kaiser Konrad die wahre Beschaffenheit der Sache, daß nämlich diese Güter von Pfalzgraf Hermann herrührten und demgemäß Heinrich von Laach kein Recht hatte, den Hof Bendorf zu verschenken, und daß in Folge dessen Sigfrid ihn herausgeben mußte; sie zeigten nur jenen falschen Stiftungsbrief vor. — Allein die Bestätigungs-Urkunde Heinrich's V. vom Jahre 1112 (Günth. I, 84)? Lamei sagt: (Act. Acad. Palat. T. III, p. 53): es sei dieser Brief nach der Urkunde von 1093 vom Concipienten abgefaßt und daher die Güter Bendorf und Heimbach darin benannt worden, welche nicht dahin gehörten.

der Hezeliniden, noch für jene aus dem Hause Luxemburg ein Beweis anführen läßt. Gibt es noch eine dritte Ansicht? Unseres Wissens ist keine aufgestellt worden, wir können jedoch nicht umhin, einer solchen hier Ausdruck zu verleihen.

Daß Pfalzgraf Heinrich sich „von Laach" nannte, hat seinen Grund darin: 1. Daß er in dieser Gegend seine Erbgüter besaß und 2. daß dort sein Schloß stand, welches er zu bewohnen pflegte. Die Güter nämlich in Francien, welche Pfalzgraf Hermann besaß, und wovon Heinrich von Laach wenigstens zum Theil die Nutznießung gehabt zu haben scheint, rührten von Ersterm her, wie wir bereits gesehen haben. Als Erbschaft sind sie nicht in den Besitz Heinrich's von Laach übergegangen, wäre dieses der Fall gewesen, so würde Kaiser Heinrich V. nicht 1118 sich darauf berufen haben, daß das Gut zu Bendorf ihm erblich von Pfalzgraf Hermann überkommen sei. Hierüber wird also kein Zweifel obwalten. Ferner hatte Kaiser Heinrich IV. nach dem Absterben Heinrich's des Wüthenden viele Güter desselben bei der Pfalzgrafschaft belassen, d. h. auf die nachfolgenden Pfalzgrafen übertragen, wie z. B. das Schloß Kochem, welches wir noch später (1126) in den Händen des Pfalzgrafen Wilhelm finden [1]), der doch sicher nicht mit den Hezeliniden verwandt war. Nebendem besaß aber Heinrich seine Erbgüter, und zwar in der Gegend von Laach, wo ebenfalls sein Castellum stand, wie aus folgenden Stellen erhellt. In der Urkunde Sigfrid's vom Jahre 1112 [2]) heißt es: Itaque castellum ecclesie uicinum quieti fratrum prospiciens destruxit et bona ad ipsum prius pertinentia fratribus ibi domino et beate Marie famulantibus tradidit; und in einer Urkunde Heinrich's V. vom Jahre 1112 [3]): Henricus... ecclesiam... apud Lacum in predio suo a fundamentis erexit. Wir glauben nun eben in diesem Umstande des Güterbesitzes in Laach Andeutungen über die Herkunft dieses Heinrich zu finden.

In dem alten Laacher Nekrolog heißt es [4]): III. non. Julij obiit Gerhardus comes de Hostade qui contulit dimidietatem Laci ecclesiae nostrae. donationem confirmavit Innocentius II. papa X. Kal. aprilis MCXXXVIIJ. In der hier angezogenen päpstlichen Urkunde [5]) heißt es: dimidium mansum et dimidiam partem Lacus a

1) Tolner cod. dipl. Nr. 40. 2) Günther I, Nr. 83. 3) Derselbe Nr. 84. 4) Günth. I, S. 245. Anm. 3. 5) Daselbst.

Gerardo comite donatam; also in voller Uebereinstimmung mit der Stelle des Nekrologs. Ein solcher Umstand nun, daß Erbgüter unter zwei Personen getheilt sind, zeugt dafür, daß sie aus einer gemeinsamen Quelle herstammen, also zwischen unserem Heinrich von Laach und den Grafen von Hochstaden ein gemeinsamer Ursprung herrscht. So sagt denn auch Günther, richtig schließend, daß die ganze Laacher Gegend mit dem ganzen See noch im 10. Jahrhundert (und wir setzen hinzu: auch im 11. Jahrhundert) eine Besitzung der Voreltern der Grafen von Ahr-Hochstaden gewesen sei. Wenn er aber weiter behauptet, die Gemahlin Heinrich's des Wüthenden, Mechtild, sei eine Gräfin von Ahr-Hochstaden gewesen, so bleibt er uns dafür den Beweis schuldig und es widerspricht diese Annahme der ausdrücklichen Angabe des Chronisten von Lobbes, welche wir früher angeführt haben. Daß die weitere Annahme Günther's, dieser Heinrich von Laach sei ein Sohn Heinrich's des Wüthenden gewesen, unrichtig sei, haben wir früher gesehen. Das steht fest, daß Heinrich von Laach dem Hause Hochstaden entsprossen ist, ob väterlicher- oder mütterlicherseits, wagen wir jedoch nicht zu entscheiden. Heinrich von Laach starb 1095 und zwar nach dem Nekrolog von Laach pridie Idus Aprilis.

III.

Beurtheilung der Stiftungs-Urkunden der Abtei Brauweiler und ihr Zusammenhang.

Wir haben früher versprochen, den Stiftungs-Urkunden der Abtei Brauweiler einen besondern Abschnitt zu widmen. Die Reihenfolge, in welcher wir dieselben auf Seite 29 und 30 angeführt haben, müssen wir auch hier festhalten. Wir haben im Ganzen 13 auf die Stiftung von Brauweiler bezügliche Urkunden gefunden; wenn wir auch, wie sich bald zeigen wird, noch eine vierzehnte voraussetzen müssen, so reichen doch diese 13 zur Beurtheilung der Verwicklungen in Betreff der genannten Stiftungen vollkommen hin.

1) Nachdem Pfalzgraf Ezzo und seine Gemahlin Mathilde auf dem zur Mitgift der Mathilde gehörigen Schlosse Brauweiler die Abtei gleichen Namens gestiftet hatten, ließ Ezzo nach dem 1025 erfolgten Tode seiner Gemahlin diese Stiftung im Jahre 1028 durch Erzbischof Piligrim von Köln vermittels zweier Urkunden bestätigen (Nr. 1 und 2), bei welcher Gelegenheit Piligrim derselben Abtei einen

Hof in Köln (den später sogenannten Brauweiler-Hof auf der Burgmauer) schenkt (Nr. 4). Desgleichen bestätigte der Erzbischof eine besondere Schenkung an Brauweiler, nämlich eines Hofes zu Lövenich, durch Anhängen seines Siegels (Nr. 3). Auch suchte Ezzo die Bestätigung dieser Stiftung beim Kaiser nach, welche ihrer Wesenheit nach erfolgt ist. Die Urkunde selbst ist verloren gegangen, wurde aber vor 1035 ausgefertigt, weil in diesem Jahre Ezzo starb.

2) Im Jahre 1048 starb Otto, ein Sohn Ezzo's; 1049 wurde Heinrich, der Sohn Ludolf's, unter Verzichtleistung auf die Pfalzgrafschaft nach Baiern versetzt. Dadurch konnte die Stiftung in Gefahr kommen, weil in der Linie der Ezzoniden keine berechtigte Nachkommenschaft vorauszusehen war. Deßhalb begannen die noch lebenden berechtigten Ezzoniden einen Proceß, welcher 1051 beendigt wurde. Sie griffen die Stiftung als ungesetzlich an und erreichten die Verwerfung derselben, worauf sie jedoch die Stiftung erneuerten und der Abtei viele frühern Güter, nicht aber alle, zuwiesen. Hierüber geben die Urkunden Nr. 5 und 6 Aufschluß. Um aber die Abtei zu entschädigen, begiftete Richeza dieselbe unter dem 18. Juli und 7. Sept. 1051 mit Klotten und andern Gütern, welche zum Theil auch schon von ihrem Vater derselben übertragen gewesen (Nr. 7 und 8). Leo IX. bestätigte die Stiftung ebenfalls 1052 (Nr. 9).

3) Nach dem Tode der Theophanu, Aebtissin zu Essen, Tochter Ezzo's, stiftete Richeza ihr Anniversar zu Brauweiler 7. Sept. 1054 (Nr. 10).

4) Nach dem Tode des Erzbischofs Hermann von Köln (1056), wo also von den erbberechtigten Ezzoniden nur allein Richeza noch am Leben war, wurden auf ihr Anstehen die Stiftungs-Urkunden über Brauweiler erneuert (Nr. 11, 12 und 13).

§. 1.

Zum Behufe klareren Verständnisses erlauben wir uns, die Urkunde Nr. 2 in zwei Theile zu zerlegen, von denen der zweite mit den Worten: Bona etiam.. beginnt. Vom Inhalte dieses zweiten Theiles ist in der Urkunde Nr. 1 keine Rede; außerdem unterscheiden sich beide noch in folgenden Puncten:

a) In Nr. 1 finden sich Ezzo und seine Gemahlin als Stifter vor, in der zweiten Ezzo allein „auf häufiges Zureden seiner Gemahlin", welcher hier als einer Verstorbenen gedacht ist; auch geben zu dieser zweiten Urkunde die Söhne Ezzo's, Hermann und Otto, ihre Zustimmung.

b) Der erste Theil der Urkunde Nr. 2 enthält außer den Bestimmungen von Nr. 1 noch die Güter zu Lövenich, Freimersdorf, Königsdorf, Dansweiler, Glessen, Sinthern [1]), Mansteden, Ichendorf, Schlenderhan, die vier Wälder Wedehove (Weyden?), Hanepütz, Asp [2]) und Bram nebst dem Wildbann, endlich zwei Weier (paludes), deren einer zwischen Sinthern und Glessen [3]), der andere bei Thorr auf der rechten Seite der Erft gelegen war.

Die unter Nr. 12 angeführte Urkunde setzt eine früher an Ezzo ausgestellte Bestätigungs-Urkunde des Kaisers voraus. In dieser Urkunde nämlich sagt der Kaiser: „Erenfrid ist vor uns erschienen und hat in Gegenwart der Reichsfürsten sein Gut Brauweiler Gott und dem heil. Nikolaus übergeben.“ Wann hat dieses Statt gefunden? Die Urkunde ist 1056 datirt, Ezzo hingegen 1035 gestorben; die Urkunde sagt, daß Ezzo persönlich beim Kaiser die Bestätigung nachgesucht habe, also muß vor dem Jahre 1035 vom Kaiser eine Urkunde über diese Stiftung ausgefertigt worden sein, wovon diese Urkunde Nr. 12 eine Erneuerung ist. Hätte der Kaiser erst jetzt, also 21 Jahre nach dem Tode Ezzo's, diese Bestätigung ertheilt, so würde jedenfalls davon Meldung geschehen sein, daß Ezzo todt war, wie dieses in andern Urkunden der Fall ist. Nr. 5 sagt: Erenfridus beatae memorie comes palatinus; Nr. 6 sagt von ihm und seiner Gemahlin: post decessum eorum und ähnlich drücken sich Nr. 8, 10 und 11 aus. — Da die Urkunden Nr. 3 und 4 an sich klar sind, so gehen wir zu den folgenden wichtigeren Paragraphen über.

§. 2.

Zunächst wird in den Urkunden 5 und 6 gesagt, daß die von Ezzo und Mathilde geschehene Stiftung von Brauweiler ungesetzlich gewesen sei. Warum dies? Bieten sich in den Urkunden 1 und 2 Anhaltspuncte dar, dies zu begründen? Wir antworten bejahend. Brauweiler selbst gehörte zur Mitgift der Mathilde (Nr. 2), also konnte

---

1) Kyrchtorp ist nicht Kirdorf bei Bedburg, sondern jetzt nach Act. Acad. Pal. III, p. 141 mit Sinthern in einem Orte vereinigt.

2) Asperschlag liegt zwischen Niederaußem und Büsdorf.

3) Dort liegt jetzt eine Mühle.

Ezzo nicht eigenmächtig über dieses Gut verfügen, sondern nur in Gemeinschaft mit seiner Gemahlin. Indessen solches war doch nach Nr. 1 geschehen? Allerdings factisch, aber nicht unter dem Schutze der Gesetze. Denn es war zu Lebzeiten der Mathilde keine Schenkung beurkundet worden, und als sie 1025 starb, auch kein Testament in Betreff dieser Stiftung hinterlassen worden: sie starb, wie wir wissen, unvermuthet auf dem Schlosse Esch bei Bergheim. Mit ihrem Tode aber waren ihre Heirathsgüter ihren Kindern verfallen und deßhalb sehen wir, daß Ezzo in dem zweiten vollständigeren Stiftungsbriefe den Consens seiner beiden Söhne Hermann und Otto einholt. Allein auch dieser Consens war nicht hinreichend, indem die andern noch lebenden Kinder Ezzo's nicht weniger durch diese Schenkung beeinträchtigt wurden. Auf Grund dessen konnte die Stiftung selbst rechtlich angefeindet werden und dieses geschah durch Hermann, Richeza und Theophanu."

Diese Deduction ist unzweifelhaft klar und natürlich; dadurch aber fallen die Hypothesen Gfrörer's (Gregor VII, Bd. 1, S. 88 ff.) theilweise als unbegründet weg, um so mehr, da eben Brauweiler an sich kein pfalzgräfliches Gut war, sondern zu den Heirathsgütern der Mathilde gehörte, also Pfalzgraf Heinrich auch keinen directen Anspruch auf dieses Gut machen konnte, sondern nur in so fern es ihm von den Kindern Ezzo's erblich anheim fiel. Ueberhaupt müssen wir bei der Begiftung von Brauweiler wohl allenthalben den Unterschied zwischen den pfalzgräflichen und den nichtpfalzgräflichen Gütern festhalten.

Nun aber lag diesem Verfahren der Ezzoniden nicht die Absicht zu Grunde, die Stiftung Brauweiler selbst zu gefährden; denn nachdem ihnen durch Richterspruch die Erbschaft zuerkannt war, erneuerten sie die Stiftung; es war vielmehr ihre Absicht, die Stiftung auch gesetzlich sicher zu stellen, damit sie nach ihrem Tode nicht angefeindet werden könne, denn ihr voraussichtlicher Erbe war der Hezelinide Heinrich. Deßhalb wurde auch diese ungesetzliche Stiftung nicht gleich nach dem Tode Ezzo's angegriffen, sondern erst nach dem Tode Otto's (1048) und der Versetzung Heinrich's nach Baiern (1049). — Wir müssen hier die Zeitverhältnisse wohl berücksichtigen. Erst vor Kurzem war der Hezelinide Heinrich Pfalzgraf geworden und es handelte sich sehr um die Frage, welche Güter er in Folge dessen beanspruchen könne. Es ist außer Zweifel, daß er Ansprüche erhob und daß diese berücksichtigt werden mußten; wie dies geschehen, auch darüber geben uns die Urkunden näheren Aufschluß, wenn wir sie nur genauer untersuchen.

Wir haben bemerkt, daß die Mathilde'schen Güter rechtlich auf ihre Kinder übergegangen seien, ohne daß der Hezelinide Heinrich auf dieselben bei ihren Lebzeiten Anspruch erheben konnte. Auch war dieses mit einigen Gütern Ezzo's der Fall, nämlich mit denjenigen, in Bezug auf welche ein besonderer Vertrag zwischen Ezzo und Hezelin Bestimmungen getroffen hatte. Von einem solchen Vertrage ist die Rede in vielen Urkunden, nämlich überall, wo von dem Walde Vele gesprochen wird. Diesen Wald, heißt es, hätten Ezzo und Hezelin unter sich getheilt, und Hezelin habe seinen Theil dem heil. Cornelius, Ezzo dem heil. Nikolaus übergeben. Deßhalb fiel auch dieser Wald, der Theilung entsprechend, unter den Richterspruch, welchen die Ezzoniden erwirkt hatten.

Dagegen konnten die Güter, welche weder von Mathilde herrührten, noch durch besondern Vertrag den Ezzoniden frei zugesprochen waren, nur mit ausdrücklicher Genehmigung des Hezeliniden Heinrich vergeben werden. Eben dieser Umstand ist klar. Denn warum wurden die im zweiten Theile der Urkunde Nr. 2 enthaltenen Güter durch den Urtheilsspruch 5 und 6 nicht zugesprochen? Weil sie zur Pfalzgrafschaft gehörten. Und doch erhielt Brauweiler durch spätere Urkunden, jedoch unter Zustimmung unseres Heinrich einige von diesen Gütern zurück. Fassen wir die Urkunde Nr. 7 näher ins Auge. Sie ist die erste, in welcher Heinrich als Zeuge erscheint. In ihr vergibt Richeza pfalzgräfliche Güter an Brauweiler; indessen den Consens dazu gab Heinrich nicht umsonst; sie mußte dafür das Schloß Kochem schon jetzt an ihn abtreten und ihm die Obervogtei von Klotten überlassen. Eben aus demselben Grunde finden wir in all den Urkunden, in welchen Vergebungen von pfalzgräflichen Gütern Statt fanden, Heinrich als Zeugen angeführt, zum Beweise, daß er dazu seine Einwilligung gegeben hatte. Daraus folgt nun auch, daß die Ezzoniden bis zu ihrem Tode die Nutznießung dieser Güter hatten.

Also Nr. 5 und 6 enthalten den Richterspruch, wodurch den Kindern Ezzo's die ihnen zufolge Erbschaft von Seiten der Mutter zukommenden Güter zugesprochen werden, mit welchen diese sodann die Abtei Brauweiler begiften. Es sind dies jene Güter, welche in den Urkunden 1 und 2 erster Theil enthalten sind. Ueber die eigentlich pfalzgräflichen Güter durften sie ohne die Einwilligung des nunmehrigen Pfalzgrafen Heinrich nicht verfügen. Derartige Verfügungen mit Zustimmung des Pfalzgrafen wurden aber getroffen in den Urkunden Nr. 7 und 8 und ebenso in verschiedenen spätern Urkunden.

Nun Nr. 9. Gfrörer a. a. O. S. 94 f. stellt die Ansicht auf, daß Erzbischof Hermann aus dem Grunde die Genehmigung des Papstes Leo IX. nachgesucht habe, weil bei Heinrich III. eine den aufgestellten Urkunden von 1051 entgegengesetzte Ansicht die Oberhand gewonnen habe. Das ist durchaus unbegründet. Denn folgerichtig müßte man annehmen, daß überall, wo eine Bestätigung des Papstes nachgesucht wird, dieses geschehe, um den Kaiser zu hintergehen. So lange Gfrörer diesen allgemeinen (aber jedenfalls unbeweisbaren) Satz nicht bewiesen hat, ist seine Hypothese unrichtig, oder es müßte alsdann nachgewiesen werden, daß die Urkunde Nr. 9 besondere Bestimmungen enthält, welche solches rechtfertigen. Dieses glaubt auch Gfrörer in den Worten videtur continere zu erkennen. Allein diese Begründung ist nicht stichhaltig. Erzbischof Hermann begehrte die Bestätigung des Papstes in so fern, als es der Rechtsspruch des Jahres 1051 festgestellt hatte, und eben so bestätigte es dieser; denn es heißt in der Urkunde: secundum diffinitionem qua diffinitum est ante presentiam filii nostri serenissimi imperatoris. Die Urkunde also beweis't nicht mehr, als daß Hermann die allgemein gebräuchliche Bestätigung des Papstes auch für Brauweiler nach gesetzlicher Feststellung der Stiftung nachgesucht und erhalten habe und das videtur continere hat in der That keinen anderen, als den gewöhnlichen Begriff continet.

§. 3.

Die Urkunde Nr. 10 beginnt folgender Maßen: „Ich Königin thue kund den Gegenwärtigen und Zukünftigen, daß ich, nachdem mein Bruder sel. Andenkens, der Herzog Otto, die Hälfte des Gutes Brauweiler, welche mit Bewilligung unseres Bruders, des Erzbischofs Hermann, schon auf uns übergegangen war, für seine Seelenruhe und zum ewigen Andenken seiner dort ruhenden Eltern Gott und dem heil. Nikolaus überwiesen hat, auch beschlossen habe, für ihn, den kurz darauf Verstorbenen, etwas von dem Meinigen, wie es dieser Brief enthält, für jenes Kloster beizufügen“. Dieser Eingang der Urkunde bestätigt einestheils unsere frühere Aussage, daß das Gut Brauweiler rechtlich auf die Kinder Ezzo's übergegangen war, als er auch anderntheils die nähere Bestimmung enthält, daß bereits vor dem Tode Otto's

(1045) eine Theilung dieses Gutes in der Weise Statt gefunden habe, daß Otto und Richeza den Anspruch auf die Hälfte desselben erhielten. Daraus folgt, daß bereits vor dem Jahre 1045 die Begiftung Ezzo's an Brauweiler als widerrechtlich betrachtet wurde.

§. 4.

„Nach dem Tode des Erzbischofs Hermann von Köln (1056), wo also von den erbberechtigten Ezzoniden nur Richeza noch am Leben war, wurden auf ihr Anstehen die Stiftungs-Urkunden über Brauweiler erneuert (Nr. 11, 12 und 13).“ Es kommt hierbei besonders darauf an, zu zeigen, daß die Urkunden 12 und 13 in das Jahr 1056 gehören, nicht, wie sie datirt sind, 1051. Früher (im ersten Abschnitte) haben wir die Gründe angeführt, weßhalb wir für das Jahr 1056 uns entscheiden müssen und so wollen wir hier noch eine Bemerkung über die Zeugen beifügen. Dieselben Zeugen kommen vor in den Urkunden 7, 8, 10, 11, 12 und 13, also in den Jahren 1051, 1054 und 1056. Sie sind: Pfalzgraf Heinrich, Vogt Rütger, Graf Gerhard, Beringer, Goswin, Graf Starkhart, Graf Sikko, Kaplan Rupert, Embriko, Eppo, Winbold, Ansfrid, Heimo, Ansfrid. Der erste war offenbar der Hauptzeuge. Er tritt zunächst nur in den Urkunden auf, bei denen er ein besonderes Interesse hatte; später, 1056, auch in den andern. Hierüber haben wir bereits gesprochen. So weit wir die übrigen Zeugen kennen, waren sie Lehensleute der Ezzoniden. Von Sikko ist im ersten Abschnitte die Rede gewesen; Graf Starkhart vermittelte 1057 die Uebergabe von Saalfeld, Koburg und Orlamünde an die kölnische Kirche [1]) und wird in dieser Urkunde comes miles ipsius Regine genannt; Rütger wird als Vogt (advocatus) der Richeza und als minister ihres Vaters Ezzo bezeichnet (Nr. 10); seine Gemahlin hieß Wazela; Embriko war minister der Richeza, seine Gemahlin hieß Doverana, er besaß Gielsdorf (Nr. 10); Eppo hat den Beinamen „von Aldendorf“ (Nr. 10); von Winbold wird ein Bruder Adalbert angeführt (Nr. 7); Ansfrid war Kleriker der Richeza (Nr. 10), einer seiner Brüder hieß Ernesto (Nr. 7), ein anderer Arnold (Nr. 10); Rupert war Kaplan der Richeza (Nr. 10).

1) Lac. I, 192.

Aus den jetzt angeführten Beweisen ziehen wir nun den Schluß, daß die Urkunden Nr. 12 und 13 nur Erneuerungen von früher bereits vorhandenen Urkunden sind. Daher kann es nicht auffallen, wenn aus Irrthum das Datum des Jahres 1051 mit abgeschrieben wurde. Die Anführung der Zeugen kann wegen der Urkunde Nr. 11 nicht beweisen, daß die beiden in Frage stehenden Urkunden, so wie sie uns vorliegen, 1051 ausgefertigt wurden, vielmehr liegt darin, daß Anno als Zeuge sowohl, als auch sonst in den Urkunden angeführt wird, daß das Datum dieser Urkunden nicht 1051, sondern 1056 sein muß. Gewiß, es kann nur auffallen, wenn man annehmen will, daß am 20. August 1051 eine Urkunde von Neuem bestätigt worden sei, welche am 18. Juli desselben Jahres ausgefertigt wurde. Wir wissen von keinem Ereigniß, welches innerhalb dieses Monates eine solche Bestätigung hätte nöthig machen können. Wohl aber war dieses 1056 der Fall, da nämlich in diesem Jahre Hermann mit Tod abgegangen war. Daß eine gegründete Veranlassung nach dem Tode Hermann's zur erneuerten Bestätigung vorhanden war, deutet uns der Mönch von Brauweiler zur Genüge an, da er sagt: Anno qui quamvis sanctae religionis approbatus cultor fuisset, interdum tamen proprii plus arbitratus quam iustitiae cultus tenax, eidem loco (Brauweiler) nihil pietatis impendebat aut affectus. Quod sentiens Richeza regina, habito prudentum apud se consilio, ratum duxit esse, Pontificem beneficiis placare; veniensque ad eum in insulam S. Suiberti, commorantem cum Imperatore, S. Petro Saleveld et Coburg, S. Nicolao vero Clottenum, per manum mundiburdis Henrici Comitis Palatini, de placito sibi ad vitam usu fructuario, sub solenni dedit traditione. Ubi mox Archiantistes eodem animi voto eademque sententia, qua S. Petro et sibi Saleveld et Coburg, Clottenum (ad Mosellam) S. Nicolao et Abbati Tegenoni (ut ipse Imperator, qui praesens erat, hoc agi iustum fore dicebat) banno suo terribili sub anathemate damnatis invasoribus earundem rerum, perpetuo possidenda confirmabat.“ Also war ein Grund vorhanden, die Begiftung von Brauweiler mit Klotten und den andern Gütern an der Mosel zu erneuern, und solches geschah durch die Urkunden 11 und 13; daß nun bei dieser Gelegenheit auch eine Bestätigung der Stiftung überhaupt Statt fand, kann nicht auffallen, und dieses spricht dafür, daß wir auch Nr. 12 in das Jahr 1056 setzen müssen.

Auch muß Pfalzgraf Heinrich mit dem Inhalte all jener Urkunden einverstanden gewesen sein, welche er selbst unterzeichnete, und dieses spricht sehr gegen so viele Hypothesen Gfrörer's. Indessen ist damit keineswegs gesagt, daß zwischen den Ezzoniden und dem Pfalzgrafen das beste Einvernehmen bestanden habe; auch die Schenkungen, welche von den Ezzoniden gesetzlich nach Gutdünken gemacht werden konnten, waren indirect zum Nachtheile des Pfalzgrafen und so erklärt sich sowohl die obige Aussage des Mönches von Brauweiler in Bezug auf die Uebergabe von Saalfeld u. s. w. an Anno, als auch der darin liegende Grund der Streitigkeiten zwischen diesem und dem Pfalzgrafen, welche für den Letzteren ein so trauriges Ende herbeiführten.

Ehrenrettung des Pfalzgrafen Ezo gegen Gfrörer.

Von Pfarrer **Giersberg** in Herchen.

Das letzte, bedeutendste Werk Gfrörers ist dessen „Papst Gregorius VII. und sein Zeitalter". Gfrörer hat es sich in diesem Werke zur Aufgabe gemacht, jenen großen, von Gott so reich begnadigten Reformator der Kirche, den Erretter derselben aus dem Schlamme der Unsittlichkeit und den Banden der weltlichen Macht, in ein rechtes Licht zu stellen. Wie sehr ihm dies gelungen, das zu zeigen, muß einer geübteren Feder überlassen werden. Es wäre dies um so wünschenswerther, als dasselbe das Schicksal so mancher anderen gleichartigen Werke zu erfahren scheint, nämlich von gewissen modernen Schriftstellern, die Gfrörer, als er noch Protestant war, in den Himmel hoben, todt geschwiegen zu werden. Bei aller Gediegenheit des letzten, großartigen Werkes des leider schon hingegangenen Verfassers werden hie und da Ausstellungen zu machen sein, aber die sind kaum wie ein Stäubchen auf einer goldenen Krone. Dem Verfasser dieses ist es beim Durchlesen des ersten Bandes besonders aufgefallen, auf Seite 57 den Charakter des Pfalzgrafen Ezo, des Stifters der Abtei Brauweiler, ganz falsch gezeichnet zu sehen. Während uns der Brauweiler Chronist in Ezo das Bild eines echten deutschen Mannes vor Augen stellt, der schon in früher Jugend züchtig und ernst, rechtschaffen, hochherzig und glaubenstreu unter den Fürsten des Reiches hervorragte, erhebt Gfrörer gegen denselben zwei schwere Anklagen; die eine, Ezo habe das Kloster Brauweiler gestiftet, um den durch Kaiser Heinrich II. an St. Maximin bei Trier begangenen Raub wieder gut zu machen und die dadurch gereizte Stimmung des Volkes zu beschwichtigen; die andere, er habe den Tod seiner Gemahlin leicht verschmerzt und wenigstens nach dem Tode derselben sträflichen Umgang mit anderen Weibern gepflogen.

Es wird uns nicht schwer fallen, diese Anklagen als unbegründet nachzuweisen.

Was den ersten Punct betrifft, so sagt Gfrörer:

„Als Kaiser Heinrich II. der neuen Kriegsordnung wegen den bekannten Griff in die Güter des reichen Stiftes St. Maximin bei Trier machte, fiel ein wohlgemessener Theil der Beute dem Pfalzgrafen Ezo zu. Dieser stiftete das Kloster Brauweiler, um die wegen den Maximinischen Gütern aufgeregte Stimmung des Volkes zu beschwichtigen." Allerdings erhielt Ezo im Jahre 1023 den dritten Theil gewisser Güter der Abtei S. Maximin unter der Bedingung als Lehen, statt des Abtes und seiner Nachfolger das königliche Hoflager zu besuchen und die Heeresfolge zu leisten. Wir haben aber keinen Grund anzunehmen, daß derselbe durch die Stiftung von Brauweiler den Unwillen des Volkes wegen der Maximinischen Güter habe beschwichtigen und sich einen gesetzlichen Titel für die Empfangnahme jener Güter habe erwerben wollen [1]). Nirgendwo findet sich die Stiftung von Brauweiler mit den Maximinischen Gütern in Verbindung gebracht, vielmehr heißt es überall, Ezo habe das Kloster aus Frommsinn gestiftet, um ein altes Gelübde zu erfüllen. Die Acta abbatum enthalten darüber in wörtlicher Uebersetzung Folgendes: Ezo führte Mathilde, die Tochter Otto's II., heim. In Brauweiler angekommen, übergab er seiner jungen Gemahlin einen mit Rasen umhüllten Zweig, zum Zeichen, daß er ihr seine dortigen Güter als Brautgeschenk übergeben. Mathilde trat sofort in die Kapelle des heil. Medardus und opferte nach

1) Es existiren zwei Urkunden Heinrich's, die Schenkung der Güter von St. Maximin betreffend; die eine datirt Mainz pridie Kal. Dec. 1023; die andere von Tribur IV. Idus Dec., also zehn Tage später. In der letzteren wurde deutlicher ausgesprochen, was die Vögte der Villen und die Appellationen an den römischen Stuhl betrifft, dem das Maximinen-Kloster von Constantin's und seiner Mutter Helena Zeiten her übergeben war. Die betreffende Stelle in dieser Urkunde lautet: „Notum fieri cupimus, qualiter nos ex abbatia S. Joannis et Maximini, quae in suburbio Trevirorum sita est, ubi Haricko venerabilis abbas praeesse videtur, quasdam curtes, villas et possessiones, scilicet sex millia sexcentos quinquaginta sex mansos, ut verius computari potuit, a praefato abbate in beneficium accepimus et his fidelibus nostris Ezoni videlicet Palatino comiti, et Henrico duci nec non Ottoni comiti ea conditione beneficiavimus, ut, quia praefatus abbas iam senio confectus commode nobis domi militiaeque servire non poterat, ipsi et haeredes, qui haec beneficia habent, pro eodem abbate suisque successoribus curiam regalem petant et in expeditionem eant. cf. Zilles, defensio abbatiae S. Maximini fol. 31 in Codice diplom. et acta acad. Palat. Tom. III, fol. 104.

inbrünstigem Gebete all ihre Habe Gott und seinen Heiligen. Ihre überaus glückliche Ehe ward mit zehn Kindern gesegnet [1]).

Der glorreiche Held Ezo, alt geworden, überlegt mit seiner edlen Gemahlin, wie sie ihr Gelübde, ein Kloster zu stiften, lösen sollen. Sie reisen nach Rom und eröffnen dem Papste Johannes XX. ihr Vorhaben. Der heilige Vater hört ihre Beichte und beschenkt sie mit kostbaren Reliquien. Dann noch ermahnt, die Stiftung, zu der sie sich gegen Gott verpflichtet, zu vollziehen, kehren sie fröhlich in ihr Vaterland zurück und beschließen, die Morgengabe Mathildens, das Gut zu Brauweiler, Gott zu weihen und dort ein Kloster zu gründen [2]). Die Heirath war 990 oder 91, also auch das Gelübde einer Klosterstiftung 33 Jahre vor Erwerbung der Maximinischen Güter vollzogen worden.

Sehen wir uns nun die Urkunden an. In der ersten Bestätigungs-Urkunde vom Erzbischofe Piligrimus heißt es: „Quod Erenfridus comes Palatinus una cum coniuge sua domna Mathilde allodium suum in Brunwilre cum omnibus suis appendiciis Deo sanctoque Nicolao sine omni exceptione contulerunt, obsecrantes, ut gratiam libertatis chyrographo confirmaremus... Nos itaque praedicti Erenfridi suaeque coniugis Mathildis piam secuti actionem de nostris etiam aliqua curavimus addere.“ ... In der zweiten: „Quia Erenfridus nostram adiverit humilitatem obsecrans, ut monasterio suo, quod in vico Brunwilarensi, id est in dote piae memoriae Mathildis coniugis suae crebra eius suggestione aedificare inchoaverat et ea immatura morte praeventa pro anima illius et sua voluntarius jam consummaverat, gratiam libertatis et privilegii confirmaremus.“ ...

Ferner sagt Kaiser Heinrich in der Bestätigungs-Urkunde: quam

1) Gfrörer sagt hier: Zehn lebendige Kinder sind ein unbequemer Segen für ein Haus, das seine Güter bei einander halten will. Kirchenpfründen mußten aushelfen u. s. w. Wie ganz anders sprechen darüber die Acta abbatum: „Legitimo humanae procreationis tempore exacto nati sunt eis filii tres et filiae septem, quibus talem tantamque gloriam gratia divina contulit, ut memoriam eorum et apud Deum et apud homines immortalem esse nulli dubium est.“ Und wird dann noch auf die mystische Bedeutung der Zahlen 3 und 7 mit Hinweis auf die Tugenden der Eltern und Kinder hingewiesen.

2) In einem anderen Manuscripte heißt es fast conform: „Cuius quidem voti propositum sibi divinitus insitum ut ratum inveniant consilium et congruum producatur ad effectum, ambo Romam profecti. Quibus Papa iniungens, quatenus ut foverant Deo, in propria haereditate monachorum instituant collegium.

(sc. abbatiam) secundum quod a Deo fuit eis inspiratum compositam et ordinatam posuerunt sub mundiburdio S. Petri. Also nirgendwo eine Spur davon, als habe Ezo, indem er Brauweiler stiftete, die durch Empfangnahme der Maximinischen Güter erregte Stimmung beschwichtigen wollen, sondern überall, wo von dieser Stiftung die Rede ist, wird dieselbe als Lösung eines alten Gelübdes, als ein frommes von Gott eingegebenes Werk dargestellt. Auch wurde keines der Maximinischen Güter an Brauweiler übertragen; die neue Stiftung bestand aus dem Erbgute des Pfalzgrafen, der Mitgift der Mathilde.

Gegen die Annahme Gfrörer's spricht auch die Chronologie. Heinrich's Schenkung ist datirt pridie Kal. Dec. und IV. Idus Dec. Zwischen diesem Datum und dem Anfange des Klosters liegen nur vier Monate; denn schon am 14. April 1024 kommen sieben Mönche von Stablo in Brauweiler an. Eine Reise aus der unteren Rheingegend nach Rom und zurück in so kurzer Zeit, besonders in Wintertagen und bei den damals sehr mangelhaften Verkehrsmitteln, dazu die Einrichtung eines Klosters läßt sich nicht denken. Und wie hätte auch in so kurzer Zeit die kaiserliche Schenkung in weiteren Kreisen bekannt werden und sich darüber im Publicum eine Stimmung bilden können, da weder Presse noch Telegraph erfunden, noch die Kraft des Dampfes bekannt war, welche das den Mönchen von St. Maximin angethane Unrecht auf schnellem Wege verbreiten konnten! Daß die Stiftung von Brauweiler mit der Erwerbung jener Güter zusammenfällt, muß als rein zufällig bezeichnet werden.

Gehen wir nun zur zweiten Anklage über.

„Ezo, sagt Gfrörer, scheint den Verlust seiner Gemahlin leicht verschmerzt zu haben, denn er pflog, wenigstens nach dem Tode derselben, Umgang mit anderen Weibern.“

Gfrörer bezieht sich dabei auf den Chronisten von Hildesheim, welcher meldet: 1034 starb Ezo, wie das Gerücht geht, an einem Gifttrank, welchen ihm seine Kebse Thietburg beigebracht hatte und wurde in Augsburg in S. Ulrichskirche begraben [1]). Hier verwechselt Gfrörer unseren Ezo mit einem anderen Hizzo, worauf schon Tölner [2])

1) Cf. Chron. Hildesh. bei du Chesne Script. Franc. und Leibnitz Script. T. I, pag. 727: Hizo Palatinus comes a sua concubina Tietburga veneni poculo, ut fertur, defraudatus Augustamque deportatus ibique in ecclesia s. Udalrici sepultus XVI. Kal. Jun.

2) Tölner in historia Palatina fol. 249. In utroque Chronico hic saltem

und Krollius [1]) aufmerksam gemacht haben. Weder stimmt die Angabe Gfrörers mit Ezo's Charakter, noch mit der Art seines Todes und dem Orte seiner Bestattung. Schon von dem Jünglinge heißt es: mox ubi primum adolevit nullis se corrumpendum puerilis ineptiae lusibus dedit, sed ut esset tam validus corpore quam erat animi virtute, etsi prae nobilitate, qua summe praeditus fuerat, vestium aureo fulgebat nitore, plus tamen equitatu, venatu atque quolibet militari corporis motu disidiosa proterens otia valetudine armorum delectabatur et fulgore.

Und welchen Einfluß die Erziehung des heil. Ulrich auf unseren Ezo ausübte, sagen die Acta: Nec mirum, si ante suae finem vitae alienus in se ipso non fuit a fidei virtute, qui florens adhuc primaeva iuvenilis aetatis lanugine S. Udalrici episcopi propterea quod eius erat consanguineus, familiari miraculorum ipsius frequenter est iucundatus dulcedine. Cum sancto, inquit Psalmista, sanctus eris et cum electo electus eris. Und so geht es fort über Ezo, den Jüngling, Mann und Greis, nicht die leiseste Andeutung, daß er die eheliche Treue gebrochen oder nach dem Tode seiner Gattin unreinen Umgang gepflogen habe.

Nicht leicht verschmerzte Ezo den Tod Mathildens, vielmehr grämte er sich fast zu Tode [2]). Er befand sich damals gerade in Aachen auf einem Fürsten-Congresse. Hochbeglückt hatte er einst diese Stadt verlassen, um die Braut heimzuführen, jetzt eilte er mit schwerem Herzen zu den theuren Ueberresten der entseelten Gemahlin. Erzbischof Piligrimus nahm in Brauweiler das Begräbniß vor. Einsam lebte Ezo nach dem Tode Mathildens. Bei den Mönchen in Brauweiler führte

error quoad sepulturae locum, cum certo certius sit, Ezonem non Augustae, sed in Browiler in monasterio a se fundato sepultum fuisse.

1) Daß aber der Annalist unseren Pfalzgrafen mit einem anderen Herrn, Namens Hizo, müsse vermengt haben, erhellt nicht allein daraus, weil Pfalzgraf Ezo in einem so hohen Alter starb, worin er sich nicht mehr nach einer Concubine umgesehen haben kann, sondern auch weil der brauweiler Mönch ausdrücklich meldet, daß er im Kloster Brauweiler neben seiner Gemahlin zur Erde bestattet worden. Also Krollius in seiner erläuterten Reihe der Pfalzgrafen von Aachen, S. 38.

Derselben Verwechselung macht sich auch Müller in seinem Werke: Der Siegkreis, schuldig.

2) Generossimus comes Palatinus tametsi vehementi tristitia super morte coniugis suae venerantissimae conficeretur, attamen nequaquam ab inchoata monasterii fabrica cessavit. So ein Manuscript.

er ein stilles, klösterliches Leben und wohnte dem Dienste des Herrn unausgesetzt bei. Unter seidenem Fürstenmantel und goldenem Waffenschmuck schien er selbst ein Mönch zu sein [1]). Davon ein Beispiel. Einst trug es sich zu, daß einer seiner Diener, welcher von den Mönchen gern übel redete, ihn durch vorlautes Benehmen beleidigte. In der darauf folgenden Nacht, als das Zeichen zur feierlichen Mette gegeben wird, befiehlt Ezo dem Diener gegen seine sonstige Gewohnheit, eine Leuchte anzuzünden, mit ihm zur Kirche zu gehen und dort bis nach geendigtem Gottesdienste zu verweilen. Dies geschieht, und als man an die Stelle kommt, wo das Pater Noster stille gebetet wird, glaubt Jener, Alles sei nun beendigt, zündet die Leuchte an und will die Kirche verlassen. Der Herr aber verharrt im Gebete, also muß auch der Diener bleiben. Es war gerade eine bitter kalte Nacht und der Diener leicht gekleidet. Ezo setzt dies in der zweiten und dritten Nacht fort und wohnt den feierlichen Gebeten und Gesängen bis zum Schlusse andächtig bei. Das half. Der Diener war gebessert und vermachte zuletzt noch sein ganzes Vermögen den frommen Religiosen, behauptend, sie wären es, welche ihn in die ewigen Wohnungen aufnehmen müßten.

Ezo starb an Altersschwäche neun Jahre nach dem Tode seiner Gattin in Saalfeld in Thüringen 1034, fast achtzig Jahre zählend, glaubend, hoffend und liebend, wie er gelebt. Sein entseelter Körper aber wurde neben seiner Mathilde an dem lieben Orte Brauweiler bestattet, den er, wie ein anderer Abraham, nicht von den Erdenbewohnern, sondern von Christus und seinen Heiligen zum Begräbnisse erworben hatte [2]).

Schlagen wir nun abermals die Urkunden auf. Da heißt es in dem Bestätigungs-Documente Heinrich's III. vom Jahre 1051: filii (scil. Ezonis et Mathildis) timore et amore Dei commoniti pro se suorumque parentum in gremio eiusdem ecclesiae (scil. in Brau-

1) Ezo interim quasi monachi egit formam, quoad omnia se fratribus accommodando et chorum frequentando.

2) Ezo ad suam provinciam Saleveldt profectus et prolixiore ibidem tempore commoratus et infirmatus LXXX prope annos aetatis habens congruo suae fidei, spei et operationi fine defunctus et vere beatis, qui in Domino moriuntur, in illa, in qua nemo moritur, vita spiritu coniunctus est. Corpus vero eius ad dilectum sibi locum delatum et iuxta corpus consortis suae devotissimae Deo Mathildis sepultum est. Acta abbatum.

weiler) sepultorum memoria eandem haereditatem praefatum scilicet monasterium Deo sanctoque Nicolao tradiderunt.

Und Richeza, die Tochter Ezo's und Mathildens, ehemals Königin von Polen, sagt in ihrem Testamente: ob sempiternam parentum meorum in gremio eiusdem ecclesiae sepulturam meique memoriam.

Auch deren Schwester Adelheidis, Aebtissin von Nivelle in Brabant, wurde in Brauweiler bei ihren Eltern, wie sie es gewünscht, begraben. Und von einem Bruder Otto, dem Herzoge von Schwaben, heißt es: Episcopus Tullensis Bruno ad tumulandum fratrem eius Brunwilre missus est eumque (scil. Ottonem) iuxta suorum ossa parentum sepelivit.

Das Grab von Ezo und Mathilde wurde im siebenzehnten Jahrhundert aus der Mitte des Chores an die obere Wand des rechten Seitenschiffes verlegt [1]), wo es sich noch heute mit der Aufschrift: hic pia fundatorum ossa iacent, befindet.

Die alte, freilich nicht sehr classische Grabschrift lautete:

Nomen Erenfridi tribuat super aethera scribi,
 Nomine pro cuius structa stat illa domus,
Ad quod cum factum coniux carissima tractum
 Flexit et haec obiit, liquit et hic subiit,
Cuius fecundi dederint cum pignora lumbi
 Subtraxit natis, quod daret hic monachis.
Quem sub bis senis Gemini misere Kalendis
 Qua fovet ille domo, qui Deus est et homo.

Unumstößlich steht also fest, Ezo starb an Altersschwäche und wurde gleich nach seinem Tode in Brauweiler neben seiner Gattin begraben, kann also nicht dieselbe Person mit jenem Hizzo sein, der an Gift starb und in Augsburg seine Ruhestätte fand. Pfalzgraf Ezo oder Erenfrid bleibt also in Ehren und Frieden. Sein ganzes Leben stimmt mit dem Lobe des Chronisten von Brauweiler überein. Durch seine vortrefflichen Eigenschaften, womit er seine ohnehin schon vornehme Geburt adelte, half er die glorreiche Zeit der milden und gerechten Ottonen verherrlichen.

1) Haec duo corpora, quoad ossa omnia et caput utrumque prorsus incorrupta atque integra ex sepulcro elevato in medio chori constituto a moderno reverendissimo abbate Philippo in praesentia totius conventus decentissime levata sunt, atque ad latus epistolae in planitie summi altaris in sepulcrum item elevatum honorifice translata 1667 die 16ta Augusti. Ita testor tunc praesens scriptor horum P. Andreas Schnorrenberg.

Beiträge zur mittelalterlichen Ortskunde des Niederrheins.

In Urkunden werden bekanntlich oft Oerter genannt, deren Lage nicht bekannt ist, theils weil ihr Name im Laufe der Zeit sehr entstellt wurde oder auch mit anderen gewechselt hat (wie Küssede mit Paffendorf, Guinheim mit Grimlinghausen), theils auch, weil die Gebäude der Oerter ganz verschwunden sind, wie z. B. Geyseren bei Wachtendonk, Petternich[1]) zwischen Jülich und Broich, Gevenich zwischen Altdorf und Inden, Schiderich, die Burg der gleichnamigen Edelherren, bei Bedburg u. s. w. In den hier folgenden Nachrichten soll versucht werden, die Lage einer Anzahl derartiger Oerter entweder sicher zu bestimmen oder mit Wahrscheinlichkeit anzugeben, und auf andere zweifelhafte aufmerksam gemacht werden.

Villa Aicheze, in den Nachrichten von den Pfalzgrafen (Leibnitz, scriptor. rer. Brunswic. illustr. inserv. T. I, p. 318) erwähnt, wohl in der Gegend von Brauweiler zu suchen, aber dort jetzt nicht mehr aufzufinden. Wenn der Name richtig geschrieben ist, kann es nicht der Ort Esch sein, wie Förstemann (altd. Ortsnamen) angibt. Der urkundliche Name der Eschaz (Achaza), welche in den Neckar fließt, zeigt uns, daß der Ort ursprünglich von einem Bache den Namen führte. Im Jülich'schen finden wir aber den Namen wieder im Ortsnamen Echtz (im 13. Jahrhundert Eychtze) nordwestlich von Düren, und in Eicks (im 13. Jahrhundert Etze) bei Zülpich. Tetz und Titz bei Jülich dürften ebenfalls davon abzuleiten sein, die nur durch ein vorgeschlagenes T entstellt wurden. Ein Edler von Techeze, der nach einer Urkunde von 1104 (Lac. I, S. 171) mit benachbarten Adeligen: von Scheven, Oye (wohl Burgau) und Buckenheim (etwa Bogheim bei Kreuzau) auftritt, mag seinen Namen vom Dorfe Eicks tragen.

1) Brockmüller, hist. statist. medic. Topographie von Jülich. 1839, S. 4. Der obige Ort kann also nicht Pattern sein, wie (Lacomblet, Urkundenbuch II, S. 152, 222, 430) angegeben wird.

Aittreppe 1290 (Lac. II, S. 537), ein jetzt unbekannter jülich'scher Ort. Ein Atrop, dessen Endsylbe wohl ursprünglich Dorf war, liegt unterhalb Friemersheim.

Villa Ambula (zwei Mal bei Caesar. Heisterbac. histor. genannt) ist Amel bei Spiel im Jülich'schen. Ambele in parochia de Spele 1290. Lac. II, S. 529.

Jutta, Aebtissin des Benedictiner-Klosters Rheindorf, verkaufte 1324 an die Abtei Deutz den Theil eines Weinberges zu Arnesbrucken (Arsbrück bei Remagen) bei der Mühle; dann eine Ohm Wein, welche genannte Abtei jährlich von einem zu Koppen gelegenen Weinberge geben mußte u. s. w. Cartular. Tuitiense Nr. 81 [1]).

Arolfesheim im Eifelgau, 867 (Schannat-Bärsch, Eifl. illustr. I, S. 73). Der Gründer dieses Ortes kann nur den Namen Arnulf geführt haben. Denselben Ortsnamen, mehr contrahirt und mit vorgeschlagenem H finden wir im Jahre 1105 (Lac. IV, S. 767) als Harlevesheim wieder, nämlich: Harzheim, westlich von Münstereifel. Andreas Schmeich von Lissingen, Herr zu Zievel, besaß 1405 einen Hof zu Harleshem = Harzheim. Unter Förstemann's Ortsnamen finden sich anderswo Oerter Artolfesheim und Harlesheim genannt.

Aschlo, 888, 966, 1226. Ascloha, 930. (Lac. I, S. 39, 50, 64. II, S. 73), wo das Marienstift zu Aachen eine Besitzung hatte, ist Elsloo an der Maas, südwestlich von Sittard, das Ascaloha, wo im Jahre 881 die Normannen sich lagerten.

Assela, Die- oder Demunderode, Besitzungen der Kirche Maria ad gradus in Köln, 1059, 1075 (Lac. I, S. 126, 143). Etwa beide im Märkischen: Asseln bei Wickede und Demtrode bei Ende?

Dietrich, Vogt von Asse, 1246 (Lac. II, S. 162), mag von Esch, südlich von Worringen, zugenannt „am Griesberg" (von der alten Gerichtsstätte), den Namen führen. Esch im Amte Hart war später eine Herrschaft.

Awich, 1116 (Lac. I, S. 253), wo die Abtei Siegburg eine Rente, von Gerhard von Hachen (bei Hüsten, unweit Neheim) herrührend, besaß, welche in dortmund'scher Münze bezahlt wurde. Der Ort ist also in der weiteren Umgegend zu suchen. Es muß das jetzige

1) Jetzt im Kirchenarchive zu Deutz.

Mawicke bei Westönnen, unweit Werl sein. An das Kloster Ewig bei Attendorn, von dessen Stätte sich vor seiner Stiftung ein Geschlecht nannte, ist nicht zu denken. Das Gut Dalehusen, von demselben Schenker herrührend, wird als westfälischer Ort die gleichnamige Stätte bei Hachen sein. In Günther's Codex diplom. II, S. 136 findet sich Jemand de Oweche genannt; und nach van den Berga (Handboek der Middel-Neederlandsche Geographie naar de Bronnen. Leiden, 1852) findet sich im Jahre 1088 ein Awich in der Betau; ein Ewich (Bint. und Mooren, Erzd. Köln I, S. 276) gehörte wenigstens zum Decanat Zyfflich.

Abt Embrich von Deutz belehnte 1311 den Deutschordens-Comthur, Bruder Heinrich von Wickede zu Brackel bei Dortmund mit den Lehngütern Bach im Kirchspiel Hatteneghe (Hattingen) auf Lebenszeit. Florin, genannt Hovit zu Münster, Land-Comthur von Westfalen, besiegelte den Act mit (Cartular. Tuit. Nr. 98). Der Ort wird in den heutigen Ortsverzeichnissen nicht genannt.

Bacherendorp, 1054 (Lac. I, S. 121), etwa Bandorf bei Oberwinter? Als der Edelherr Ropert von Rosowe (Bei Lac. II, S. 413) im Jahre 1304 (Cartular. Tuit. Nr. 63) zu Gunsten der Abtei Deutz auf das Patronat der Kirche zu Remagen verzichtete, nannte er den Ritter Gerhard von Lanscronen, Ritter Gyselbert von Bagherdorp, Thidericus de domo lapidea und Hinricus de Kindenhusen seine Vasallen. Bei der Ausfertigung der Urkunde in der Abtei waren gegenwärtig: Richardus plebanus de Arena, Adolphus de Orbach (Urbach bei Deutz) miles, Gerhardus de Loy, Amandus de Hainrode. Der hier genannte Pfarrort Arena kann nicht „Sand" bei Bensberg sein, indem dieses erst im 15. Jahrhundert zur Pfarrei erhoben wurde. Zur Zeit des Abtes Werner von Deutz (welcher 1280 und 1306 lebte) schenkte der Pastor Gerhard zu Anrode den Hof „Arena situm iuxta villam Anrodhe" zu seinem Seelenheile und zum Gedächtniß seines Vaters Johann und seiner Mutter Helewigis, dem Altar der heil. Jungfrau Maria zu Anrath (Cartul. Tuit. Nr. 72). Auf diesem Hofe mögen später die Pfarrer gewohnt, und daher der vorhin genannte Richard von seinem Wohnsitze und nicht von der Pfarrkirche genannt worden sein. Im Jahre 1392 war ein Johannes de Arena Pfarrer zu Ectorf.

Der Erzbischof Conrad von Hochsteden wurde im Jahre 1242 in einer Schlacht, geliefert „in Badua" (Annal. des hist. Vereins II,

S. 228 — Jahrb. v. Alterthumsfr. XXIII, S. 185) vom Grafen Wilhelm von Jülich gefangen genommen. Der Ort kann nicht Badorf (Badorf 1285, Lac. II, S. 475) sein, sondern deutet mehr auf eine unbewohnte Localität. So findet sich z. B. ein Wald „Baade" bei Embken, südwestlich von Zülpich, die „Beddhart" bei Bitburg, in dessen altem keltischem Namen (Beda) die zu nahe Verwandtschaft nicht zu verkennen ist. Der Etymologe vergleiche dann den classischen Waldnamen Baduhenna, die Volksnamen Badiontici, Badio- oder Baiocasses (Vadicassi), so wie die Ortsnamen Badelecca (Belicke in Westfalen) und Baduellun. (Leibnitz, scriptor. I, p. 534.)

Baltersdorph, 1116 (Lac. I, S. 182), Poltersdorf an der Mosel.

Baale, 1143 (Lac. I, S. 230), Baal südlich von Erkelenz? Ein Hof „zu der Balen" (1130, Lac. III, S. 205) muß irgendwo in der Gegend der mittleren Erft gelegen haben. Es kann nicht einer von den beiden Oertern „Bolheim" sein, denn diese kommen schon um dieselbe Zeit (Lac. III, S. 290, 301) unter dem heutigen Namen vor. Die ältere Form des Namens scheint Bulinheim (1219 Lac. IV, S. 794) zu sein. Nach der kölner Chronik eroberten die kölner Bürger das „Berchfrit" (der Hauptthurm einer Burg) Boilheym im Jahre 1392.

Thilmannus dictus de Beppenheim miles de Remago 1316. (Günth. Codex III, S. 172.) In einem Verzichte, ausgestellt zu Remagen 1306 (Cartul. Tuit. Nr. 71) von Johannes et Leonius fratres, filii quondam Johannis plebani de Remagen, werden Symon dictus Pute, Thilmannus dictus de Bepplinhofin, Ludewicus in Angulo etc. als Zeugen genannt. Denselben Ortsnamen (Beppenhoven bei Ramershoven im Kreise Rheinbach) sehen wir hier mit der Endung „heim", dort mit der Endung „hofen" abwechseln [1]). Vergl. Lac. I, S. 121, wo auch (S. 2, 6, 15, 16) ein Ort Bidningahem mit der Endung „husum" abwechselt.

Das adelige Geschlecht von Benesheim, Bensheim, Beinsheim 1093—1203 (Lac. I, 160, 383, 391. II, S. 4, 5, 6), führt den Namen von Binsheim bei Orsoy.

Die Abtei Werden besaß im Jahre 1036 (Lac. I, S. 106) Grundbesitz zu Ahtisberga, Hullikirghovon und Ovinghusen (Bövinghausen

1) Ueber den Wechsel von „dorp" mit „hofen" vergl. unter Sunderdorp.

bei Bochum?), ferner in den folgenden Oertern, die nach ihrer Lage von Westen nach Osten bis Unna aufgezählt zu sein scheinen, worauf dann die südliche Richtung beginnt. Es sind: 1) Beringthorpa, 2) Stockheim, 3) Wikki, 4) Hoingi, 5) Hunninghuson, 6) Dalawick, 7) Letnetti, 8) Thiadninghovon, 9) Linderinkhuson. Es sind wahrscheinlich: 1) Berendorf bei Weitmar, 2) Stockum bei Lütgendortmund, 3) Wickede westlich von Unna, 4) Höing im Kirchspiel Unna, 5) Höinghausen ebendaselbst, 6) Dorf Dellwig südlich von Unna, 7) Letmathe (Letmette 1280) westlich von Iserlohn, 8) Deilinghofen (im 13. Jahrhundert Dedelinchoven) östlich von Iserlohn, 9) Lötteringsen bei Hemer, unweit Iserlohn. Endlich wird auch ein Lotthorpa genannt, dem zwei ähnlich lautende Oerter im Kreise Meschede: Latrop und Lochtrop, zur Seite zu stellen sind.

Der Name Bleneke, 1213 (Lac. II, S. 23), ist eher Bliderke (Lac. I, S. 233) = Blerichen bei Bedburg, denn Bliersheim.

Blitgereswilere, 927 (Lac. I, S. 48), im Achgowe, kann nicht Plittersdorf bei Godesberg sein. Es ist wohl im Nahegau zu suchen.

Bowilre, 1344 (Lac. III, S. 324), Bauweiler, in der Gegend von Kelz.

Im Leben des heil. Lüdger (Pertz, Monum. II, p. 418) heißt es: In Ripuariis iuxta ingressum sylvae Hamarithi villa nomine Budica constituta est, in qua mulier quaedam etc. Es ist nicht Büderich, wie in der Note zu der angeführten Stelle angegeben ist, sondern Büttgen (Budecho 1027, Budeche 1197), westlich von Neuß. Eine bedeutende Strecke südwärts von Büttgen finden wir im Dorfnamen Hemmerden den Namen des Waldes wieder, der sich wohl bis hieher erstreckt haben muß. Beide Namen hat man anderwärts gesucht. Es gibt ein Hemmerden bei Unna, so wie Op- und Nieder-Hemert an der Waal zwischen Tiel und Bommel, welche dieselben alterthümlichen Namen in Urkunden führen.

Villa Bude in der Diöcese Köln (Caesar. Heisterbac. hist. lib. XI. c. 47) mag Ude (Oedt) oder Büttgen sein. In der benutzten antwerpener Ausgabe von 1605 sind viele Ortsnamen sehr entstellt abgedruckt.

Budenheim, 1136 (Lac. I, 206), Bodenheim bei Lommersum?

Simon Bruntzer von Budinsheim (Lac. III, S. 238) lies: Rudinsheim = Rüdesheim im Rheingau. Ebendaselbst S. 892

heißt es: Brymtzer von Rodesheim. Es ist das bekannte Geschlecht Brömser, von welchem der Ritter Johann (Humbracht, die höchste Zierde Deutschlands. Fol. 159) im Jahre 1408 die Winterburg im Jülich'schen besaß.

Brakethe im 11. Jahrhundert (Lac. I, S. 166), wahrscheinlich „im Bracken“ (d. h. im Berge) an der Düssel, südlich von Mettmann. Der vorhergehende und nachfolgende Ort (Meiersberg und Pützkausen) gehören ebenfalls zur Pfarrei Mettmann. Dann liegt auch ein „Bracht“ südwestlich von Homberg.

Erzbischof Wichfrid von Köln schenkte im Jahre 945 (Lac. IV, S. 761) die Kirche zu Rhens im Gaue des Grafen Udo (Trechirgau), so wie Länderei zu Brua (Brey oberhalb Rhens) dem Ursulastift zu Köln.

Budichim. Erzbischof Bruno I. schenkte im Jahre 962 (Lac. I, S. 60) dem Cäcilienstifte in Köln Besitzungen im Gillgau, außer Stommeln, zu Begina, Brouche, Olveshem, Gunterstorp, Sintere, Budichim u. s. w. Die Leseart Gegina (Annal. I, S. 37) anstatt Begina möchte richtig sein, wenn zu „Geyen“ im Mittelalter eine Wassermühle war. Berche könnte der Bergerhof bei Worringen (Lac. II, S. 510) sein, der aber im 13. Jahrh. vom Ritter Matthias von Spiegel an Walram, Herrn von Bergheim, verkauft wurde. Kasselerberg bei Rheinkassel mag so viel wie „Berg“ bei Kassel bedeuten sollen. Wegen der Form Berche für Berg vergleiche man Lac. I, S. 36, 221. Bei Longerich liegt übrigens auch ein Bergheim. Außer Greven- und Hackenbroich findet sich bei Hönningen noch ein Broich. Mit Olveshem[1]), das von einem Odilulf den Namen haben mag, zeigen zwei Oerter: Uedesheim (Udensheim 1217, etwas später Uldisheim) unterhalb Zons, dann Elvekum bei Norff einige Aehnlichkeit. Der erstere Ort scheint aber von einem Udo den Namen zu haben. — Budichim (vom Personennamen Budo, Bodo) ist das bei Norff gelegene Bettekum. Denselben Ortsnamen,

1) Man denkt gewöhnlich an die Ortschaft Ollesheim im Kreise Düren. Es ist aber merkwürdig, daß im Jahre 1187 ein Rabodo von Olsheim (Lac. I, S. 355) mit unter dem Adel an der unteren Erft (von Bedbur, Sinsteden, Schiderich u. s. w.) genannt wird. Sollte etwa Olshoven bei Nettesheim, wo auch Sinsteden liegt, das alte Olveshem sein? War dasselbe in der letzten Zeit noch eine Besitzung des Cäcilienstifts? — Wegen des Wechsels von „hoven“ und „heim“ sehe man unter „Beppenheim“ nach.

und zwar in der Form Budincheim, finden wir im Würtemberg'schen, nämlich das jetzige „Bietigheim" an der Enz.

Builisdorp, 1221 (Lac. IV, S. 794), wohl Bisdorf bei Brenig am Vorgebirge.

Wald Burge, 973 (Lac. I, S. 69. III, S. 11, 35), bekanntlich die Bürge, östlich von Arnoldsweiler und Niederzier. Ein verwandter Name ist wohl der Waldname Halfburich (Lac. I, S. 204) bei der Abtei Steinfeld, und an der Nordseite des Siebengebirges sind die Waldungen des Stiftes Vilich: Alden- und Jungen-Dagenburcg (S. 239) zu suchen, die von einem früheren Besitzer Dago den Beinamen führen mögen. Von Geistingen und dem alten Thuringesbach (1117, Lac. I, S. 184, Dürresbach) aus sehen wir, gegen Westen hin, den Wald „Auelgarten", wahrscheinlich den Uethelgarde (von Hart-Wald) der Urkunde, der sich als „Dambruch" (d. i. Dagenburcg) bis zum genannten Bache fortsetzt, wo das Dörfchen Dambroich, wo eine Burg war, auch noch an ihn erinnert. An der Westseite des Baches, zwischen Ruzenthorp, Berthelinghoven (Rauschendorf, Birlinghoven, Lac. I, S. 184), Niederpleiß und Hangelahr begegnet uns der Alte Forst, wahrscheinlich der Altendagenburcg. Südöstlich von Pützchen dehnt sich die Hart gegen das alte Linberge und Rameresdorf (Lac. I, S. 63. — Limperich, Ramersdorf) hin aus. Die letzte Sylbe am letzteren Ortsnamen mag mit der ähnlichen Bezeichnung „heim" abgewechselt und der Name in contrahirter Form „Ramesheim" gelautet haben, wo wir dann den Namen und die Lage der Hart: Rameshemeroherthi gefunden hätten [1]). Dann werden die Wälder: Waltresholz, Lomerholz, Kaldoureholz und Wolckesheimereholz genannt. Der zweite Wald hat von Lohmar an der Acher den Namen und lag zwischen diesem Dorfe und Siegburg. Das Stift belehnte gewöhnlich die benachbarten Adeligen mit dem Waldschultheißenamte darüber. Der dritte Wald hat vom Orte Kaldauen (Chaltowa 1071), südöstlich von Siegburg, den Namen, wo wir nach S[illegible]agendahl und Schreck hin die „Kaldauer Gemeinde" finden. Der vierte Wald kann wohl nur vom Orte Wulkerstorp (Wolsdorf bei Siegburg), wie er 1166 genannt wird, den Namen haben, indem wir annehmen, daß auch hier „dorf" und „heim" mit einander abwechselten. Der allgemeine Name des

---

1) Der Petersberg gehörte noch zum Vilicher Gebiete. Lac. I, S. 308.

Urwaldes zwischen der unteren Sieg und dem Rhein, das Siebengebirge eingeschlossen, scheint Otenforst (Lac. I, S. 139) gewesen zu sein, welcher Name sich auch gegenüber im Kottenforst (S. 69) der linken Rheinseite wieder findet [1]). Beide Namen erinnern an den Otenwalt = Odenwald.

Burge und Rode (Caesar. Heisterb. hist. lib. V. c. 55) = Bürrig bei Opladen und Rode bei der Gezelincapelle, jetzt Schlebuschrath (Rode bei Schlebusch) genannt, dessen Kirche vor 50 Jahren nach Schlebusch verlegt wurde. Die Abtei Heisterbach besaß zu Bürrig auch einen Hof (Lac. I, S. 374. IV, S. 791), und 1306 ist (Cartul. Tuit. Nr. 64) von ihrer Nova curia daselbst die Rede.

Das Geschlecht von Bur, von 1112 bis 1212 auftretend (Lac. I, S. 343. IV, S. 767, 768, 793), scheint von einem der Oerter Buir, Berg- oder Blei-Buir im Kreise Schleiden den Namen zu führen. Ein anderes Buir findet sich im Kreise Bergheim, und ein Bergbuir unweit Düren. Volkold v. B. hatte einen Bruder Eppo (1212), der sich von Luddes- oder Liudesheim (Lac. IV, S. 767, 768) nannte. Ein Ludesheim 1143 (Günth. Cod. I, S. 276) mag „Lüssem", südöstlich von Zülpich, sein. Ein Lüxheim liegt bei Kelz; Liessem bei Bachem, unweit Godesberg, findet sich in Urkunden (Günth. Cod. I, S. 313—413) als Liezheim, Liczeim 1143, 1174.

Buschorne, 1198, (Lac. I, S. 391), etwa Buschheid nordwestlich von Mettmann, wo auch bei Hassels Stentemberc (Stintenberg) liegt [2]). Die anderen in derselben Urkunde genannten Oerter liegen ebenfalls in der Pfarrei Mettmann.

Die Burg Daminberg (Levold v. Northoff Chronic. — Kremer, akad. Beitr. III, S. 186), auf welcher der frühere Erzbischof Bruno III. von Köln (1191—93), nachdem er Mönch zu Altenberg geworden, am 23. April 1200 starb, soll im oberen Theile der Pfarrei Odenthal, unweit des Dorfes Bechen gelegen haben. Graf Engelbert I. von Berg (1160—1193), der auf seiner Heimkehr vom Kreuzzuge in Ungarn erstochen wurde, hatte diese Burg nach seiner Rückkehr vom Feld-

---

1) Das Vorkommen ähnlicher Waldnamen in Frankreich: Utta zwischen Sens und Troyes und Sylva Cotia in der Gegend von Compiegne (Pertz, Mon. I, p. 290, 490. II, p. 658) läßt wohl auf keltischen Ursprung schließen.

2) Man vergleiche mit diesem Namen die Bergnamen „Stentenberg" bei Neustadt und auch bei Herreshagen in der Gegend von Gummersbach und Hof Steintelberch (Lac. I, S. 236).

zuge gegen Mailand vollendet. (Aschenberg, berg. Taschenbuch für 1801. S. 208.)

Die Adeligen von Dorenbuchs (1259. Lac. II, S. 266), welche mit ihren Verwandten die Bürger von Köln befehdeten, führten vom Hofe Groß-Durbusch, westlich von Overrath gelegen, den Namen.

Dorindorp, Torendorp, 1064, 1109, 1174, 1181 (Lac. I, S. 132, 175, 316, 338), eine Besitzung der Abtei Siegburg ist Dondorf in der Pfarrei Geistingen, wo 1398 (Lac. III, S. 937) eine Capelle war. Es gab auch einen Edelherrn von Dorindorp (Lac. II, S. 344), welcher davon den Namen führte; ein Anderer lebte 1226 (Lac. IV, S. 796).

Dieferne (Caesar. Heist. hist. l. IX, c. 3), im Jahre 1174 Dyverne = Teveren bei Geilenkirchen.

Dovern, Genderth, 1116 (Lac. I, S. 286). Ein Doveren liegt bekanntlich südwestlich von Erkelenz, was wahrscheinlich der richtige Ort ist. Ein Doveren und Gendern finden sich unweit der Stadt Heusden in Holland.

Duccelesdorp, Duttilsdorp, 1210, 1261. (Lac. II, S. 18, 24, 283) = Doetzdorf bei Nettesheim, nach welchem sich ein Geschlecht nannte. Die Lage der Oerter Vorheim und Alensheim, nach welchen sich ebenfalls Geschlechter nannten, die mit dem vorigen angeführt worden, sind noch aufzusuchen.

Dudensdorp, 1167 (Günth. Cod. I, S. 390), wohl Duisdorf bei Bonn.

Adelige von Dumete, 1092, 1093, 1148 (Lac. IV, S. 765. I, S. 160, 250), nannten sich von Dümpten, nordöstlich von Duisburg. Oerter der Abtei Werden: Dumete und Budsneppe (Lac. IV, S. 766) werden ums Jahr 1190 genannt. Der erstere Ort mag bei dem vorigen gelegen haben; ein Wasserschneppe liegt in der Gegend von Kettwig.

Echelsowe, 1222 (Lac. II, S. 59), Dorf Eygelshoven, nordwestlich von Herzogenrath, im Jahre 1200 Eygelsouge (Lac. IV, S. 790) genannt.

Ein Wilhelm von Eddinchoven kommt 1263 unter dem kölnischen Adel vor, und ein Wilhelm von Heddinkhoven war 1326 kölnischer Amtmann zu Hülchrath, welcher auch noch 1329 und 1334 genannt wird. Beide gehören zu demselben Geschlechte. Der Stammort ist am Gillbach zu suchen, wo vier ähnliche Ortsnamen vorkommen:

Dorf Evinghoven und Oeckoven (Odinchoven 1361), die Oerter Ickoven (Idinchovin 1297) und Ueckinghoven, von welchen das erstere „Eddinkhoven" sein mag.

Im Jahre 1301 wurde im Bergischen, unfern vom Hofe Eigen, eine so reichhaltige Blei- und Silbermine entdeckt, daß die darüber ausgestellte Belehnungs-Urkunde des Lobes nicht genug zu machen weiß. Graf Wilhelm bedang sich den fünften Theil des Ertrages aus (Aschenberg, berg. Taschenb. für 1804, S. 237.) Es ist der Hof Eigen, in dessen Nähe das Gehöft Silberberg liegt, unweit Wülfrath. — Graf Adolf VII. von Berg (1256—1296) ließ vom Harz Bergleute kommen und in verschiedenen Gegenden des Amtes Steinbach (Gegend zwischen Acher und Dünn, östlich von Bensberg und Odenthal) arbeiten. An der Acher wurde schon früher Eisen gewonnen. (Aschenberg, Taschenb. für 1803, S. 155.)

Eipe, wo der Graf von Sayn 1267 (Lac. II, S. 336) eine Urkunde ausstellte, ist Kirch-Eip bei Weyerbusch, was auch 1331 (Günth. Cod. III, S. 293) genannt wird.

Die Edelherren von Elpe, 1148, 1174 (Lac. I, S. 250, 314) scheinen zu Hause zu sein: entweder im Keldachgau, wo es Oerter an gleichnamigen Bächen bei Haan, Hilden und Eller gibt, oder im Ruhrgau, wo ein Ilp bei Heiligenhaus unweit Velbert, so wie auch eine alte Karte einen Ort „in der Elpe" am gleichnamigen Bache hat, der oberhalb Walsum in den Rhein fließt. Das jetzige Eilpe bei Hagen wird in einer Urkunde von 1243 (Cartul. Tuit. Nr. 49) „Elpe" genannt, wo die Abtei Deutz einen Hof besaß, über welchen Albert von Hürde die Vogtei hatte. Bei der Ausfertigung der genannten Urkunde waren der Edelherr Adolf von Holte und Heinrich, Burggraf von Denselake (Dinslaken) gegenwärtig.

Erlysheim, 1307 (Lac. III, S. 41) = Alsum, südlich von Dinslacken, früher Urlovisheim 1143 und Urloschem 1258.

Erteburch, 1157, (Lac. IV, S. 776) ein nicht bestimmbarer Ort, wo das Kloster Füssenich Grundbesitz hatte. Die von Erde gemachten Ringwälle der „Erdenburg" auf einem Berge bei Bensberg, belehrt uns, daß an dem genannten Orte ebenfalls eine solche altdeutsche Veste war, so wie Förstemann (altdeutsche Ortsnamen) auch ein Ertpurch, ein Irdinaburc und eine Erdenestat anführt. Ein Ritter von Müllenarck im Jülich'schen erhielt 1290 (Lac. II, S. 537) Renten im benachbarten Krauthausen und zu Ertburg. Das erstere liegt unweit Müllenark bei Selgersdorf; der letztere Ort kann nur das bei diesem Dorfe gelegene Altenburg sein, dessen Name sich im Volksmunde leicht in den letzteren Namen umwandeln konnte. — Sollte der Name des Hofes „Erdbrüggen“ bei Haaren, nordwestlich von Heinsberg, etwa auch von einer Erdenburg abzuleiten sein?

Molendinum in pago Ethellinchove, 1162, (Cartul. Tuit. Nr. 42) im 14. Jahrhundert Ellinchoven, jetzt Ehlingen bei Heimersheim an der Ahr.

Farnthrapa, 837, (Lac. I, S. 24) ein Bach im Waneswalde[1]) bei Werden an der Ruhr. Oestlich von Werden mündet der Deilbach (Dedele 1355), an welchem höher aufwärts Langenberg liegt, in die Ruhr, welche bis auf eine kleine untere Strecke, die alte Gränze zwischen dem Bergischen und Märkischen bildete. Unterhalb Langenberg mündet ein Bach in denselben, welcher in der Gegend von Schwelm entspringt, wo auch das Gehöft Varntrapp an demselben, uns den alten Namen dieses Gewässers erhalten hat. Wenn sein Name früher auf den unteren Theil des Deilbachs sich erstreckte, wie es wahrscheinlich ist, dann hätten wir die Farnthrapa gefunden. Auf dem alten Gebiete von Werden, ganz unten an der rechten Seite des Deilbachs, liegt Molney (Mühlen — Au?) wahrscheinlich das alte Mulenegia (Lac. I, S. 21) wo ein gewisser Reginbrat seinen Grundbesitz der Abtei Werden gab.[2])

Den alten Bachnamen: Verrentrap, Verrentraf, Vyrentref, 1344 bis 1351, (Lac. III, S. 322, 330, 398) treffen wir auch im Siegen'schen mit dem gleichnamigen Orte, welcher letztere das jetzige Dorf Ferndorf ist; folglich kann dieses nicht das Fernundorf dieser Annalen (II, S. 176) sein.

Fergeressced (Wigand, tradit. Corbej. 310) im 9. Jahrh.; nach Förstemann (altd. Ortsnamen) „eine Wüstung in der Gegend von Köln“. Ein Ferne- und Knip-Gierscheid liegen in der Pfarrei Uckerath bei Blankenberg, ein Gerschede bei Borbeck, unweit Essen.

1) Werden lag in diesem Walde (Lac. I, S. 11, 14), dessen ursprüngliche Form Wagneswald (S. 29) ist, wahrscheinlich nach einem alten Besitzer des Waldes (Wago, ein alter Personenname) so genannt, um ihn von dem benachbarten Witherowald (Withar, Personenname) bei Oefte (S. 29) südwestlich von Werden, zu unterscheiden. Um den Namen wirklich abzuleiten, hat man nicht nöthig (wie im Jahrb. von Alterthumsfreunden XIII, S. 16) das Griechische zu Hülfe zu nehmen.

2) Man vergleiche die mittelalterliche lateinische Endung von Au: Augia, Winaugia.

Feldbrachti, Hamine, 875. (Binterim und Mooren, Erzd. I, S. 87): Velbert bei Werden und Hamm östlich von der Abtei. Das daselbst genannte Rodberg liegt nordöstlich von Velbert; Bredanaia ist Bredeney, und Baldanaia = Baldeney oder Baldenau, oberhalb Werden.

Flaveresheim, 800 (Lac. IV, S. 759), nach einer alten Randglosse „Bleersem" nämlich Bliersheim unterhalb der alten Werden'schen Besitzung Friemersheim. „Flavarasena" ist ein alter Frauenname. Zu Friemersheim war Karl der Große im Jahre 799 anwesend.

Der Altenberger Hof Forst, 1201, 1260, (Lac. II, S. 3, 281) lag nicht bei der Abtei, sondern bei einem anderen Hofe dieser Abtei. Der Name Bulinheim (Bohlheim) deutet auf die Nachbarschaft der Erft. Bei Blatzheim lag der Kammerforst, eine alte Besitzung (Lac. I, S. 220, 221, 294) der Abtei, und bei Manheim findet sich ein Hof Forst.

Germersdorph, 1123, Girmirstorp, 1279, (Lacombl. IV, S. 770. II, S. 435) im Ahrgau, wahrscheinlich Gimmersdorf (Ingermarestorp, 970, Lac. I, S. 67) bei Vilip.

Das Geschlecht von Ginderstorp, 1166, (Lac. I, S. 286) mag von Jüngersdorf, westlich von Düren, den Namen führen.

Girzem, Gruzue (Caesar. Heist. hist. lib. VIII, c. 83, Lac. II, S. 113, 427) Garzem, westlich von Euskirchen.

Giselbrechthencoven, 1173, Giselbrechtshofen, 1355 (Lac. I, S. 312. Günth. Cod. III.), Gierschhofen bei Dierdorf.

Ein Junker von Goregheim, 1260 (Lac. II, S. 281) wird mit Anderen aus der Umgegend des Gilbachs, wie z. B. von Hermuldishovin (Hermeshof bei Nettesheim) genannt. Der Name mag später durch Contraction in „Gorkum" übergegangen, und vielleicht im jetzigen „Derickum" bei Norf wieder zu finden sein.

An den Gore, 1358 (Lac. III, S. 489), eine Localität [1]), wahrscheinlich das jetzige Gehöft „an Goerde" nördlich von Nepelen, in dessen weiterer Umgegend auch die meisten anderen mitgenannten Oerter liegen. Von diesen sind: Abbendick [2]), wohl Schopdick bei Strommeurs; Halen, das vom Rhein verschlungene Dorf bei Ober-Halen;

1) Wahrscheinlich ein Sumpf. Vergl. auch den Ortsnamen Gohr bei Nievenheim, in dessen Nähe ein Bruch.

2) Eine alte Karte, die zwischen 1700 und 1750 herauskam, hat ein Abbendick westlich von Nepelen.

der Wald Berlehese = der Wald bei Baerl; Wald Winkel = bei Winterswick oder bei Rheinkamp.

Graf Adolf III. von der Mark schlug den Edelherrn von Wildenberg, der in sein Land gefallen war, auf dem Berge Gorsenbracht (Levold v. Northoff Chron.) beim Dorfe Herscheid unweit Lüdenscheid. Es ist der jetzige Berg Gaßmert [1]), dessen Name noch zwei Gehöfte führen. Hirzschit, 1280 (Kremer, akad. Beitr. III, S. 160) ist Herscheid. Das ebendaselbst vorkommende Lifcinghusen, dessen Name wohl nicht ganz richtig abgedruckt ist, scheint Leifringhausen bei Lüdenscheid zu sein.

Gotumsheim, 1247 (Lac. II, S. 163), das wohl im Bergischen gesucht werden müßte, aber dort nicht mehr aufzufinden ist. Ihm ähnliche Ortsnamen sind Göders- und Güddersheim im Kreise Düren. In der Beschreibung der Gränzen des Forstbanns der köln. Erzbischöfe (Binterim und Mooren, Erzd. I, S. 164) kommt ein ähnlicher Ort vor. Es heißt nämlich: Est locus quidam iuxta Zulpeche, qui dicitur Cagon (Geich) ubi incipit bannus Archiep. Colon. super sylvam, quae dicitur Osnink usque ad Gudesheim iuxta flumen quod dicitur Arnafa, et deinde usque Tontorf etc. Ist hier der Ort Wüschheim bei Groß-Büllesheim gemeint?

Papst Innocenz II. bestätigte 1131 (Günth. Cod. I, S. 210) dem St. Cassiusstifte zu Bonn seine Besitzungen und zwar unter anderen: ecclesiam Stildorp cum tota decima, circa Grasaph et infra, de sexaginta octo villis, omnes decimas, medietatem ecclesie Geistingen etc. Der zweite Ort scheint, wegen der Stellung zwischen Stieldorf und Geistingen, irgendwo in der Gegend des Siebengebirges gesucht werden zu müssen. Jetzt ist aber in der weiteren Umgegend kein ähnlich lautender Ortsname zu finden. Das Stift wurde auch im Besitze des Hofes Stronberch [2]) bestätigt, das jetzige Stromberg

1) Bracht = Berg, später im Volksmunde zu bert, mert abgeschliffen, woher die Berg- und Ortsnamen der dasigen Gegend: Ho-, Land-, Rosmert u. s. w. = Hohebracht, Langebracht u. s. w.

2) Es ist auffallend, daß an den Oertern, welche diesen Namen führen, (bei Kreuznach und im Münsterlande) im Mittelalter Burgen waren. Sollte die erste Sylbe desselben wohl eine „Feste" bezeichnen? Das mittelhochdeutsche Zeitwort strangen = stärken, ist bekannt. Unser Stronberch (1172. — Lac. I, S. 308) im Siebengebirge, nämlich der jetzige Petersberg, scheint eine solche Annahme zu bestätigen. Jemand fand nämlich im Jahre 1858 auf demselben die Reste eines Gebäcks, das aus sehr dicken

(Lac. IV, S. 490) an der Sieg unterhalb Herchen, an welchem letzteren Orte es auch das Patronatrecht besaß.

Hafekesdale, Hafigesdale, Hakisdale, Hasgisdale, 1217—1270 (Lac. II. Kremer, akad. Beitr. III.), ein adeliges Geschlecht, das vom jetzigen Haasdal, nordwestlich von Valkenburg, nordöstlich von Mastricht, den Namen führte.

Ein Bertradus de Hagestolzesheim war vor 1145 (Binterim und Mooren, Erzd. III, S. 125) zu Wissel bei Grieth begütert. Jetzt ist aber ein ähnlicher Ortsname nicht aufzufinden. Ein Hagestaldeshusen war früher im südwestlichen Deutschland vorhanden.

Haldenghusen, Mutzhena, um 1080. (Lac. I, S. 156) = Burgholdinghausen bei Krombach und Müsen bei Hilchenbach im Siegen'schen.

Haynrode (Caes. Heist. hist. l. IX, c. 15. — Lac. I, S. 183) Honrath, nordöstlich von Siegburg.

Hellendorp, nicht weit von Köln (Caes. Heist. l. X, c. 40) ist Heppendorf.

Heppinghofin, 1284, = jetzt Heppingen bei Ahrweiler.

Heribahc, 904 (Lac. I, S. 45), im Keldachgau, wohl Herbach, westlich von Wülfrath, südlich von der Anger.

Hesnen, 1200 (Lac. IV, S. 790), Heesen, nordwärts der Lippe, nordwestlich von Hamm. Die Burg Novus pons (Nienbrügge) lag in der Pfarrei Heringen bei Hamm.

Die Heymenburg lag in der weiteren Umgegend von Brauweiler. Ihrer wird in den Nachrichten von den Pfalzgrafen (Leibnitz, Scriptor. I.) gedacht.

Hintisle, 1092 (Lac. IV, S. 765), einer Glosse zufolge: Curtis Hinsele, etwa Hinsel, südlich von Steele?

Holsterhausen bei Werden, mag das alte Hroststeninghusen, 875 (Binterim und Mooren, Erzd. I, S. 87) sein, welches wahrschein-

---

Bäumen bestand, wie er es sonst nicht gefunden, und auf der Krone des Berges noch einen Theil der alten deutschen Ringmauer. Diese ist auch in der angeführten Urkunde genannt, indem darin von der Entrichtung des Zehnten „infra veterem muri antiqui maceriam" die Rede ist. Unsere Vorfahren führten ihre Festen (Wälle von Erde oder Steinen) auf leicht zu befestigenden Berghöhen auf, die später von mittelalterlichen Burgen gekrönt wurden. War der Berg bei der Ortschaft Stromberg an der Sieg, so wie der beim gleichnamigen Dorfe in der Grafschaft Sayn (Günth. Codex V, S. 385, 442) zur Anlage einer altdeutschen Feste geeignet oder sind vielleicht noch Reste von solchen an beiden Stellen zu sehen?

lich vom Grafen Hrotstein den Namen hat, der Besitzungen bei Werden (Lac. I, S. 16, 22) der dasigen Abtei gab.

Horbach, Voretbach, um 1070 (Lac. I, S. 145). Die Ueberschrift im Cartul. Tuit. Nr. 28 lautet: Donatio decime in Vorsbagh et piscine in Urbagh. Der letztere Ort ist wahrscheinlich Urbach bei Porz, im Mittelalter der Sitz eines gleichnamigen Geschlechts, wo auch der Stein eines Veteranen der Legio I. germanica gefunden wurde. Ein Forstbach liegt bei Volberg, das als Rittersitz der Junker von Katterbach, dann der von Mosbach, genannt Breidenbach, das Patronatrecht von Volberg besaß.

Horna, 1150 (Lac. I, S. 253), ein Ort, der etwa unterhalb Düsseldorf auf der einen oder der anderen Rheinseite gelegen haben muß.

Huchilheym, 1289 (Lac. II, S. 520) = Heucheln bei Weisweiler.

Kaldenkapellen, 958 (Lac. I, S. 60), ist Hochkappel bei Overath. Von den mitgenannten Oertern: Frilinchusen, Branbechen, Zussena, Velegen, Humverstule = liegen Frielinghausen, Brombach, Tüschen und Vellingen in der genannten Pfarrei, Huvenstuhl aber bei Overath.

Eine Urkunde des Erzbischofs Ruprecht von Köln im Jahre 1477 (Binterim und Mooren, Erzd. IV, S. 457) für die Stadt Kempen ausgestellt, ist: Datum in Kederich. — Es gibt keine kölnische Burg dieses Namens, so wie überhaupt jetzt kein derartiger Ort am Niederrhein aufzufinden ist. Die Felspartie Kederich bei Lorch und der Ort Kidrich bei Ellfold im Rheingau sind bekannt.

Chessenich, Wessen[1]), um 1070 (Lac. I, S. 146). Der erstere Ort mag Kessenich bei Euskirchen sein; etwas weiter südlich hatte die Abtei schon im Jahre 1003 Besitzungen zu Antweiler. Nach Düren hin besaß sie das Patronatrecht zu Disternich, in dessen Nachbarschaft Vetweiß liegt, welches das alte Wessen sein mag; und noch weiter bei Hochkirchen lag ihre Besitzung Eschweiler. Im Jahre 1397 (Cartul. Tuit. Nr. 157) beschwerte sich die Abtei über das bis dahin nicht gebräuchlich gewesene Einquartieren der Jäger und Hunde des Herzogs Reinold von Jülich auf ihren Besitzungen zu Disternich und Eschweiler, worauf dieser versprach, sie nicht mehr mit den Hunden

1) Das Cartul. Tuit. hat Wisseno. Die der Abtei näher gelegene: Weiß oberhalb Köln, Wissen bei Siegburg, und Kessenich bei Bonn (auch eins unterhalb Maaseick) sind bekannt.

„überziehen" zu lassen, „vund ouch en sullenn sy uns geine welpere voedern." Die Abtei besaß 1159 zu Wisse (Moßelweiß) Weinberge.

Ritter Wilhelm von Kirsmic, 1237 (Lac. II, S. 119) mit Andern (von Herten, Wald u. s. w.) von der Westseite der unteren Erft, genannt. Crismeke, 1127 (Lac. I, S. 198), wo das Cunibertstift ein Gut erhielt, wird derselbe Ort (Korschenbroich) sein. Birsmeke, 1027, Brismeco, Bersemich, 1268 (Lac. I, S. 101, 166. II, S. 307), ist wohl Boschemich, östlich von Erkelenz.

Pfarrort Komele (Caes. Heist. l. IX. c. 7) in der Umgegend des Klosters Hoven, ist der verdeutschte Name von Commern, das im Mittelalter: Chumbere, Cumyrne, Curmene genannt wurde.

Nonnenkloster Kummede (Caesar. Heist. l. IV, c. 32) = Cumbd bei Simmern. Nonnenkloster Lutene (ib. l. VII, c. 37) = Fraulautern an der Saar.

Kurl (Günth. Cod. II, S. 98) an der unteren Ahr früher gelegen. Reimar von Keken (Binterim und Mooren I, S. 405) schenkte Weinberge hierselbst dem Stift Xanten, das diese, so wie die zu Ahrweiler und Remagen 1305 (Cartul. Tuit. Nr. 69) an die Abtei Deutz abtrat.

Im Jahre 892 (Regino Chron.) fielen die Normannen in Ripuarien ein, kamen bis Bonn, setzten sich darauf in der villa Landolfesdorf fest, wo sich ihnen aber ein christliches Heer entgegenwarf, worauf sie auf Prüm zogen. In der weiteren Umgegend von Bonn, in der Richtung nach Prüm, ist, außer Lengsdorf, kein Ort ähnlichen Namens zu finden, denn Lannesdorf (Landensdorph 1143, Landinsdorp 1281, Landesdorp 1326) bei Godesberg.

Graf Adolf VII. von Berg (1256—1296) kaufte die Burgen Leiginsiphen und Scharberg ihren Besitzern ab (Aschenberg, berg. Taschenb. für 1803, S. 155). Der Kauf der ersteren hatte 1280 (Kremer, akad. Beitr. III, S. 167) Statt; sie lag bei dem jetzigen Gehöft Leysiefen bei Nesselrode im Wupperthal (Kirchspiel Leichlingen), wo die wenigen Ruinen im Walde noch unter dem Namen „Zobbes-Mauer" bekannt sind [1]). Die Stätte der anderen Burg ist nicht genau anzugeben, in-

1) Im Jahre 1291 wird Einer aus dem bekannten alten Geschlechte Zobbo, Sobbo (ursprünglich ein altdeutscher Personenname) in der Pfarrei Leichlingen genannt. Dann findet er sich auch als Taufname bei Adeligen in derselben Pfarrei, indem 1327 (Cartul. Tuit. Nr. 84) Zobbo von der Kemeneden, Zobbo von Nesselrode und Zobbo vom Stade (Staderhof), ein Bruder Werner's, genannt werden. Als Familiennamen „Zopp, Zupp" findet er sich noch in der Umgegend vor.

dem es im Bergischen drei „Scharrenberg" genannte Oerter: bei Odendahl, Wald und Mettmann gibt.

Der kölner Erzbischof Dietrich eroberte im Jahre 1434 (Kölner Chronik) die Leye, „weil sie sich Gottes Freund und aller Welt Feind schrieben." Sollte es etwa die gleichnamige Burg bei Linz gewesen sein, die 1341 vom gleichnamigen Geschlechte dem Erzstifte zu Lehn aufgetragen wurde?

Linberge im Auelgau, 996, Limperche, 1333 (Lac. I, S. 63. III, S. 215) = Limperich, südlich von Beuel. Das mitgenannte Breitenbach in demselben Gau, mag wohl Rheinbreitbach sein. Nach der Urkunde von 996 hatte das Marienstift zu Aachen auch eine Besitzung zu Furan im Lüttichgau. Es ist einer von den drei Oertern, welche südöstlich von Mastricht im ehemaligen Limburgischen, an einem Bache aufwärts auf einander folgen, nämlich: Grafen-Füren, wo im 17. Jahrhundert die Grafen von Hoensbruch, St. Martins-F., wo die von Loe zu Wissen begütert waren, und St. Peters-F. (Fouron St. Pierre), wo die Comthurei des deutschen Ordens war [1]).

Lintlar im Jülichgau, 945 (Lac. IV, S. 761), wahrscheinlich Linderen, nordwestlich von Linnich.

Lanclair, 1347, (Lac. III, S. 356), theilweise vom Ritter Reinhard von Schönau dem Erzbischofe von Köln zu Lehen aufgetragen. Etwa Lanklaar bei Stockheim unterhalb Mastricht? Mehr oder weniger von da entfernt lagen die königlichen Pfalzen Meersen, Jupill, Herstall u. s. w. Ist daselbst etwa die Pfalz Langolare (Lac. I, S. 27, 39, 50) oder in Pago Osning, im heutigen Longlier bei Neufchateau zu suchen?

Lovenichheim, 1155, 1232 (Lac. I, S. 265, II, S. 96) ein Hof der Abtei Knechtsteden, etwa Löveling bei Holzheim? Ein kölnisches Lehen Lovenheim, Lovelingheim auch Lüvelheim lag bei Liedberg, mit welchem im 15. Jahrh. die von der Hegen, dann die von Velbrück belehnt waren.

1) Das Ende der theilweise undeutlichen Inschrift auf dem Denksteine des Deutschordens-Comthurs von Bochholz an der Landstraße unweit Ramersdorf am Siebengebirge, lautet nach Fahne (Geschlecht Bocholz IV, S. 121) „Freiherr zu Gemert, Gravenrode und St. Peter, (ge) storven den Aprilis." Der letzte Ort ist wahrscheinlich „St. Peters-Voeren" und der vorletzte „Grüterode" zu lesen; denn nach Büsching's Geographie gab es in der Balley Altenbiesen, wozu auch Ramersdorf gehörte, keine Comthurei Gravenrode.

Kaiser Konrad III. nahm 1151 (Kindlinger, Volmestein, II, S. 13) die Klöster zu Liesborn und in Ueberwasser zu Münster, mit ihren im Reichsterritorium Remagen, nämlich zu Lorstorp, Gimersheim und Grien, in seinen Schutz. Es sind die Orte Lohrsdorf, Green (Greynt 1284) und Gimmigen.

Praediolum situm iuxta fluvium Stram vocabulo Ludovesdorf, zur Zeit Ludwig's des Frommen (Ritz, Urkunden I, S. 161). Etwa Lohrsdorf bei Remagen?

Mesenich, ein 1289 (Lac. II, S. 520) genannter Ort, welcher bei Worringen lag, der entweder ganz verschwunden oder einen anderen Namen (etwa Krebelshof?) hat. Ein anderes Meschenich liegt bei Brühl.

Modershusen, 1384 (Lac. III, S. 776), kann nicht Mödersheim sein. Es ist vielmehr im Hessischen zu suchen, wo auch die von Breidenbach im Grunde Breidenbach wohnten; denn das niederrheinische Geschlecht führte ein anderes Wappen. Nach der zufolge der Urkunde erlittenen Niederlage bei Biedenkopf, hatten sie mit anderen hessischen Rittern eine andere im Jahre 1396 (Limburger Chronik) bei Wipperfürth durch den Herzog von Berg, in welcher sie als Hülfstruppen des Grafen von Limburg [1]) mitkämpften, erlitten.

Muminsheim, 1283 (Lac. II, S. 465) = Mömerzheim zwischen Ollheim und Esch.

Mundinsdorp, 1239 (Lac. II, S. 124, 596), ist nicht Mondorf, sondern Müngersdorf bei Köln.

Ritter Johann Nasswyn (d. i. Assewin, aus einem Geldern'schen Geschlecht) wurde 1430 (Kölner Chronik) zur Nachtzeit mit Anderen zu Köln aus seinem Bette geholt von drei bergischen Adeligen: Bernd von Boderich [2]), Johann Pieck von Sleborg zu Dückenburg bei Reusrath und Johann Stael.

Noissenburg = Nüssenberg bei Bocklemünd hatte der wegen seiner Stärke bekannte Ritter Gerhard Scherffgen auf dem Malzbüchel.

Novum castrum, 1289 (Lac. II, S. 532), die Neuenburg, jetzt „Burg" bei Solingen an der Wupper, von welcher bei v. Mering, Burgen, Heft IX. eine geschichtliche Skizze abgedruckt ist. Aschenberg

---

1) Dieser wurde vom Herzoge gefangen. Eine Urkunde vom 12. Juli 1396 (Lac. III, S. 209) spricht von seiner Entlassung aus der Gefangenschaft.

2) D. i. Büderich. Derselbe war im Jahre 1433 ein Gefangener des Herzogs Adolf von Berg; sein Bruder Wilhelm und Wilhelm von Elverfeld verbürgten sich für ihn.

(berg. Landesgeschichte) hält sie irriger Weise für die Stammburg der Grafen von Berg. Graf Adolf ließ den in der Schlacht bei Worringen gefangenen Erzbischof in die Kirche zu Monheim (bei van Heln „Monben") einsperren und dann nach der hiesigen Burg bringen. Wie aus der oben angeführten Urkunde hervorgeht, war es dieser Graf, und nicht der Herzog von Brabant, welcher ihn im Gefängnisse hatte und ihn so behandeln konnte, wie Ottokar von Horneck in seiner Reim-Chronik berichtet. Die hiesige Burg war also der Ort, wo der päpstliche Legat ihn vom Kopf bis zum Fuße gepanzert angetroffen haben soll. Im „Liber de gestis Baldewini de Luzenburch" heißt es vom Erzbischofe Siegfried: Archiepiscopus vero a comite de Monte capitur et custodiae in Breusburc mancipatur. Nach dieser, weniger glaubhaften Angabe, saß der Erzbischof zu Bensburc = Bensberg fest.

Nuenkirchen, 1178 (Lac. IV, S. 783), bekanntlich Neunkirchen bei Siegburg, von welchem später Seelscheid (Lac. III, S. 327) sich als Filial trennte. Es ist eine alte Pfarrei, denn Aeg. Gelenius (de adm. magn. Colon. p. 66) berichtet, daß Erzbischof Bruno I. (953—965) Ecclesiae nostrae S. Andreae ius territoriale seu gladii in Glehen obvenit, cum trans Rhenanis decimis in Newkirchen. Das Patronat von Neukirchen bei Opladen besaß das Stift St. Gereon.

Nuwenburch. Nach der Ermordung des kölner Erzbischofs Engelbert (Nov. 1225) durch den Grafen Friedrich von Isenburg, belagerte sein Nachfolger (wie die kölner Chronik berichtet) das Schloß Isenberg und zerstörte es. Ferner: „he gewann ouch Nuwenburch ind brach idt aff in den grundt", weiter: „Und was darauf gekriegt wurde, wurde alle getödtet, und die Mutter von Nuwenburg ward landräumig mit allen denen, die schuldig und handthätig waren."

Friedrich's Gemahlin nahm nämlich zu ihrem Bruder, dem Grafen Heinrich von Berg, aus dem Hause Limburg, ihre Zuflucht. Die zweite Burg, welche zerstört wurde, kann nur Nienbrügge im Kirchspiel Heringen, unweit Hamm sein, von welcher (Novus pons) im Jahre 1200 (Lac. IV, S. 790) als einer Besitzung des Grafen Arnold von Altena, die Rede ist. Sie gehörte später zu den Besitzungen des Grafen Friedrich, der sich auch im Jahre 1216 (Kindlinger, Volmestein I, S. 252, 259) de Novo ponte nannte. Aus einer Urkunde von 1346 (Cartul. Tuit. Nr. 93) geht hervor, daß nach dem Jahre 1300 zu Nienbrügge noch eine Wohnstätte bestand. Der Knappe Lambert von Borsem, der Alte, Gaugraf zu Hamm, kaufte nämlich in dieser Stadt für die Abtei Deutz ein Haus, gelegen iuxta domum Herbordi de Novo ponte. Der Ritter Lambert von Schedingen und der Knappe Ludolf vom Northove, Mannen der Abtei, besiegelten den Kaufact mit.

Orvare, 1000 (Lac. I, S. 167), in dem Jahre 1139, 1167 und 1236 Urvere = Urfal, oberhalb Weßlingen am Rheinufer, von dem altdeutschen Urvar = Fahrstätte an einem Flusse, abzuleiten. Gegenüber an der Ostseite des Rheins liegt Niederkassel, dessen Name die Stätte eines früheren Römercastells verräth. In Förstemann's altdeutschen Ortsnamen wird irrigerweise „Ufer“ bei Bensberg für Orvare gehalten.

Overmunte iuxta Mosam, 1153, 1166 (Lac. I, S. 259, 285) kann nur Urmond, westlich von Sittard an der Maas sein, als Gegensatz zu dem tiefer gelegenen Roermond. Ein Geversdorp wird S. 259 mitgenannt. Am Niederrhein ist Gevelsdorf bei Hottorf im Jülich'schen der einzige Ort, welcher damit einige Aehnlichkeit hat. Im früheren bremischen Amte Neuhaus, in der Gegend der Oste, lag ein Kirchdorf Geversdorf.

Uneheim, 1109, Oenheim, 1116 (Lac. I, S. 175, 181. IV, S. 422) wo die Abtei Siegburg Besitzungen hatte, ist Euenheim.

Poilog (Caesar. Heist. l. VII, c. 30) = Polch bei Koblenz.

Ratmarsheim im 8. Jahrhundert (Codex Lauresham. Nr. 3605) im Tuziegowe. Was über die Lage dieses Ortes und Gaues von Anderen gesagt werde, scheint Förstemann (Ortsnamen S. 1144) unbegründet. Nach ihm müsse der Ort wohl bei Deutz zu suchen sein. — Der Gauname stimmt mit dem Deutzgau überein, aber im ehemaligen Gebiete des letzteren ist wenigstens jetzt kein verwandter Ortsname aufzufinden. Die Oerter auf „heim“ liegen fast alle im Rheinthal. Der Gauname könnte in der Urkunde falsch gelesen oder auch unrichtig abgedruckt sein. Dumbeck (Geographia pagor. vet. German. p. 269) führt aus dem Cod. Lauresham. Nr. 2399 einen Ort Rotmaresheim (jetzt „Rudensum“ genannt), unweit Hirschau im Enzgau gelegen, an. Beide Namen mögen sich wohl auf einen Ort beziehen.

Rebrechyn, ein Hof der Edelherren von Helpenstein (an der Erft) bei der Burg Nuwenberg 1329 (Lac. III, S. 200) gelegen, folglich bei Rosellen. Sein Name ist aber verschwunden. Sollte es etwa „Kuckhof“ sein? In derselben Urkunde werden auch Grafen von

Robrinkhofen genannt. Von dem westlich gelegenen Hrotbertingahova (Rüblinghofen) einer alten Werden'schen Besitzung, nannte sich wenigstens 1259 (Lac. II, S. 270) ein Ritter: Heinrich von Rubregtenchoven.

Reterstorph, Reitersdorp, 1241, 1283, 1300 (Lac. II, S. 134, 463, 626. III, S. 125) eine Burg, die 1328 zerstört war, und deren Lage nicht bekannt. Johann von Löwenburg trug sie 1288 (Lac. II, S. 503) dem Grafen von Jülich zum Lehen auf.

Das Geschlecht von Richendorf, 1182 (Lac. I, S. 343) könnte von Roggendorf bei Mechernich den Namen haben, indem dasselbe von allen Oertern ihm am nächsten steht.

Richildinchuso, im Testamente des kölner Erzbischofs Bruno vom Jahre 965 (Leibnitz, scriptor. I, p. 290), ist wohl Recklinghausen, in einer Urkunde Riclichusen genannt. Außer den bekannten und unbekannten Oertern, welche in demselben Testamente genannt werden, sind hier anzuführen: Ruothinge, etwa Rödingen im Jülich'schen, im Jahre 847 Radingaue, und 1143 Rudinc genannt. Andere nehmen es für Ratingen im Bergischen, das aber schon im Leben des heil. Swibert Ratingen, im Jahre 1165 Razzinga, und 1193 Rattengen genannt wird. Werebetti = Warbeyen bei Cleve, im Jahre 1120 Werbedde, später Werdebic. Wissem = Wessum unterhalb Maaseick[1]). Lidron = ein Lindern liegt östlich von Isselburg; auch gab es einen Ort, von dem ein Geschlecht von Lideren (Lac. II, S. 301) den Namen führte. Heingelon = ein Rittersitz Hengelo liegt bei Zütphen, den im Anfange des 17. Jahrh. die von Ripperda besaßen. Solagon = etwa Solingen im Bergischen (im dasigen Dialekte „Sohlich" genannt, wie der Hof Sollich bei Kobern), dessen Verwandtschaft mit den Ortsnamen Sulingen (Sulegon 1029), südlich von Bremen mit Sohlingen (Sulingen) bei Uslar, und mit dem Sollinger Walde (Soligo 1198) nicht zu verkennen ist.

Rinctorp. Ein mit anderen kölner Adeligen 1246 (Lac. II, S. 162) genannter Hermann v. R. kann nur von Rheindorf bei Walberberg (unweit Brühl) den Namen führen; von einem Johann (S. 481) ist es aber zweifelhaft. Die Lage eines Hauses Ryntorp, wegen welches zwischen dem Herrn von Wevelinghoven und dem Grafen von

---

1) Lac. III, 198.

Meurs im Jahre 1410 (Lac. IV, S. 62) ein Zwist war, ist noch ausfindig zu machen.

Roitgyn. — Im Jahre 1416 (gegen den Herbst) zogen die mörsischen mit den kölnischen Bürgern mit der großen Büchse aus der Stadt vor das Schloß Roitgyn und gewannen das Haus mit der Büchse und brannten es bis in den Grund ab. Vor der Zeit hatte Keiner dem Anderen eine Veste abgewonnen, bis die Stadt Köln mit auszog, und die darauf waren flohen von dannen, und thäten der Stadt vielen Schaden. Das Schloß gehörte zu Pilgrim vom Roitgyn. — So erzählt die kölner Chronik.

Dieses Rödchen ist in einem feindlichen Lande zu suchen, und das war das Bergische. Die Bergischen hatten nämlich früher Deutz verbrannt und das Erzstift um Herne-Mülheim verheert. Hier war unter Anderen ein Rittersitz Rott bei Sieglahr, welcher etwa um den Anfang des 16. Jahrhunderts Margaretha von Rode ihrem Manne: Gerhard von Waldenberg g. Schenkern zu Heiligenhoven bei Lindlar zubrachte. Ein anderes Rode liegt östlich von Deutz beim Dorfe Rath, zugenannt „am Mauspatt“. Nach einem dieser beiden Rittersitze nannte sich ein Geschlecht, in welchem der Name Ludwig und Pilgrim im 14. Jahrhundert heimisch war, und 1422 noch ein Pilgrim lebte. Glieder desselben waren in Siegburg Scheffen und Schultheiße. Ein Pilgrim von Rode war 1361 Johanniter-Comthur zur Burg an der Wupper. — Rode am Mauspatt, welches die zwei letzten Jahrhunderte hindurch von den Freiherren von Lützerode besessen wurde, wird die betreffende Burg sein.

Als die Bürger von Köln im Jahre 1418 mit dem Erzbischofe im Kriege waren, zog der Herzog von Berg mit ihnen vor Worringen, welches sie mit dem eroberten Schlosse ausplünderten und verbrannten. Die Gefangenen wurden nach Köln getrieben. Auch gewannen sie den Vorst (Burg bei Frechen) und das Roetgyn. — So die köln. Chronik. Hier ist von einem befestigten Orte Rode im Erzstifte die Rede; aber keiner in der Nachbarschaft von Köln scheint zu passen. So giebt es ein Rode westlich von Bocklemünd (Lac. III, S. 195) eines sammt Konrode, bei Rondorf, ferner bei Widdersdorf, und Schillingsrode bei Rodenkirchen.

Ruodestorp im Jülichgau, 945 (Lac. IV, S. 761) etwa Floßdorf bei Roerdorf?

Rummentorp im kölner Gau, 941, 962 (Lac. I, S. 52, 61)

wird wohl richtig als Rondorf angegeben. Aus der Urkunde von 1285 (II, S. 475) geht aber unzweifelhaft hervor, verglichen mit der Ortslage, daß Rondorf damals Roggendorf geschrieben worden ist. In einer Urkunde von 1109 (I, S. 176) Rakendorp, und später Rokedorp.

Scakena, 1176, 1218 (Lac. I, S. 39. II, S. 69), = Schakum bei Büderich, unterhalb Neuß.

Sceveno, Upheim, 1072 (Lac. I, S. 140). Der erstere Ort ist entweder Scheven nordwestlich von Mettmann oder das bei Bracht, östlich von Ratingen. Der andere Ort ist Oppum, südöstlich von Crefeld, von dem sich auch die von Ubheim (Lac. I, S. 250) nannten.

Schiderke, Scidercha, Scidereke, Scidrika, der Name eines Geschlechts an der mittlern Erft. Das Stammhaus, jetzt verschwunden, lag bei Bedburg in einem sumpfigen Walde und führte in der letzten Zeit den Namen Schirkenhof[1]) d. i. Schidericherhof. Es wurde im Jahre 1642 von den Hessen in Brand gesteckt und zerstört. Als Edelherr tritt ein Richard 1166, ein Walter in den Jahren 1166 bis 1189 (Lac. I, S. 286, 293, 339, 355, 363) auf, welcher Grundbesitz zu Gommershoven hatte; ferner findet sich ein Gerhard 1195 (Lac. I, S. 385). Vom Ritterstande waren: Geldolf und sein Bruder Bernhard, der sich von Bedebure (Bedburg) nannte, 1187 (Lac. I, S. 355) und kölnische Ministerialen waren. Weiter findet sich ein Alard, dann ein Gerhard und mit ihm 1227 (Lac. II, S. 81) ein Arnold „in Schidericke" genannt. Eine Helewigis domina de Schidericke wird 1285 (Lac. II, S. 481) mit Adeligen genannt, die zwischen Aachen und der Maas wohnten. Das gleichnamige Haus in Köln kann als ursprünglicher Ortsname[2]) nur von diesem Geschlechte den Namen haben.

Selstena, Rudesdorp, im Kölnergau 898 (Lac. I, S. 43, 44) gelegen. Der erstere Ort kann nicht Silsdorf sein, denn dieses führt schon nicht lange nachher den Namen Sigelstorph, 1094, Seilstorp, 1297. Wahrscheinlich ist es das Gehöft Deckstein bei Kriel, dessen Name bei der Aussprache die größte Aehnlichkeit hat. Heinrich Quattermart war im 15. Jahrhundert Schultheis des Hofes zu Dex-

1) Detteier, Beitr. zur Geschichte des Kreises Bergheim S. 42, 46, 62.

2) Der Etymologe vergleiche: Das Haus „am Schieder" bei Amel, unweit St. Vith, die Wald- und Ortsnamen „Schier" an der unteren Weser und das alte Scidriebnrg, jetzt Alt-Schieder an der Emmer, im Jahre 784 in den Feldzügen Karl's des Gr. genannt.

stein. Besaß das Stift Essen ihn noch in der letzten Zeit? Ein Ort „Selsten" findet sich auch jetzt noch westlich von Heinsberg. Der andere Ortsname mag entweder ganz verschwunden oder contrahirt vorhanden sein. Mosdorf bei Lövenich verräth größere Verwandtschaft damit, wie mit dem in derselben Urkunde genannten Hohingesdorp. Diesem steht dagegen Heimersdorp (Heymersdorp 1275) bei Longerich wieder näher, in welchem aber vielmehr nur mit „Haim" anlautender Personenname enthalten zu sein scheint.

Der Erzbischof Walram von Köln (1333—1349) erwarb die Hälfte der Burg Seynsberg (cfr. Annalen IV, S. 220. — Köln. Chronik Fol. 254) und vom Grafen von Waldeck die Hälfte von Nordernau. Der durch Abschreiben verdorbene Name der ersten Burg ist Ginsberg, jetzt Ruine bei Hilchenbach im Siegen'schen, von Jung-Stilling und seiner Selbstbiographie unter dem Namen „Geisenberg" erwähnt. Graf Otto von Nassau verkaufte „Gensberg" im Jahre 1345 mit fünf Dörfern an den genannten Erzbischof; des letzteren Nachfolger aber, Wilhelm, gab es 1351 zweien von seinen Amtleuten in Pfandschaft (Lac. III, S. 330, 397, 747). Nordernau bei Oberkirchen im Kreise Meschede, das zur Erbvogtei, Grafschaft gehörte, wurde 1297 theilweise an die Grafen von Wittgenstein und Waldeck veräußert, weiter an die von Gaugreben verpfändet und endlich ganz an die Grafen von Waldeck überlassen. Vergl. auch Lac. III, S. 339.

Sibodo de Sigelinkhaim, kölner Ministerial 1139 (Lac. I, S. 224), später Selincheim, Selicheim, 1284, 1296 (II, S. 466, 541, 576), jetzt Selicum bei Neuß. Ein Dorf Selickem wird 1408 (Lac. IV, S. 41) zur Herrschaft Erprath gehörig, genannt; sollte dieses etwa Schlichurum zwischen Norff und Rosellen sein?

Das Kloster Scheda hatte die Güter des Gammarich von Slukink und dessen Bruders Anton genannt Klunkart und deren Erben zu Westslukinc, zwischen Werl und Scheda gelegen, erworben. Da die Güter ein Lehen der Abtei Deutz, diese aber davon einen geringen Nutzen zog, trat sie das Eigenthum an denselben im Jahre 1304 (Cartul. Tuit. Nr. 97) gegen eine Rente von 9 soester Schillingen an das Kloster ab. Es ist der Hof Slukunchove vom Jahre 1019 (Lac. I, S. 95).

Solonchon, 1067 (Lac. I, S. 135), eine Besitzung des Stifts St. Georg in Köln. Mit diesem Namen verwandt ist ein Schollinch (v. Steinen, westfäl. Gesch. IV, S. 85) wo das Stift Herdicke im 13. Jahrhundert eine Besitzung hatte, was das jetzige Sahlingen bei Hörde sein mag, welches aber im Jahre 1399 den Namen Zaley geführt haben soll.

Stade (irrig Stadeck genannt), um die Mitte des 15. Jahrh. eine Besitzung Bernard's von Burscheid zu Beinau bei Obergartzem, durch dessen Tochter Sophie es an Wilhelm Quad kam, dessen Nachkommen es noch im folgenden Jahrhundert besaßen. Es gab mehrere Rittersitze dieses Namens, wie im Kirchspiel Werden bei Iserlohn, von welchem ein Geschlecht den Namen führte; dann bei Leichlingen (jetzt Staderhof genannt, das von Fahne, jül. Geschlechter II, S. 235, irriger Weise mit dem an der Sülze verwechselt wird) ein Lehen der Abtei Deutz von einem gleichnamigen Geschlechte bewohnt (Cartul. Tuit. Nr. 84. Lac. III, S. 652), später vom deutschen Orden besessen; ferner das an der Sülze bei Volberg, einer alten Besitzung der von Loe. Dann liegt ein Ober- und Unter-Stade im Acherthal oberhalb Overrath, die aber nicht als Rittersitze bekannt sind; endlich eines bei Wissen an der Sieg, wo aber ein „Quaderhof" auf frühere Besitzungen des Geschlechts Quade schließen läßt.

Eine Besitzung im Walde Steinewid, 800 (Lac. IV, S. 759), wurde dem Abte Lüdger von Werden geschenkt. Seine Lage ist unbekannt; ein Ort Steinwede findet sich bei Leibnitz, scriptor. II, p. 183.

Sunderdorp. In einer Urkunde (Cartul. Tuit. Nr. 36) des Abtes Gerlach von Deutz, welcher 1147 und 1161 noch lebte, ist die Rede vom Zehnten zu Overich (bei Leymarsdorf) und von einer „ama vini in Wadenhem nec non XXX denar. monete Anturnacensis sive XV coloniens. qui solvuntur de bono cuiusdam Hemmonis, quod est situm in villa, que appellatur Sunderdorp. Es ist das jetzige Hemmessen bei Wadenheim an der Ahr, indem der Ort (welcher den Personennamen Sunthar enthält) schon bald nachher, nach dem neuen Besitzer „Hemmo" benannt wurde und zwar 1187 Hemminigishoven und 1210 Hemingeshoven.

Die Witwe Adela schenkte der Abtei Deutz im Jahre 1045 (Lac. I, S. 112) Grundstücke zu Thriere (Langendreer bei Bochum, Langendreyer, 1338), Loire (Laer bei Memmingen) und Vilewich (Vollwich bei Castrop), während die Urkunde zu Rechne (Rechen bei Bochum) ausgestellt wurde. Eine Urkunde (Lac. IV, S. 765) des Werdener Abtes Otto, welche im nahen Bukheim (Bochum) im Jahre

1092 ausgefertigt wurde, nennt Edle von Hulnen (Hüllen bei Wattenscheid) und von Trire. Eine Deutzer Urkunde (Cartul. Tuit. Nr. 35) von 1158 führt unter den westfälischen Mannen der Abtei an: Lambertus et Heribertus de Rechne.

Tumba, 888, Tunba, 1226, (Lac. I, S. 39, 50, 64. II, S. 73), das jetzige Pfarrdorf Thommen bei Malmedy? In der Nachbarschaft liegen wenigstens die in der Urkunde genannten: Bulinge (Büllingen) und Mandervelt. Sollte Urio das dasige Ouren sein? In der Theilung des fränkischen Reiches von 870 (Pertz, Monum. T. I, p. 489) findet sich die Stelle: Comitatus duos, Mosminse, Castricium, Condrust, de Arduenna sicut flumen Urta surgit inter Bislanc et Tumbas ac decurrit ex hac parte in Mosam, et sicut recta via ex hac parte occidentis pergit in Bedensi (Beda-Gau) secundum quod missi nostri rectius invenerint. In der Urkunde von 966 (Lac. I, S. 64) wird ein Satanai angeführt, welches aber nicht Satanacum (Pertz, Monum. III, p. 162), jetzt Stenay an der Maas, oberhalb Sedan, sein kann. Mit dem genannten Lens zeigt der Ortsname Blens bei Heimbach im Jülich'schen, einige Aehnlichkeit. Unter Anderen werden (Pertz, Monum. III, p. 541) die Villen: Aristallium... Lens, Wara et Astenido genannt. Flattina ist bekanntlich Blatten, südöstlich von Zülpich. Der Kaiser Ludwig war im Jahre 839 (Pertz, Mon. II, p. 645) in den Ardennen[1]) auf der Jagd, zu welcher Zeit ihn der Bischof Ebroin von Poitiers, zu Flatera (wahrscheinlich Blatten) besuchte. Bailus ist mit dem Ortsnamen Bailues (Lac. I, S. 209), das jetzige Baelen zwischen Eupen und Limburg, zu vergleichen.

Truhtene um 1170 (Lac. I, S. 326) ist wohl mit Druten bei Afferden (Binterim und Mooren, Erzd. I, S. 276) zwischen Maas und Waal ein Ort.

---

1) Auch Karl der Große jagte, nach Regino, häufig in den Ardennen. In der römischen Zeit dehnte dieses Waldgebirge sich bis in die Gegend von Düren aus, denn ein der Ardennen-Göttin geweihter Votivstein (Jahrb. v. Alterthumsfreunden XXIX, S. 65) wurde südwestlich von der Stadt bei Gey gefunden. Später wurde dieser Walddistrict im Jülich'schen bis nach der Maas hin, der „Osnink" genannt. Die Könige Lothar und Karl waren im Jahre 850 (Pertz, Monum. II, p. 229) im „Hosninge" auf der Jagd. Jan von Heelu, der Beschreiber der Schlacht von Worringen, nennt die Ardennen Osseninк und dessen Bewohner „Oesselinger". Ludwig der Fromme sagt (Lac. I, S. 21) im Jahre 821, daß das Kloster Enda (Cornelimünster) in seinem Walde Arduenna erbaut sei. Dann lagen Walhorn und Olne (östlich von Lüttich) im Ardenner-Gau.

Threchni, Flethereke, Werve, um 1100 (Lac. IV, S. 766) = Drechen, Flierich bei Hamm und Werve bei Heeren. Im Leben des heil. Lüdger (Pertz, Monum. II, p. 423) kommt auch vor: villa, quae Fletteric vocatur.

Turbeth in Westfalen, ein wahrscheinlich verdruckter Ortsname. Bei Albertus Magnus (Opera T. II, Lugduni 1651, p. 266) heißt es: et nuper in Vuelunale Theutoniae partibus in loco qui vocatur Turbeth invenitur in monte quodam aurum [1]). Die Ortsnamen in dieser ersten Ausgabe der Werke unseres alten niederrheinischen Gelehrten, der wie Roger Baco auch schon das Schießpulver kannte, sind sehr verdruckt. So erkennt man (p. 252) in der Stelle: invenitur enim in loco Theutoniae qui dicitur Vuriebeg, quod sonat liber mons kaum Freiburg im Erzgebirge, wo er von dem dort gewonnenen reinen Silber spricht. Der Messinghütten zu Köln erwähnt er (p. 264) in der Stelle: Hi autem, qui in cupro multum operantur in nostris partibus, Parisiis videlicet et Coloniae et in aliis locis, in quibus fui et vidi operiri, convertunt cuprum in aurichalcum per pulverem lapidis, qui calamina vocatur etc. Die uralten Kupfergruben bei Rheinbreitbach, bereits von den Römern bearbeitet (Jahrbücher v. Alterthumsfr. V und XXVII, S. 141) sind bekannt.

Dietrich von Ulfde, Ulfeta, köln. Ministerial, im Jahre 1135 zuerst genannt, schenkte 1138 den Hof Götterswick der Abtei Kamp. Es liegen zwei Uelfen bei Radevormwald, von welchen eine die „kölnische" genannt wird, dann ein Olfen bei Lüdinghausen. Der Stammort scheint aber Ulfen im Geldern'schen, in der Gegend der Issel zu sein. Wilhelm von Ulfte, köln. Amtmann zu Aspel bei Rees, 1345 (Lac. III, S. 335, 363) und andere von diesem Geschlechte werden noch genannt.

Ulinberg, Derinbach, Quirinbach, 1218 (Lac. II, S. 43), = Eulenberg und Derenbach bei Uckerath und Quirrenbach bei Egidienberg.

---

1) Dem „malerischen und romantischen Westfalen" zufolge hat man im Goldberge im Thale der Volme bei Hagen, im Mittelalter Gold und Silber gewonnen, was durch eine Lehens-Urkunde von 1201, zwischen Erzbischof Adolf von Köln und Graf Arnold von Altena, bezeugt werde.

In v. Bereword's westfälischem adeligem Stammbuche S. 510 finde ich die Notiz: daß Albert d. Gr. die Goldbergwerke bei Korbach (im Waldeck'schen) erwähne. Dieses wird schon im frühen Mittelalter Curbike und Curbeche genannt, ist demnach das obige Turbeth.

Umeron, 997 (Lac. I, S. 81, 88). In der Unter-Betau gab es früher eine Herrschaft Ommeron. In der Ober-Betau, in der Nähe des Rheins, liegt ein Angern. Kaiser Lothar gab den dritten Theil des Zolls zu Angre (Lac. II, S. 72) dem Marienstift zu Aachen und König Konrad befreite 1145 (Lac. IV, S. 773) die Kaufleute von Kaiserswerth von Zöllen und anderen Beschwerden zu Angera, Nymwegen, Utrecht und Neuß. Der Ort ist an der Waal oder am Rhein zu suchen; es mag der vorhin angegebene sein.

Urendale wurde zufolge der köln. Chronik im Jahre 1364 abgebrochen. Es scheint eine Burg gewesen zu sein. Ein ähnlicher Ort findet sich nicht mehr am Niederrhein. Eine Furendale, 1090 (Lac. I, S. 157) scheint bei Remagen oder Enkirch gelegen zu haben; und ein Egeno de Eurendale, 1148 (Lac. I, S. 250) hatte wahrscheinlich seine Heimat unterhalb Zons, auf der Ost- oder Westseite des Rheins bis unterhalb der Ruhr hinunter, wo auch seine Mitzeugen wohnten.

Vegininchelm, 1109 (Lac. I, S. 176) = Vanickum bei Rommerskirchen, woher auch Hermann von Vennicheym, 1288 (Lac. I, S. 498). Nach Rumeskirche (Rommerskirchen) nannte sich (Lac. I, S. 173) auch ein Geschlecht.

Vennebruche = Vinbruck, südlich von St. Tönisberg, wo 1284 (Lac. II, S. 467) zwischen dem Grafen von Geldern und dem Erzbischofe von Köln ein Bündniß abgeschlossen wurde. Der Ort wird 1351 und 1384 Vennebruche und Venbruggen, sammt Vrouwenbroiche (Frohnenbruch, westlich von Kloster Kamp) genannt.

Mit dem Jahre 1262 (Lac. I, S. 114) sehen wir die Gebrüder Arnold und Gerhard von Volmerincheim mit anderen Adeligen an der untern Erft auftreten, so wie 1370 (Lac. III, S. 601) eben daselbst ein Ritter Rütger von Volmerichheim. Das bekannte Geschlecht von Aldenbrück, welches seinen Namen von Altenbrück bei Rosellen führen mag, findet sich später im Besitze des genannten Ortes, denn Simon von Aldenbrüggen führt davon im Jahre 1444 (Lac. IV, S. 299) den Beinamen „genannt von Velmerkom", anderswo auch „von Vellmerken". Dann finden sich aber auch genannt: Johann von Aldenbrüggen genannt Velbrüggen 1457, und Simon von Aldenbrüggen genannt Vellbrüggen 1458. Der letztere Ort liegt bei Norf, während wir Velmerkom contrahirt, und mit weggefallenem Anlaut, wahrscheinlich in dem gegen Südosten gelegenen Elvekum wiederfinden.[1])

Die von Aldenbrüggen besaßen im 14. Jahrhundert einen Hof Zutzekom im Kirchspiel Rosellen. Im folgenden Jahrhundert waren die von Leidlaken in seinem Besitze, dann die Ingenhoven; und Johann von Hülhoven verkaufte 1492 den „Zutzekoverhof" zu Rosellen an St. Georg in Köln. Sollte es das jetzige Kuckhof sein?

Vunfselden, 1173 (Lac. I, S. 312), was uns an das alte sala oder salida = Wohnung erinnert, ist Vinxel bei Stieldorf im Siebengebirge. Nach dem Orte nannte sich auch ein Geschlecht (Lac. III, S. 126) später auch Fünfzahl genannt, von welchem Richwin von Fünfzell mit unter den Zeugen genannt wird, als Graf Heinrich von Sayn und seine Gemahlin Mathilde 1245 Blankenberg Freiheiten ertheilte[2]). Es besaß im 16. Jahrhundert Attenbach bei Blankenberg.

Wedereke, 1085, Wedreke, 1119 (Lac. I, S. 152, 190), Werrich bei Ginderich im Clevischen.

Welrisheim, 1292 (Lac. II, S. 553) wohl Wallesheim (Walirisheim, 13. Jahrhundert. — Walrisheim, 1324) unterhalb Koblenz.

Besitzungen des Klosters Füssenich zu Heppendorp, Vussenich, Werechhenrode, Hertene, Wald Vile, 1157 (Lac. IV, S. 776) = Heppendorf, Wüllenrath, wahrscheinlich bei Barrendorf und Heppendorf, dann Groten- oder Kirch-Herten. Da die Stätte, wo das Kloster errichtet worden, zuerst genannt worden ist, mag der hier nach

1) Zur Aufhellung der Ortskunde im Mittelalter müßte Jemand aus den Kirchenpapieren von Norf und Rosellen die alten Namen der dasigen Ortschaften in den Annalen mittheilen, worunter namentlich die von Derikum, Elveckum und Schlicherum nicht fehlen dürften. So mögen z. B. Allerheiligen, Neuenbaum und Gier bei Rosellen früher andere Namen geführt haben. Die untere Erft hat viele alterthümliche Ortsnamen und mehrere lassen sich wohl nicht mehr auffinden, z. B. Dorf Inckenhem, Mortersmar, Krummen (Lac. IV, S. 41), ferner Bedding- oder Heddinghusen (Lac. I, 266, II, S. 96). Die Endung Scheid (d. i. Berg) an den Ortsnamen Wald- und Machenscheid bei Uedesheim, ist eine unnatürliche. Der erstere Ort (Lac. I, S. 311) ist bekanntlich das alte Walshoven; sollte der letztere Magenart, Mangenard (Lac. I, S. 266, II, S. 96) sein?

2) Bestätigt 1450 vom Herzoge Gerhard von Jülich-Berg. Beide Urkunden sind abgedruckt in Aschenberg's Niederrhein. Blättern 5. Bd. 1805, S. 334—339, wo auch im Auszuge die Urkunde über den Verkauf des Frohnhofes zu Solingen an die Abtei Altenberg, von 1363.

Heppendorf folgende Ort, Fischenich (Viskenig, 1278 Lac. II, S. 419) bei Köln sein, denn die in einer Urkunde von 1166 (Lac. I, S. 289) mit Kölnern genannten Zeugen von Buskinich sind wohl von da zu Hause.

Wichentorpe, 1136 (Lac. IV, S. 772), dürfte eher Widdendorf bei Heppendorf (den Uebergängen der Personennamen Wichnand = Wienand, Wichbert = Wiebert analog) denn Widdersdorf (Weidersdorp, 1253, Lac. II, S. 213) bei Köln sein. Das mitgenannte Bodesthorp ist wohl Boisdorf bei Hemmersbach.

Wiltpretishoven, 1210 (Günth. Cod. II, S. 98), Walpredeshoven, 1222, Walprechshoven, 1246, Walbregtzhoven, 1265 (Lac. II, S. 156, 226) jetzt Walporzheim bei Ahrweiler.

Wyenborch. Der in der Schlacht bei Cleve (7. Juni 1397) vom dasigen Herzoge gefangen genommene Herzog Wilhelm von Berg, mußte sich durch viele Opfer wieder aus der Gefangenschaft lösen, indem er demselben unter Anderem auch die Schlösser und Aemter Windeck und Beyenburg (Lac. III, S. 317) verpfändete. Im März 1398 treffen wir den Grafen Dietrich von der Mark, welcher ins Bergische gefallen war, mit der Belagerung der Burg Elberfeld beschäftigt, wobei er erschossen wurde. Der kriegerische Erbprinz, Adolf von Berg, hatte schon im Spätherbste 1397 (Lac. III, S. 923) Bundesgenossen gegen denselben geworben, worauf wir ihn im Jahre 1398 in Thätigkeit sehen, indem die köln. Chronik berichtet: „In demselben Jahr, den 15. Mai, gewann Herzog Adolf von dem Berge wiederum die Burg genannt Wyenburch dem Grafen von der Mark und von Cleve ab, und fand darauf Guts genug." Dann lesen wir daselbst weiter, wie er auch die Beyenburg im Siebengebirge erobert habe. Es wurde also eine Burg „wieder" erobert, die zum Bergischen gehörte, welche wahrscheinlich die „Beyenburg" (Lac. IV, S. 7) war, nordöstlich von Lennep, im jetzigen Orte Beyenburg. Eine Wyenburg ist weder im Bergischen noch in dessen Nachbarschaft bekannt; die Nuenburg (jetzt Burg bei Solingen) kann hier nicht gemeint sein, und wohl noch weniger die andere bergische Feste, der Nuwenberg (Lac. IV, S. 244) bei Scheel, unweit Lindlar, jetzt seit etwa anderthalb hundert Jahren in Ruinen. Ein Friede zwischen Cleve und Berg wurde 1399 am 3. Nov. (Lac. III, S. 952) geschlossen.

An einer Stelle bei Gregorius Turonensis (Histor. Francor. Parisiis 1610, lib. IV, cap. 16, pag. 140) heißt es: Fortiter tunc rex Chlotarius contra Saxones decertabat, Saxones enim ut adserunt, per Childebertum commoti atque indignantes contra Francos superiori anno, exeuntesque de regione sua in Franciam venerunt et usque ad Nutiam civitatem praedas egerunt, nimiumque grande scelus perpetrati sunt. — Ist hier Neuß gemeint? — Gibt es andere Ausgaben dieses Geschichtsschreibers, in welchen eine andere Lesart zu finden ist? — Bei demselben (lib. II, c. 9) findet sich auch die Stelle: Quintinus circa Nivisium castellum Rhenum transgressus etc.

Wenn an der ersteren Stelle Neuß gemeint sein sollte, so könnte der Unterschied von civitas und castellum daher rühren, daß der Geschichtsschreiber die letztere Stelle dem Sulpicius Alexander entlehnte, und damals der Ort in einem wehrhafteren Zustande sein konnte. Als Neuß im Jahre 881 von den Normannen verwüstet wurde, wird es (Niusa) bei Regino mit Jülich und Zülpich ein Castell genannt. Als Karl der Große im Jahre 804 nach Sachsen zog, befahl er (Pertz, Monum. II, p. 611) seinem Sohne dahin zu folgen. Dieser „ad Neusciam venit, Hrenum ibidem transiit et patri concurrere accelerabat.

Ein Theil von Francia, das spätere Bergische, lag aber hier auf der Ostseite des Rheins, wo die alte Feste Deutz [1]) zu finden ist, in welcher wir wahrscheinlich den rechten Ort finden. Der Poeta Saxo, welcher unter König Arnulf (887—899) lebte, spricht (Pertz, Monum. I, p. 235) vom Einfalle der Sachsen (778) bis Deutz und weiter den Rhein hinauf, in dem es heißt:

Infesto Rheni petierunt agmine litus.
Quem transire tamen nulla ratione valentes, [2])
Francorum terras in eadem parte iacentes
Qua venere nimis vastare ferociter ausi,
A muris urbis, quae dicta Diutia nunc est,
Donec pervenias ubi Rhenus confluit idem etc.

Hier wird Deutz sogar urbs genannt. An einer anderen Stelle (Pertz. T. VI.) sagt ein Annalist von demselben Zuge der Sachsen: ad Duciam usque castrum venerunt, quod Coloniae civitati con-

---

1) Ueber Deutz in der Römerzeit vergl. Jahrbücher v. Alterthumsfreunde Heft XV.

2) Groß-St. Martin (auf der Rheininsel) wurde aber nach dem Chronicon Sancti Martini damals von den Sachsen zerstört. Pertz, Monum. II, p. 214.

tiguum est, rapinis et incendiis vastantes omnia. Die Annal. Laurissenses nennen es bei derselben Gelegenheit Divicia, und die Annal. Einhardi: Diutia civitas [1]). Unterm Jahr 869 wird es bei Regino: „Duiza castrum“ genannt. Bei Steffens (Gesch. der alten Bewohner Teutschlandes. Frankfurt und Leipzig, 1752) findet sich S. 350 diese Stelle: „Und obgleich Chlotar in einer anderen Schlacht, so bei Deutz (Divitiae) unweit Cöllen vorgefallen, viel Volk eingebüsset, so mußten doch die Sachsen fortfahren, den Franken jährlich fünfhundert Stück Rindvieh zu liefern. Fredeg. in Chron. c. 16.“

Die eben angeführte Schlacht mag damals vorgefallen sein, als die Sachsen, wie Gregor. Tur. anführt, „usque ad Nutiam civitatem“ vordrangen. Beide Stellen würden sich gegenseitig ergänzen. Jemand müßte einmal die angeführte Stelle aus Fredegar in diesen Annalen in der Ursprache mittheilen, und auch die Stelle im Gregor. Tur. damit vergleichen, weil meine Excerpte das Nachfolgende nicht enthalten. Beide Geschichtschreiber sollen übrigens aus einerlei Quelle schöpfen.

Brooklyn bei New-York im März 1863.

F. W. Oligschlaeger, Apotheker.

---

1) Rodulfus Abbas de Diuzi obiit 1039. (Pertz, mon. III, p. 103.)

Das Wupperthal; seine Urzeit, seine Burg und seine erste Kirche.

Von Oberbürgermeister a. D. **v. Carnap** in Düsseldorf.

In den ersten Jahrhunderten unserer Zeitrechnung war das Land der Berge von deutschen Völkern bewohnt, bekannt unter dem Namen der Sigambrer, Ubier, Tenkterer und Brukterer. Diese, von den Römern immer zum Kampfe herausgefordert, suchten Schutz bei dem sich im dritten Jahrhundert bildenden Frankenbunde und blieben bis zu den Zeiten Karl's des Großen unter der Herrschaft fränkischer Könige. Das fränkische Reich war in Provinzen und diese wieder in Gaue eingetheilt; den Gauen waren Beamte vorgesetzt, die „Grafen" hießen.

Zwischen der östlichen Gränze und dem Rheine, in dem Landstrich, der jetzt die Regierungsbezirke Düsseldorf, Köln, Aachen, Trier und Coblenz umfaßt, bestanden folgende Gaue: 1) der Ruhrgau, 2) der Keldachgau, 3) der Deutzer Gau und 4) der Auelgau. Gegen das Jahr 1100 hörte die Benennung „Gaue" auf und es entstanden Grafschaften und Fürstenthümer. Die Grafen fingen an, von ihren Erb- und Stammschlössern, welche sie zuerst angelegt hatten, die Namen anzunehmen.

Aus noch vorfindlichen Handschriften ergibt es sich, daß „Altenberge", welches ursprünglich „Berge" geheißen, der erste Sitz, das Stammschloß der Grafen von dem Berge gewesen. Dieses Stammschloß lag im Keldachgau.

Die Meinung über die Herkunft der Grafen von Berg ist sehr verschieden. Mit Gewißheit kann man nur angeben, daß Adolf I. der erste Graf vom Berge war und zwar im Anfange des 11. Jahrhunderts; er starb als Mönch in der Abtei zu Altenberg im Jahr 1152. Sein Sohn, auch Adolf genannt, machte einen Kreuzzug wider die Saracenen und blieb vor Damascus. Sein Bruder Friedrich ward zum Erzbischof von Köln erwählt. Nach Adolf's II. Tode, 1160, trat sein Sohn Engelbert die Regierung an. Kaiser Friedrich begünstigte Graf Engelbert und schenkte ihm einen ansehnlichen Theil Landes an der Ruhr; er selbst vergrößerte die Grafschaft mit Elverfeld und Hückeswagen. Ersteres erwarb er von dem Erzbischof Philipp von Köln; Hückeswagen aber von dem Grafen von Hückeswagen. Engelbert I. endete sein Leben auf einem Kreuzzuge im Jahre 1193. Ihm folgte sein Sohn Adolf III., der von Otto IV. im Jahre 1198 die Stadt und Burg Ratingen erhielt; 1217 zog er in das heilige Land und fiel vor Damiette im folgenden Jahre.

Irmgard, seine Tochter war mit Heinrich, dem ältesten Sohne des Herzogs von Limburg, vermählt und dieser machte Ansprüche auf die Grafschaft vom Berge; allein Erzbischof Engelbert von Köln widersetzte sich der Besitznahme und gerieth mit Heinrich in Streit, der aber dahin vermittelt wurde, daß Erzbischof Engelbert die Grafschaft auf Lebenszeit behielt, dagegen seiner Nichte und deren Gemahl eine jährliche Geldrente zahlen sollte. Nach Engelbert's Tode fiel die Grafschaft von dem Berge seiner Nichte Irmgard zu, die gemeinschaftlich mit ihrem Gemahl Heinrich von Limburg die Verwaltung führte. Im Jahre 1244 vergrößerte sie dieselbe durch den Ankauf von Barmen von dem Grafen Ludwig von Ravensberg. Durch den Tod seines Vaters erbte Heinrich das Herzogthum Limburg und starb im Jahre 1246 mit Hinterlassung seiner Gemahlin und zweier Söhne. Erstere überlebte ihren Gemahl nur ein Jahr. Ihr ältester Sohn Adolf IV. gelangte zur Grafschaft von Berg und Walram, der jüngere Sohn, erhielt das Herzogthum Limburg. Adolf IV. vertauschte das altbergische Wappen mit dem limburgischen; seitdem ist das bergische Wappen ein rother kampfrüstiger Löwe in silbernem Felde. Adolf IV. starb 1257. Seine Gemahlin Margareth von Hochstaden führte die Verwaltung gemeinschaftlich mit ihrem Sohne Adolf V. bis zum Jahre 1264, wo sie Hückeswagen zu ihrem Witwensitze wählte.

Im zwölften Jahrhundert wurde das römische Recht in Deutschland aufgenommen; indeß die Grafschaft von Berg hielt sich bei ihren alten Gewohnheiten und Kaiser Wilhelm versprach im Jahre 1248 sie deßhalb nicht beunruhigen zu wollen. Die Urkunde darüber ward zu Kaiserswerth ausgestellt, wo der Kaiser Gelegenheit hatte, von den bergischen Gewohnheitsrechten Kenntniß zu erlangen. Was als löblich und gut in der Folge sich erprobte, ward in der Hälfte des 16. Jahrhunderts gesammelt, als förmliches Gesetz proclamirt und blieb bis zum Jahre 1810 die Norm für die wichtigsten Angelegenheiten des bürgerlichen Lebens.

Im 13. Jahrhundert fing man an, die deutsche Sprache auch in öffentlichen Urkunden zu gebrauchen, die früher bloß in Latein ausgestellt wurden. Das erste deutsche Diplom wurde vom Kaiser Friedrich II. im Jahre 1236 ausgestellt. Die älteste bergische Urkunde in deutscher Sprache ist von 1262.

Mit Recht nennt man den Zeitraum von der Hälfte des 9. bis zum Ende des 15. Jahrhunderts die Zeiten des Faustrechts. Es galt nur das Recht des Stärkern, denn es herrschte nur das Schwert, nur die Waffen gaben Ehre. Jeder der einige Streiter aufstellen konnte, führte Krieg. Jede kleine Stadt war eine Festung, in welche der Landmann bei einem Ueberfall seine Habe flüchtete, wenn er Zeit dazu hatte. Jede Wohnung eines Ritters war eine Burg, worin er die Seinigen schützte und die Beute des Krieges oder das geplünderte Gut hinbrachte oder die zu Gefangenen gemachten Feinde aufbewahrte, welche mit hohem Preise gelös't werden mußten. Selbst das Haus des geringsten Landedelmannes hatte seine Wälle und seine Gräben, wenn es nicht auf unzugänglichen Felsen lag.

Vom Wupperthal findet sich um diese Zeit die erste geschichtliche Spur im 12. Jahrhundert, als Graf Engelbert von Berg seine Grafschaft mit Elverfeld und Hückeswagen vergrößerte.

So lange die dunkeln Schatten des Heidenthums das Land der Berge umlagerten, waren die Thäler der Wupper nur wenig aufgeschlossen, noch war der Urwald nicht gelichtet, still und öde das Thal. Der Gipfel des Gebirges, der die Tiefe umschließt, erhebt sich zum blauen ehernen Schachte, gleich hoch und hehr, wie die schwindelerzeugenden Gipfel des Siebengebirges, und von den Höhen dieser Berge erspäht das Auge unter den Nebeln, über jähe Klippen und waldige Hügel die grünen Auen und die gepriesenen Bilder des Rheines, wie seine volkbelebten Städte bis in die endlose Weite. Von Wäldern beschattet, schlängelt die Wupper sich am Fuße der Gebirge über Kies und Felsgerölle, und wenn die wilden Bergwasser rauschten und die Gewässer hinabstürzten in den Fluß, der dem Thale das Leben gab, so trat er aus seinen Ufern in gewaltiger Flut und bahnte gar oft sich andere Wege mit verschlingendem Getöse; tiefe Stille aber herrschte in den Grotten und Schluchten, von dem Schatten der Fichten und dem Eichenwald umgeben, bis der Scheitel des Gebirges allmählich betreten ward von den Genossen der Zeit. Der Wanderer fand bald die freundlichen Gruppen und im Dunkel des Waldes verwandelte sie der Glaube und die Sitte in den Ort, wo die Priester ihre Opfer brachten und die Barden sangen im heiligen Hain. Ihre Spur lebt fort im Munde des Volkes und die Tafeln der Geschichte bewahrten sie auf.

Dem Gott der Schlachten ward im Bendahl geopfert, — im Küllenhahn dem Gott des Feuers, im Wolphahn dem der Winde, in Somborn dem der Sonne, dem Allvadur, Wodan oder Odin, und am hohen Stein bei Loh, Hertha, die Göttin der Erde verehrt. Auch vorm Holz, im Ottenbruch, in der Mirke sind Opferstätten gewesen und am Bilten, nördlich von der Müggenburg hat ein Hauptbild gestanden. Im freundlichen Thal der Mirke war die Ansiedlung schon größer, denn noch jetzt werden das Haus und die Stellen bezeichnet, wo die letzten Heiden gewohnt und Holzschuhe gemacht. Auch die in vielen andern deutschen Gegenden vorkommenden Wörter: „Haardt" und „Lohe" sind ohne allen Zweifel heidnisch-deutschen Ursprungs. Haardt bedeutet offenbar so viel wie Hain und Loh bezeichnet den heiligsten Theil desselben, die Brandopferstätte, was schon das noch übliche Zeitwort „lohen" bestätigt. In Somborn, welches Dorf früherhin zu Elberfeld gehörte, zeigt man noch heute den Brunnen, den eigentlichen Sonn- oder Sonnenborn, in welchen, als dem Sonnengotte oder Allvater geweiht, unsere Vorfahren mit frommer Andacht ihre neugeborenen Kinder eintauchten, um sie dem Schutze des Gottes anzuempfehlen. Auch heilige Quellen wurden verehrt, in welchen sie nach ihrem Glauben sich reinigen konnten von ihrer Missethat, nur die Tücke und die Feigheit und den Verrath tilgte das Wasser nicht.

Zu Anfang des siebenten Jahrhunderts, unter den fränkischen Königen, fielen die ersten freundlichen Strahlen des Christenthums ins Land der Berge. Die Missionare: Willibrord und Suitbertus (Switbert) nahten sich zuerst den dunklen Hütten. Dem letzteren insonderheit war es aufbehalten, das Christenthum unter den Bewohnern von Berg und Mark zu verbreiten; seine Bemühungen wurden mit einem alle Hoffnung weit übertreffenden Segen gekrönt und das Ende seiner Tage fand er am 1. März 717 in einem Kloster am Rhein, woraus später Kaiserswerth entstanden. Die heidnischen Sachsen vernichteten oft durch verheerende Einfälle die hehren Früchte und das

Land der Franken litt gar sehr durch ihre Streifzüge, bis 772 Karl der Große erschien.

Unter Karl und seinen Nachfolgern blieb das Land der Berge eine Provinz des römisch-deutschen Kaiserthums und ward von Grafen regiert, welche verschiedene Namen hatten. Diejenigen, welche über einen Gau, d. i. District, gesetzt waren, hießen Gaugrafen. Die Pfalzgrafen bewohnten die königlichen Schlösser, denn Pfalz bedeutet ein Schloß; die Markgrafen bewachten die Gränzen oder Marken und die Sendgrafen waren vom Fürsten umhergesandt, um nach den Rechten zu sehen. Das Land wurde in fünf Gaue getheilt. Der Stromberger Gau, dessen Beherrscher auf der Burg Stromberg wohnte, umfaßte das Siebengebirge und das Land zwischen dem Rhein und der Sieg; der Siegburger, später Auelgau, nach den Schlössern Siegburg und Auel an der Agger benannt, lag um Sieg und Agger; der Deutzer Gau mit der Festung Tuitium, Duytsch oder Deutz am Rhein, verbreitete sich zwischen Agger und Wupper, der Keldachgau, dessen Graf, wie gesagt, zunächst auf dem Stammschloß Berg an der Dhün, darnach auf der Neuen Burg an der Wupper und später in Düsseldorf residirte, dehnte sich zwischen Wupper und Agger dem Rhein entlang aus; der Duisburger oder Ruhrgau endlich lag an dem diesseitigen Ruhrufer bis gegen Altena hin; die Namen Gaue verschwanden in den gemeinschaftlichen Namen der Grafschaft Berg unter Kaiser Otto III., welcher den derzeitigen Grafen Hermann vom Keldachgau, zur Belohnung treuer Dienste, die er seinem Kaiser auf dem Zuge nach Rom geleistet, zum Grafen vom Berg erhob und ihm alle fünf Gaue zur Verwaltung übergab.

Elverfeld war im 12. Jahrhundert ein Rittersitz und eine von der Grafschaft Berg unabhängige Herrschaft. Wer die Veste erbaute und wann sie entstanden, ruht im geschichtlichen Dunkel. Ob die Herrschaft, wie ein vaterländischer Geschichtsfreund behauptet, das Elveri villa war, wovon Wittechind der Schriftsteller sprach und wo der sächsische Ritter Bruningius im Jahr 940 die Fehde mit Herzog Eberhard von Franken, dem Bruder des Königs Konrad bestand, eine Fehde, die König Otto I. auf dem Reichstage zu Steele an der Ruhr entschied, oder ob das Thal ehedem von einem kleinen Völkerstamme bewohnt war, dessen Urbewohner, wie es in den alten Sagen verlautet, eilf Mal mit großer Tapferkeit gegen ein fremdes Volk, das aus ihrem Wohnsitz sie verdrängen wollte, gekämpft, und zu Ehren dieser Siege das

Feld, wo sie ihre Unabhängigkeit behaupteten, das „Elver-feld“ genannt haben — darüber liegt die Gewißheit nicht vor.

Das Schloß oder die Berg Elverfeld war von großem Umfange und mit zweifachen Ringmauern, Wällen und Gräben versehen, die zunächst um den Schloßberg liegenden Gräben waren breit und durch die Wupper stets mit Wasser gefüllt; und als nun in dem weidenreichen Thale die dichten Waldungen verschwanden, die Wiesen und Aecker sich mehrten und fleißige Anbauer zwischen dem Schlosse und der Wupper sich ansiedelten, da wurden auch diese Wohnungen mit hohen Ringmauern und Thürmen umgeben und die Freiheit Elverfeld genannt. Zwei Thore führten zur Freiheit; eins derselben stand in der Nähe der Wupperbrücke, die auch derzeit schon vorhanden war und hieß Feldthor, das andere in der Nähe des Kurpfälzischen Hofes ward später die Morianspforte genannt. Ueber die Stelle der Burg kann kein Zweifel bestehen, die noch jetzt vorhandene Burg- und Wallstraßen bezeichnen schon die Stätte, auch der Rest der großen Mauer, die vom Thomashof nach dem jetzigen Gasthaus zum Weidenhof führt, so wie die bei Keller- und Brunnen-Anlagen in jenem Stadttheile stets vorfindlichen, nur für Kirchen und Schlösser erforderlichen Fundamentmauern, weisen bestätigend auf jene Stätte hin.

Bis zum Jahre 1176 verblieb die Burg mit allem Zubehör ein Lehen des Erzstiftes Köln. Im genannten Jahre aber ging sie in die Lehensherrlichkeit der Grafen über, indem sie durch den kölner Erzbischof Philipp von Heinsberg dem Grafen Engelbert von Berg in erblichen Pfandbesitz gegeben wurde und zwar sammt dem Hofe Hilden für 400 Mark, welche Summe Engelbert zum Kriegsdienste geliehen hatte.

Als geschichtlich feststehender Ahnherr erscheint zunächst Ritter Hermann von Elverfeld, der im Jahre 1176 vom Grafen von Berg, nach Anderen von dem Erzbischof von Köln mit der Herrschaft Elverfeld belehnt wurde. Von ihm vernehmen wir, daß er für die Cultur des Bodens große Sorge getragen, habe Wälder ausrotten, Sümpfe austrocknen, den Bächen und Wegen eine angemessene Richtung geben lassen. Vor Allem aber habe er die Weiden im Thale zweckmäßig zu benutzen verstanden, so daß diese und das Vieh bald in einen solchen Ruf gekommen, daß man letzteres aus weiter Ferne käuflich gesucht und die Butter als ganz vorzüglich begehrt habe. Hermann starb 1180 und sein Sohn Adolf folgte ihm in der Herrschaft. Er trat ganz in die Fußstapfen seines Vaters und in noch höherem Maße rühmt man sein Bestreben, das Thal zu cultiviren, seine Burg zu befestigen, die Wege auszubessern und eine leichtere Verbindung mit der Nachbarschaft herbeizuführen, so daß die Bewohner der Freiheit, denen er Wohnungen und Höfe angewiesen, das erzbischöfliche Hoflager zu Köln mit Lebensmitteln zu versehen vermochten und noch größere Vortheile aus der Viehzucht erzielen konnten. Adolf starb im Jahre 1190 zu jener Zeit, wo der Krieg zwischen Otto von Sachsen und Philipp von Schwaben wüthete und in dem Innern des deutschen Reiches zu den verderblichsten Spaltungen Veranlassung gab. Es war eine höchst trübe Zeit, die Raubsucht der Edlen hatte sich entzügelt; Fürsten lagen mit Fürsten im Kampfe, Ritter mit Rittern in Fehde. Ueberall erhoben sich die Raubritter frech und lüstern in der für sie so günstigen, verwilderten Zeit und das Faustrecht hatte, wie in den meisten deutschen Gauen, auch im Bergischen seinen Höhepunct erreicht.

Adolf's Sohn, Arnold von Elverfeld gab diesem rohen Sinne in hohem Maaße sich hin und zeichnete sich nicht nur in dem Umfange seines eigenen Gebietes, sondern so weit nur immerhin sein Arm reichte, durch Raubsucht und Grausamkeit aus. Von seiner für unbezwinglich gehaltenen Burg an der Wupper, übte er seine Gewaltthaten und von dem rohen Schwarm seiner Knechte, einem Haufen zuchtloser Spießgesellen, begleitet, mordete und raubte er weit umher im Lande, ja war kein Leben, kein Eigenthum selbst hinter Mauern gesichert, so daß seine Veste bis weit in die Landschaft hin der Stein des Schreckens [1]) genannt wurde.

Als Graf Adolf von Berg mit seinen Dienstmannen beim Heere des Königs Otto in Sachsen stand, verübte er vor Allem seine Gräuel auf eine schauderhafte Weise. Er verbrannte diesem seinem Lehensmanne zwei seiner Meierhöfe, nachdem er sie ausgeplündert hatte und zur Würdigung des Charakters dieses Unmenschen überliefert uns Aschenberg [2]) nachstehende wörtliche Erzählung:

> „Arnold befehdete einst einen armen Ritter ohnweit Dortmund und zwar aus dem nichtswürdigsten Grunde. Die kleine, wenig feste Burg ward bald erobert; stürmend drang Arnold

1) Caes. Heist. in historiis msc.

2) Histor. Taschenbuch, Jahrg. 1801, S. 218.

mit seinen Knechten in die Burg, die junge Gattin des unglücklichen Besitzers war vor einigen Tagen von ihrem ersten Sohne genesen und lag mit demselben in dem Bette. Der Unmensch stößt dem Säugling das Schwert durch den Leib, hebt ihn empor, wirft ihn der Mutter blutend und sterbend zu, läßt den gefangenen Vater mit den Uebrigen aufs Bett binden und diese alle mit einander ein Raub der Flammen werden, denen er die Burg überliefert."

Diese und andere schreckliche Gräuel vernahm kaum Graf Adolf V., fern vom heimatlichen Boden, als er auch ohne Rast mit einem Theil seiner Mannschaft von dem kaiserlichen Heerbann sich trennte. Mit blutendem Herzen sah er die Verwüstungen seines Landes, und sein ganzer Zorn fiel zunächst auf Arnold von Elverfeld; er suchte in seiner Veste ihn auf und griff diese in einer nachdrücklichen Belagerung, zu welcher die ganze, so lange und so schrecklich mißhandelte Umgegend gerne herbei eilte, mit solcher Tapferkeit an, daß Arnold nach einer verzweifelten Gegenwehr sich seinem Lehensherrn ergeben, der ungetreue Vasalle waffenlos aus seinem Felsenthor treten und demüthig um sein Leben flehen mußte. Wenn gleich er selbst, abgesehen von seinen Unthaten, schon durch den Bruch seines Lehnseides Tod oder Gefangenschaft verwirkt hatte, so war doch die Biederkeit des Grafen und der ritterliche Sinn jenes Zeitalters so groß, daß er Arnold verzieh und ihn nur zu einer Geldbuße, zum Wiederaufbau der von ihm verbrannten Meierhöfe, zur Rückerstattung des Raubes und zur Niederreißung der äußersten Ringmauern seiner Burg mit allen darin begriffenen Thürmen verurtheilte.

Nachdem Graf Adolf im Lande der Berge die Ruhe eben wieder hergestellt hatte, rief ihn die andauernde Fehde der beiden Könige wieder zu anderen Thaten. Philipp von Schwaben belagerte mit einem starken Heere die mächtige Stadt Köln, zu deren Vertheidigung Otto von Sachsen, nachdem die Stadt kaum fünf Tage von der Landseite auf das heftigste bedrängt war, herannahte und bei Neuß über den Rhein setzte. Hier schloß Graf Adolf mit seinen Hülfstruppen dem Heere sich an. Unfern Wesselingen in der dortigen weiten Ebene kam es zu einer blutigen Schlacht, und Philipp von Schwaben mußte das Feld räumen. Der unruhige Ritter Arnold von Elverfeld, jedem Gefühle der Reue fremd, hatte nur einer Gelegenheit der Vergeltung geharrt und zu schwach, um seinem edlen Gegner im offnem Kampfe die Spitze zu bieten, hatte blutige Rachsucht ihn zu Philipp's Scharen, den Feinden des Landes, geführt, nachdem er zuvor seine Burg wieder befestigt hatte. Es traf ihn jedoch das verdiente Geschick, daß er abermals in die Hände seines Lehensherrn gerieth, der ihn als Gefangenen nach seiner Veste Bensberg abführen und durch seine Knappen verwahren ließ; dort blieb er lange zu Schimpf und Scham, bis der nachsichtige Graf Adolf von Berg ihn gegen Bürgschaft wieder freigab, als es hieß, daß böse Räuberhorden sein Schloß und seine Herrschaft bedrohten und ringsumher große Noth verbreiteten; er forderte ihn selbst auf, seiner Ahnen Gut zu schützen, die Räuber zu züchtigen, darnach aber auf Ritterwort wieder in die Gefangenschaft zurückzukehren. Bald hatte der kampflustige Arnold die Rotte verjagt, und das Wupperthal von den Räubern gesäubert; und als er nun, treu dem gegebenen Worte, nach Bensberg zurückkehrte, ward Graf Adolf vom Berg durch diese freie That der Sühne und der Reue wieder ausgesöhnt, er schenkte dem Ritter Arnold die Freiheit und entließ ihn mit der Ermahnung, fortan die bösen Wege zu meiden. In einer bald darauf entbrannten Fehde mit der Abtei Essen fand er jedoch seinen Tod.

Im Jahre 1260, während der Regierungszeit Adolf's VII. von Berg finden wir den Ritter Konrad von Elverfeld als unumschränkten Dynast auf seiner Burg an der Wupper. Vermuthlich war er ein Enkel jenes wilden Arnold, aber glücklicher Weise diesem sehr ungleich. Er widmete sich den Interessen des Thales, suchte den Ackerbau zu heben, ließ Tuchmacher und Leinweber aus der Ferne kommen, gab ihnen ein Stück Land und ließ ihnen bei der Burg eine Wohnung bauen, um so auch die Gewerke in sein Gebiet zu verpflanzen. Die erste Lohmühle wurde von ihm erbaut, und zwar an der Wupper, auf der Stelle, wo sie heute noch betrieben wird.

Zwischen dem Grafen von Berg Adolf VII. und dem Dynasten von Elverfeld entspann sich eine Fehde. Konrad wollte einige Lehen im oberen Theile des Landes einziehen, die Adolf in Anspruch nahm. Auf der Dattenfelder-Heide kam es am 26. Juni 1264 zwischen Beiden zu einem mörderischen Gefecht, worin Konrad von seinen Freunden Eberhard von Witten, Hermann Spiegel zum Desenberg und Andern unterstützt wurde. Der Kampf scheint nicht bis zur völligen Entscheidung des Sieges fortgesetzt, sondern nach vielem Blutvergießen vom Grafen abgebrochen worden zu sein. Einige Zeit darnach kam ein Vergleich zu Stande, wobei die „offenen Lehen in der oberen Grafschaft" um die es sich gehandelt hatte, zum größten Theile unserm Konrad zufielen. Beide waren edle Herrscher, muthige und gewandte Krieger. Adolf VII. ließ Bergleute vom Harze kommen, um an der Sieg und an der Agger Erze zu graben; er ließ Tausende von Familien aus Flandern und Brabant in sein Land ziehen und gab denselben Wohnungen in der Gegend von Lennep, Burg und Mettmann.

* * *

Innerhalb der Ringmauern der Burg zu Elverfeld lag die St. Antony-Kirche nebst einem Kloster und zwei Pfarr-Wohnungen. Diese an Größe und Schönheit nicht unbedeutende katholische Kirche war von römischer Bauart und ursprünglich eine Filiale der sehr umfangreichen Gemeinde Richrade oder Richrath. Wann sie erbaut worden, steht geschichtlich nicht fest, jedoch wohl erst zu Anfang des 13. Jahrhunderts, als das Thal schon zur Ansiedelung diente. Schon die Größe der Kirche deutet darauf hin, auch der Kirchhof, der an der linken Seite lag und die drei Altäre, die sie hatte. Der Hauptaltar war dem heiligen Antonius und von den beiden Nebenaltären einer der heiligen Jungfrau Maria, der andere der heiligen Katharina geweiht, und die Kirche als solche ebenfalls dem heil. Antonius, die zur Diöcese von Köln gehörte.

Schon aus der Fehde Konrad's von Elverfeld mit dem Grafen von Berg Adolf VII. lernten wir noch zwei, ihm verbündete Lehnsträger kennen, in den Rittern Eberhard von Witten und Hermann Spiegel zum Desenberg. Aus jener Zeit stammen noch mehrere bergische Lehnsträger, als: Philipp, Dynast von Falkenstein, der die Hälfte der Stadt und des Schlosses Asserheim im Lehen hatte, sodann Norich von Nennenberg, Sybelo von Bergheim, Ludolf von Hoefels, Johann von Kirch, Heinrich von Genepe, Arnold von Angerode, Tilman von Arlon und Lubert von Gahlen.

Selbst in der unmittelbaren Nähe von Elverfeld wohnten noch zwei Ritter und zwar Einer auf der Preßburg, die noch zu Anfang des 19. Jahrhunderts an der Bachstraße lag, so wie der Andere in der „Mittleren Steinbeck", wo Ritter Lubbert von Gahlen wohnte.

Dieser Ritter schenkte im Jahre 1428 der St. Antony-Kirche in Elverfeld das Gut, die „Unterste Steinbach" in nachstehender Urkunde:

„In Nomine Domine Amen Kund und zu wissen sei allen Lueden, die diesen Brief sehen oder hören lesen, daß Ich, Lubbert von Gahlen mit gutem Willen und vorbedachtem Muth gebe und gegeben habe in die Kirche zu Elverfeld, dem St. Catharinen-Altar das Gut, das genannt ist die Unterste Steinbach, gelegen in dem Kirchspiel Elverfeld, zur Unterstützung und Verbesserung der vorgenannten Kirche, auf das darin der Gottesdienst hinführo besser gehalten und geschehen mag, zum Trost und Heil meiner lieben seligen Eltern und Freunden Seelen und Meiner Seelen und zwar in der Art, daß nemlich alda ein Priester auf der vorgenannten Steinbach wohnen und auf dem vorgenannten St. Catharinen-Altar in der vorbenannten Kirche zu ewigen Tagen drei Messen halten soll. Als mit Namen die Erste an unserer lieben Frauen des Montags, die andere des Gudestages von St. Laurentius und die dritte des Freitags von St. Catharinen; es wäre denn, daß ein Hochzeit- Apostel oder Heilig Tag in der Woche wäre, wo der Priester des Altars dann auf dem Kronenberg sein müßte, als dann soll er der Messen am St. Catharinen Altar enthoben sein, so Manche als er derselben auf dem vorgenannten Kronenberg gehalten hat. Also daß der vorgenannte Priester nicht ferner verbunden, noch beschwert sein soll zu Vier Messen in der Woche mit dem Sonntage und daß der vorgenannte Priester des Altars ein Caplan sein soll des Pastors zu Elverfeld und helfen ihm in seinen Kirchen, in Einer derselben zu sein am heiligen Tage nach dem Willen des Pastors, es wäre denn, daß vorgenannte Priester des Altars seines Leibes nicht mächtig oder krank wäre."

„Ferner soll der Priester zu Elverfeld und der Priester, der die Messe halten soll, des Sonntags und Heiligen Tags, ein Jeglicher in derjenigen Kirche, worin er die Messe hält, auch auf dem Predigstuhl beten und ein Pater Noster sprechen, für meine seelige Aeltern und Freunde Seelen und für meine Hausfrau mit Namen Catharina von Gahlen, die mit Ihrer Tochter vor dem vorgenannten Altar begraben liegt, ferner für Rütger von Gahlen und für mich und meine arme Nachkommen, sobald Ihm Kund würde, daß ich verschieden wäre."

„Ferner ist vorgesehen, daß der Pastor zu Elverfeld dem vorgenannten Priester alle Jahre geben soll zehn Kaufmanns Gulden für seine Kost und Lohn und soll Ihm ferner überlassen, was er in und außerhalb der Kirchen, mittelst Beichthören und den heiligen Sacramenten und dem heiligen Oele, empfängt, welche der vorgenannte Pastor dem vorgenannten Priester des Altars aufgeben wird, und welche Zehn Kaufmanns Gulden der vorgenannte Priester haben soll an dem Opfer in der Kirche zu Kronenberg. Der vorgenannte Pastor soll das vorgenannte Opfer auf dem Kronenberg nicht antasten bis zur Zeit der vorgemeldete Priester des Altars für seinen Lohn zu voll bezahlt ist. Und wäre es, daß dem Vorgenannten Jemand etwas schenken würde, in seinen letzten Tagen, dann soll er es mit dem Pastor theilen und zur Hälfte geben. Und wäre es, daß man dem Pastor etwas besonders schenkte und auch dem Priester etwas besonders, so soll Jeder das Seinige behalten. Und wäre auch Jemand, der dem vorgenannten Altar einen Erbfall schenkte, um damit dem vorgenannten Altar eine Rente zu kaufen, so soll der vorgenannte Pastor dem nicht hinderlich sein und das befördern und dem vorgenannten Priester und seinen Nachfolgern lassen. Wäre es aber, daß der vorgenannte Pastor dieses nicht hielt, und dem vorgenannten Priester des Altars seinen Lohn und Verdienst nicht darböte, so soll der vorgenannte Priester auch nicht verbunden sein, dem vorgenannten Pastor in einigem Dienst zu helfen, weder zu Elverfeld noch zu Kronenberg, als nur in drei Messen am St. Catharinen-Altar nach der vorgedachten Ordnung, welche der vorgenannte Pastor dem vorgenannten Priester gegönnt und zugelassen hat, bis zu der Zeit ein Overst und Landherr zu Elverfeld und die sämdlichen Kirchspiels Luede mit ihrem Pastor des eins werden, daß er dem vorgenannten Priester des Altars seinen Lohn und Verdienst folgen lasse, da doch ein Pastor zu Elverfeld vor dieser Zeit einen Caplan halten mußte und zu halten pflegte. So daß der vorgenannte Pastor kein Recht ferner an dem vorgenannten Gute, genannt Steinbach, noch an dem vorgenannten Priester haben soll, dann der vorgenannte Priester des vorgenannten Pastors Caplan sein soll, als vorgenannt steht."

„Und wäre es, daß das vorgenannte Gut verledigt würde, daß der vorgenannte Priester verstürbe, oder das Gut verließe und aufgebe, so soll ein Landherr zu Elverfeld mit dem Pastor und Kirchspels Lueden sämtlich eins werden und übereinkommen, so daß sie einen Ehrbaren Priester wieder auf das Gut belehnen, in einem Rechte, welches ist genannt Jus patronatus, so daß der vorgenannte Gottesdienst nicht erledigt oder versäumt werde."

„Und Ich Lubbert von Gahlen vorgenannt, habe dies zur Urkund der Wahrheit, für mich, meine Nachkommen und Erben mein Siegel unten an diesen Brief gehangen. Und habe ferner gebeten Herrn Wilhelm von Siberg, Pastor zu Richrade, der ein Lehnsherr ist über die Kirche von Elverfeld und ein Zehend Herr über die Steinbeck, daß Er das vorgenannte Gut zehnd frei geben wolle und gegeben hat."

„Und Ich Herr Wilhelm von Siberg vorgenannt, bekenne für mich und meine Nachkommen, daß Ich mit Rath und Gutdünken von Erbaren guten weisen Priestern und Geistlichen Lueden das vorgenannte Gut in der Steinbach Zehend frei gegeben habe zur Hülfe und Verbesserung der vorgenannten Kirchen und habe in Urkund der Wahrheit für mich und meine Nachkommen mein Siegel unten an diesen Brief gehangen."

„Und Ich Lubbert von Gahlen vorgenannt habe ferner gebeten Herrn Johann Wimmar von Baerlt Pastor zu Elverfeld zur Zeit, daß Er diese Punckten und Artikeln zugelassen habe und folgen wollte, so daß der vorgenannte Gottesdienst auf dem vorgenannten Altar St. Katharinen geschehen möchte und gehalten würde."

„Und Ich Johann Wimmar von Baerlt, vorgenannt, Pastor, bekenne für mich und meine Nachkommen, daß Ich mit Rath und Gutdünken Erbarer weiser Priester und Geistlicher Lueden diese vorgenannten Punckten und Artikeln beliebt und zugelassen habe zu Trost und Hülfe Meiner und meiner Nachkommen und der vorgenannten Kirchen, so wie meine Vorfahren, Ich und meine Nachkommen einen Caplan zu halten pflegen und habe des zu Urkund der Wahrheit für mich und meine Nachkommen mein Siegel an diesen Brief gehangen."

„Und Wir Lubbert von Gahlen, Herr Wilhelm von Siberg und Johann Wimmar von Baerlt Pastoren genannt, haben sämmlich für Uns gebeten, den Hochgeborenen Fürsten und Herrn Adolf, Herzogen zu Jülich und Berg, Grafen zu Ravensberg ꝛc. ꝛc. Unsern gnädigen lieben Herrn; daß Er das Gut in der Steinbach Schatz und Dienst frei geben wolle, auch fortan behülflich sein, daß die vorgenannten Punckten und Artickeln gehalten werden, auf das Gottesdienst davon geschehen möge, so wie vorgenannt steht."

„Und Wir Adolf von Gottes Gnaden, Herzog zu Jülich und Berg, Graf zu Ravensberg bekennen für Uns, unsere Erben und Nachkommen, daß wir das vorgenannte Gut in der Steinbeck Schatz und Dienst frei geben und gegeben gaben, sie sei klein, groß, gewöhnlich oder ungewöhnlich und darob beständig zu sein, mit aller unserer Macht, so daß vorgenannte Gottesdienst davon geschehen möge und gehalten werde, gelick als vorgenannt steht. Und haben darum zu einem Gezeuge der Wahrheit Unser Siegel Unten an diesen Brief gehangen, der gegeben ist in den Jahren Unseres Herrn, da man schreibt, Tausend Vierhundert acht und Zwanzig Jahr, auf den Donnerstag nach unserer lieven Frauen Tag, als sie geboren war."

Diese Stiftung wurde am 31. Mai 1429 vom Erzbischof von Köln „Dietrich (Theodorich) Grafen von Meuers" bestätigt, in nachstehender Urkunde:

„Dieterich, von Gottes Gnaden Erzbischoff der heiligen Kirche zu Cöln, Erzkanzler des heiligen Reiches durch Italien, Herzog von Westphalen, Engern ꝛc. ꝛc. Legat des apostolischen Sitzes, entbietet Allen und Jeglichen, jetzt und künftig lebenden, welche diese unsere Schrift sehen oder lesen hören werden, seinen Gruß in dem Herrn. — Wisset, daß es uns zu Gehör gekommen, daß unser geliebter Lübbert von Gahlen, Wappenführer unserer Diöces, so wie Eiferer für den christlichen Glauben zur Ehre des Allmächtigen Gottes und zur Beförderung des Gottesdienstes und zum Heile seiner Eltern und seiner eigenen Seelen, den Altar der heiligen Catharina, stehend in der Kirche von Elverfeld, die unserer Diöces zugehört, mit gewissen Erbgütern vornehmlich der gewöhnlich so genannten „Unteren Steinbach", welche ihm als dem wahren Eigenthümer zugehört, längst zu beschänken sich vorgenommen hat und daß er sie der Art und Form nach und mit dem Zubehör der Lasten, in der darüber angefertigten und uns übergebenen Schrift, wornach unsre gegenwärtige Schrift verfaßt ist, aus eigenem Antrieb und freiwillig geschenkt hat. Demüthig und unterthänig bittet er, daß wir geruhen möchten, zur Beförderung des Gottesdienstes den besagten Altar zum Titel eines immerwährenden geistlichen Amtes zu errichten und die besagte Schenkung zu ratificiren, billigen, bestätigen, es zu bekräftigen und auch alle Irrungen oder Mängel des Rechts und der That, welche gegen die Prämissen oder in Ansehung derselben etwa begangen wären, aufzuheben oder zu ergänzen, und diese in besserer Form umzubilden und das in besserer Form umgebildete zu bestätigen und aufrecht zu erhalten und auch das Patronatrecht oder das Recht, eine geschickte und taugliche Person vorzuschlagen, so oft es sich in alle künftige Zeiten treffen sollt, daß der besagte Altar erledigt würde, den in der besagten Schrift ausdrücklich genannten Personen zu bewahren."

„Indem wir wegen der Uns und unserer Kirche von dem vorher

genannten Lubbert von Gahlen bisher geleisteten Dienste, deren Leistung wir auch in der Zukunft hoffen, dieser Bitte als einer gemeinnützigen unseren Beifall geben und da uns von unseren Rechts erfahrenen Räthen darüber ein reifliches Gutachten mitgetheilt worden ist, und da wir die Ratification und die Beistimmung derer, die dabei betheiligt sind, in Erwägung gezogen haben, — so ergänzen wir zuerst und vor Allem den Mangel und das Unstatthafte der Schenkung des Zehnten, welche durch den Pastor zu Richrade in der Schrift selbst geschehen ist, und wir sprechen die Schenkung mit der Auslegung, wie sie mit Recht Statt finden kann, nämlich nach der Einwilligung, die vorbesagten Güter einzunehmen, von dem Zehnten, wozu sie an die genannte Kirche von Richrade verpflichtet waren, frei, und übertragen denselben, verbinden und einverleiben ihn dem genannten Altar auf immer; und erheben den besagten Altar zu einem kirchlichen Amte und ratificiren, billigen und bekräftigen die vorbesagte Dotation mit den anklebenden Lasten, indem wir überhaupt wollen, daß zu besagtem Altar so oft derselbe erledigt wird, kein Anderer, als ein Priester nach dem Actus oder der unter dem Jahre zum Priesterthum befördert wird und ein anderes geistliches Amt nicht hat, vorgeschlagen und eingesetzt werde. Uebrigens wollen wir, daß der Altar selbst vacare corpore und daß ein solcher Vorschlag und Einsetzung in jenem Wechsel an uns oder unsere Officialen gebracht werde, und folglich verwilligen und bewahren wir auf ewige Zeiten das Patronatsrecht oder das Recht, eine geschickte und taugliche Person zur Zeit der Erledigung vorzuschlagen, dem vorbesagten Pastor zu Richrade und auch zum Ersatz für die Abnahme des Zehnten, bloß um Gotteswillen ohne einen zeitlichen Vortheil zu beziehen, eine solche ihm, wie gesagt, zu dem besagten Altar vorgeschlagene Person einzusetzen; und den besagten Gütern, die, wie vorhergesagt, an dem besagten Altar geschenkt sind, legen wir geistliche (kirchliche) Freiheit zu, verbinden und verknüpfen sie damit, indem wir wollen, daß eben diese Güter, jeder kirchlichen Freiheit und jeglichen Privilegiums sich erfreuen, es genießen und gebrauchen, welche alle andere Kirchengüter unseres Staates und unserer Diöces nach Gewohnheit und Recht sich zu erfreuen haben, zu gebrauchen und zu genießen pflegen und sollen.

„Zur Beglaubigung und zum Zeugniß alles Vorläufigen haben wir gethan und dieß aufgetragen, daß unsere Schrift daraus wurde, und dieser teutonialischen Schrift angefügt und mit unserem geheimen

Siegel gezeichnet werde. Im Jahre nach der Geburt des Herrn 1429, Dienstag den letzten May.

Aus Auftrag des Herrn zu Cöln
(gez.) Christian von Wald."

Aus diesen beiden denkwürdigen Urkunden, welche mit den gedachten Siegeln behangen sind, ergibt sich in historischer Beziehung offenbar,

1) daß der Ritter Lubbert von Gahlen ein Wappenführer des Erzstifts Köln war;

2) daß dessen Hausfrau mit Namen Katharina von Gahlen sammt ihrer Tochter in der St. Antony-Kirche zu Elverfeld vor dem St. Katharinen-Altar begraben worden und mithin die Sage begründet ist, daß Ritter Lubbert von Gahlen ein bergischer Edelmann war und im Kirchspiel Elverfeld in der „Mittleren Steinbeck" gewohnt hat;

3) daß es zur Zeit im Jahre 1428 in der Burg und Herrschaft zu Elverfeld kein „Overst und Landherr" gab;

4) daß im Jahre 1428 Adolf I., Herzog zu Jülich und Berg und Graf von Ravensberg, Schloß und Herrschaft Elverfeld gehörte;

5) daß Wilhelm von Siberg zu jener Zeit Pastor zu Richrade gewesen, der ein Lehensherr war über die Kirche von Elverfeld und ein Zehend-Herr über das Gut „die Unterste Steinbach";

6) daß im Jahre 1428 Johann Wimmar von Baerlt Pastor war an der St. Antony-Kirche zu Elverfeld und der Kapelle zu Kronenberg;

7) daß Dieterich (Theodorich) Graf von Meurs im Jahre 1429 Erzbischof von Köln gewesen und die St. Antony-Kirche zu Elverfeld in die Diöcese des Erzstifts Köln gehörte.

In einem anderen Document, vom Jahre 1443, verpfändete der Herzog Adolf I. von Jülich und Berg die Herrschaft Elverfeld an „seinen lieben Rath", den Ritter Wilhelm von Nesselrode, mit dem Befehl: „an diesem (seinem, des Herzogs) Bollwerk fortzubauen" und dem Versprechen, ihn und seine Erben nicht zu entsetzen, so lange von dem Herzog und seinen Nachfolgern die Pfandsumme und die Baukosten nicht vollständig erstattet seien.

Es liegt nämlich seit dem Ritter Konrad von Elverfeld in Betreff der Dynastie von Elverfeld ein großer geschichtlich unausgefüllter Zwischenraum von mehr als einem Jahrhundert vor. Einzelne Anzeichen reden noch im Jahre 1398, am 14. März, von einer Schlacht zwischen den Rittern von Elverfeld, im Bunde mit dem Grafen von Berg und Theodorich von der Mark wider den Grafen Adolf von der Mark, in der Nähe von Sonnborn, worin Letzterer seinen Tod gefunden und der Gefallenen so viele waren, daß der Berg, woran sie gelegen, bis auf den heutigen Tag „der Todtenberg“ genannt wird. Das Geschlecht der Ritter von Elverfeld überließ darnach gegen das Ende des 14. Jahrhunderts die Burg sammt der Herrschaft dem Lehns- und Landesherrn und bezogen ihre anderen Besitzungen, wozu namentlich Hilden gehörte. Ihre Nachkommen blühen noch jetzt auf Haus Villigst bei Schwerte und auf Haus Martfeld bei Schwelm.

Im Jahre 1537 am Osterdienstage überfiel Elverfeld ein verheerender Brand, der Ort hatte damals schon 150 Familien. Ein unvorsichtiger Einwohner (Eckhardt Wichelhausen) legte vom Felde kommend, ein Feuerrohr mit angezündeter Lunte sammt dem Pulverhorn, auf den Speicher unter das mit Stroh bedeckte Dach. Er täuschte sich mit der Meinung, die Lunte völlig ausgelöscht zu haben, und ging ruhig zur Kirche. Unglücklicher Weise wehte gerade ein heftiger Ostwind, der den Brand mächtig anfachte und ausbreitete. Beinahe der ganze Ort bis unten an die Wupper, selbst die feste Burg und größtentheils auch die erste Kirche des Thales die St. Antony-Kirche wurde in Asche verwandelt. Fast nur der auf dem linken Wupperufer gelegene Ortstheil Island blieb verschont.

Letzterer war alten Nachrichten zufolge, ehemals von Leibeigenen der Burgherrschaft bewohnt, welche unter anderem die Pflicht hatten, zur Winterzeit das Eis (plattdeutsch „Is“) aus den Schloßgräben fortzuräumen und soll davon der Name entstanden sein.

Im Jahre 1570 war Johann Kettler Fürstlicher Rath, Pfand- und Amtherr zu Elverfeld und im Jahr 1598 am 2. Nov. sandte Herzog Johann Wilhelm von Jülich und Berg die beiden fürstlichen Räthe Wilhelm vom Scheydt, genannt Weschpfenning's und Bernhard von Puff zu der Wittwe des verstorbenen Johann Kettler, geborne Frau Agnesen, Schenke von Niedecken mit dem genau formulirten Auftrage, sämmtliche auf das Amt Elverfeld und das vor 61 Jahren abgebrannte Schloß sich beziehende alte und neue Gerechtsame aufzunehmen, den Werth der Burgruinen abzuschätzen, die Bodenfläche, auf welcher die Burg gestanden und die zu ihr gehörenden Grundstücke zu messen und in ein Lagerbuch einzutragen.

Der auf Grund dieses Auftrages angefertigten Aufstellung, welche an die herzogliche Rechenkammer in Düsseldorf eingeliefert wurde, war die nachstehende Uebersicht beigefügt:

Ueberſicht der Einkünfte:

	Malt.	ſümber.	becher.		
An Hafer in der Freiheit Elverfeld	53	3	—		
„ „ im Kirchſpiel Elverfeld	46	1	—		
„ Sackzehend in Elverfeld ...	4	2	6		
„ Sackzehend im Kirchſpiel Elverfeld und Cronenberg ..	123	3	3		
Summa ...	228	1	9	à Thlr. $1\frac{1}{2}$	342.—

Von der Mahlmühle in Elverfeld:

5	Malter Waizen	à 4 Rthlr.	20.—
64	„ Roggen	„ 3 „	192.—
25	„ Maltz	„ $2\frac{1}{8}$ „	53.10
14	„ Gerſte	„ $2\frac{1}{8}$ „	29.60
4	„ Hafer	„ $1\frac{1}{2}$ „	6.—

Von der Dickmühle in Cronenberg.

8	Malter Roggen	à 3 Rthlr.	24.—

Vom Sackzehend in der Bürgerſchaft und Kirchſpiel Elverfeld gelegen plus minus.

1	Malter Weizen	à 4 Rthlr.	4.—
2	„ Erbſen	„ $2\frac{1}{2}$ „	5.—
30	„ Roggen	„ 3 „	90.—
34	„ Gerſte	„ $2\frac{1}{8}$ „	76.40
125	„ Hafer	„ $1\frac{1}{2}$ „	187.40

Zins in der Bürgerſchaft Elverfeld Goldgülden	16. 2. 7	
Stehender Schatz und Wachsgelder in Cronenberg	107.23.—	
Stehender Schatz im Kirchſpiel Elverfeld	114. 2.—	
Stehender Schatz in der Freiheit Elverfeld ...	42.15.—	
Goldgülden ..	280.18. 7	315.67

Jährliche Hühner im Kirchſpiel Elverfeld ..	205 Stück	
„ Gänße „ „ „ ...	2 „	
„ Hühner in Cronenberg	83 „	
„ Hühner in der Freiheit Elverfeld.	99 „	
	389 Stück	34. 3

Von der Fiſcherey	16.—
Von der Fiſcherey 2 Goldgülden à $1\frac{2}{5}$ Thlr.	2.64
Zuſammen Thlr.	1398.44

Transport Thlr.... 1398.44

Von dem Köhrhoff .... Thlr.	75.—	
„ der Hoffau .... „	30.—	
„ dem Burgholtz....... „	21.—	
„ Wein-Accise .... „	3.—	
„ Bier-Accise.......... „	8.—	
		167. 8
Von der Oligmühle......	4 Goldgülden	
„ „ Lohmühle	8 „	
„ „ Tilmann's-Au...	1 „	
	13 Goldgülden à 1⅖ Thlr.	18.16
Von Eyer, Opfergeld, Ingwer, Pfeffer.............		8.72
	In Summa Thlr....	1592.60

Zur Burg gehörten außer dem Burgplatz:

1) das Feld- und Ackerland: das Kyerll genannt, groß........	41½ Morgen	9	Ruthen,
2) das Ackerland, die Hofkamp genannt, groß	17½ „	4½	„
3) die große Weide die Hoffau genannt, groß...............	32½ „	32	„
4) der Heubruch, groß.........	2½ „	56½	„
5) das Neuenteich'sche Heubüntgen, groß	1½ „	11	„
Zusammen	96½ Morgen	13	Ruthen.

Nach geschehener Aufnahme und diesen Vermessungen beschloß die Landes-Regierung im Jahre 1603, den Burgplatz mit seinen Ruinen, worauf nur die wieder aufgebaute Kirche stand, den Bewohnern der Freiheit Elverfeld käuflich und von allen Feudallasten frei zu überlassen, doch erst im Jahre 1606 wurde dieser Beschluß zur Ausführung gebracht und unter der Direction des in Landesdiensten befindlichen spanischen Ingenieur-Officiers Gama de Vasquellin, vermaß Johannes von der Weye, ein bergischer Landmesser, die Hausstellen. Einige Plätze wurden zum allgemeinen Nutzen frei gegeben, als der jetzige alte Markt, ferner die Stelle, wo die Trümmer der Burg lagen zum Gerichts- und Rathhause, ein Platz am alten Markt zur Stadtwage und außer den Ringmauern der Burg: — die Schloßbleiche.

Von dem im Jahre 1598 aufgenommenen Grundriß legen wir

einen Abdruck hier an. Er zeigt uns die Stelle der Burg, das spätere Amthauß, mit seinen Mauern, seinen drei Gräben, der St. Antony-Kirche, dem Kloster sammt den beiden Pfarrwohnungen, und den dazu gehörenden 96½ Morgen Acker- und Weidenland.

Auf diesen und den anderen Flächen des schönen Thales erhoben sich im Laufe der Zeit die beiden großen Fabrik- und Handelsstädte von Elverfeld und Barmen. Als im Jahre 1537 die erste und einzige St. Antony-Kirche sammt der Burg und den sie umgebenden Wohnungen in den Flammen verschwanden, lebten kaum 400 Einwohner in Elverfeld und 300 in Barmen und jetzt — — erhebt sich auf den Bergen wie im Thale ein Schornstein nach dem anderen und spendet den Wolken seinen Tribut; neue Häuser wachsen wie Pilze aus der Erde und wer das Wupperthal in dem kurzen Zeitraum weniger Jahre nicht gesehen hat, wird versucht, die dort neuerstandenen Reihen ganzer Straßen für ein Werk der Zauberei zu halten. War schon ehedem der Endpunct der einen Stadt zum Anfangspunct der anderen geworden, so kann man jetzt, wo in dem fast eine Meile langen Thalgrunde beinahe alle Lücken durch Neubauten ausgefüllt sind, in Wahrheit sagen, daß Elberfeld mit seinen 56,293 und Barmen mit seinen 49,772 Bewohnern, thatsächlich eine einzige Stadt mit einer Gesammtzahl von 106,065 Seelen, 11 Kirchen, 24 öffentlichen Gebäuden und circa 7000 Häusern bilden. In Mitten des reizenden, von der Natur so freundlich geschmückten Wupperthales liegen jetzt die regsamsten Gewerb- und Fabrikstädte des preußischen Vaterlandes, umgeben von den großartigsten mercantilischen Anlagen, den thurmhohen Rauchfängen, diesen Obelisken der neueren Zeit, — gleich einem kostbaren Ringe in der großen Kette des europäischen Völkerverkehrs.

Chronik von Uerdingen.

Mitgetheilt von **Dr. G. Eckertz.**

Urdingen, quod alias scribitur Ordingen, derivatum dicitur ab horreo[1]); nam ex antiquissimis habetur relationibus, quod dum Caius Julius Caesar in hisce cum copiis suis partibus fuit, habuerit hic iuxta Rhenum horreum, in quod colligebatur et asservabatur foenum et equorum pabulum, in quo horreo initio quidem, uti coniicere licet, casae quaedum pro habitatione hominum erectae, tandemque renovatum, auctum et oppidum aliquod evasit, quod ab isto tempore Ordingen et postea Urdingen dictum est. Hoc oppidum quandoquidem ad Rheni ripam situm fuit, cum tempore eius alluvione consumptum et satis magno spatio a Rheno (ne ullo modo eius pateretur iniuriam) ad paludes translatum et in quadro pulcherrime situm, muris, turriculis et 4 portis, quarum ea, quae est versus meridiem, dicitur porta superior, die Oberpfortze, quae ad septentrionem, inferior, die Niederpfortz, quae versus orientem ad Rhenum, Rhenana porta, quae a Judaeis[2]) dicitur aedificata et ceteris pulchrior est et fortior et turri altiore ornata, quae ad occidentem iuxta paludes porta paludana, die Bruchportz, optime provisa.

Hoc, prout nunc descriptum est, oppidum stetit trecentis et viginti quinque annis, uti legi in litteris, quae tempore translationis huius factae et continent iura et privilegia civica ab archiepiscopo concessa et indulta (in dem Scheffenkast zu finden),

---

1) Daß diese Ableitung und ihre Begründung, so wie die von Hordeonius (Archidioecesis Colon. descriptio auctore Mart. Henriquez a Strevesdorff p. 146) unstatthaft ist, braucht kaum gesagt zu werden. Was der Name Uerdingen bedeute, möchte schwerlich Jemand verrathen.

2) Die Handschrift: Judais.

oppidum vero hoc fuit olim florentissimum mercimoniis, ditissimum bonis civium et nobilissimum aedificiis nobilium. Iniuria vero belli Truchsesiani omnino devastatum et destructum, bis per arcem Serenissimi Principis oppidum a militibus primo Hollandis, secundo regiis occupatum, variis incendiis mutilatum et ecclesiae thesaurus adeo fuit celebris, ut ex omnibus aliis locis confluerent et vestes sacras aliaque ornamenta, si quem actum celebrare cum pia aliqua pompa volebant, mutuo peterent. Quatuordecim argentei inaurati calices praeter alia plurima vasa argentea fuerunt. Monstrantia, quae adhuc exstat [1]), per custodis Henrici Pingen industriam conservata, quae quinque ponderis est. Parochialis haec nostra ecclesiae olim a parvis initium sumpsit, dicta tunc capella matricis ecclesiae in Hohenbudtberg, postmodum aucta et paulatim auctior, donec ad modernam formam redacta in parochiam evecta. Collatio sive praesentatio semper penes magistratum Urdingensem fuit, sed olim patorem [2]) matricis ecclesiae una cum magistratus hanc praesentationem habuisse legi in litteris, de quibus supra, tali tamen ordine et discrimine, si pastor cum senatu Urdingensi [3]) convenire non posset [4]), quod pro tunc solus magistratus hanc praesentationem facere posset et deberet. Mansisse vero videtur ab immemoriabili (sic) tempore ius hoc praesentandi penes senatum Urdingensem. Praesentatio vero haec fieri debet archidiacono Xantensi ab eoque peti investitura, oleum quoque sacrum ab eodem archidiacono peti debet. Collatio quoque vicariarum beatae virginis, quae modo provisionaliter pastoratui unita est, et sanctae Catharinae altaris est penes magistratum Urdingensem, investitura penes archidiaconum. Tanta olim fuisse dicitur pietas civium in hoc oppido, ut dum diebus dominicis et festivis peractis divinis homines se domum conferrent, plateae videri vx potuerint prae hominum nimia copia et multitudine, multo enim tunc oppidum arctius fuit et omnes plagae plene aedificatae [5]).

Omnis vero pietas illa per bellum Coloniense turbata, hae-

1) Die Handschrift: extat.
2) Die Handschrift: pastor.
3) Die Handschrift: Urdingense.
4) Binterim und Mooren, Erzb. I, p. 271.
5) Die Handschrift: aedificata.

resis nata, templi ornatus ablatus et ecclesia ipsa profanata [1]), reconciliata vero est per reverendissimum dominum Laurentium Fabritium suffraganeum Coloniensem, filium Urdingensem, qui quodam tempore hic in patria propter pestem Coloniae grassantem moratus fuit. Altaria etiam a (sic) novo consecrata praeter altare St. Annae, quod tunc necdum exstructum [2]), sed hoc postmodum a reverendissimo dom. Ottone Gereone episcopo Genen. anno 1622 consecratum 5. Novembris. Reliquiae altari impositae sunt ss. Cassii et Florentii.

Eodem anno et mense consecratum summum altare in Hohenbudtberg, sed postmodum anno 1625 von den Crowaten destructum. Eadem vice consecratum summum altare St. Gertrudt in Bochem iisdemque reliquiis consignatum.

Isto tempore dictus dominus suffraganeus contulit per totam inferiorem dioecesim [3]) sacramentum confirmationis omnibus non confirmatis tam senibus quam iuvenibus, unde ab hoc anno numerus puerorum aliquando confirmandorum computandus [4]).

Nota bene, eundem Ottonem Gereonem anno 1630 in Septembri etiam confirmasse et ab [5]) illo tempore non est confirmatio facta usque ad annum 1652. Quum suffraganeus Georgius Stravius die X. Junii omnes ab illo 1630mo anno usque ad hunc 1652 confirmavit, ut supra notavi. Postea anno 1663 die V. Octobris dominus suffraganeus Walenburg confirmavit, ut supra videre est.

Praeter alia nunc existentia olim fuit unum (postmodum tempore belli destructum) altare St. Barbarae miraculosum, ad quod undique peregrinantes confluebant maximaque oblata faciebant, ex quibus pastor tunc vixisse dicitur.

Nomina pastorum mihi cognita etiam hic adnotare placuit. Ultimus ergo pastor ante bellum Coloniense fuit veratus Joannes Steines, vir pius, bonus et magni exempli, ut audivi, natus aus

1) Die Handschrift: prophanata.

2) Handschr.: extructum.

3) Handschr.: diaecesam.

4) Am Rande der Handschrift steht: Quando ultimo collatum sacramentum confirmationis.

5) ab fehlt in der Handschrift.

der Vogtei [1]), habuit aliud adiunctum beneficium in dicto loco, ut commodius viveret. Inter alia hoc notandum de illo, quod civem aliquem metentem in die dominica mulctaverit, qui debuit suggestum etiamnum existentem in templo pro mulcta curare fieri.

Durante bello Coloniensi, cum cives iterum sub milite catholico inciperent redire ad propria, assumptus ab illis militibus in sacellanum Fridericus Schlaun, qui ab Bodtbergensibus in pastorem electus et quandoquidem hic erat filius Urdingensis, Urdingensibus fuit etiam et postmodum mansit pastor. Vir hic admodum dexter fuit in conversatione apud populum, causas civium et oppidi sua dexteritate et eloquentia apud archiepiscopum diligenter solebat promovere, liberalis totus. Habuit igitur hic utramque parochiam Urdingen et Bodtbergensem unitam. Rustici ex Hohenbudtberg et Caldenhausen Urdingam venire solebant. Hic mortuus est in domo Bremptana, ubi in absentia nobilium istorum suam habuit habitationem. Post hunc pastorem est electus rector scholae in Urdingen in pastorem nomine Andreas Gommersbach von [2]) Mülheim bei Cölln a. 1609 24. Februarii. Hic Andreas Gommersbach Romae studium theologicum absolverat et aliquot annis rector scholae Urdingensis fuit, quam scholam laudabiliter rexit et cum magno fructu iuventutem instruxit, postmodum pastor in eadem diligentia perseverans non modo agnos et oves mirum in modum sollicite pavit, vir totus castus, pius, doctus, humilis, affabilis, magnorum talentorum et tantarum virtutum, quales in homine exoptare quis vix auderet; hic coepit parochiam hanc ab haeresi tempore belli nata purgare et per omnia omnes reformare, mirus fut concionator, magnus haereticorum propugnator, acerrimus disputator. Hic ecclesiam collapsam ruinasque minantem post bellum restauravit.

Nummos suos, quos Roma contulit et hic ex schola, vicaria et pastoratu collegit, plane in fabricam ecclesiae aut pauperes erogavit, habuit cum pastoratu simul semper vicariam aliquam aut s. Annae in Urdingen aut s. Jacobi in Bochem, ad tempus etiam rectoratum. Sub hoc pastore communitas Urdingensis do-

1) Die Geldrische Vogtei.

2) Die Wörter von Mülheim — Gommersbach stehen in der Handschrift am Rande.

mum dotis [1]) reaedificavit anno 1609 sub consule Wilhelmo Schleuter. Hic pastor anno 1614 post multum fructum, post multos labores et sudores veneno, ut putatur, infectus obiit, cum maximo non modo civium, sed aliorum externorum etiam haereticorum dolore hic obitus factus esse dicitur.

Post hunc vacavit [2]) pastoratus uno anno et vicarius s. Catharinae dominus Emundus Mombans annum gratiae [3]) administravit, anno elapso alius est suffectus filius Coloniensis Petrus Lintmann, sed hic, quandoquidem totus erat raucus et ad conciones minus aptus, hat die Bürgerschaft ihnen abgegolten mit 100 Thlr., darmit er abgestanden. Uno anno fuit solum pastor.

Post obitum huius pastor alius assumptus nomine Arnoldus Burgers [4]) filius custodis in Wilich, qui vicariam adiunctam habuit in Anradt. Hic postquam 4 annis pastorem egisset, anno 1619 resignavit pastoratum und sich vor einen Feldprediger beim Herrn von der Nersen lassen annehmen, mit nach Böhmen und anderstwoh gezogen, anno 1628 defunctus.

Interim post eius discessum Emundus Mombans vicarius s. Catharinae officium pastoratus administravit usque ad 20. diem Maii anni 1620, quo ego [5]) Joannes Wustrath aus der Grafschaft [6]) Bebbur Reifferscheid natus, serenissimi et illustrissimi Principis Ferdinandi Ducis Bavariae etc. alumnus ad instantiam magistratus Urdingensis a reverendissimo domino vicario in spiritualibus Adolpho Schulckenio ad hunc pastoratum administrandum missus sum, quem etiamnum in annum nonum administro. Propter exiguam pastoratus competentiam adiunctus mihi fuit scholae huius rectoratus, ex quo habeo quotannis centum daleros colonienses. Pastoratus domum [7]) nude aedificatam inveni, so habe den Keller lassen verbessern und überbauen et aedificium a domo usque ad

1) Die Pastorat, früher gewöhnlich Widdums oder Wiemshaus genannt. Dos = Witthum, (Aussteuer).

2) Die Handschrift: vacuit.

3) In der Handschrift stand ursprünglich gerentem; darüber steht mit anderer Dinte gratiae.

4) Am Rande steht: 1615 Arnoldus Burgers.

5) Die Handschr.: ejo.

6) Handschr.: Graftschaft.

7) Handschr.: domam.

murum satis sumptuose posui, ein Steinwandt an die port, damit der plaz am Steinweeg beschlossen, hab ein Backofen ins Hauss gesatzt et aliquam renovationem domus gethan, hab einen Steinweg von der porten bis auf den Kirchhof lassen machen, dass man drücksfuss aus dem Hauss uf den Kirchhof kommen mögte. Hab den Garten mit auserlesenen guten Aepfel und Bierbäumen lassen per meum patrem p. m.[1]) bepossen. Pastores [2]), die darvon werden geniessen, wollen meiner in bona memoria eingedenk seyn.

At nunc calamus, unde digressus, redeat. Urdinga ergo belli Truchsesiani tempore adeo vacavit hominibus, ut lupi parturientes eam inhabitarent et quoniam aedes plurimae tum iniuria belli, tum ignis conflagratione perditae essent, ut etiam cives alibi habitationes acquirerent et oppidum omnino desolatum relinquerent, serenissimus et illustrissimus Princeps Ernestus Dux Bavariae archiepiscopus Coloniensis mandavit anno 1584 22. die Decembris civibus iam tum adhuc exulibus sub confiscatione omnium bonorum, ut redirent ad bona sua, domus reaedificarent et ad pristinum statum redirent, unde factum, ut Urdinga paulatim faciem aliquam et formam reciperet, haeresis quidem multos invaserat et infecerat, quod non attendebatur, sed solum tum oppidi reaedificandi finis spectabatur. Postmodum de haeresi exstirpanda [3]) laborandum iudicabatur. Ab isto tempore Urdinga communibus archidiaeceseos Coloniensis [4]) tum malis tum bonis fruita est usque in annum millesimum sexcentissimum vigesimum quintum, quo anno miseram dolendamque cladem passa est.

Etenim dicto anno, cum dux Braunswigensis Christianus, qui propter stultos suos actus der doll Herzog vocatus, cum comite de Mansfeldt a civitate Bredana, quae tunc obsessa et tandem capta a Marquis Spinola, pro qua defendenda advenerat, pedem cum suo milite, nempe 2800, retraheret et paulatim ascensum peteret, donec supra Resam perveniret ad pagum dictum Haffen ab altera Rheni parte et ab hac parte ad pagum dictum Over-

1) propria manu, wie es scheint.
2) Handschrift: pastori.
3) Handschrift: extirpanda.
4) Handschrift: colonienses.

mürembt, ubi castra steterunt aliquot septimanis, et quoniam totus fere miles partim in ascensu in navibus partim in dictis locis periret, nullus hostem illum timebat et dum securos nos putaremus, hostis, dux Christianus cum 1000 equitibus et aliquot peditibus ex insidiis inopinato [1]) praeter opinionem anno ut supra die III Julii altera visitationis Mariae in octava s. Petri et Pauli de nocte hora tertia ad portam Urdingae [2]) inferiorem clam advolat et vi intrat.

Tali modi, dum cives rumorem omnino tamen dubium haberent, tota fere nocte vigilabant et in armis iuxta directoris consulis Jacobi Brinck mandatum erant, sed nemo sibi ferme persuasum habebat, quod hostis esset prae moenibus et ideo omnes satis segnes. Igitur iste, qui primum aggressum mit einer pader in se susceperat, accedit (uti mihi postea ille dixit), et quaerit ex eo, qui excubias ad portam inferiorem habebat, an posset habere copiam loquendi magistro vigiliarum, se venire Mörsa et habere litteras ad eum, quae multum festinarent, et idem, qui vocabatur Capitein Schmitt natione Gallus, sed bonam germanicam linguam callebat, dum simul alia interrogat, suspendit ad portam inferiorem suum hoc instrumentum a foris et hoc modo, dum vigiles nihil minus tale suspicarentur, dictum hoc instrumentum magnum foramen portae incutit et statim reliquus miles accedit, bombardas explodunt tanta vi et copia, ut putares grandinem pro globis de coelo cadere et plus quam sexaginta tubae inflantur, ita ut cives existimarent, totum Mansfeldicum exercitum adesse: erat circa horam tertiam noctis. Igitur explosiones bombardarum, flatus tubarum, ejulatus hominum propter praesentiam hostis et nox ipsa propter tenebras tantum civibus incussit terrorem, ut plurimi de muris cadentes fugam caperent, alii se absconderent, aliqui etiam cordati et animosi cum armis ad portam inferiorem sese conferre volentes, sed quod hostis iam intrasset et sibi eum occurrentem bombardasque explodi viderent, regressi et singuli eorum tutum locum quaerebant.

Illo igitur tempore, ut dictum, ex castris Dux Christianus Braunsweigensis annorum 24 una cum 1000 equitibus in absentia

---

1) Die Handschr.: inopinate.
2) Die Handschr.: Urdinges.

comitis Mansfeldt, qui eo tempore in Hollandia pro pecunia ad exercitum solvendum sollicitabat, propter summam necessitatem praedam capiendi aliquam ad exercitum aliquanto tempore conservandum egressus feria 4ta circa horam noctis primam, feria 5ta in nocte circa horam tertiam Urdingam, uti dixi, ingressus, permittit omnes omnino cives spoliari bonis mobilibus et plus quam quinquaginta millia aureorum omnibus spoliatis bonis computatis ablata. Bona erant non modo civium, verum etiam externorum ex comitatu Mörsensi, ex pago Mulchem cis Rhenum, ex pago Bodtberg et ex inferiori parochia Bochemensi. Unus solum civis ad portam se defendens occubuit et unus graviter laesus, plurimi captivi, quorum alii se statim hic in loco, alii in itinere sese redemerunt [1]), alii in via absconderant etc. Spoliatio ista duravit plus quam septem horis, hora enim tertia ingressus hostis decima hora egressus.

De ecclesia notandum, quod ego oculis vidi. Quoniam ergo aliquot diebus aegrotassem et decubuissem, nihil mihi constitit de exitu tam infelici sed ad hostis ingressum ego templum, quod apertum erat, intravi putans, quod omnes ab hoste tam inhumano et tyranno illo, cuius fama totum fere mundum occupat, essent occidendi et ipse nihil praeter mortem in templo exspectabam. Septem enim [2]) milites statim templum ingredientes clamabant admodum truculenter: alla [3]) mort, alla mort. Sed me invenientes ante venerabile sacramentum captum tenebant statimque ad sacristiam properantes volebant eam exspoliare. Sed plus media hora laborantes [4]) non potuerunt deo nolente instrumentis quibuscunque nec securibus aperire. Dum igitur in aperienda sacristia laborant, venit unus in mandatis habens, quod nemo deberet ecclesiam spoliare, sed mandatum hoc parum efficiebat. Ego postquam deliquium passus et post spiritus resumptos quaesivi ab eo, qui hoc mandatum ferebat, quisnam eorum esset dux seu superior, repondebat: Christianus dux Braunsweigiensis. Quaesivi, an possem accessum apud eum habere et an vellet me ad eum

1) Die Handschr.: redimerunt.
2) Die Handschr.: ergo
3) à la mort.
4) Die Handschr.: laborentes.

deducere. Respondit, quod sic. Egressus ergo cum isto, qui erat superior aliquis, Oberster Beek nomine, templo foras inveni ducem praedictum stantem ad aedes Petri Vinnikels in platea superiori aspicientem suos milites, quomodo [1]) singuli spoliarentur. Cecidi ego in genua coram illo dicens: Postquam Ihro Fürstliche Gnaden nun dies Städtlein in ihre Gewalt bekommen, dass doch noch einige Gnad den Bürgern und Behörden der Kirch möge wiederfahren Respondit mihi, ut surgerem, es soll mir Gnad wiederfahren, et post unam aut alteram interrogationem remisit praedictum superiorem cum expresso mandato, ut omnes cederent, se res templi sibi adscribere etc. Ingressus ergo cum eo, qui commissionem talem mecum habebat, inveni duos effringentes sacram aediculam, in qua monstrantia satis pulchra et magna (5 pondo) ex argento et inaurata cum hostia consecrata ex festo s. Petri et Pauli uti patronorum huius loci simul et ciborium satis pretiosum. Admonui ergo hunc superiorem ducis mandatum habentem, istos duos ut abigeret. Abegit. Et cancelli erant iam confracti et dissecati, ostium ligneum quoque erat apertum, ut potuissent thesaurum facile abstulisse, sed absque dubio deus rem impedivit, quandoquidem postea uno digito utrumque ostium ferreum et ligneum aperui.

Stabant quoque alii ad sacristiam ostium satis forte et firmum [2]) habentem volentes eam aperire, qui quoque abacti. Post haec misit dux suum Quatiermagistrum (Hofquatiermeister) cum duobus aut tribus, qui debebat inventarium quasi omnium instituere et aestimare omnia uno pretio, aestimatio ergo facta est ad mille et quingentos imperiales. Omnia ego debebam ferre ex sacra aedicula: monstrantiam, vas olei et ciborium, tres erant etiam calices cum pertinentibus, duae argenteae ampullae etc. Omnia ista ponebant simul in sacristia, ubi maiorem hostiam sumebam aliis dicentibus: Friet ihr pap — frit, ihr pap, alioquin nemo quidquam istorum attigisset, minores consecratae hostiae erant adhuc et manebant in ciborio clauso, thesaurus ille cum alia ecclesiae supellectili, quae tota visebat, tanti, ut dixi, aestimatus. Tunc omnes egressi, me ad ducem (ad ostium

1) Die Handschrift: quommodo.

2) Die Handschrift: firmam

ecclesiae militibus excubantibus) tum in aedibus praetoris Caroli Erlenwein morantem et ad mensam stantem, ubi comedebat, adducebat, ubi primo a duce iussus comedere, comedi unum aut alterum bolum [1]), propinavit etiam mihi semel et iterum nugaces quaestiones mihi interim proponens. Quod si ipse esset episcopus (Halberstadiensis), quid mihi videretur et similia. Tandem iussu eius abductus ad aedes cellerarii nostri Wilhelmi Schick, ubi cum multis minis dictum pretium postulatum, denuo ad ducem et iterum ad dictas aedes ductus. Solum 50—75 et ad extremum 100 imperiales pro supellectili ecclesiae universali obtuli.

Pro oppido ab incendio conservando petebant 9000 imperialium, a nobili Brent [2]) 1000 imperiales oblati. Interea Princeps mandat excubias in turri ecclesiae ordinari, in cuius finem aperire templi ianuam debebam, nisi confractionem concedere voluissem. Hac ratione ablatum primo est: optimum antipendium holosericum mit gulden Gallaun zierlich gemacht datum a filia bremptana Josina, 2do novum pluviale (Chorcapp) holosericum, datum a vidua Joannis Brempt satrapae quondam Oedensis, Elisabetha Virmund [3]). Tres [4]) mappae datae a Petro Gudenau, 2 a Sybilla Kessels, 3 a Friderico Hamborn. 3^{tio} ablata est toga b. virginis data a virginibus Urdingensibus, nunc a praetorissa Adelheide von der Hauen, genannt Erlenwein restituta, 4to ablata viridis casula data a Petro Gudenau. 5to ablatae sunt res quaedam aliae non adeo magni momenti, at alia omnia: monstrantia ciborium tres calices (nunc 4^{tus} adductus), duae argenteae ampullae, capsula s. olei et reliquus ornatus totus conservatus et nihil cum dicto [5]) ducis ablatum est, ne quidem res supra nominatae, quaeque occasione excubiarum demandatarum ablatae sunt.

Tandem ergo, postquam horis facile septem totus miles spolia fecisset, bene comedisset et potasset, vigil ex turri proclamavit hostem appropinquare, tunc omnes cupere sese ad egressum ac-

---

2) Bolus, Bissen; die Handschrift: colum.
1) Das Wort ist undeutlich geschrieben.
3) Die Virmund waren Vögte von Kersen.
4) Vor Tres steht in der Handschrift die Ziffer 2.
5) Auf Angabe, Befehl; die Handschrift hat dictu.

cingere et quidam a Principe designati, qui me captivum abducerent, quod et factum, et foris ante portas equo imposuerunt et in castra usque deduxerunt ibique integro mense detentus, nam 3^{tia} Junii captus et 3^{tia} Julii liber pronuntiatus. Cum vero in castra venirem, petita sunt viginti millia imperialium, claustra statim manibus iniecta et ad Profosum[1]) (?) deductus, sed iussu Principis claustra soluta et ad suam propriam aulam iussus sum redire, ubi Hoffmeistero[2]) commendatus, ut mei curam bonam gereret; eram enim adhuc totus aeger; dicto illo tempore ferme singulis diebus cum Principe mihi negotia disputationis et aliarum curiosarum quaestionum erant, quidam deputati, qui pecuniam solvendam urgerent. In 2da mensa nobilium locum habebam, bonos cibos affatim, vinum, assata et omnis generis esculentorum in copia habebam, semper in custodia militum eram, sed ire quocunque licebat, sed non adeo longe ab aula. In magna villa aula Principis erat, ibi ergo commorandum erat, parum straminis in superiore domus parte concedebatur, quod omnino tritum et plenum pediculis et aliis vermibus scatebat, quibus vestes omnino quoque oppletae.

Singularem habebam cum secretariis et nominatim cum supremis capitaneis Georgio Sparr, Eduardo Pithan et Joanne Lho[3]) notitiam. Postremo igitur cum propter frequentia colloquia duci admodum fierem familiaris, iussus ad ducem ad ripam Rheni spatiantem venire, a quo interrogatus, an mihi aliquid defuisset isto tempore, quo praesens ipsi fueram, quod ipse totam suam praetensionem mihi remitteret, solum cum aliquo alio (oberster Quartiermeister) nomine Hermanno Batylli me debere transigere, tuncque sua venia salvo ductu et commeatu[4]) dando pro itinere possem redire. Hac in transactione admodum reverendus dominus Decanus Resensis Joannes Dusseldorpff sese benevolum erga me praebuit, cum cuius consensu et scitu dicto Batylli 266 imperiales dare debebam. Post reditum serenissimus et illustrissimus noster Princeps Ferdinandus dux Bavariae iussit me ad se acce-

1) Am Rande steht Profosum mit einem Fragezeichen, im Texte Stophasium.
2) Die Handschrift hat: Haffmeistero.
3) Das Wort ist undeutlich.
4) Die Handschrift: comeatu.

dere, ut a capite ad caudam usque rei eventum narrarem, donavit mihi supra dictos 266 imperiales et pro damno perpesso 50 imperiales. Sicque finem captivitas haec habuit.

Notandum pro epilogo, quod spolia in hoc oppido facta supra 50 millia aureorum florenorum aestimata sint. Ex improviso invasio facta, hinc pauci aut fere nullus pecunias aut alia bona abscondere potuit, plurimi non solum exspoliati, sed etiam captivi partim sese in oppido et in itinere redemere [1]), partim in castris sese abduxere. Post hanc spoliationem miles ducis seu comitis Mansfeldici paulatim omnino disparuit et ipse dux rediit in patriam et paulo post miserabili morte in Lutheranismo mortuus est.

Dici solet: nulla calamitas sola. Etenim in fine anni millesimi sexcentesimi vigesimi septimi ipso Innocentium die hora 8va aut circiter lignea turris ecclesiae per ventum plane insolitum validissimumque tempestate admirabili simul adiuncta deiecta est et extrusit magnam muri partem ad 20 pedes plus minus, qui casus confregit navem templi ad chorum exclusive omnino ad 60 pedes in longitudine, nam decidit tectum et fornix navis in fundum una cum turri et utrumque latus in tectis se utrumque respicientibus omnino quoque laesum; illico latus versus curiam (etenim ventus multis diebus continuatur [2]) longissima arbore uti fulcro et chorum una cum tecto (quod asseribus, supra clausimus, ne ventus haberet ingressum) conservavimus. Haec iam devastatio corda piorum admodum movit et omnes nos admodum perplexos reddidit. Interim deus bonus illato tanto vulneri medelam ordinavit.

Sciendum imprimis, quod lignea turris, quae decidit, steterit annis ducentis et quadraginta quatuor, wie zu sehen in dem Brempter Lagerbuch. Sciendum 2do habuisse longitudinem centum quadraginta quatuor pedum, longiorem [3]) quam ulla turris ex ligno quercino aedificatam, vff die Kanten gesatz nimis altam latamque.

Item pro perpetua memoria huius reparationis dicam primo, quidnam a piis et bonis hominibus liberaliter contributum et tri-

---

1) Für redemerunt. Handschr.: redimere.

2) Vielleicht auch continuatus zu lesen.

3) In der Handschrift ein Punct und Longiorem groß.

butum sit, 2do sub quibus et 3tio quibus annis reparatio haec sit facta.

Imprimis igitur praenobilis dominus satrapa noster Ludowicus a Lulstorff zum Hanen, qui ante hac sub invictissimo Imperatore Ferdinando Rittmeysterus fuit, hanc rem sibi cordi sumpsit et maximus patronus semper extitit nomine nostrae communitatis serenissimo et illustrissimo Principi Ferdinando Electori et archiepiscopo Coloniensi supplicavit et dictum serenissimum permovit, ut animum ad reparandam nostram ecclesiam adiecerit. Hanc ergo supplicationem me perurgente serenissimus dedit pro primo 486 florenos Colonienses et 12 arbores ex silva Neipiana [1]). Secunda vice serenissimus dedit 242 florenos col., tertia vice dictus serenissimus antiquum nostrae communitatis debitum obligatus (quod nunquam solvendum fuisset) ordinari fecit quoque in usum reparationis et qualibet vice ego fui Bonnae [2]) et apud serenissimum institi. Hac igitur ultima vice serenissimus non tam intuitu solutionis quam reparationis ecclesiae nobis dedit 552 florenos Colonienses.

Post serenissimum Electorem praefectus admodum nobilis et strenuus dominus Ludowicus Lulstorff zum Hanen satrapa Lynnensis et Urdingensis und Churfürstl. Kammerer et magnus et fidelis ecclesiae nostrae fuit patronus, qui imprimis ex propria crumena dedit 25 taleros et postea dare non destitit. Promotor et in silvis pro lignis accipiendis fuit et apud alios bonos homines, ut plus quam 300 taleros acceperimus.

Dominus praetor Lynnensis et Urdingensis Joannes Carolus Erlenwein Caesaris insulanus cum sua uxore Adelheide van der Hauen semel dedit 25 taleros et 2da vice 25 taleros imperiales.

Deinde consul Theodorus Gerlazen cum aedilibus Petro Kessel et Petro Conradts et ego circumeuntes per oppidum ostiatim ex communitate collegimus 219 taleros.

Aediles praeterea omnibus in circuitu nobilibus habitantibus pro collecta supplicarunt et singuli liberaliter contribuerunt, uti videre est in parvo libello, ubi singulorum nomina inscripta prout et civium nostrorum.

---

1) Ueber diesen Wald siehe Lac. III, 371, wo wir ihn als zum alten Schlosse Twingenberg gehörig kennen lernen.

2) Die Handschrift: Bonna.

Ego cum aedili Petro Kessel Coloniae supplicavi magistratui et omnibus capitulis et accepimus 100 imperiales plus minus, capitulum summi templi dedit 25, Gereonis 10, caetera consequenter, ut videre est in parvo libello, magistratus dedit 12 imperiales. Fuimus Bonnae: capitulum dedit imperiales 6, civitas 3, die Kirch 1 (imp.) Reverenda domina abbatissa in Schwarz Rheindorf Magdalena a Brempt 9 daleros, capitulum 2 florenos aureos, capitulum in Wilich 1 flor., 1 imper. Civitas Düsseldorpiensis dedit imperiales 12, sed respectu decimarum debebat plus dedisse.

Princeps Neuenburgicus Wilhelmus Wolfgang remisit telonium, plus quam 30 florenos aureos, prout serenissimus noster in Kayserswerth et capitulum summi templi Coloniae in Zons in devehendis tegulis et capitulum in Kayserswerth dedit imperiales 6 et unam magnam arborem ex silva. Die Herrn Zollbeamten zu Kaiserswerth singuli liberaliter dederunt, prout videre est in parvo libello. Capitulum zu Neuss gab [1]) 7 imperiales, civitas solum 3, civitas Kempen mit dem Landt gab 20 imperiales, Andernach gab 3 imperiales, Lintz 2, Stadt Lynn gab 6 imperiales. Das Ampt Lynn gab 60 taleros simplices, Amt Uerdingen 12.

Nobilis Gisberti a Schlickum haeredes, uti Henricus a Schlickum et Joannes Theodorus et Margaretha a Schlickum dederunt pro reparatione ecclesiae nostrae 30 aureos florenos cum ista conditione, quod sepulcrum suorum maiorum deren von Rauensbergh extra chorum ad cornu epistolae velint penes se et familiam istam manere, casu quo ipsi, qui iam sunt Calvinistae, denuo ad fidem catholicam converterentur.

Denique privatae quaedam personae, (quorum nomina in parvo aliquo libello, qui etiam penes ecclesiam est, sunt inscripta) dederunt quoque pro sua devotione.

Pro collectis hisce usi sumus litteris protonotarialibus [2]) a serenissimo nobis communicatis, insuper supplicationibus ad singulas civitates, capitula et famosas personas, qua in re scribendo dom. consul Theodorus Gerlatzen Notar(ius) et aediles mecum cursitando maxime desudaverunt. Ligna contribuerunt primo auf dem Niep seren. Princeps 12, nobilis Metternich, secundo Joannes Gerlatzen, scriba

1) Handschrift: gaben, wie auch später.
2) Die Handschrift: pronoterialibus.

Lynnensis et Urdingensis, Princeps von Orannien Henricus 3, Joannes Kesmann 1 etc., 2do auf Buchemer Busch unum magnum lignum accepimus. 3[tio] uf der Elt [1]) unum magnum (lignum), 4to uf oppemer Busch, 5to uf strümper Busch, 6to uf Büricker Busch, 7mo uf der Eiffel, 8no uf Heerder Busch, 9no uf Busenkover Busch. Item Johan Schick, Borggrieff zu Lynn, verehrt 1 lignum. Domina abbatissa in Schwarzen Rheintorff Magdalena Brempt 4 Rthlr. 7 Thr, eius soror 3 imperiales, Joannes Rheinhartz 5 imperiales, Dominus praetor Erlenwein aliquot imperiales. Stadt Rheinberg 12 imperiales, aliquot officiales imperiales aliquot. Zu Venlo bekommen 6 imperiales, 3 Rthlr., Stadt Andernacht 3 Rthlr., Stadt Lintz 3 Rthlr. In der Kirchenrechnung alles zu sehn.

Haec restauratio facta est [2]) sub satrapa Lynnensi simul et Urdingensi Ludovico Lulstorff zum Hann, Churfürstl. Kölnisch Kammerer etc., qui maximus post reverendissimum et serenissimum Principem nostrae ecclesiae patronus, promotor et adiutor reparationis huius fuit; sub magistratu Urdingensis oppidi, quorum nomina haec sunt: Scabini Tilmannus Bock, Henricus Hermans, Jacobus Brinck, Petrus Kessel, Petrus Vennickel, Nicolaus Zhan, Theodorus Gerlatzen. Ex hisce fuit consul Theodorus Gerlatzen, vir doctus notarius publicus et vicescriba. Hic consul tribus annis propter diligentiam extraordinariam continue mansit in officio et de ecclesia nostra admodum bene meritus, etenim in omni negotio, in omni re ecclesiam concernente praecipue supplicationes componendo, scribendo, cursitando etc. impiger fuit, diligentissimus fuit, semper paratissimus fuit; sub aedilibus Petro Kessel, scabino (qui et consul fuit) et Petro Conradts viro simul consulari. Hi duo aediles, pracipuus et primus aedilis, maximos labores quoque habuerunt, qui propterea tribus continuis annis in officio manserunt; sub me pastore indigno Joanne Wuestradt Bebburgensi serenissimi [3]) alumno, qui iam annum ago undecimum in pastoratu et labores pro reparatione hac aequales qualescunque [4]) deo optimo Maximo offero, consecro et dedico;

1) Das Wort ist undeutlich.
2) Vorher ist Kaiser, Papst und Kurfürst angegeben.
3) Handschrift: sermo.
4) Handschrift: qualesq.

sub vicariis nostrae ecclesiae residentibus dom. Henrico Steiten Urdingensi et Henrico Hagdorn item Urdingensi, sub ludimagistris Friderico Stutteno artium liberalium magistro et Christiano Fabritio.

Tertio dicendum, quid singulis reparatum annis sit. Initio igitur anni 1628 utrumque latus reparatum per fabros lignarios Magistrum Laurentium et Joannem Mass... [1])

Hac hieme vix populus in templo, sed praecipue in templo hospitalis divina audivit...

Haec igitur reparatio anno 1628 ante messem perfecta et turris superius simplici ligneo tecto tecta mit dannen Brenderen (sic) zugeschlagen bis ins 1630 Jhar.

Heruf ist ein Regiment Kaisers Volks des Obers von Leons herab in die Graffschaft Mörss kommen zu liegen [2]) und also die Mörse Haussleuth ihre Sachen binnen unsere Stadt Uerdingen gebracht mit Pferdt und Wagen sie auch hinaufgehalten, die welche wir angesprochen und uns Hölzer aus der Neip und anderen Büschen beigefahren, et ego pro mea persona hisce ad salvum conductum praestandum aderam sicque tali occasione multa ligna convehere potuimus et post messem reparationem navis statim incepimus.

Zum dritten hat man dan anno 1628 post messem statim die Cap in der Kirchen von Thorn an bis an den hohen Chor zu machen verdungen.... Diese Kapp wardt gegen den Winter uffgesatzt....

Eodem anno 1628 habe ich das Portall an der Thür iuxta scholam seu curiam lassen machen durch Meister Christian Schnitzler.... Sequenti anno 1629 hab ich das grosse Portal an der grossen Thür lassen machen....

Zum Vierten dan hat man anno 1630 in ausgehender Zeit die holzene Kap oder Kirchthurn, wie er aniezo zu sehen und zwischen 90 und 100 Fuss hoch ist, einem Meister und Bürger von Gerrissheim verdungt....

Der Wohledelgeborene Herr Drost zu Lynn und Uerdingen Ludovicus Lülstorff zum Hanen hat den Hanen lassen übergulden a. 1630, dedit 6 imperiales....

---

1) Die Angabe der fortschreitenden Reparatur und der Materialien wird hier übergangen.

2) Handschrift: legen.

Anno 1631 ausgehenden Jahrs hat man angefangen das eingefallene Gewölb vom Chor bis an den Thurn, vier Kreuzer nämlich zu machen....

Anno 1631 ist der steinerne Thurn abgesetzt, wie iez zu sehen.... Eodem anno hat man vom übrigen Kirchenholz am Gasthauss vor die Armen 5 Heussger gezimmert.... Eodem anno 1631 habe ich J. Wüstrath den grossen Saal in domo pastorali lassen pleisteren und rüsten. Item pro loco secreto einen Thoren bis auf das Wasser lassen machen....

Notandum, quod hoc ad opus ecclesiam concernens perficiendum cives promptissime laboraverint daran mit pferden, und die Bürger in eigener Persohn gedienet, auswendige auch dazu fleissig geholfen, Holz und Steigerbäum gefahren und zwar die Steigerbäum haben die Erben an der Wielicher Heidte dazu verehrt und das Kirchspiel Vischelen hat sie gefahren. Item an der Thraarheiden uf und ab haben die Haussleuth Steigerbäum verehrt und unsere Bürger haben sie geholt....

Beschreibung des Orgels, das ich anno 1637 lassen machen ex mediis emendicatis. Das Orgel hat 10 Registra.... [1]) Und ist dies Orgell von Meister Wilhelm Gommersbach, Bürgeren in Kölln, gemacht vor 266 Thr. und 3 Malter Roggen, 1 Sümmer Ertzen und 1 Goldgulden.... Auf Sonntag Laetare a. 1638 geliebert.

Anno 1638 hab ich eine neue Schul lassen bauen auf dem Kirchhof wieder den Thurn, oben die lateinische, unten die teutsche Schul, kost 207 Rthr., alles aus bei einander gebettelten Mitteln.

Von dem Siegen Hauss baussen der Niederpfortzen: zu wissen, dass etwa anno 1641 ein par Volcks, nemlich Meister Johan Leyendecker und Margareth von Mülchem bei uns aussätzig, erstlich der Mann, worden seynd und weilen sie arm, hat man ihnen ein leprosorium a. 1646 und 1647 gebauet....

Von dem Bild unser Lieben Frauen in der Sonnen. Zu wissen, dass 2 Bilder unser L. Frauen vor Alters in der Sonnen zusammen gehörig verwerflich in der Kirch gelegen, welche ich a. 1649 hab lassen repariren, bei einander fügen, abstrippen (?) [2]) und mitzen in die Kirch lassen hangen.

---

1) Die Beschreibung im Uebrigen bleibt weg.

2) Undeutlich.

Von dem Weimarischen und Hessen Krieg.

Demnach die unkristliche Union zwischen Frankreich, Schwedischen, Hessen und anderen unkatholischen Fürsten und Herren gegen die uniirten katholischen Fürsten (darüber ein Fried getroffen a. 1649 zu Münster) sich opponirt und ein grosse Uneinigkeit, Krieg und Elend im Römischen Reich entstanden [1]), ist Namens Rabenhaubt ein Oberster von den Hessen mit 7000 Man und 7 Stück vor Uerdingen kommen a. 1641 den Dienstag um 11 Uhren im hellen Auftag vor Allerheiligen Tag, sein Stück geplanzt und am Abend Feuer in Uerdingen die ganze Nacht geworfen bei die 80 Ballen, darüber 5 Häusser und etliche Scheuren verbrannt. Aber die Bürger mit den Soldaten, als Johan zur Burg, Rittmeister und noch 2 Compagnien haben sich ritterlich gewerdt, dass viel vom Fiands verblieben, keiner von den Bürgeren noch Soldaten, als vor der Stadt unter dem Scharmützel der Reuterey, seynd etliche von den unsrigen verblieben. So haben auf den 5. Tag Allerheiligen nemlich der Fiandt müssen abweichen unverrichteter Sachen. So haben die Hessen mit den Franzosen sich coniungirt nemlich mit den Völkern, welche Weimarische wurden genennt, und von einem General Namens Gabriant wurden commandirt und nach Christmessen im Jahr 1642 über den Rhein zu Wesell gezogen und den 14 Tag Januarii um den Mitag um 11 Uhren vor Uerdingen kommen mit etwa 8 oder 10,000 Man und haben 14 Stück zwischen der Niederportzen und Rheinportzen geplanzt, und die Laufgraben fertig gemacht und haben die Uerdingsche Bürger die ganze Armee 3 Tag aufgehalten mit etwa 80 Soldaten (da Lambo die Compagnien zu sich nach der Thönis Heiden gefordert) und haben mit Verwunderung wunder stratogemata angefangen, als wan viel Volks darbinnen wäre gewesen, haben also die Bürger gar viele vom Fiandt niedergemacht und sich tapfer gewehret bis auf den 3ten Tag, da die Stück geplanzt, und liessen sagen, man soll die Pfortzen eröfnen oder so die Stück einmal losgiengen, soll kein Mensch, ja kein Kind in der Wiegen lebendig bleiben. So hat man gesehen, dass hie kein Wiederstand zu thuen, dass auch

1) Handschrift: enstanden

General Lambo (der bei Hüls lag) nit wolt succuriren, wie er verheissen; dan er war vor 8 Tag allhie zu Uerdingen mit allen seinen Obersten, da er zwischen dem Obersten Nievenheim und mir Pastoren ging zu Fuss und alles besehen und wolt inwendig 12 Stunden uns entsetzen, wan er würd vernehmen, dass Fiandt vor Uerdingen wären. Aber wir hieltens 3 Tag und wurden doch nicht entsetzt, so mussten wir uns ergeben und sollten wir dem Fiandt geben 3000 Thr. pro vitae conservatione, und dass wir nit sollten geplündert werden. Aber das Leben war uns zwar geschenkt, die Plünderung ging doch vor sich und ward ein Oberst Wachtmeister Namens Andreas Leste pro Commandante uns her von den Wymmarischen Völkeren hergelegt und zog am Donnerstag die ganze Armee langst Uerdingen und liessen Lynn liegen bis an die Geissmühl, allda sie Rath hielten, wie sie die Sach wollten angreifen, so ward beschlossen, dass man kein Stadt mehr sollte einnehmen, sondern auf General Lambo anziehn und denselben schlagen, wie geschehen, dann den andern Tag auf einen Freitag auf St. Antonii Tag auf St. Tönis Heiden ist Lambo geschlagen aus Ursachen, weil Lambo den Fiandt nicht geacht, hat seine Völker nicht bei einander, es war kein Anstellung; so ward Lambo mit allen seinen Obersten gefangen und sein Volk geschlagen und gefangen. Darnach sind sie (die Wymmarischen und Hessen) vor Kempen gezogen, da war ein Kayserlicher Hauptmann Namens Nagell, der hat mit 150 Mann sich 10 Tag wohl gehalten, ist endlich todt geschossen, und so haben sich die Bürger ergeben. Darnach ist ein Oberster von den Hessen Nahmens Oberst Johann Düngen vor Lynn kommen, etliche Schüss gethan, also das bekommen. Aber mit der Stadt Neuss ist es gar schlecht hergangen. Die Bürger, welche ohne etliche viel hundert Bauren und kölnische Soldaten bestand, waren [1]) gegen diesen Fiandt, haben sich vor der Nacht lassen mit Feuerballen und von 8 Uhren bis 11 mit Stück lassen beschiessen und sich stracks ergeben, welches ihnen billig vor eine ewige Schande zu rechnen. So dan die Völker wunderbarlich in dem Neuss gehandelt, da so grosse Güter befunden. Haben selbe Völker das gantze Köllnische und Jülicher Landt ausgeplündert, viel Schlöss(er) als Hölche-

1) Das Wort „waren“ ist hinter „bestand“ übergeschrieben. Die Stelle ist unklar.

rath, Bebbur Reifferscheidt, Caster, Berchem, Kirchen, Klöster und adeliche Häusser ausgeplündert, das Kloster Meer, die Kirch zu Hüls, Osterath, Lang etc. in Brand gestochen. Da vor Lechnich haben sie die Hörner abgestossen, seyndt endlich zurückgewichen im selbigen Jahr 1642 und allhie um Uerdingen 6 Wochen ein Lager formirt und gegen den Hatzfeldt (der zu Zons lag und verdarb das ganze Land fort) gelegen, endlich aufgebrochen und seyndt die Weymmersche (sic) wieder weggezogen und die Hessen haben ihre Besatzung wieder im Land gelassen bis zu der Vergleichung zu Münster getroffen. Und zu merken, dass als die Weymarische weggezogen, hat das Garnisaun, das in Uerdingen gelegen, Uerdingen gantz spoliert und bei 100 Häusser abgebrandt und alles mit nacher Lynn genommen und das fast gemacht und allda bis zu der Evacuation gelegen, und seyndt in all ungefähr 100 Häusser 150 Scheuren und die schöne Rheinportz gesprengt, wie auch die Burg und die Mauren halb weg umgeworfen und alle 4 portzen verbrandt und alles also baar weggenommen, dass nit ein Hahn, nit ein Huhn, ja nit ein Ey in Uerdingen blieben. — Was nun die obgemelte 3000 Rthlr. angieng, hab ich die mit dem Obersten Wilich, dem General Leutenant Grafen von Erberstein helfen bringen bis auf 500, da die Lynnische mussten geben 1000 neben 200 Rthlr Unkösten. So bin ich zu Ihro Churfürstl. Durchlaucht geschickt, dies anzuzeigen und musste auf Befehl selbiger Durchlaucht von Uerdingen blieben, inmittelst bleibt Herr Dederich Fabritius Vicarius s. Catharinae uti Sacellanus in Uerdingen, wurde zu Cölln kranck am Flecken Fieber, lag daran ab Augusto bis Osteren. Darnach weilen zu Uerdingen 2 Priester sich nicht konnten erhalten, hab mich zu Honneff 1 Jahr, 2 zu Lingstorff, beim Herrn Kreutz 2 Jahr [1]) aufgehalten und anno 1646 in der Fasten wieder nacher Uerdingen kommen und ist Herr Derch Pastor zu Bodtberg worden und dominus Carolus Fabritius nostri custodis filius sacellanus zu Uerdingen worden. So ist dann Lynn a. 1649 von den Hessen quittirt und hat unser gnädigster Herr seiner Völker etwa 100 unter dem Commando Obersten Priser eingelegt und

1) Vielleicht ist das zweite „2 Jahr" überflüssig und das Komma hinter Lengsdorff zu streichen.

gegen den Herbst selbst zur Jagd hiehin auf Lynn kommen, auch unsere verdorbene Stadt besichtigt und in der Kirch Dominica ult. Pentec. cum tota aula Mess und Predigt (me concionante) gehört, mir ad longum tempus und den Bürgern Audienz gegeben.

Hucusque historia ecclesiae et civitatis nostrae scripta est per dominum pastorem Joannem Wüstrath p. m.

Bemerkungen zu der vorstehenden Chronik.

Das hochverdiente Mitglied des historischen Vereins für den Niederrhein, Herr Oberst E. von Schaumburg, hat zuerst auf die Uerdinger Chronik aufmerksam gemacht und auf der Generalversammlung zu Kempen einen gediegenen Auszug aus derselben mitgetheilt, welcher in dem Hefte XIII und XIV der Annalen abgedruckt wurde. Herr Oberst von Schaumburg, ein genauer Kenner der Kriegszüge am Niederrhein, hat in seinem Auszuge vorzugsweise die militärische Seite der Chronik im Auge gehabt; sie ist aber auch nach anderen Seiten ergiebig und verdient wohl, ganz und dem Wortlaute nach mitgetheilt zu werden.

Der Verfasser der Chronik ist der Uerdinger Pastor Johann Wüstrath. Er war gebürtig aus der Grafschaft Bedburg Reifferscheidt, und zwar, wie es scheint, aus dem Orte Bedburg selbst, denn er wird einfach Bedburgensis genannt. Er trat am 20. Mai 1620 als Pfarrer zu Uerdingen ein. Wegen unzulänglicher Besoldung seiner Stelle versah er zugleich das Rectorat an der dortigen Schule, das ihm hundert köln. Thaler einbrachte. Den größten Theil der in der Chronik erzählten Ereignisse hat der Pastor selbst erlebt (er erscheint noch 1649 unter den Lebenden) so die Plünderung der Stadt durch Christian von Braunschweig, eben so die Kriegsereignisse unter dem General Guébriant im J. 1642. Im Uebrigen gibt er als Quellen an: Urkunden im Scheffenkasten, ein Bremter Lagerbuch, ein kleines Büchelchen, worin die zum Kirchenbaue Beitragenden verzeichnet waren.

Uerdingen, ein Ort am Rhein, in der Nähe von Crefeld, erscheint im 17. Jahrhundert als eine kleine Stadt mit Mauern, Thürmen und vier Thoren wohl versehen. Die Stadt stand, als Wüsterath seine Chronik schrieb, bereits seit 325 Jahren, und war also, wenn die Angabe richtig ist, im 14. Jahrhundert in den Städterang erhoben worden; im Jahre 1463 kommt Uerdingen als Stadt urkundlich vor (Lac. IV, 325). Vor dem truchseßischen Kriege soll Uerdingen sehr blühend gewesen sein, in diesem Kriege aber wurde es verwüstet und sank sehr herab.

Die Kirche zu Uerdingen wird als eine Filiale von Hohenbudberg angegeben; Uerdingen hatte Anfangs eine Capelle, wurde aber später zur Pfarre erhoben. Die Präsentation hatte der Magistrat von Uerdingen, früher mußte sich dieser mit dem Pastor der Mutterkirche über die Präsentation verständigen (cf. Binterim und Mooren, Erzd. I, 271). Die Altäre, welche in der Kirche genannt werden sind: 1) der Altar heil. Katharina, 2) der heil. Anna, 3) der heil. Barbara; der letztere galt als wunderthätig und Pilger strömten von allen Seiten herbei, so daß der Pastor von den reichen Opfern seinen Unterhalt gehabt haben soll. Die neue Lehre fand auch in Uerdingen viele Anhänger, namentlich in den truchseßischen Wirren. Die Chronik gibt auch ein Verzeichniß der Pfarrer nebst einer kurzen Charakteristik. Zuerst wird aufgeführt Johann Steines, gebürtig aus der gelderischen Vogtei, ein Mann von musterhaftem Wandel. Er übte als Sendherr eine scharfe Kirchenzucht; ein Bauer, den er des Sonntags mit der Aernte beschäftigt ertappte, mußte zur Strafe eine neue Kanzel bauen, die zu Wüstrath's Zeit noch stand. Darnach folgte Friedrich Schlaun, der zugleich Pastor von Hohenbudberg war, ein geborner Uerdinger; er war ein geselliger Mann und gewandter Redner und brachte der Stadt als glücklicher Fürsprecher bei dem Landesherrn, dem Kurfürsten von Köln, manchen Vortheil. Sein Nachfolger war Andreas Gommersbach, ein Mann von ganz bedeutenden Eigenschaften, eine Säule des Katholicismus. Sein Studium hatte er in Rom gemacht. Er starb, wie man glaubt, an Gift. Sein Tod erregte weit und breit, selbst bei Andersgläubigen, die größte Theilnahme. Wenn Gommersbach ein gewandter Prediger war, so konnte man das von seinem Nachfolger Petrus Lintmans, einem gebornen Kölner, nicht sagen; er litt an großer Heiserkeit und konnte gar nicht predigen, die Stadt kaufte sich mit 100 Thalern von ihm los. Auf Lintmans folgte Arnoldus Burgers, Sohn des Küsters von Wilich; er besorgte zugleich die Vicarie in Anrath. Er war nur vier Jahre Pfarrer; 1619 verzichtete er auf die Pfarrei und zog als Feldprediger mit dem Herrn von Nersen nach Böhmen in den Krieg und starb 1628. Ihm folgte Edmundus Mombans bis zum 20. Mai 1620, wo ihm der Schreiber der Chronik Johannes Wüstrath folgte. Er muß bei dem Herzoge etwas gegolten haben; denn dieser gab sich viel mit ihm ab, machte Spässe mit ihm, so daß sich ein vertrauliches Verhältniß bildete. Wie hart der Herzog auch Uerdingen mitgespielt hatte, der Pastor läßt kein bitteres Wort gegen ihn fallen. Die ausführliche Erzählung des weimarisch-hessischen Feldzuges am Niederrhein im Jahre 1642 ist sehr schätzbar; wir lernen nicht bloß die Schicksale Uerdingens, sondern des gesammten jülich'schen und kölnischen Landes kennen; alle Burgen mußten sich ergeben, erst an der Veste Lechenich stießen sich, wie sich die Chronik ausdrückt, die Feinde die Hörner ab. Daß die Schlacht auf der St. Thönis-Haide verloren ging, wird der Unvorsichtigkeit und dem Leichtsinne des Generals Lamboi zugeschrieben.

Bald nach der Plünderung durch Herzog Christian von Braunschweig traf die Stadt Uerdingen ein anderer Unfall. Gegen Ende des Jahres 1627 stürzte in Folge eines ungeheuren Sturmes der Kirchthum zusammen und zertrümmerte das Schiff der Kirche bis zum Chore, namentlich das Dach und Gewölbe. Der Thurm stand damals bereits 244 Jahre Um den Neubau machte sich der Amtmann Ludwig von Lülsdorf, der unter Kaiser Ferdinand Rittmeister gewesen war, sehr verdient. Die Fortschritte des Neubaues, wozu die Mittel mühsam zusammengebracht wurden, werden genau und ausführlich erzählt. Im Jahre 1637 wurde eine neue Orgel angeschafft, die ein kölnischer Meister, Wilhelm Gommersbach, gebaut hatte.

Als Bürgermeister Uerdingens werden in der Chronik genannt: Wilhelm Schleuter a. 1609; Jakobus Brinck, der die Vertheidigung der Stadt im Jahre 1625 leitete; Theodorus Gerlatzen, der als ein außerordentlich thätiger Mann geschildert wird; zuletzt Petrus Conradts.

Uerdingen hatte eine höhere Schule; als Lehrer an derselben werden genannt, außer den schon genannten Pfarrern Gommersbach und Wüstrath, Friedrich Stutten, der freien Künste Magister und Christian Fabritius; im Jahre 1638 ließ Wüstrath neben dem Thurme der Kirche auf dem Kirchhofe ein neues Schulgebäude aufführen, oben war die lateinische, unten die deutsche Schule.

Auch hatte Uerdingen sein Gasthaus oder Hospital, womit eine Capelle verbunden war; es hatte sogar ein Leprosorium, das man zwei unbemittelten Aussätzigen zu Liebe im Jahre 1646 und 1647 erbaute.

Ein geborner Uerdinger, Laurentius Fabritius, machte eine bedeutende Laufbahn, er wurde kölnischer Weihbischof; zur Zeit, als in Köln die Pest herrschte, hielt er sich zu Uerdingen auf; in dem niederrheinischen Theil der Diöcese spendete er das Sacrament der Firmung.

Die Chronik ist in leichtem, verständlichem Latein geschrieben; mitunter fährt der Pastor mit seinem ehrlichen Deutsch mitten in die Latinität hinein, wie es scheint, weil er für seine Gedanken den entsprechenden lateinischen Ausdruck nicht zu finden glaubt.

Der vorstehende Abdruck ist nach einer Abschrift genommen worden, die am Schlusse folgende Bemerkung trägt:

Daß diese Abschrift der mir vorliegenden Historia Ecclesie et civitatis Uerdingensis per Dominum Pastorem Joannem Wüstrath p. m. mit dem Originali gleichlautend sei, beglaubigt

Uerdingen 9. Februar 1849.

Der Bürgermeister:

(L. S.) H. W. Herbertz.

Ob das Original noch irgendwo vorhanden ist, habe ich nicht erfahren können.

G. E.

Schicksal des Nonnenklosters zu Rheinberg nach der Niederlage des Generals Lamboi auf der St. Tönisheide im Jahre 1642.

Anno 1638 den 5 dag Mey hebben die Staeten van reinberck voer unssen kloster myt gewalt unser susteren dren gefangen, aber 2 myt genomen. do hebben wir in soner banicheit gewest, dat ich dat net geschreiben kann: den xii dag mey hebben wir sulcke botschap kregen, wir solden uns voersein en lauffen in der eille en wech in welchtichge habyt [1]) oder sey nemen uns alle myt gefangen. do seyndt wir in nacht also gelauffen, der eyn hieher, der ander daher wie veryrrende schaffeleyn biß to pinsten; do seynd wir weder heim komen mit sorgen en vreißen [2]), mer unse ii gefangen susteren seynt den ij dach braumaent [3]) weder kommen net sonder koesten. Anno 1642 op sante antonius dach, do ist der lambo [4]) verschlagen bey seyntonis [5]), do seynt die hessen eñ die francossen in dat cols landt komen; o lieven herr, wie hat et do zu geganen, sy hebben gedottet, gehauen, gestechen, geschandilesert, dat ich dat net geschreiben en kan also gering; do der lambo was verschlagen, do ist gans cols landt gan lauffen in solcher hasten; was die menschen haden gelt, gut, kue, pert, alle kleider, nachke [6]) und barfuß seynt sey gan lauffen; der heute rich was, morgen was er eyn betdeler, wer kreigen wart, der wart vermortet, gestechen, geschlagen, geschant, dat der vader en moder van ihren kindern en kinder van ihren elteren net en wuston, der eyn ran heher, der ander daher, do ist viel volchs heher komen, dat unse closter so vol ist gewessen, dat

1) In weltlicher Tracht.

2) Furcht.

3) Brachmonat, Juni.

4) Der General Lamboi.

5) St. Thönis.

6) Nackt.

wer net en wusten, war wy ons laeten solden. Do seynt wir van unse spincameren af geganen en heben die den volch in gegeben en heben den calden winter op den reuender gesponen en heben so menigen schrechen geleden, dat wir duck minden, wir mosten sterven en wir seyndt omzeyngelt gewest wie ein bestenstop in water, dat nemandt heher nach daer wart condt komen. onse closter ist duck so vol reuter gewest, des paters huß was vol: dat gasthuß was vol: dat knechtenhauß was vol duck mal i man duck mal xi duckmael xxv., den mosten unse susteren kochen, dat durden den eynen dach nae den anderen, sey comen myt fackelen des nachtes doer dat closter, dat wir sorgden, sey solden dat aenstecken. sy drunken sych soe vol, dat wir net wal selfen dorsten wachen. Die haußleut musten wachen in soner banicheit, dat sey des nachtes op den dormter [1]) quamen en wolten heben, die susteren solten dar comen oder sey wolten gaen lauffen. wir haben so menygen schrecken gehadt en so menngen doet gestorben, als die klocken gingen arm uber arm. dan lieffen wier alte samen op den coer, daer wolten wir samen bey ein sterven, dan was daer so gekreit [2]) en soe gekarm [3]) fan den leutten en van ons, dat wy ons all in den dot gaven en reypen all te mal: o heer, gewaer vatter meyn, in dyn handen bevele ich meinen geist.

op pingst abent worden wy bestrumpt (sic) en heben so eyn geschoeten, dat wy meynden, wy mosten all sterven en den salvengart worden iii teyn ontwe geschoeten, so hat er sich myt den haußleuten geweret. do sey saegen, dat sey nit eyn en conten kommen, staken sey vür den closter eyn hauß an en meynden, die leut solten komen leßen [4]) dat hauß, dat sey dat closter kreygen, dat deitden die leut net, do mossen sey en wech. Onde sey hebben ons iiii pert aff genomen, die so schon waren, als men mit ogen an sien mocht en do scheinen sey, sey wolten ons die pert weder geben en dat was niet mer dan eyn bedrog en doer voel bittens wil soe gaven sey ons ii pert weder niet van den onsen en die aff nomen sey ons weder: en dan hoffen wir solten noch wonen bleiben en golden dan weder eyn pert en das worden wir dan weder quit en dan lenden un borgden wir all gelt en golden dan weder eyn pert also lang, das wir xii pert op eyn iar quit worden,

1) Dormitorium.
2) Gekräht, geschrien.
3) Gejammert.
4) Löschen.

op h. cruce dag im herstmant op eynen sonnendach, do die miß aut was, do worden wir geplondert; do ist sone volck hier gewest, dat men niet wal daer doer gehenen kont: do sey in dat closter quamen, do haben sey nit anders gekreißen en gehullet [1]) als lewen en rasende honde, dat wir niet anders en wusten als te sterven, eynen haußman bleib dot, ii susteren worden op dat hemp aut getoegen, der pater wart auß getoegen en in den ruck gestecken, eyn suster wart in die hant gestecken, viel worden geschlagen, dat sie meynden, sey mosten dot bleiben, wir seynt noch got sey lob en dank ongeschant dar von komen. dat plonderen durende van den morgen te vii uren biß iiii uren, wir worden so reyn auß geplondert, dat wir niet eyn bißgen broetß en beheilden, sey haben ons alles aff genomen, wal xxv kuepesten an kue on an reinder, wal ann xxxx verken klein en grot, alles, alles haben sey genommen, wir haben net eyn hon behalden, dan eyn verken en eyn klein verkens, dat was op dem dormder en was in den hals gestecken, wir haben niet behalden boeter noch kuiß [2]) noch fleiß noch eyer noch geinerley speiß, bet noch laken, der eyn hat ein bet behalden der ander niet, der eyn hat eynen rock oder kedel behalden, der ander net, onse motter lach in sickhauß [3]) en hadt eyn bein gebrocken en noch eyn suster, die was auch krank; ons motter bat en schreyende, dat sey irer wolten erbarmen, der eyn nam ir dat bet van den leyf, der ander lacht et weder op, den lesten schotten sey yr van den bet op dat stro; do dat plondern ower was, do seynt wir alte gaerre (?) gan lauffen, der gan kont, des anderen dachs seynt sye weder komen en heben dat geholt, dat des sonnendachs bleiff leigen, do waren noch eynigen susteren die kranken en alten, die niet gan en konten en eynigen gesonden; die batten den soldaten om gottes wil ein stuckens broтз, do seynt die susteren so gar verstreuet, der eyn heer, der ander daher, der eyn bleib eyn halff iar aut, der ander eyn iar, der drey ii iar, der eyn quam nu, der ander dan.

1) Geschrien und geheult.

2) Käse.

3) Siechenhaus, Krankenhaus.

Nach einer Abschrift aus einem alten geschriebenen Gebetbuch. Die Interpunction ist von uns zugesetzt worden.

Weisthümer.

Mitgetheilt von **Dr. Ennen.**

I.

Ordtnung des Bürger-Büschs zu Schlebüsch Anno 1564 am 2ten tag May am Waltgeding angefangen.[1])

Nachdeme die Waltherren des Bürgerbüschs in Erfahrung kommen undt täglichs selbst sehen, wie auch die Gemarcken zu erkennen geben, daß nicht allein der Büsch ahn Klüppel holtz undt schantzen, sondern auch die Broche an Eichelböme zu gantzen verwüsten undt verderben undt so dem mit guter Ordnung nit vorkommen, ferner verderben muß, als haben derwegen die Herren zu gemeinen nutz und gediehen den Gemarcken nachfolgende Ordtnung angefangen.

Anfänglich seyndt der Waldtsherren drey, einer von dem Hause zu Ubhoven, der ander von Steinbüchel undt der dritte von Morsbroich, undt willen die herren sambt Ihren woledl. schultheißen alle Jahrs auf den ersten Dingstag im May undt so der ein feyrtag were, den ersten Dingstag darnach das Waldtgeding halten undt solches des Sontags vor zeitlichen außruffen undt den außwendigen Gemarken bey Ihrn pechter an den haußer durch die Förster Kundt thuen lassen.

Alsdann sollen alle Gemarken auf ein poen von VI albus jederm ohnnachläßig den Herren bezahlen undt bey ihren eyden ein Jeden besonder neben der herren alten Gerechtigkeit, was er gesehen dem Walde schädtlich, mit den försteren anbringen undt vrogen, denen gleichs den forster gelauben geben undt inhalt dieser Ordtnung erkent undt gestraft werden sollen.

---

1) Nach einer Ausfertigung v. 26. Mai 1637, publicirt am 27. Mai 1637 auf dem Dünnwalder Gemarken-Geding, im kölner Stadtarchiv.

Die herren scholtheis und sämbtliche Gemarcken verordtnen das Niemandts, der Weniger dan ein firdel Büsch hat, nit angenohmen sol werden, willen undt sollen auch eine Kist mit zweyen oder dreyen schlößeren, davon Jeder Herr des Waldts einen schlüßel haben, darinnen soll das Waldt Beyel, Waldtbuch, Gerichts Buch, Verzigs undt pacht Buch verschloßen seyn, wie auch das Gemarckeyßen der auftreibender Sew zum Ecker.

Auf demselben Meyholtzgedinge sollen die herren scholtheis undt förster in Beysein der sämptlichen Gemarcken die Brüchten des gantzen Jahrs so schriftlich und mündtlich vorbracht werden, auf welchen Tag und welcher gestalt ein Jeder brüchtig worden vermelden undt anzeigen undt was ein Jeder gebrücht, erkennen undt durch die herren gestraft werden.

Der Scholtheis und künftige Förster sollen den Waldtherren übermitz Ihre geläubden undt handttreue vereydt seyn.

Die förster sollen den herren des Waldts beeydt sein undt so lange sie sich dieser ordtnung gemeß halten, nicht entsetzt werden, wie auch alle holtzhäwer undt schantzen-Bender, ehe sie zugelaßen, den eydt thuen undt vf dem walde Keinen Bändt hawen, sonder die Erben sollen weiden-Benden darzu stellen, undt soll all holtz und schantzen, wan es außgeführt werden soll, zuvore zu wege getragen werden, undt überall soll Niemandts Buißen wege fahren, undt wer darüber betretten, soll nach Gelegenheit des schadens und That gestraft werden.

Die Förster sollen ein Jeder bey seiner Verpflichtung den waldt trewlich helfen verwahren, täglichs bedienen und Niemandts über sein sondern ein Jeder truellich, aufrichtig undt dieser ordtnung sich gemeß halten, damit dem Armen als dem reichen geschehe, und allenthalben gleichheit gehalten werde, wie auch die herren des waldts gute handthabung undt verthätigung des seinen einem Jedern zu thuen geneigt seyndt. Die Brüchten des Waldtsübertretter willen die herren jedes Jahrs jnwendig vierzehn tagen nahe für genanten Meyholtzgedinge setzen und thätigen laßen, da aber der förster oder Gemarken in ihrem Ambt undt aufferlegten eydt untrewlich befunden, sollen sie der Ordtnung nach gelegenheit ahn ihrem Erbholtz undt sonst gestraft werden.

So Balde der scholtheis oder Förster einer versterben würde, willen die herren samen einen schultheis undt Jeder besonder ahn stundt einen newen Knecht anstellen, der auf dem Walde geerbt und alsbaldt ihm die Bedienung zugelaßen, diese ordtnung sich zu Mäßen beeydt werden soll.

So einige gemarken mit Unglück, Brandt oder sonst Besucht, daß er Bauwholtz vonnöthen, denen oder denselben willen die herren des waldts auf ihr Ansuchen undt vorgehende Erkündigung, worzu das holtz verbawet werden soll, nach gelegenheit undt Befinden fürderlich weißen lassen, sonst willen die herren außerhalb dem Meygedings Jahres nur einmahl holtzer abzuhawen verwilligen undt geben lassen.

Die geweiste und gegebene höltzer sollen mit dem Gaeff-Beyel in den Bäum undt in die Wurtzelen auf der Eichen gezeichnet werden, undt Keinen anderen zu Marckgut verkaufft oder verbragt werden dan allein zu Nothdurft des angezeigten Baws zu gebrauchen, alles Bey ponen des holtz und hoister straff.

Solche gegebene höltzer Inwendig zweyer monath frist nicht allein abgehawen, davon den forsteren die Neust zukommen soll, neben verleuß des holtz sondern auf eine poen von vier goldgld. von dem Broche oder Büsch abgestalt seyn und sollen die förster gute aufsicht haben, daß im Schein des geweisten holtz nicht mehr gehawen undt der waldt derhalben verdorben werde.

Die Förster sollen von denjenigen, so holtzer gegeben undt durch sie geweist werden, keine Verehrung nehmen bei entsetz Ihrer Diensten, sonder sich mit Ihrer Belohnung Benügen laßen undt wannehe also ein Eich geweist, gezeichnet undt gegeben wirdt, der soll alsbaldt gute Eichen Jahrspoeßen setzen und Bebinden, wer das nicht thuen wird, sol sechs albus von Jederem stalen gebrücht haben, undt zu ersten Bequemen Zeith die poßung gleichwohl zu thun schüldig seyn undt sollen die poßen Eichen allein zu Behoef des Waldts Bey oben ernanter pen im Busch außgehackt werden.

Die Förster sollen jedes Jahrs auf Martini den herren die gaeffen anzeigen undt gaeff Beyel neben ihrem Befelch erfordern undt sich befleißigen, also das zeitlich das holtz geschlagen undt vor außgang des Lauffs, nämblich vor dem halben April, abgehawen undt geschäntzt undt vor dem Meytage allesamen auß den Büschen geführt, aber die förster sollen in dem Walde ihres Diensts keines holtz Kaufmanschaft sich unternehmen sonder wannehe die gemarck sein holtz verkaufen wolt, sol er, wan er es aus dem Büsche auf den Meißen hat verkaufen mögen, wannehe er wil, außgescheiden der vorkauf, so aber Jemandt darüber nachläßig befunden würdt, deßen holtz, heister, reiß undt schantzen, so auch nach dem Meytag im Büsch befunden, sol den herren erfallen seyn, und sollen der oder die übertretter gleichwohl mit vier goltgld. gebrücht werden.

Ob einiger Gemarcken seine Erbschaft oder Gerechtigkeit erblich zu verkaufen oder zu verpachten gemeint, dahe sein Negster oder selber den abloeß oder Vernäherung zu thuen nicht gemeint ist, ein Gemarck für einen Ungemarcken zügelaßeu, da aber ein gemarck mit einem Ungemarcken mit einem Kauf oder Bestandt machen wolt, undt sich befinde, daß er gemarcken dem Ungemarken durch einen offerpfenning oder heimlichen Verstandt in die gemarcken einführen wolte, der Gemarck sol nit allein Meinaidig, sondern der Banckewig verweist, und gleichwohl sollen die herren und gemarcken den offerpfenning oder verdeuerten Kauff mit herren erkentnus Meßigen macht haben undt in allen Dingen solt ein Gemarckener also vor einem Ungemarcken ablößung undt Vernäherung zu thuen macht haben.

So einige Ungenmarcken Eichen schlücht, schlagholtz, Keil oder an grönen Bürden abgehawen oder gebrochen, dergleichen heide, Meyen, Lauffstreuffen oder scharren würdt oder auch mit herren Viehe, Knechten oder schuppen in den Gemarcken oder ein Egger auf den Brochen betretten würde, weßhalb dieselbe gesprucht, sol jederzeit nach gelegenheit der überfahrung darnach gestrafft werden. Da aber die Gemarcken in obgedeuten fällen selbst brüchtig, sollen der Banck verweist, biß sie nach getrag des gethanen schadens gebrücht und gestraft werden. Wie auch gleichfals bey voriger poenen Kein gemarcker zu seinem hauffen Klüppelholz schüdden laßen noch meißen haben sollen, bei gleicher straff und poen sollen keine gemarcken noch Ungemarken die Eichen Bäume Unten Behawen, feur darin Buetzen oder schlüchte davon abhawen, sie seyen gleich dürre Bäume oder groin schluchten.

Ende des Mays Von an bis zu ende des Monaths September sollen keine eichen geweist noch abgehawen werden, es übereile dan einigen gemarck die hohe Noth dazu, wie auch die Ungemarcken überall keine eichen von den Herrn vergundt werden soll.

Dergleichen sollen hinfürter zu Braulofften oder anderen essen keine schlüchte noch heister bei poenen des Meinaidts durch scholtheis oder Förster geweist noch von anderen gemarcken gehawen werden wie auch die Förster hinferner der heister oder schlüchte keine weißen noch vor sich verzehren sollen, sondern alles bey voriger straff undt anbringen.

Waß auf den Bröggen zu diesen gemarcken gehörig ahn wüsten platzen ist, oder zu wießen zu machen dienlich, sol mit rath der herren und sämbtlicher gemarken darzu befridt undt den gemarken zu Nutz verwendet werden, was aber vor etlichen Jahren auf den gemarcken gepacht oder durch Jemandts eingezüngt worden, darvon sol schein und Beweiß gefordert, besichtigt und der gebühr nach darmit gehalten werden, auf das alles den gemarcken wiederrümb zu nutz beygebracht werde.

Dergleichen soll den Ungemarcken ichtwas aus den gemarken zu pachten nicht vergunt wie auch Jedes Jahrs die Ungemarcken das Horn Viehe zu sommer Zeit mit den Gemarcken auf dem Broich den weydtgang haben mögen, undt auch des naheEchers halben auf dem Meygedinge sich den Herren und Gemarken solches abzupachten angeben sollen; zu Bester aufkumbst, Bepoßung undt Befridden des Waldts sollen auch ahn den örteren, da der Waldt noch nicht begraben, durch die samentliche herren undt gemarcken anstünd Besichtigen undt begrenssen mit Boecken und Irlenstemmen gepost werden, undt sol die Bepolung auf Jeder Gewaldt und also nach gedraeg außgesetzt undt mit rath der Gemarcken auff dem Meygedinge Bedacht undt im Baw gehalten werden.

Auf dem Meygeding jedes Jahres sol besichtiget werden, ob die förster die graben undt Litschen auch im Baw gehalten, undt da sie darin seumig befunden, mit entsetzen ihrer Diensten undt na verluth in dem articul von Untrewen gestrafft werden sollen. Dergleichen sollen auf vielernanntem Meygedinge durch herrn undt Gemarken den förster, wie viel und wohe sie die post Eichen am bequembsten zu setzen verordnet werden.

Wie auch diesen ersten Dinglichen Meytag und vort mehr alle Jahrs herren undt gemarcke leuth ausmachen willen die alle Knechten des Waldts dar einigen Mangel und gewinn auf einen tag bescheiden sollen, undt dahe der Waldt, Broche der heide an einigen Lacken oder poelen verkommen oder veraltet weren, nach gelegenheit pohlstein undt lebendige Lacken zu setzen mit zimblicher Zehrung verordnet werden sollen, undt da ihnen etwas wichtiges fürfiele, solches an den Herren und sämbtlichen Gemarken zu gelangen, umb hierin einträchtlich entschließen undt wie die heide jährlichs mit Eichen zu poßen ferner Befelchs gewarten.

Wan der allmächtige Gott Egger beschehret, solches sollen die förster auf den ersten Tag Septembris den herren anzeigen umb der herren, wannehe das Egger laßen zu besichtigen, Befelchs zu gewarten.

Wan Echer ist, sol der Büsch undt Echer in den negsten umbliegenden Kirchen vierzehn tag zubevor ehe die Vercken auffgetrieben verbotten werden.

Wannehe das Echer besichtiget sol der Tag des aufftreibens außgerufen werden undt sollen keine Vercken in die Seil geschlagen noch gebrandt werden der Gemarck hab dan vorhin seine Gerechtigkeit erweist.

Die hirten sollen keine eichelen leßen, raffen, scharren, heimtragen, schüdden, sondern mit ihrer verordneter Belohnung sich benügen laßen, dan mit Befehl und in der Noth zu der Gemarcken nutz, wie auch die förster auffsicht haben sollen, das Niemandts anders solches thue, undt so Jemand darüber durch die Gemarcken sie die förster oder die hirten betretten, sollen sie anbringen undt von jeder übertrettung zehen Marck Cölsch nach gelegenheit gebrücht haben.

Die Förster noch hirten sollen zu dem siehl keine eichen noch schlüchte abhawen, sie seyndt dan wie obgemelt von den herren dazu bewilligt undt gezeichnet.

Alle frembde undt verweiste Vercken, die von den Gemarcken oder sonst auffgetrieben werden, sollen anstundt abgetrieben werden undt den herren mit Buiß des gantzen goltgld. erfallen seyn.

Wan einiger Gemarck Echers Bedarf, sol er dem andern gemarcken, der das überrentzige hat und frembde Vercken ahnnehmen wolt, zeitlich ehe dan man aufftreiben wil, anzeigen undt mit seinem willen das Echer gelt erlegen undt des Echers näher dan ein frembder seyn, darmit der habender gemarcken mit annehmen der Vercken im aufftreiben nit behinderet werde undt seinen glauben halten könne.

Auß sterbenden höffen oder herden sollen keine Vercken auf die Gemarcken unter die gesunden Vercken geschlagen werden, bei Verleuß der Banck, undt so derhalben einig gemarck sterben würde, die sollen nach gelegenheit derselben zu bezahlen schüldig sein.

Die Gemarcken undt förster mögen die Erben undt Unerben, so zu diesen gemarken in überführung einiger Thaten betretten, bis an die herren des Waldts, ihren scholtheis oder förster anhalten nachfolgenden schaden zu erweißen.

Im fall sich Jemandt brüchtig erkennen oder durch die förster sich nicht pfenden lassen oder die Brüchten nit bezahlen wolt, die sollen ihre gerechtigkeit undt die Banck verwirkt haben, biß sie gehorsamb seyndt, die Ungemarcken aber sollen auf Begehren der herren von der Landesherrl. Obrigkeit ambtleuth undt Befelchshaber so abtrag des gethanen schadens undt Waldtbuchs neben Ihrer herren Interesse gehorsam gehalten und gestraft werden.

Wer gegen diese Vorschr. articul streben undt nachläßig befunden darauf, sollen die herren anstundt die sammentlich gemarcke versammelen undt die überfahrer nach Befinden undt der sammentlicher gemarcken erkäntus durch die herren gestrafft undt bis darahn anstundt gute Versicherung bis zur abtrag, von ihnen genohmen werden.

Als willen undt sollen die herren des waldts und gemarcken Unterscheidt haben, was für Büsch frogen und Brüchten für den andern gewaldt undt dergleichen unseres gnädigen herren hertzogen Brüchten Inhalt derowegen Ihren fürstl. Gnaden die herren des waldts undt nemblich ahn Ihrer habender Gerechtigkeit nicht verkürtzt und die Wäldt in ehren gehalten werden.

II.

Weistumb oder Hochheit der Rheindorffer Gemarcken. [1])

1.

Item Bekennen Herren, Junckern und alle andere Erffen auf Rheindorffer gemarcken vur recht, wie daß sie haben uff dieser gemarck gebott und verbott, wäre Jemandt, der sich hierbaußen sträfflich würde halten, und ihnnen kein gehör geben, haben sie wegen unseres gnädigsten Landsfürsten vnd Herren den ambtmann oder Vogten anzuruffen, damit daß sie bey ihrer Hochheit und gerechtigkeit mögen bleiben, hierumb haben sämmtliche Herren, Junckern und die anderen Erffen unserem gnädigsten landsfürsten und Herren ein Halb Holtz-gewalt auff derselbiger gemarck gegeben zu steur die Bruck zu Obladen im Baw zu halten, deß sollen Ihro fürstliche Gnaden gein ungebürliche Häw uff derselbiger gemarck geschehen laßen.

2.

Item bekennen auch sämbtliche Herren, Junckeren und die anderen

1) Dieses und die zwei folgenden Weisthümer sind nach einer Copie vom 12. Mai 1744 im kölner Stadtarchiv.

Erffen Rheindorffer gemarck einen Dinger aff- und anzusetzen, der auch ein Erff uff der gemarck ist, der ihnnen gefält ihr Bestes zu förderen.

3.

Item bekennen sämbtliche Herren, Junckern und andere Erffen, wie geiner sall gemarckt werden, er haff dan eine Halbe gewalt zum wenigsten, damit dan auch ist gehandelt und umbgangen worden, wie der gemarcken rechten,

4.

Item auch Bekennen sämbtliche Herren Junckeren und die andere Erffen, daß sich niemandt soll gelden oder beuten darauff gemarckt zu werden, er seye dann ein Bluts-Verwandter.

5.

Item auch Bekennen sie, daß gein ungemarckte einig Holtz auff der gemarck soll gelden, so auff stöcken ist, stande oder abgehawen.

6.

Item auch Bekennen sie, daß die Förster und gaff-Leuth kein Holtz sollen gelden auff den stöcken, die gaff sei geschehen.

7.

Item auch Bekennen sie, daß gein gaff-männer sollen werden, die güther uff der gemarck gepachtet haben.

8.

Item: auch Bekennen sie, daß niemandt in der Banck sitzen sall, der sein guth, darauff er vielleicht ehemahlen gemarcket ist worden, versagt, verkaufft oder verbeuth hat.

9.

Item: auch Bekennen sie, daß niemandt auff den gedingeren auß sall bleiben von den gemarcken, es sey dan gotts-gewalt oder Herren-Ordre, so jemandt ausbleibt, sall verbrucht haben 6 alb.

10.

Item: auch Bekennen sie, daß der Dinger der gemarcken macht habe einem von den Erffen oirleff zu geben und sonst keine mehr.

11.

Item: auch bekennen sie, daß mann auff dem May-geding die förster aff und an sall setzen nach der gemarcken Bestem profeit.

12.

Item Bekennen sie auch, so jemandt erstmahl gemarckt wirdt, und sich mit einem aydt darzu verpflichtet, ist er den sämbtlichen Erven verfallen mit einem Eymer weins, dem Dinger mit einem Viertel weins, vndt dem schreiber seine Belohnung.

III.

Rheindorffer Ambts Monheim Waldt oder Buschordnung de Anno 1629 8. May.

Dieweil je sämbtliche sowohl geist- alß weltliche, adeliche und auch gemeine Benachbahrte gemarkte in Rheindorff ein zeither von Jahren daß verderbliches abhawen der grober Bäumen und Brandthöltzer, Holtzweisen, aufftreibung des Viehs und Verderbung des Busches und Walds leyder zugesehen und solches länger zu leyden nicht dienlich, auch bey der Posterität nicht zu verantworten wißen, alß haben sie sich sammender Handt in Cöllen in der Herren Dominicaner Closter zusammen gethan und sichere Electos nominirt, welche auff Mittelen und wege Bedacht seyn sollten, wie dem Busch oder waldt uff zu helffen, und all Defecten und Unordnung abzuschaffen sein möchten, und seyndt aus den geistlichen darzugesetzt der WohlEhrwürdiger Andächtiger und Ehrenvester Herr Melchior von Mondorf des gotteshauß Altenberg wohl Verordneter Abt, Joannes Nesselrodt des gotteshauß Dünwaldt Prior und Herr Aegidius Briers vndt gualterus Neukirchen, resp. Kellner und Canonici zu St. Apostelen in Cöllen, conjunctim vel divisim auß den Adelichen Herren Joan von den Judden zu Rheindorf und auß den gemeinden: Joan im weinhauß zu Hittorf, welche die nachfolgende ordnung einhellig zu halten ingewilliget.

1.

Anfänglich solle man zu allen dreyen Jahren durch Herren, Junckeren und Gemarcken an der gemeiner dinckBanck in Majo einen neuen Dinger erwählen, ab- und ansetzen vnd beayden laßen.

2.

Dem zeitlichen dinger soll weiters nit gefolgt und in erstattung seiner mühe zugelegt werden, dann einem ein halbe gewalt Holtz vndt sollen alle Brandt oder, was Er von alters pfleget zu haben, auffgehoben und hinforter mehr nit gefolgt werden.

3.

Die drey förster sollen, wie von alters geweßen, bleiben undt auff dem Maygeding ab und angesetzet werden, denselben soll man Jahrs vor ihr gehalt geben und zulegen einem jeden drey gewalt, derhalb sey dan dem Busch fleißig sollen vorstehen und sollen denselben auß den Jahrsfallenden Brüchten zugelegt werden von jedem Gulden Cöllnisch 4 alb. cöllnisch.

4.

Zweimahl im Jahr, alß den zweyten dienstag im May vndt im Herbst, so man acht Tag zuvor sall ausruffen, soll im waldt an der gemeinen Banck Holtz=geding gehalten werden, vndt soll keiner sich daran ohn erheblichen Vrsachen, die er alßdan am Holtzgeding kan laßen vorbringen, auff eine straffe von 6 alb absentieren und außbleiben.

5.

Auff selbigem Holtzgeding sollen alle Brüchten durch die gewaldtdingeren undt förster schriftlich vorbracht werden, auff welche Tag, wo vndt waß ein Jeder ohne Erlaubnus gehawen oder beschädigt.

6.

Der zeitiger Dinger vndt förstern sollen keine Brüchten einseithiger weiß straffen oder verzehren, wie auch von keinem oben=schlag oder ander Holtz vom Busch abgelten oder verkauff damit treiben.

7.

Die Vebertretter, so im Holtz=gemarck nit gesessen noch beerbt, sollen der Dinger und förstern nach Begangener That ambts halber pfenden undt die pfendt auff dem Holtzgeding Distrahieren vndt waß derhalben erzwungen, getrewlich ins gemarckten Buch inschreiben vndt beybringen.

8.

Da sich ein oder ander in der straff wiederlegen würde, so sollen sie des landsfürsten Beamten pro Executione Vermög des alten Weistumbs anruffen.

9.

Sobald ein förster abgangen, soll an dessen statt an stundt mit sammender Herren Junckern vndt gemarckter Belieben ein newer angesetzt werden, kein Halbwinner oder wirth soll darzu angenohmen und soll kein förster länger alß drey Jahr bleiben, alß droben gemeldet.

10.

Ob Einige beerbte Holtz Behoefften zum Bawen, dieselben sollen ihre Nothdurfft bey dem zeitigen Dinger angeben, warauff derselbe mit zuziehung eines oder zweien von der gemeinden und försteren den Baw besichtigen undt waß alsdan nach eines Jeden gerechtigkeit vndt mehr nit vor noth erkant, solches sall derselbe schrifftlich von obgemelten fünff angeordneten Electis Begehren vndt Vnterschreiben laßen, so er folgends dem zeitigen Dinger soll inliberen, welchem vorgangen sall obgemelter Dinger neben den försteren auff den waldt gehen vndt daß Holtz weißen, mit dem schlagEisen, welches darzu verordnet vndt, unten auch an dem stock zeichnen, undt darumben gute obacht haben damit mehr nit gehawen, alß Erlaubt, geweißet und mit dem Eiser gezeichnet.

11.

Solte auch obgemeltes Bawholtz von dem einen oder anderen fünff Electis nit bewilliget noch unterschrieben werden, auff den fall soll auch kein Holtz gewießen noch befolget werden.

12.

Daß gemarckte Holtz-Eißer, Beyl und Buch soll man nach gehaltenem geding undt weißung der Höltzer in die gemeine Kist, so in der Kirchen zu Rheindorff verwahrt, inschließen, davon die Ehrw. fraw zum Dünwald den ersten vndt der Herr Abt zum Altenberg den zweyten schlüssel hinter sich nehmen undt allein behalten sollen.

13.

Auff dem gemarckten geding soll man die förster aydlich abfragen, wie viel Höltzer, wo, wem und durch welche sie gewießen und abgehawen, vmb solches zu conferiren mit den von den Electis ingewilligten vndt unterschriebenen Zettelen vndt soll dieses auff allen gedingen ins Buch geschrieben werden.

14.

Die gegebene und gezeichnete Bawholtzer sall man inwendig 14 Tagen vndt daß vnterstes sambt daß oberstes auß dem Busch stellen, auch inwendig eines halben Jahrs verbawen vndt nit verkauffen, auff eine straff von 3 ggl. vndt Verliehrung des Holtz, so man alsdan verkauffen und zur fortpflantzung des Walds sall anlegen und im geringsten nit verzehren.

15.

Anstatt eines abgehawten undt bewilligten Holtz soll man dem zeitlichen Dingeren und försteren vnter sich wegen gehabter mühe zu theilen geben einen halben reichstahler.

16.

Auch an dessen statt vier junge Eichen setzen vndt biß ins dritte lauff lieberen bey straff eines reichstahler, so offt solches hinterlassen, welche straff an den Busch soll gelegt werden, worauff die förster sollen acht haben und solches an dem nächsten geding angeben und zu Buch gesetzt werden.

17.

Solte auch ein gewiesenes Bawholtz faul fallen, dasselbe sollen der dinger und förster zu stell deren laßen aptieren, verkauffen vnd trewlich an den Busch legen vndt richtige rechnung derhalb einliebern, ins gemarckt Buch einsetzen laßen, vndt soll in dessen platz ein anderes nach seiner gerechtigkeit gewiesen werden.

18.

Da aber Jemandt ein Bawholtz unbewilligt würde abhawen, denselben soll man straffen, so offt ein solches geschicht, uff 10 goldgld., wan er geerbt, sonsten einen Vngeerbten uff 20 goldg.

19.

Auff dem Waldt soll man ein gelegen orth abzeumen, vndt mit jungen Eichen besaamen, ufftrecken undt in den waldt fortpflantzen.

20.

Vor nöthige Plancken soll man kein Bawholtz sondern alte verdörte stümpf zeichnen, mit dem vorbehalt, daß man die alte zäun besichtigen und obacht haben, daß das Holtz anderst nicht wohin verkombt, bey straff 6 goldg., vndt soll gleichfallß an dessen statt 4 junge Eichen wie vorgeschrieben, gesetzt werden.

21.

Niemandt soll Eichen oder MayBuchen scheren oder schnewen bey poen eines goldg.

22.

Daß lauff streiffen, scheeren oder Loeschellen sall hinforders gantz und zumahl verbötten seyn, vndt wer dagegen thuen wird, sal man straffen uff einen halben goldg., so offtmahl er betroffen.

23.

Den armen soll erlaubt werden in der wochen ex gratia mäßiglich lauff zu scharren vnd vnschädtlich Holtz zu raiffen, vndt welcher mehr undt weiters darin befunden wird, soll man jedesmahl straffen uff einen Halben gl., so beerbt, die aber nit beerbt, soll man straffen uff einen gl. jedesmahl, und soll man sich der Zahlung an dem Eigenthumberen und auffhalter erhohlen.

24.

Daß Horn-Viehe soll außer dem Busch oder waldt bleiben, vndt so offtmahl ein Beest darin befunden, soll man vor ein pferd oder füllen 1 gl., vor ein Kuhe einen halben gl., vor ein Kalb 4 alb. undt vor ein schaff 2 alb. straffen vndt soll hinforders daß Esterich gantz und gar, wie Anno 1605 und Anno 1606 den 7. Juni vndt 8. May beschloßen, abgeschafft vndt mehr nit gestattet werden auf Verlust ihres dienst undt gerechtigkeit.

25.

Die Bruchten sollen alle Jahr einmahl, daß ist den zweyten Dienstag im May, an der Banck besessen, verthätiget undt ins gemarckte Buch geschrieben werden, welche folgends zusammengeschlagen undt in drey theil gesetzt, deren ein dritttheil an fortpflanzung des Busch, die andern zwey theil aber vnter die Beerbten nach advenant eines jeden gerechtigkeit oder gewalt umgelegt und zugetheilt werden.

26.

Keiner soll sich seiner waldtgerechtigkeit anderst und weiters nit vnternehmen, alß er vor alters beweißlich herbracht, geerbt und cum titulo berechtiget, derhalben eines jeden gewalt und gerechtigkeit zu Endt dieses und ins gemarckte Buch soll inschreiben.

27.

Item an den örteren, da hagen zu Korn gehawen, an den anwenden sall so viel Holtz gelaßen werden, daß mans damit hagen kan.

28.

Im Fall einige vnwillige gefunden, die ihre Busch-Bruchten nit bezahlen wolten, oder sich in der pfendung des waldts oder Dingern und forstern wiederstreben, dieselben sollen ihre gerechtigkeit so lang, biß sie ihren gebührlichen gehorsamb geleistet, nit gebrauchen.

29.

Die Diechen, weyern, garten, wißen, weidpläz und waß dessen mehr, soll man an der Banck vor den meisten pfenning unter den gemarcken verpachten und austhuen auff sichere Jahren und die afftömbste zu auffkommung des waldts anwenden undt nicht verzehren auch zu endt dieses jedes stück einschreiben laßen.

30.

Ein jeder soll seine Jahrpfachten Jahrs auff May Tag richtig bezahlen, auff straff und anhaltung seiner Buschgerechtigkeit oder pfändung wie imgleichen auff Verlust seiner Bessereyen und daranhabender pfacht Jahren.

31.

Ein jeder gemarckter soll Jahrs sein Holtz in den Kellen vor dem May, sonsten aber das andere Biß auff den halben May auß dem Busch stellen, bey Verlust des Holtz, so an des Busch verbesserung solle angelegt werden, worauff die förster dan fleißig sollen achtung haben.

32.

Der alte Weistumb oder ordnung, so neben obgesetzten Articulen auff der Rheindorffer gemarckten zu auffkombst undt Besserung derselben gemacht undt bis anhero löblich gehalten, soll hierdurch keineswegs auffgehoben oder genohmen seyn, sondern neben dießem vestiglich gehandhabt undt denen würklich nachgekommen werden, doch, daß man auff vorfallende gelegenheit auff noth darab undt zu thuen mag.

33.

Damit auch Keiner in Holtz-weißung auffgehalten werde, sollen hinforders zwei gaabmänner Jahrs angesetzt werden, den dienst länger nit betretten dan ein Jahr, vndt solle ein Jeder vor seine mühe undt mehr nichts haben als zwey gewäldt.

34.

Die gaabmänner sollen nit Jahrs gekoren, sondern von den meisten biß an den geringsten nach ordnung und außweißung eines jeden gerechtigkeit, wie alhier zu endt dieses angeschrieben ist, genohmen und ausgesetzt werden vndt, wan es umbgangen, soll man oben wider angehen undt so forthan.

35.

Dieweil auch die Erben zu zeiten die überfahrungen spüren vndt vermercken, mögen dieselbe neben den förstern die übertretter, so auch Erben wären, den dingeren und forsteren angeben oder aber, so es ihnen geliebt, auff dem Holtzgeding selbst vorbringen, welchen desfals gleich den försteren glaub geben werden solle, da sie aber etliche Unerben im überfahren betretten, mögen sie die Biß an den waldt oder Holtz, grauen und förster anhalten, vndt sollen von den Brüchten, so dermaßen durch sie einbracht, von jedem gulden 4 alb. haben.

36.

Keiner soll einige grob höltzer oder Baw, welches zum halben oder mehren Theil auß der gemarckte verkaufft, auff eine straff von 10 goldgl. vndt seiner gerechtigkeit.

37.

Den Echer soll man Jahrs durch den Dinger, förster und vier Electis laßen besichtigen vndt den Vor nachEcher durch die gemarckte auch eines jeden anpart undt gerechtigkeit umblagen, auch soll das Echerleßen hinforders gantz und zumahlen abgeschafft undt verbotten sein, auff ein poen von 2 goldgl., so offtermahl sie darüber betreten, vndt soll der anbringer von jedem guld. gleichfals, wie oben 4 alb. haben.

38.

Alle ungebührliche scheltwort an der dinckbanck sollen hinforders verbotten auff eine arbitrarie straff der Herren, Junckeren undt gemarcken.

39.

So auch der allmächtige Gott einige windtschlag schicken würde, darunter Eichen undt Bawholtzer mit den wurtzelen auß der erden fallen, welches Hereditarium vndt vor Erb gehalten wird, auff solchen fall soll dasselbe unter den Herren, Junckeren undt Erben nach eines jeden gerechtigkeit proportionaliter, waß aber von schlichten Boven der Erden der wind abschlagen würde, soll den försteren, nach altem Herkommen, sonsten dahe das Bloch mit den schlichten durch den wind etwan ein fuß oder zwei Boven erden abgeschlagen würde, soll vor ohngewöhnlichen windschlag wie jederzeit gehalten, den Erben mit Theil fallen, undt gegen solchen genoß, vor jeder eich sowohl Herren undt Junckeren alß Erben seyß newer Eichen setzen undt ins dritte Lauff lieberen.

Wan dan diese obgemelte waldtordnung undt Articulen von stück zu stück heut Dato vnten bemelt an der gemeiner Ding=Banck in der Rheindorffer gemarcken in Beyweeßen der sämbtlichen sowohl Herren Junckern undt gemeiner gemarckten vorgeleßen, angehört, Examiniert, Bewilliget, Ratificiert undt von Jedem festiglich zu halten angelobt, alß ich Copia dessen gleich lautendt durch den gemarckten schreibern ins gemarckte Buch ingeschrieben vnd von den anwesenden gemarckten, so schreibens erfahren, vnterschreiben, auch zu mehrerer Bekräftigung und Versicherung aller vorgeschriebenen punct fünff originalen verfertiget vndt einem jeden sowohl geist=adlichen alß gemeinen, wie vorschrieben Eins diesem gleichmäßig mitgetheilt undt eingeliebert. Vrkundt dieser nachfolgender sämbtlicher Beerbten undt Beayden gemarcken Vnterschrifft.

Signatum Rheindorff an der gemeinen gemarckten Ding-Banck im Busch oder wald Anno 1629, 8. May.

Melchior Mundorff Abbas veteris Montis,
Fr. Joannes Nesselrod Prior in Dünwald,
Gualterus Neukirchen de Mandato R. Capituli St. Apostolorum subscrip,
Joan von den Judden zu Rheindorff im Namen der adlichen,
Joan M. Cronenberg,
Joh. schuchen,
Joan an der Linden dinger,
Theod. Lerschmacher gerichtsschbr.,
Joannes Geyllenberg.

IV.

Entwurf vndt Deputation wegen der Rheindorffer Gemarken de Anno 1744 d. 12. May.

Bergisch Ambts Monheim.

Zu gehorsambster Befolgung deren Vor und nach, in Specie aber unterem 14. Se[bris] 1743 von Ihro Churfürstl. Durchl. wegen Herstellung der Rheindorffer Gemarcken erlaßener ggdster Verordnungen haben wir Electi undt Principal BeErbte Besagter gemarcken citra praejudicium Vnseres gerechtsambs Bey vnsern Mit Electis Ihro Churf. Dchl. geheimbden rathen Herrn von Wyhe qua principal Mit-Beerbten, so dan Ihrer Churfstl. Dchl. Vogten Hr. Aschenbroich qua Electum der Communen zu Deputierten ernennet und bevollmächtiget ernennen undt Bevollmächtigen dieselbe, gestalten die in vorschlag gebrachte vndt bey heutigem Maygeding gut gefundene mittel zu der gemarcken Herstellung allerdings zu bewürcken, vndt wohe ein Ehrheblicher anstandt sich hervor thuen würde, mit vns übrigen principal BeErbten darüber zu communiciren folgende puncte aber zu observieren vndt ad Effectum zu bringen.

1.

Weilen der Busch verhawen, so wäre die bishero üblich gewesene vier häw-Districte in zwei theil zu setzen undt alljährlichst nit über vier Kerff auf eine gewalt abzuhawen, wozu forster undt gaableuth nochmahlen vor der gaab angewiesen undt poenaliter gewarnt werden sollen.

2.

Die Vor dienst-gewält deren förstern vndt gaableuth wären auff einige Jahre Einzuziehen, denenselben aber aus denen vrögen oder anderen Mittelen für jede gewalt zu ihrer Belohnung vier Rthlr. höchstens zu vergüthen, hingegen denselben auch das vor alters herbrachte Heebgelt der Vrögen, sodan von jedem Gulden Bruchten ihre gebühr wirdt guth gethan werden.

3.

Wes Ends die Herbstgedings-zehrung auch völlig einzustellen vndt weithers niemandt dan den Buschbeamten vndt Bedienten für solche Zehrung gleichwie baym Maygeding daß gewöhnliche zu verreichen.

4.

Förstern sollen wie vor alters Bräuchlich, alle vrogen und straffen ohne Vnterscheidt Exactest Erheben, die ohnbeybringliche aber Quartaliter Designiren vndt der Deputation übergeben Wie auch

5.

Alle strafffällige bey Verlust ihrer gemarcken gerechtigkeit Quartaliter einbringen undt niemandt übersehen, so dan

6.

Daß Viehe auß denen verbottenen Districten bey Ertappung derselben auch des winters einschützen, zur sommers Zeit aber der ordnung gemäß keine Huth gestatten, auch ohne der Herren Deputierten Bescheidt kein auffgeschütztes Viehe losgeben, besonders auf die schaaff und geißen invigilieren.

7.

Das Holtz- und strawhohlen bleibt ebenfallß, wie die Viehe-triefft in folgenden örtheren durchaus verbotten: in den dhälen, in der wolffsfurth, Wambacher Kiel, am Mayersweg, im rawen viddawer Kiel, dännen Busch, am seug undt Neusrather ohren-Busch.

8.

Obgemelter örther wären einige zu pflantz-Büschen mit graben undt plancken zu vmbzäumen, hinter der Butter-heyden auch ein orth auszusehen, zu denen Kösten aber die überschießende Vrogen vndt in deren abgang die abständige Eichen zu Employren.

9.

Die Holtztäg alß Montags, Mitwochs undt sambstags Exactest halten zu laßen, vorauff försteren Invigiliren und die übertretter anzeigen sollen.

10.

Die Eichel-Kämp sobald möglich zu erneweren, vndt des Ends einige hundert ad 1000 junge stahlen anderwerts einkaufen undt damit die Kämp bepflantzen zu laßen, so viel es der Kosten halber geschehen kan.

11.

Sollen keine Halbwinner zu gaableuthen angenohmen werden, auch von denen förster undt gaableuthen bey Verlust ihrer gerechtigkeit kein Holtz auff dem stock gekauft werden.

12.

Wären zwei Beerbte oder gemarckte von geding zu geding zu deputiren, welche nebst den försteren die Auffsicht des Busch haben undt ob die forstern ihr ambt nicht thuen würden, der Deputation von Zeit zu Zeit Referieren sollen.

13.

Soll jährlichst in der Advent-Zeit auff die ledige örther wenigstens ad 1000 Kiel gepflantzet und daselbst durchaus keine triefft noch Holtz und straw hohlen gestattet, die Kiel aber auß denen dickesten örther hergenohmen vndt von der Deputation besichtiget werden.

14.

Weil nun in dem occasione mit der gemeinden zu Räusrath des schweydt halben vorgeweßenen rechtsstreits geschlossenen vergleich verabscheidet worden, daß auff jedes stück Hornviehe, so den Busch oder gemarck betrettet, auß der schweydender Kösten ein Kiel alljährlichst abgepflantzet werden solle, dieses aber pro tempore in Ermangelung deren pflantz Büsche nit observiert werden könne, also ist beschlossen, daß in surrogatum von jedem stück Viehe wenigstens 2 alb. für den Kiel zahlt vndt von Förstern Exactest eingefordert, fort mit übrigen Vrogen berechnet werden solle.

15.

Die Beerbte oder gemarcken sollen auch forthin nicht mehr bemächtiget seyn, nach gefallen holtz und straw zu holen, vndt diese sowohl alß ohnbeErbte in die Brogen geschrieben, bey übertrettung der ordnung und holtztägen aber doppelt bestrafft werden.

16.

Soll in übrigen Punctis der gemarcken ordnung undt landesfürstlichen gnädigsten Edicten allergnädigst nach gelebet und Exactest befolgt werden.

Vndt damit sich Keiner der ohnwissenheit halber entschüldigen möge, so wirdt von der Deputation ein gemessenes Decretum zu ertheilen, solches aber durch die förster zu Rheindorff, Hittorff undt Neusrath zu publicieren undt zu affigieren seyn, wornach ein Jeder sich zu richten wisse, undt allenfalls die strafffällige besonders frevelmüthigen nicht wohl zu Exequieren wären, so soll man Ihro Churfürstl. Durchl. von Deputations wegen vndterthänigst Imploriren, damit dieselbe ad carceres aut labores publicos eingezogen undt also am leib gestraffet würden.

Dan werden alle oberwähnte puncta der Hochfürstl. gnädigster Ratification unterth. anheimb gestellet und Reservieret.

Zu dessen Vrkundt haben wir gegenwärtige Deputations actum aygenhändig vnterschrieben und mit unseren pittschaften befestiget.

Conclusum am Maygeding den 12. May 1744.

Pro Dunwald Fr. J. Begass Provisor.

Pro Altenberg Fr. Aussem Kellner.

Von Maygeding zu Maygeding Ex commissione Capituli subscribo Henricus Petrus Kley Canonicus S. Apostolorum.

V.

Des Dorfs Ober-Cassel Gerechtigkeit wegen des Fahrs zu Beuel alhier aufgericht [1]).

Anfänglich ist es ein Gebrauch, daß die Nachbaren zu Ober-Cassel auf allerseelen Tag Nachbar Geding halten, und dann Macht haben, einen Bürgermeister ab- und anzusetzen, der alsdann angesetzt wird, ist schuldig, den ehrsahmen Fahr Meisteren zu Bonn und Beuel in frey Köften zu halten, und zu thuen den nächsten Sontag vor oder nach S. Martini; so er die Köften alsdann halten kann, so müßen die be-

1) Nach einer Copie im Archiv der Fahrberechtigten zu Bonn.

sagte FahrMeisteren dem BürgerMeister folgen, und wann der Bürger-Meister den Tag nicht halten kann, so muß er mit Rath der Fahr-Meistern den Tag bestimmen: Und wann nun der Tag bestimmt ist, so soll 'der BürgerMeister auf dem Essen haben zwei Fahr-Meister und einen Knecht, zwei Fahrerben, einen von den ältesten und einen von den jüngsten. Der älteste soll die Gerechtigkeit des Fahrs erzählen und der jüngste zuhören und helfen behalten, auch zwei Nachbars Männer, einen von den ältesten und einen von den jüngsten, sollen auch zuhören und helfen behalten und vollziehen die Gerichtbarkeit: Soll auch haben einen Scheffen, sofern einer im Kirspel ist, und soll auch haben den Hrn. Pastoren und Offermann; der Herr Pastor soll Gratias bethen, der Offermann die Kerzen schneutzen, und soll haben zwey Nachbar Schützen, einer soll die Birnen braten, der andere soll die Kohlen Schütten, dahe es nöthig ist. Will dann der Bürger Meister aus guten Willen einen Nachbar oder zwey darzuladen, stehet ihm frey. — Wann nun der Tag bestimmt ist, und die ehrsame Fahr Meister von Bonn und Beuel den Bürgermeister auf sein Einladen erscheinen, sollen die FahrMeister erstlich zu Cassel in die Kirche gehen, wie es von altem bräuchlich ist, und den Gottesdienst und Gotteswort anhören, und darnach dem Bürgermeister zu Haus kommen, alsdann soll der Bürgermeister die ehrsame FahrMeister willkommen heischen mit Hand und Mund, und soll sie an ein Ort, da es nicht zu kald, auch nicht zu warm ist, setzen, und die Tafel decken mit reinen Lachen, darauf setzen einen schmeckigen Wein und reine Pötte, darbey Salz, Tellern, Brod, Weißbrod, von Anfang bis zum Ende, düernen Fleisch, Erbsen, Grünfleisch mit Kappes oder was vom Jahr oder Tag zeitig ist, auch Mostart dabey, Gebrat und Pfeffer, Käß und Butter und zu jeden Gericht frische Teller.

Wann nun die Mahlzeit geschehen und der Herr Pastor das Gratias gesprochen hat, dann haben die Fahrmeister Macht, und sollen aufstehen und sich berathschlagen, ob die Kösten auch geschehen wären, wie sie von alters bräuchlich seynd, wann dann daß also geschehen, und für gut gehalten, so sollen sich dann die ehrsame Fahrmeister von Bonn und Beuel wiederum zu Tisch setzen, und Rechnung halten mit den Nachbarn zu OberCassel wegen ihres Fahrs, und welcher Nachbar, den einen Morgen Lands jährlichs in der Saate hat, der ist schuldig den ehrsamen Fähren zu Ärndtszeit eine gute Garb Korns zv geben, für sein Fahrgeld ein ganz Jahr damit zu bezahlen, und derj..nige oder

der Hausmann, der den Morgen nicht besäet hat, sollen ihr Fahrgeld mit einem Naderschilling im ganz bezahlen, selbige Naderschilling sollen die Nachbar Schutz aufheben, und auf bemelten Tag in Rechnung bringen, und das seynd die Nachbarn in Oberkassel, auch Römmelkofen schuldig, wann Eyßfahrt oder groß waßer ist, halb fahrgeld zu geben, wird es einen oder andern queit gegeben, oder nachgelaßen, dafür hat man zu danken.

Sodann nun die Rechnung geschehen und bezahlt ist von den Nachbarn zu Ober-Cassel, dann soll der Bürgermeister zu Rommelkofen kommen und machen auch seine Rechnung, und welcher alda einen Morgen gesäet hat, ist im gleichen eine gute Garbe schuldig zu geben, die soll der Bürgermeister in Rechnung bringen, und wann nun der Bürgermeister auch seine Rechnung gethan und bezahlt hat, dann ist er auch schuldig den ehrsamen Fahrmeistern zu Bonn und Beuel eine Flesch guten einschenkigen Weins ihres bestens Gewächs und einen Sester Birnen den Fahrmeistern in ihren Sack oder Verwahr zu liefern, zu einem Urkund, daß sie zugebethene Nachbarn sind wegen des Fahrs.

Wann nun dies alse geschehen, und vollzogen worden, dann erkennen die Nachbarn zu OberCassel den ehrsamen Fahreren zu Bonn und Beuel aus der Dürnenbach an bis in die alte Sehe, da soll niemand innen schiffen, noch laden, daß zu Bonn aus soll, außer der Fährer wißen, Willen und Rath, und wann einer oder ander sich veranlassen würde, binnen obgemelten Platzen zu schiffen, daß zu Bonn aus soll, ohne der Fährer Rath und Willen, alsdann sollen die Fahr-Meister Macht haben den Burgermeister zu OberCassel anzusprechen, daß er die Klocken laße leuthen und die Nachbarn mit ihrem besten Gewehr den Fahrern die Gewald helfen steuren.

Dargegen sind die ehrsame Fährer zu Bonn und Beuel schuldig den Nachbarn zu Oberkassel und Römmelkofen alle GutesTag und Sambstag ein rein trucken Fahrschiff zu Oberkassel an der Kirche zu halten, und daselbst dieselbige einzunehmen, die nach Bonn ihre Markschaft gemeint sind zu treiben und den geladenen einzunehmen, um ein altmürchen und der ledigen umsonst nach Bonn zu fahren, an die Fahrgaß alldar freiwillig auszulassen.

Und wann sie dann ihre Markschaft getrieben haben, und wiederum zurückkommen, ihres Fahrmanns gesinnen werden, alsdann sollen die ehrsamen Fährer oder derer Diener, dieselbe gutwillig einnehmen, dun wieder über den Rhein oder zurück an selbige Kirche fahren, und unverletzt aufs Land und zu Hauß gehen laßen.“

Auch erkennen die Nachbarn zu OberKassel das Fahr allso frey, wann es Sach wäre oder seyn würde, daß einer vor Ober-Kassel oder Rommelkofen sich vergreifen würde, oder unversehens in Unglück käme, daß sonsten einer gegen seinen Landfürsten und Herrn gethan hätte, und könnte drey Fuß auf der Fährern Schiffung oder Bothen kommen, soll er so frey seyn als wann ihnen Ihro Kayserliche Majestät gefreyet hätten seiner Rechten vorzustehen. — Auch wann es Sach seyn würde daß einem oder andern von OberCassel oder Römmelkofen benachtet oder durch Nothfall eilfertig über muße und der Fährer keiner zur Rechtfertigkeit zur Hand hätte, und den Fahrnachen mit den geringsten Kösten loßmachen und überfahren, soll er den Nachen in guten Verwahr nehmen, und einen Raderschilling alb. vor in den Nachen legen, damit soll er allen Schaden bezahlt haben.

Wann dann dieses also geschehen und erzählt ist, so soll der vorbenannte Bürgermeister ein Tuch zu wersch über den Tisch decken, und soll darauf legen Teller, Brod, Weißbrod, und Salz, und soll darauf setzen ein gebraten Huhn mit seinen Sporren, wie es auf dem Miste gegangen hat, daß sollen die Fahrmeister nach ihrem Gefallen theilen, dabey gebrath und Pfeffer und gebrathene Birnen, Käß und Butter, und was dann sonsten des Bürgermeisters guter Wille ist.

Wann dann die Mahlzeit auf ist und gehalten, der Herr Pastor nochmal das Gratias gesprochen und der Gratias Trunk getrunken ist und alle Sachen richtig beschlossen und die Ehrsame Fahrmeister von Bonn und Beuel gemeint seynd dem alten Brauch nach, daß sie nach dem Rhein ihres Fahrnachens gesinnen, dann soll der Bürgermeister mit einer Kannen Weins bis an den Rhein in ihren Fahrnachen geleid thuen, und dann mit den ehrsamen Fahrmeistern einen lieblich und freundlichen Abscheid machen und befehlen sie in den gnädigen Schutz und Schirm des allerhöchsten Gottes, daß sie das nächste Jahr wiederum mit Gott, Ehren, und Gesundheit mögen zusammen kommen, das verleihen, wolle der getreue Gott. Amen.

Henricus [1]) Dei gratia sanctae coloniensis ecclesiae Archiepiscopus sacri Imperii per Italiam archicancellarius, universis christi fidelibus presentes litteras audituris et inspecturis salutem. Cum notitia veritatis ad perpetuam rei memoriam observandam sicut a reverendis patribus Archiepiscopis coloniensibus praedecessoribus nostris extitit ordinatum et observatum, sic nos innovando eorum ordinationem perpetuo volumus et decernimus observari, ita videlicet quod in oppido nostro Bonnensi, sicut hactenus fuerit a tempore cujus memoria non existit observatum, sint viginti nautae hereditarii nobis astricti, tanquam famuli nostri jurati non habentes aliquem praeter nos superiorem, qui ipsis nautis possit vel valeat imperare in aliquibus, qui nautae potestatem habebunt liberam transvehendi et nullus alius Rhenum a Ripa appellata Dürenbach ex opposito Plittersdorff super villam Casselae usque juxta villam de Mondorf âd locum appellatum aldae seygae infra quae duo loca seu terminos nullus omnino hominum seu nautarum quemquam seu quascunque res vehere seu ducere ultra Rhenum poterit vel reducere, seu licebit et si quis in contrarium facere praesumserit, damus ipsis praesentibus authoritatem recipiendi naves talium, qui mandatis nostris se proterviter opposuerint, et ipsas naves confringendi seu secandi, quarum navium secandarum tertia pars cedet et dabitur per eosdem officiato nostro et successorum nostrorum dicto meyere, qui pro tempore fuerit, et residuae duae partes ipsi nautae obtinebunt; et praesentabunt dicti nautae domino officiato nostro singulis annis in festo beati Martini census nomine ad curtem nostram in Merhusen decem solidos coloniensis pagamenti pro tempore currentis, et obligati sunt dicti nautae nobis vel successoribus nostris, quod cum necessitas ingrueret nobis vel successoribus nostris quocunque nos per Rhenum transire contigerit superius vel inferius quod ipse quinque navibus appellatis Verschiff et decem navibus appellatis Vlotschiff, nec non universis navibus eorum nos et nostram commissivam deducent nostris sumptibus et expensis, et si nos seu successores nostros exire diocesin nostram per Rhenum contingeret, cum ipsis nautis semitae navium sint in

1) Die Bonner Fahrgerechtigkeit stützt sich auf diese Urkunde des Erzbischofs Heinrich; darum folgt diese Urkunde im Anschlusse an vorstehendes Weisthum; es ist ebenfalls eine Copie im Archiv der Fahrberechtigten zu Bonn.

cognitae procurabinus eisdem homines vel viros in alveis Rheni expertos qui dictas naves regent et deducent, nostris etiam sumptibus et expensis, circa reditum vero dictorum nautarum usque Bonnam ipsis nautis expensae fient necessariae et decentes; adjectum est etiam, quod si ea quae ex parte nostra ipsis nautis custodienda eorum fidei committantur, quod quidquid ultra pretium sextenariorum per quemcunque subtractum fuerit. Quod ipsi nautae hoc sub praestito eorum sacramento nobis seu officiatis nostris pro tempore existentibus prodent et fideliter revelabunt, sive ex parte nostra fuerint requisiti, sive non, praeterea dicti nautae in signum servitutis eorum et familiaritatis nostrae, in tribus festivitatibus singulis annis, cum nos convivia cum amicis nostris celebrare contingeret, ad nos devenerint nobiscum in prandio tanquam famuli nostri convivare. In cujus Testimonum sigillum nostrum in robur perpetuae Firmitatis et observantiam omnium praemissorum praesentibus litteris ipsis nautis ex certa nostra scientia jussimus communiri.

Datum anno domini millesimo trecentesimo vigesimo quinto, in vigilia beati Petri ad vincula.

Weisthum von Paffrath (Kreis Mülheim).

Mitgetheilt von **Dr. G. Eckertz.**

Diß ist das Lehn und gebuir recht des geschwornen Hoffs zu Paffrath in dem landt von den Bergen gelegen und auch was dem Landtherren davon gebuhrt und forth, wie mans damit zu halten pfleget und in fortahn halten soll.

1. Zum Ersten, so soll das Hobß und gebuir recht zu Paffrath haben und halten drey ungebottene gedinge des Jahrs, alß ein des montags nach dreutzzehn messen, daß ander des montags nach dem achten Tag im pfortzen (sic) und das dritte des nechsten montags im St. Joansmissen zu mitz sommers.

2. Item soll man zum dritten gedinge alß zu mitz sommers vurß. [1]) setzen einen schultheiß, der dem Hoffe und lehen männeren darzu guthlich und guth seyn und der soll seyn ein geschwohrner lehnmann und der Hoff soll setzen sieben scheffen dem Hoff undt dem landtherren.

3. Item der Hoff soll dingen von Erbzahlen und schultlichen sachen und der landtherr von geweltlichen sachen mit denselben scheffen und des landtherren schultheiß zu Bensbergh soll die gewalt dingen vndt meines Herren schultheiß soll jeglichem scheffen geben 6 pfenningen.

4. Item die gewedde [2]) in diesen vorß. ungeboten gedingen fallent, die sollen dem landtherren allein seyn und die ander gewedde, die das Jahr uber alda fallent, alß funff Marck zum gewedde, daran soll der Hoff haben achtenhalben schilling undt die andere soll der landtherr haben undt an den achtenhalben schillingen soll der landtherr noch haben drittenhalben schilling.

---

1) Vorß oder Vurß ist vorschrieben, d. h. vorgenannt.

2) Strafgelder.

5. Item der landtherr soll dem Hoff affdoen alle gewältige sachen, die dem Hoff entsessen undt der Hoff nit abstellen kan.

6. Item davon soll der Hoff dem landtherren Jahrs geben undt 8 (octav?) Remeiß missen zu Bensbur[1]) auff das Hauß stellen und lieberen zehn Malder haveren.

7. Item soll der landtherr auff dem geschworen Hoff vorß. Jahrs[2]) haben drey essen, alß ein abents essen, ein mittags essen undt aber[3]) ein abent essen und des morgens ein zoppe undt damit er.... und daß soll der landtherr kommen und mit sich bringen einen Capellan, zwey Rittherren undt mit ein Jäger, mit zwey paar winden undt ein Valkenerer mit seinen Honden und fügelen, undt dem zu duin, alß einen Herren geburt mit diesem vorß. undt nit mehr.

8. Item wäre sach, daß zu Paffrath ein mißdedich mensche gefangen, den soll man schließen in den stock uff den Frohnhoff vorß. undt dan soll der Hoff den Kotteren botten senden, sie sollen in verwaren biß auf den dritten Tag undt der Hoff soll den landtherren das wissen lassen binnen den dreyen Tagen zu bensbur ahn den amptman, daß er in holle und wan er in nit anhalte, so soll man innen[4]) aufschließen sonder Boße undt lassen ihn lauffen.

9. Item ob Jemand kome, der zu dem Hoff nit gesessen noch gehörig wäre und Jemandt schuldig wehre und bekummert wurde, undt Er dan keinen burgen hätte, den soll der Hoffsbott schließen in ein Vesser[5]) in ein Hauß, biß er burgen krigt oder bezahlt.

10. Item der Hoffbott soll an das gericht kummeren undt gebiethen binnen des Hoffs gedinge, es sein (seien) schultliche sachen oder gewaltige sachen.

11. Item ein gebaur, der in das gebaur Recht sitzt, der soll keinen man anlangen dan[6]) mit des Hoffs gedinge.

12. Item das gericht von bensbur geit biß an das Dorff zu Paffrath zwischen zwey valdoren[7]) an die zeune, alß ein das Valder zu dem Maßberch undt an das Creutz heußgen.

---

1) Ist die alte Form für Bensberg.
2) Die Handschrift hat: Jahr.
3) Aber = wiederum.
4) Ihm. (?)
5) Fessel.
6) Als.
7) Fallthoren.

13. Item der Hoffs botte soll kummeren zum nußbaum, zu Katterbach, undt so fern der weg und als das Kirspell zu Paffrath wendet [1]), undt von dan biß zum dunwalt in das Dorff undt von dan biß auff den anbpech [2]).

14. Item so wolt kommeren geschehen zum Dunwalt, die soll man zu Paffrath richten undt nicht zum Dunwaldt.

15. Item wäre Jemandt zu Paffrath, der zum Dunwaldt schuldig wäre, den soll man nit zum Dunwaldt bekummeren.

16. Item die lehnleuth zu Paffrath mögen fahren von Paffrath über die Ulmeße bruck und die bruck soll gantz sein, undt wäre sie nicht gantz, so sollen sie die Jufferen zum Dunwaldt zimmeren laßen, undt thäten sie das nicht, geschehe dan Jemandts da bevon einig schaden, sollen die Jufferen zum Dunwaldt richten.

17. Forth mögen die vorschriebene Lehnleuth von Paffrath fahren, von der brucken zum Dunwaldt durch die zwey waldorn und gesinnen der schlußelen in dem negsten Hauß, darbey finden man die schlußelen nit, so soll man sie auffschlan und fahren fort biß auff den anberch sonder brüchten [3]) oder schaden; were auch der weeg so tiff, daß man nit dahin faren mögte, so soll man fahren darlangs uber das felt unbestrimbt al wäre auch das feld mit weiß besehet.

18. Item die von Katterbach sollen fahren undt dreiffen biß auff die salenbach Zaunholtz hawen (hauen) zu irren nöeten [4]), und nit zu Erkauffen noch ewech zu geben.

19. Item die von Thörigen sollen treiffen in den Herckenbroch undt zaunholtz undt gerten holtz hawen zu irren Nöeten, sonderen [5]) des nit zu Erkauffen noch ewech zu geben.

20. Item mögen die Lehnleuthe zu Paffrath einen Hoertbawm (baum) im weiderbusch hawen (hauen).

21. Item die lehnleuthe zu Paffrath sollen dreiffen ihr Viehe in der weiderbusch biß 8 (octav?) wolberen missen undt dan darbaußen pleiben biß vnser liebe frawen tagh, als man das würtz weyet; finde man darbouen Jemantz darinnen und so manche der wäre, so manchen achtenhalben schilling sollen sie zur boße gelden [6]).

---

1) Zu Ende geht.

2) Später kommt die Form „anberch“ vor.

3) Ohne irgend einer Strafe zu verfallen.

4) Zu ihrem Bedürfniß.

5) Ohne jedoch.

6) Bezahlen.

22. Item wolte Jemandt von lehnleuthen auff lehnguet zummeren, die mögen gerten hawen zu zeunen umb die steuren [1]) in dem weiderbusch sonder boße [2]), zu darn (?) mögen sie scheuren, reißer undt bende hohlen in dem weiderbusch sonder boße und nicht zu uerkauffen [3]) noch ewech zu geben.

23. Item die von Noßbawm sollen ihre Köhe treiffen den weg durch noßbaum durch Hindrichs hoff zum poll zwischen den wissen an die lohe mullen biß auff die Landstraßen biß auff die Russe, were sach, daß darzwischen an der lantstraßen an zeunen ofen an der stücken einich schade geschehe von den vorß. Kohen, den schaden soll man nicht richten.

24. Item die vom nußbawm sollen hawen in der gemeinde, dar die von Paffrath innen hawen, verkauffen sie davon etwas, so manchen achtenhalben schilling gelten solle.

25. Item die vom Noßbawm sollen ihre Viehe nit forder treiffen dan [4]) in die breitstraße.

26. Item zu den ungeboden gedinge sollen die wirth mit ihrer maßen druck und naß auff ihr boß Erscheinen.

27. Item niemandt soll vor scheffen sitzen, Er seye ein lehnmann undt niemandt ein worth sprechen, er seye ein lehnman undt auff gewaltliche sachen mag ein Jeder sprechen.

28. Item die Kotter sollen ihren scheffen stuhl selbst besitzen undt ihr wort selben sprechen undt niemants umb lohn.

29. Item wer lehnguet feille hatt, der soll das drey vierzehn Tage feil biethen vor des Hoffs gedinge of vur den lehnleuthen undt Hoffsbotten undt wan die Erben nit en quemen, daß zu gelten, und geschehe, daß auch nicht keme dan ein wiltfrembder, der mach daß gelten undt behalten.

30. Item der Hoff soll mieden einen Kohehirten und schwain undt der Hoff soll im ersten Roffen geenn nach daß des Viehes vill ist und auch lohnen darnach undt die napuren [5]) auch darne, so viell undt wenig ihres Viehes ist, daß sie haben.

---

1) Balken, das Wort kommt in dieser Bedeutung noch vor.
2) Ohne straffällig zu werden. Die Handschrift hat sond für sonder.
3) Die Handschrift: zun erkaufen.
4) Als.
5) Einwohner.

31. Item der Hoff mag haben einen schiffer [1]) undt das Dorff auch einen undt der Hoffs hirt sol vor treiben undt der Dorffshirt na, biß auff Katterbach, bis zu scholer, biß zum Nußbaum.

32. Item der Hoff soll haben ein Vasell rindt und ein Vasel schwein. Keme [2]) von dem Hirten auff Jemand schaden, derjenige, des schade anginge, der soll es nit schlan noch werffen, daß ihm schätlich ist, sonder er mag es von dem seinen treiffen undt laßen gahn.

33. Item zu Paffrath ist ein gemeine, darinnen mach jederman zaunholtz undt brenholtz hawen undt sollen darmit nit backen noch brewen oft verlohnen noch verkauffen, wer daß darbouen thete, so manche gerde der wäre, so manchen achtenhalben schilling gibt der [3]).

34. Item die zu Paffrath sitzen, sollen des sommers nit mehr Viehes halten, dan sie auch des winters behalten können undt sollen kein andere Viehe einnehmen und lohen.

35. Keme einig mensche von baußen herin und miede ein Hauß zu Paffrath, der mag gahn in die gemeinde undt hawen zaunholtz gerden undt brenholtz gleich einem lehnman.

36. Item ob die pfannenbecker des tags einige Kaulen machten, die sollen sie des abents wider zu machen. Geschehe das nit, fiele dan einig quat darin, den schaden sollen die pfannenbecker bezahlen.

37. Item die von Paffrath sollen ihre Kohe trieffen in den Eschenbroich, in das buschen undt in den Klappelsbusch sollen sie nit treiffen.

38. Item die da wohnen in den Mollenhoff, die demme bairich (?) [4]) halten undt der weiden gebrauchen undt die weiden von der Kirchen biß auf die mull, die baußen zunen stant, die seynt gemein [5]).

39. Item mansguet, der Müller Ermkes gut, die sollen sammen ein scheffen setzen, die zu Thoringen fort einen, daß weren dan zwey, die zum seiffen den dritten, die zum nußbaum, da hauß wohnt, den vierten, die bach undt die außsplissen, deß der blecher Hoff ein theil hat, den funfften, der Müllenhoff den sechsten undt die Kotter den siebenten scheffen.

40. Item zu St. Johans missen sollen sitzen drey von Noßbaum, drey in den Hoven und die Kotter einen, daß ist der siebende.

---

1) Schäfer.

2) Nach Keme steht in der Handschrift noch „daß".

3) Die Worte „undt sollen — gibt der" sind in der Handschrift unterstrichen; es scheint, daß auf diese Stipulation ein besonderes Gewicht gelegt wurde.

4) Das Wort ist undeutlich geschrieben.

5) Nr. 38 ist in der Handschrift ganz unterstrichen.

41. Item der Holtzhoff zum Dunwaldt undt der Hoff von schönert und das gut von der mullen. Item dan die drey güter zu lützenkirchen, dieses sollen samen sitzen und die Kotter einen, daß ist der siebende.

42. Item das gut zu motzen und das zu strundorff sollen mallich einen, daß weren zweyen, das gut zum schlun den dritten, Jacop zu Paffrath den vierten, im Katterbroich sollen einen auff diese Zeit [1]) und einen uff jenseit der bach setzen, das seynt samen sees scheffen undt die Kotter einen, das ist der siebende, die sitzen sollen.

43. Item wer Kuirmöde soll geuen nach Kuir der lehnleuthe, so soll der Hoff das pferdt negst dem besten nehmen, ist dar kein pferdt, so soll der Hoff nechst der bester Kohe nehmen, ist dar kein Kohe, so soll man auff gnadt dedigen undt hiemit ist der vorß. Koermoedt zu dedigen.

44. Item [2]) mögen die nachpuren zu Paffrath die bach nehmen des saterß tags [3]) und apostell tags abents undt andere hochzeit [4]) abents zu None biß des andern tagß zu None.

45. Item das gut zu ponen off die darauff wohnendt sollen nit forder treiffen dan binnen ihrm graben undt sollen anders kein recht haben undt mögen fort dreiben in den Kesselborn, dan sollen sie in weithoen geuen.

46. Item zu paffrath sollen seyn funff Dohren, als nemblich zwey auff dem flaßberg undt ein Kreutzhäußgen, ein bei michels houe undt ein in den aichbroich.

47. Item der Hoff soll ein Holtz geuen, da man die funff dohren auß macht, undt der zop von dem holtz soll so gut seyn, daß man die funff dohren anhangen mag.

48. Item die zuernen (?) undt die Kotter sollen stellen, daß die dohren vorß. gemacht undt gehangen werden.

49. Item der in die braäch seget [5]) der soll die befreyen undt ob er das nit thete, geschehe ihm dan einig schaden, den soll man ihme nit richten.

---

1) Seite.

2) Nr. 44 ist in der Handschrift ganz unterstrichen.

3) Samstags.

4) Hohe Feste.

5) Die beiden Wörter braäch (?) und seget (?) undeutlich geschrieben, vielleicht auch siget oder suget zu lesen.

50. Item of sach were, daß der Hoff zu paffrath außgethen (?) würde und des Herrschafft den nit mit bawen wolt noch könte, so en soll des vurß. hoffs niemand winnen noch bawen, er seye ein lehnman.

51. Item fort solle der Hoff in der beho(f) in [1]) weltzbloch (?) hawen.

52. Item der geschworne bott des vorß. Hoffs solle den weiderbusch huten undt davon soll er haben einen rock oder vier mc. (?) darvor.

53. Item were Jemand, der sein standen Friden nicht zumachte, geschehe dan darbouen einig schaden, soll derjenig bezahlen, dardurch der schaden gescheit ist, auff des Hoffs boße undt hiermit hatt des Hoffs undt baur recht zu Paffrath vurß. ein ende.

Diese Rolle wardt gemacht im Jahr unseres Herren dausent vierhondert vier undt funffzig des achten tags [2]) vbermitz etlichen von vorß. geschwornen Hoffß- undt lehnleuthen mit nahmen Henrich von den zeisen, Wilhelm von Katterbach, Hanß in den Hoffen, Hanß zum Noßbaum, Drees zu Hommelßen, dem b [3])..ndten Simon in der scherf und den alten petern auff dem berch geschworen des Hoffs vorß. diwelche vorß., daß von beuelch und in beywesende Hoffs undt lehnleuthe des vorß. Hoffs und fort des gemeinen ...b [4]) zu Paffrath gedan hand, welche Roll auch die semptliche Hoff- undt lehnleuthe undt das gantze Kirspell gehört undt bewilligt, belofft und gelofft haben zu halten in allermaßen vorß., fort in dieselbe Rolle also auch bewilligt, globen undt halten sollen, gleich und in allermaßen, daß dieselbe Inhalt und außweiß und wie auch bißhero gehalten. Ende.

Gegenwärtige Roll hab ich unterschriebener als statthalter des lehngerichts zu paffrath undt gerichtsschreiber aus einer alter Hoffs-Rollen auff diß pergament abgeschriben in beywesen Johannen ludtwigs zum Nußbaum undt Hermannen zum seiffen beeder unterschriebener scheffen daselbsten. So geschehen im Jahr nach der gnadentreicher geburt unseres Eintzigen Erlößers und seligmachers Jesu Christi Ein tausent sechs hundert acht und funtzig [5]) auff Donnerstag den dreyzehnten tag monatz februarii.

1) Vielleicht ist „ein“ zu lesen.
2) Die Angabe des Monats fehlt.
3) Etwa zwei Buchstaben sind verwischt.
4) Ein Wort verwischt.
5) Der erste Buchstabe fehlt, auf der Rückseite der Handschr. steht 1455.

Johan ad...[1]) pott als statthalter des lehngerichts zu paffrath undt gerichtschreiber. Scripsit et subscripsit Johann lottwigs zum Nußbaum alß scheffen des gerichts paffrath. Herman zum seiffen als scheffen des gerichts Paffrath.

Bemerkungen zu dem vorstehenden Weisthum.

Das vorstehende schöne Weisthum wurde mir von dem hochgeehrten Vereinsmitgliede Herrn Vincenz von Zuccalmaglio, Notar in Grevenbroich, der sich bekanntlich um die Geschichte des bergischen Landes sehr verdient gemacht hat, zur Veröffentlichung in den Annalen übergeben.

Das Weisthum ist, wie wir am Schlusse desselben ersehen, um die Mitte des fünfzehnten Jahrhunderts abgefaßt; dann wurde im 17. Jahrhundert von dem Statthalter und Gerichtsschreiber des Gerichtes eine Abschrift auf Pergament genommen, auf welcher allem Anscheine nach unser dem vorigen Jahrhundert angehöriges auf Papier geschriebenes Original beruht.

Die ursprüngliche Sprache ist verändert und der Zeit angepaßt worden; nur einige alte Formen sind beibehalten worden wie Bensbur für Bensberg, napuren 2c.

Wenn in Nr. 36 von Pfannenbäckern die Rede ist, so bezieht sich das auf Töpfereien, die in früheren Jahrhunderten zu Paffrath bestanden; Paffrath war im Mittelalter, was gegenwärtig das bei Köln gelegene Frechen ist. In dem anziehend und belehrend geschriebenen Buche des eben genannten Herrn von Zuccalmaglio (Geschichte und Beschreibung der Stadt und des Kreises Mülheim am Rhein. Köln 1846) lesen wir p. 326: die Erdart (schwarzer Klei), aus welcher die auf den benachbarten Haiden aufgefundenen Graburnen gestaltet sind, ist dort noch in Menge vorhanden und ganze Hügel findet man mit Topfscherben gefüllt, welche die Gestalt jener Urnen nicht verkennen lassen. Die wahrscheinlich von ferner Heidenzeit her bestandenen Töpfereien haben sich bis ins vorige Jahrhundert erhalten.

In dem Vergleiche, welchen die Stadt Köln im Jahre 1382 durch Vermittlung des Erzbischofs mit dem Abt und Convent zu Deutz schließt, kommt die Stipulation vor, daß die Kölner das zerstörte Gottes-

---

1) Es fehlen etwa zwei bis drei Buchstaben.

haus, Kloster und Kirspelskirche wiederherstellen etc., speciel den Estrich auf dem Chor wieder machen sollen mit gebackenen Steinen von Paffroyde, auf den Altar mit Stufen (Treppen) anzugehen und unter denselben wieder die Crypta machen sollen.

Auf der General-Versammlung des historischen Vereins für den Niederrhein im Frühjahr 1864 zeigte Herr Friedensrichter Fischbach von Bensberg eine Anzahl Töpferwaaren vor, die zu Paffrath ausgegraben waren und knüpfte daran interessante Mittheilungen über die dortigen Töpfereien.

Das Weisthum ist mitgetheilt worden unter Beibehaltung der Orthographie, die Interpunction, so wie die Ziffern vor den einzelnen Stipulationen sind von uns zugesetzt worden.

Wir machen noch auf das Interessante der Notiz über die Falkenjagd aufmerksam.

Mehrere Stellen sind unverständlich, wahrscheinlich weil sie der Abschreiber nicht verstanden und falsch abgeschrieben hat.

G. E.

Designation Im Fürstenthumb Bergh beschehener Inlagerungen vnd Durchzüge.

Anno 1580 usque ad Annum 1590. [1])

Anno 1580.

Ahm 6. July Ist Martin Schenck Obrister, Hanß Menner deß von Bily Obrister Leutenampt, Henrich von Ryll, Kon. Commissarius, mit den Ahnbefollnen vnd vndergebenen Kriegsvolck zu Roß vnd zu Fueß vnder der Freiheitt Müllenheim bei Stammeln[2]) vber Rhein gezogen vnd haben sich jedesmhall auff ein Tausent Achtzigh Pferdt, vierzehn Fehnlein Knecht, hondert Schutzen belettieren laßen, sint ahm 3. Juny bei Mülheim mit Cölnischen Schiffen vber Rhein gefharen, ein adtlich hauß, drey Dorffer, Nemblich Stommel, Weistorff vnd Flittardt geplundert vnd etliche Haußleuth erschlagen.

In Augusto dieses 80. Ihars seint verscheidene ornierte Schiff auß befelch der Nidderlandischen Stende, wie die Capitein ahnzaigten, in dem Rhein geanckert.

Anno 1580.

Den 20. Septembris ist ein Ahnzall Stadischen Kriegsvolck zu Fueß in dem Fürstenthumb Berg vnd Ampt Angermüdt ahnkommen, Auffwärts biß in daß Ampt Düsseldorff vnd auff die Steine, in mainnungh dem Königl. Obristen Streuffen die Vberfhart zu verhindern.

Anno 1581.

Ahm 14. Juny ziehen die Obrist=Quartier=Meister Jobst Walraff, Capitain Thomaß, Capitain Fillerß, RittMeister Wolff, RittMeister

1) Aus einer gleichzeitigen Aufzeichnung, enthalten in Gelenii farr. t. IV f. 366 ff.
2) Stammheim.

Bulo mit 600 Pferden vnd 300 zu Fueß aigenen gefallens auß Frieß Landt zu Kettwich vber die Brugg belegen, daß Fürstenthumb Bergh vor vnd nach in die Acht Meilen mit ihren Leuthen, vnd kommen entlich in die Freiheitt Mülheim Ahn, daselbst biß auff den 23 Juny verharrten.

Anno 1581.

Den 20. July sein der Herr von Malleroy, Menhere de Bue, Caspar Wallefels, Adam von Langen zu Krollen, Rittmeister, mit ihren vndergebenen Raisigen zu Schlebusch negst bei der freiheitt Mullenheim eingezogen, Ihren Weg auff Mondorff, Bergheim, Honneff im Ampt Leuenbergh genhommen.

Den 30. July ist der Obrister Verdugo Kon. Commissarius bei Mulheim mit einem Regiment Wallonen eingeschifft vnd durch die Mullenheimer vnd andere vnderthanen den Rhein zu Schiff hinab gefuert.

Anno 1582.

Ahm 23. May gants vnuersehen haben sich 300 Schuzen des Konniglichen KriegsVolck langs Mulheim hinaber vnd zu Reindorff nidergelegt.

Den 8. Juny kommen biß in die 400 Wallonen, damitt obgemeltes deß Obristen Verdugo Regiment gesterckt werden sall, legen sich auff einem dem fürstenthumb Bergh ahngehorenden Dorff zu Langell nidder, vnd werden ebenmeßig durch Mulheimer vnd andere Schiffleuthe abwarths nach FrießLandt gefuert.

Den 1. Octobris ziehet Graff Carll von Manßfeldt mitt sechß fenlein Knechten vnd 600 Pferden gants vnuersehen in daß fürstenthumb Berg vnd Ampt Angermündt.

Anno 1583.

Hertzog Friederich von Sachßen hochloblichen gedechtnus neben dem Capitain Beazo Capeculzi, Thoniß Schulten Arnburgischen Obristen LeutenAmpt schifen ungefer mit 700 Pferden vnd tausend Schützen zu Widtlar in gemeltem Fürstenthumb Bergh vber Rhein, ziehen nach dem Fest Recklinghaußen, nehmen folgents ihren Paß den einkommenden wiederumb zuruck, durchstreuffen also beruertes Fuerstenthumb in 24 tag zweimhall.

Den 28. Juny kompt Graff Adolph von Newenar Ahn mit drei Benden Spießen vnd Karabinnen, auch eine Fahne deutscher Reuther vnd 600 zu Fueß, auß Westphalen durch daß Fürstenthumb Bergh auf Bonn.

Anno 1583.

Den 21. July ziehet Graff Carll Truchseß mit einem ahnsehnlichen Kriegsheer durch daß Ambt Lewenbergh auff Unckell.

Vltima July erklert sich Truchseße Obrigkeit in Bonn, daß sie aller Thumbherrn vnd Geistlichen gefälle im Fürstenthumb Bergh einnhemen vnd gelieuert haben oder die Pechtern mit der thadt darzu ahnhalten wollen.

Den 12. Augusti ziehen die von Bonn auß den Empter Lülstorff und Portz, thuen den underthanen viel schaden, brennen Deutz, plündern die Freiheit Mülheim.

Anno 1583.

Ahm 12. Augusti kompt Herr Thomaß von Crichingen mit 800 franzoschen Schützen durch daß Ambt Blanckenberg in daß Fürstenthumb Berg.

Den 16. Augusti ziehet daß Colnisch Kriegsvolck der Freiherr zu Schwarzenburgh mit 4 Banden Reuther, vnd Obrister Linden mit einem Regiment Leuthiger zu Unckell vnd Remagen vber, Legen sich in gemeltes Fürstenthumb Bergh vnd Ampt Lewenburg zu honneff vnd die endtliggenden dorffern.

Den 20. August langt Herzog Hanß Casemir im Fürstenthumb Berg denn Empter Windeck vnd Blankenberg mitt 3000 zu Pferdt vnd 4000 zu Fueß Kriegsleuthen ahn.

Anno 1583.

Den 11. Septembris bricht Herzog Hanß Casemir zu Lülstorff auf, legt sich in Deutz, Mulheim vnd darumb liggenden Dorffer, und ist in der Freiheitt Mülheim vnd Bocheim schadt beschehen.

Den 15. Septembris durch von Cheney ein Schanz under Lülstorff in daß Fürstenthumb Berg.

Ahm 24. Septembris nimbt Graff Adolph von Newenar seinen Abscheidt von Herzog Casemir, bricht zu Stammel auf, ziehet mitt dem Kriegsvolck, so Er ahm 28. Juny dar ahnpracht, durch daß Fürstenthumb Berg vor Düsseldorff, herno Plündern vnd rauffen, waß sie betreffen können.

Anno 1583.

Den 28. Septembris ziehet Hanß Casemir auß Mülheim zurück in daß Ampt Lülstorff vnd Lewenberg.

Anno 1584.

Den 1. Januarÿ ziehet Idell Heinrich vnd Ludtwich Stumpff durch die Ampte Windeck, Blanckenberg und Porz mit 3 fhanen Reutter vndt 4 Fenlein Knechten, lagern sich in Deutz vnd Mülheim, nehmen folgents Ihren Abzugh durch die Ampte Porz, Mysenloe, Bornfeldt vnd Beyenburgh.

Ahm 12. Martij Herzog Ferdinandt von Bayern mit hernach beschriebenem KriegsVolck: Capitainen Bealze, Lapicuzi, Freiherr zu Schwarzenburgh, Capitain Arkadius, Leutenant Montigni, Capitain Horatio, Großbeck, Cabrisso, vorth Lindens Regiment Leuttigischen BueßVolck vnd Reifferscheidischen Wallonen gleicher gestalt Ins Fürstenthumb Bergh gezogen.

Nachdem Idell Heinrich bei dem Dorff Burg geschlagen, Ist Manrique zusampt den vndergegebenen Kon. KriegsVolck in abganck des Aprils widderumb in fürstenthumb Bergh, Mulheim, Broch, Scharn, Speldorff und Ketwich ahnkommen.

Den 5. 6. 7. 8. 9. 10. Juny Ist Wolgemelter Manrique mit Itzig KriegsVolck widder vber Rhein gezogen.

Den 17. July ist wolgemelter Obriste Manrique mit seinen vndergebenem KriegsVolk widerumb auf dem Fürstenthumb Jülich zu Wittlar vber in daß Fürstenthumb Berg eingefharen.

Anno 1584.

Dem 6. Augusti seindt sechß fenlein Kon. Kriegs Volck durch Kayserswerth vnuersehnlich in daß Fürstenthumb Bergh gefharen.

Den 2. Septembris ist wolgemelter Obrister Manrico mit Konigl. Kriegsvolck von Sütphen widerumb auff das Fürstenthumb Bergh zugrückt, kommen, ahm 3. 4. 5. 6. 7. wider vber Rhein nacher dem Fürstenthumb Gülich gezogen.

Anno 1585.

Ahm 1. May in der Nacht ist die Stadt Neuß durch Graff Adolff von Newenar erobert, vnd wirdt auff den Rheinstrom ahn den Steinen ein Statische Außleger eingeankert.

Ahm 11. Novembris hatt mein Gnediger Herr Ihrer fürstl. Gnaden Schanz auff den Steinen bawen lassen.

Anno 1586.

Dem 23. vnd 24. Februarÿ ist der Obrist Schenck vnd Gubernator Claudt mitt einem Ahnsehnlichen Kriegsvolck allerley Nationen, Deutschen, Welschen, Engellendern vber Rhein in daß fürstenthumb Bergh gefharen vnd sich nach werll begeben.

Ahm 6. Martÿ ziehet der zu Hautebern mitt Reuter vnd Knechten in daß fürstenthumb Berg.

Anno 1586.

Dem 27. Martÿ kompt wolglte Hr. von Hautepern mitt dem ganzen her zuruck, durchziehet die orther im fürstenthumb Berg, nemblich daß Ampt Mettman vnd Solingen, da zuuorn bei werendem Kriegh nihemal einlagerungh gewesen, vnd vorth den 3. Aprilis wider hinder sich vber Rhein, fahnt die Belagerungh von Neuß Ahn.

Den 28. Martÿ ziehen beide Capitain Boboro vnd Bristigell mitt ihren Reutern zu Kaÿsserswerth vnd plünderen das Ampt Angermundt, erschlagen vnd fangen die arme Haußleuth.

Anno 1586.

Den 16. Aprilis seint etliche hautepernische Kriegsleuth bei Kayserswerth vberkommen, welche sich im Dorf Kelchem ingelagert, daselbst vnd darumb hero alles beraubet vnd verdorben, den Jülischen einspänigern sechs Pferdt auß dem Cloister abgenhommen, auff Kayserswerth gefuert vnd nit restituiert.

Den 7. vnd 3. Julÿ ist Clauth mit etlichen zu Roß vnd Fueß vnuersehen in daß Fürstenthumb Berg gefhallen, nimbt etliche Kauffleuth guetter, plündern die arme Haußleuth auf den Steinen und im Ham.

Ahnfangs Julÿ werden den Underthanen deß Fürstenthumbs Bergh zu Mullenheim vnd andern vorsteher Ihre Schiff durch Hern Stovern vnd Blanken Mayer abgenhommen.

Anno 1586.

Den 25. Julÿ in die Jacobi wirdt Neuß beschossen vnd ahm 26. erobert.

Den 28. July sein Reuter in daß fürstenthumb Bergh vnd nachher frießLandt zu ziehen vbergeschifft.

Anno 1586.

Den 29. Octobris fhart Don Fabion Gontzago Königlicher Obrister mitt vngefer 3000 KriegsLeuth, so ein New Regiment gewesen, zu himmelgeist vber Rhein ins fürstenthumb Bergh, Lagern sich daselbst rundt vmbhero nieder.

Anno 1587.

Im Januario nimbt Schenck Rhurordt In.

Im Martio belegerdt der herr zu houtinpern Rhurordt vnd eröbert Städtgen vnd Schloß ahm 1. Aprilis.

Anno 1587.

Den 6. Aprilis seindt meines gnedig fursten vnd Herrn Soldaten vndt Gleidt, so ad munition vnd prouiandt auff die besetzte schloß vnd Kirchen in Ampt Angermundt prengen sollen, durch die von Urdingen nidergelegt worden.

Anno 1587.

Den 6. July kompt daß Gonzagys Regiment zeruck von Wessell in daß Furstenthumb Bergh.

Den 22. Octobris wirt Bonn von dem Obristen Schenck eingenohmmen.

Anno 1588.

Den 13. January fangt der Obrister Schenck dießsaidts Rheins vnd im Fürstenthumb ahn zu Schanzen vnder dem Dorff Buell, jedoch auf Colnischem Boden.

Den 12. Martij pringt der Obrist Prinz von Schymay etlich außleger oder KriegsSchiff den Rhein auffharend mitt behilff der Collner fharschalen bei Mulheim vber Rhein, dringet meines Gnedigen Herrn Reuter Knecht auch Bürger Auß der Freiheitt Mullenheim mitt weib vnd Kindt vnd nehmen ihr quartier in gedachten Flecken, auch machen sie selbst auff dem Rheinstromb ein stedige Vberfhart.

Anno 1588.

Ahm 19. Octobris Ist obgl. Schymays vnd Kon. Kriegsvolck vor der Statt Collen vber Rhein gefharen vnd sich abwerdts nach dem fürstenthumb Geldern begeben.

Anno 1589.

Fhallen die Soldaten der Schantzen zu Buell herauß, plündern vnd brennen in dem Fürstenthumb Berg vnd Blanckenberg.

Anno 1589.

In Maio haben die Soldaten auß Souest vnd Mörß vor Mulheim auff dem Strom ein Kauffschiff mit gewalt bestiggen vnd ahngriffen, welches durch die Soldaten vnd Burger auß Mulheim erreddet.

Im Augusto ziehendt der Obrister Bathon mit einem Regiment Knecht vnd dreien Banden Reuter nacher dem friesLandt vber Rhein durch daß Fürstenthumb Berg vnd Ampt Angermundt.

Anno 1590.

Den 22 Februarŋ schreibedt der Amptmhan von Blanckenbergh ahn Marschalck Schinekern, daß der Obrister in Bonn sich offentlich verlauthen, welcher gestaldt die Kriegsleuth so itzo vnder befelch deß Generall Commissarij Georgio Basto maschieren, vber Rhein ins Furstenthumb Berg fhallen, Item daß gedachter Obristen drei stueck geschuz in die Schanz zu Buegell ahn saidten deß fürstenthumbs Berg gerückt.

Kölnische Chronik (1087—1378).

Mitgetheilt von Prof. Dr. Floß.

Der Kölnische Dialekt in der Chronik, welche ich hier veröffentliche, läßt über ihren Ursprung kaum einen Zweifel. In den frühesten Angaben ist ihre Chronologie mehrfach fehlerhaft. Auch fehlt es nicht an einzelnen Irrthümern, Rudolf von Habsburg wird Ailf, Adolf, genannt. Die Nachrichten, zumal über das 14. Jahrhundert, finden sich meist in der „Cronica van der hilliger Stat Coellen“ wieder, wörtliche Entlehnungen indeß habe ich nicht angetroffen, einzelne Nachrichten und Daten fehlen in der „Cronica“ gänzlich. Der zum Jahre 1298 erwähnte König oigelyn ist Albrecht I., vgl. die „Cronica“ Bl. 245, a. Seltsamkeiten, wie der König armleder zum Jahre 1333 u. aa., haben gleichfalls in der „Cronica“ ihren Commentar, auf die ich daher an den betreffenden Stellen verwiesen habe. Daß die Chronik den Mord an Erzbischof Engelbert in das Jahr 1285 statt 1225 rückt, muß bei einem so bekannten Ereignisse auffallen. Die Annales Agrippinenses bei Pertz Scr. XVI, 736 sind eine Uebertragung dieser Chronik ins Lateinische mit Auslassungen und kleinen Erweiterungen. Wie sie sich zu andern Kölnischen Stadt-Chroniken verhält, könnte erst nachgewiesen werden, wenn diese gedruckt wären; worauf die Stadt endlich ernstlich denken sollte.

Ich entnehme die Chronik der Handschrift 1423 der Trierer Stadt-Bibliothek, 10 Pergamentblätter in klein Quart, Länge 7", Breite 5¼", Schrift des 14. Jahrhunderts, 20 Zeilen auf jeder Seite. Das erste Blatt und die erste Seite des zweiten Blattes enthalten einen Judeneid nebst einer abergläubischen Anweisung, wie man Fische fange mittels Nesseln und dem Safte des Donnerkrauts, die man mische und damit die Hände bestreiche. Die zweite Seite des zweiten Blattes ist unbeschrieben; dann beginnt mit dem dritten Blatte die Chronik. Die einzelnen Blätter habe ich durch ||, die Seiten durch | angezeigt. Die Handschrift dürfte früher einem größeren Ganzen angehört haben;

denn die einzelnen Blätter sind von alter, vielleicht gleichzeitiger, aber anderer Hand in blasser Tinte mit CXXXXVII—CLVI numerirt. Eine Bemerkung auf dem Rande der ersten Seite von der Hand Wyttenbachs besagt, daß der Trierer Hermes die Handschrift 1827 der Stadt-Bibliothek schenkte. Das vursc. = vurschreven, welches ebenso in der „Cronica" häufig ist, hielt ich in seiner Abkürzung bei; überhaupt glaubte ich Orthographie und Interpunction der Handschrift bei diesem ersten Abdrucke möglichst genau wiedergeben zu sollen. Der Judeneid und die erwähnte Anweisung dürften einzelnen Lesern willkommen sein, weshalb ich sie hersetze:

Dit is der iûden eit wie si solen sweiren.

Hei sal up eynre suwehuyt stayn. vnde sulent vûnf boiche heren moyses vûr eme lygen. vnd sal yme de rechte hant mit an den ars gayn. vnd in deme boeche legen. vnd also sal he eme na sprechen de eme den eyt geit. Vmb also gedanet gvͮt als dich dys man zijt. dat du des neit en weist nochgenhaist.[1]) Noch in dyne gewalt nye engewunnes noch ingeyne dyne achte. vnder der erden begrauen. Noch mit slossyn beslossen. So dir helpe der got de geschoif hemel vnd erde. dal vnd berch. walt louf vnd gras. vnd so dir helpe de ee de got selue geschoif. vnd schreif mit synre hant vnd gaf sy moysi in monte synai. vnd so dir helpe de vûnf boich moysi. vnd so du nvmmer neit in mvͮssis inbyzsen. du en müs dich alre beschysen. Als ouch der konynck van babylonien dede vnd so dat sweigil vnd dat pech mvͮise vp | dynen hals rynnen vnd raynen. dat ower Sodoman vnd gomoyrren reynde. vnd so dich dat selue pech oiver rynnen mvͮisse dat zû babylonyen overran . $\overset{C}{\mathrm{II}}$. man oder me. vnd so dich de erde ouerualle vnd erslynde as sy dede Datan vnd abyron. vnd so dyne erde nvmmer enkome zû andre erden. vnd dijn gerys[2]) nvmmer enkome zû anderen geriese in den baren heren Abrahams. So haistu wair vnd recht. vnd so dir helpe Adonay. du haist wair dat du haist geswoiren. Vnd so du mvͮisses werden malait as naaman vnd yesse vnd so der slach mvͮisse dich ane gayn. der slach de dat israheilze voile ane geyne so sij van

1) Dieses Wort ist bei der Wende der Zeile also abgetheilt nochg-enhaist.

2) So, wohl für gricz.

egyptin lande voiren. vnd dat blvt vnd der vloich vmber an dir weren mvise vnd neit aue in neyme des dyn geslechte wunschde dů sy got ihm xpm martilden vnd deilden ouer sich vnd sprachen also | Sijn blüyt kome vp vns vnd vnse kynt. it is wair des helpe dir der got de Moise erscheyn in eyme burnende bvissche. vnd doch neit enverbrante. It is wair by deme eide den du geswoiren hais bij der selen de du an deme jungisten dage vur dat gerichte Abraham ysaac vnd Jacob.[1]) It is wair des helpe dir der got vnd der eit den du gesworen haist.

Dit is wie man vyssche mit den henden grijffen ind vancgen mach.

Mencge nessel mit deym saffe van dünrebarde ind bestrijch dine hende da mit. ind stich dan die hende in wasser da vissche inne sint. da solen alle die vissche die in dem wasser sind vmb dine hende comen. |

Ueber eine ähnliche sagenhafte Weise Fische zu fangen vgl. Ruodlieb in Grimms und Schmellers Lateinischen Gedichten des 10. und 11. Jahrhunderts, Göttingen 1838, und Haupts Zeitschrift für deutsches Alterthum I, 401 ff.

Zum Schlusse sei noch gesagt, daß das letzte Blatt, die Nachricht zum Jahre 1377 und was folgt, von zwar gleichzeitiger, aber etwas abweichender Hand, auch mit etwas schwärzerer Tinte geschrieben ist.

Bonn. Floß.

IN den Jaren vns herren .M.LXXXVII.[2]) vp sente vrbayns dach. verbrante de kyrche zů sente apostolen. zů Collen.

In den Jaren vns herren .M.CXXX. dů was der rijn also cleyne dat man druychs vůys ouer rijn geyne.

In den iaren vns herren .M.CXLIII. des neisten dais na sente Marien magdalenen dach dů brachte buschof Reynoilt de heilige drij kvnynche zů Collen van meylayn.

In den Jayren vns herren .M.CC.XLII. dv wart de burch zů duytze zů brochen. van der stede van Collen. mit willen busschofs Conrait van hostaden.

1) Wohl eine Lücke, vielleicht zu ergänzen zv bringenne haist.

2) So scheint die nämliche Hand verbessert zu haben, ursprünglich stand da .M.LXXXXII. Die „Cronica" hat die Nachricht Bl. 165, a zum J. 1098. Vgl. Gelen. de adm. magn. Coloniae 296.

In den iaren vns herren .M.CC.XLVIII. vp vnser vrauwen dach dat si zû hemel vûr. dû wart des nuwen doyms begvnt van buschofs Conrait vursc.

In den Jaren vns herren .M.CC.LXII. In den zijden busschofs engilbrechts van valkenburch. dû wunnen de burger van Collen de porzen mit gewapender hant ind mit gewalt.

In den iaren vns herren .M.CC.LXIII. des dynsdagis na sente katherinen dage. do was buschof engilbrecht .xx. dage zû Collen geuangen [1]).

In den iaren vns [herren][2]) dusent .CC.LXV. do belach busschof engilbrecht de stat van Collen mit eyme groissen her. und groisme volke.

In den iaren vns herren .M.CC.LXVII. vp sente pauwils dach des eirsten eynsedels. do wunnen de ouersten van der stat weder de gemeynde den strijt vp der bach vnd bleif da doit vait Rutger vnd lodewich der burger meister vnd vil anderen vnd doe lachte man zû der seluer zijt eyne groisse schetzunge.

Item in deme seluen Jair vp sente lucas dach wart busschoff engilbreit geuangen in eyme strijde van deme greuen van gûlge. vnd bleif IIII. iair gevangen.

In den iaren vns herren .M.CC.LXVIIII.[3]) vp der heiliger moir nacht wart de stat verraden. busschof Engilbrecht vnd synen helperen wart eyn grois strijt in tusschen des busschofs vrunden vnd den burgeren van Collen. In wilchme strijde de greue van valkenburch de des busschofz brûder was doit bleif vnd vil anderen vnd de burger beheilten dat velt.

In dēn iaren vns herren .M.CC.LXX. wart greue ailf[4]) van Raeffsporch gekoiren zû eyme Roymschen konynck. vnd wart zû ache gekroynt[5]) van busschof engilbrecht.

---

1) Auf dem obern Rande hat eine Hand des 16. Jahrhunderts beigeschrieben: „In dem iar 1263 erschein ein grosser Comet vber 3 monat von aufganck biss in das mittel des himmels steigende vnd syn stroumen gegen den nidderganck streckende, vnd in der nacht darin Vrbanus starf verswandt er."

2) herren fehlt in der Handschrift.

3) Die Handschr. hatte ursprünglich M.CC.LXXIIII, doch ist das zweite X ausradirt und allem Anscheine nach in V verändert.

4) Irrig statt rudolf.

5) Corr. Handschr. gekroync.

In den iaren vns herren .M.CC.LXXVII. vp sente herburtz dach do bleif der greue van gulge doit vnd erslagen wart [1]) zů aichge.

In den iairen vns herren .M.CC.LXXXV [2]) wart busschof engilbrecht erslagen van syme neynen Greuen frederich van ysenburch.

In den iaren vns herren .M.CC.LXXXVIII. herzoge Johan van brabant vnd der greue van gůlge vnd ir helpere daden herschauwinge zů rodenkirgen vnd voren as vort zů worynck vnd belagen dat hvis mit hulpen des greuen van deme berge vnd

C

bleuen da doit me dan VIII. [3]) man. van beider syden. Vnd busschof Syuart wart geuangen van deme greuen van deme berge.

In den iaren vns herren .M.CC.LXXXX. do geyngen de eirste mer broder.

In den iaren vns herren .M.CC.LXXXXIIII. wart greue ailf van nassauwe gekoren zů eyme roymschen konynche.

In den iaren vns herren .M.CC.LXXXXVIII. vmb sente remeis missen lach konynch oigelyn vp deme platze by surde mit syme volke.

In den iaren vns herren .M.CC.LXXXXVIIII. vp vnser vrauwen dach in der vasten relaxeirde busschof wilckbult dat interdickt. dat seuen iair. seuen maynde. zeyn dage In der stede van Colne van des paifs wegen gelaicht was. In deme seluen iaire wart busschoff wickbult zů nůsse gekoiren zů eyme busschof bynnen der zijt des interdicks [4]) vursc.

In den iairen vns herren .M.CCCV. vur kirsnach Conformeirde paifs Clemens busschof henrich van virnenburch de proifst des doyms was zů Collen de wile was dat bvschdvm .XXI. maynde ayn busschof geweist. In deme seluen iaire ervrois der rijn dat man dar ouer geynck vp sente agneten auent. In deme seluen iare was de grose dvir zijt dat vil luyts hvngers sturuen.

In den iaren vns herren .M.CCC.VII. lach der konynck up deme platze zů Collen.

---

1) So die Handschrift.

2) Das dritte X ist durchgestrichen, allem Anscheine nach von einer späteren Hand. Es ist gleichfalls das L zu streichen, denn der Mord geschah 1225 und ist hier durchaus irrig eingefügt.

3) Lies achthundert.

4) So hier.

In den iaren vns herren .M.CCC.IX. wart lechenich gewunnen.

In den iairen vns herren .M.CCC.XIII. was de groisse mervart. Vmb de selue zijt wart keyser heynrich vergeuen vp vnser vrauwen dach as man wische wijt.

In den iairen vns herren .M.CCC.XIII. was der groisse brant vp den paisch auent zů collen.

In den iairen vns herren .M.CCC.XV. was de groisse sterfde vnd groisse dure zijt.

In den iairen vns herren .M.CCC. XVIII. lach man vur deme brule.

In den iairen vns heren. M.CCC.XX.[1]) wart vrechen gewunnen.

In den iairen vns herren .M.CCC.XXV. ward broder welter verbrant[2]).

In den iairen vns herren .M.CCC.XXX. wois der gůde wijn.

In den iairen vns herren .M.CCC.XXXI. du galt man eyne quarte wyns vmb zwene haller.

In den iairen vns herren .M.CCC.XXXII. Starf busschof henrich van virnenburch. In deme seluen iaire wart her Walraue van gulge busschof zů Collen.

In den iairen vns herren .M.CCC.XXXIII.[3]) was de Juden schlacht ouer mitz konync armleder[4]).

In den iairen vns herren .M.CCC.XXXIIII[5]) was vil wyns gewaisen. den man noympde || den boden wijn.

In den iairen vns herren .M.CCC.XXXV. was der groisse wynt. des neisten dages na sente Symon Ind Juden dage.

In den iairen vns herren .M.CCC.XLII. vp sente Jacobs dach war der groisse rijn.

---

1) Eine spätere Hand schrieb mit blässerer Tinte darüber V (also: XX), doch wurde das V wieder radirt.

2) Vgl. die „Cronica" z. J. 1320, Bl. 249, b.

3) Die Handschrift M.CCC.XXX. (darüber III)

4) Ueber König Armleder vgl. die „Cronica" zum J. 1330 Bl. 252, a, und Jo. Vitodurani Chronikon, Eccard Scr. I, 1831.

5) Die Handschrift hatte .M.CCC.XXXij., eine andere Hand änderte mit blässerer Tinte .M.CCC.XXXIIII.

In den iairen vns herren .M.CCC.XLVI. wart konynck karl des konynks svn van beyhem zü eyme Roymschen konynche entgeyn keyser lodewich de keiser [1]) was geweist .XXXI. iair.

In den iairen vns herren .M.CCC.XLVII. was der strijt zü lutge. da her dederich van valkenburch doit bleif mit vil luytz vs der graschaft [2]) van dem berge.

In den iairen vns herren. M.CCC.XLVIII. dü starf greue ailf van deme berge.

In den iairen vns herren .M.CCC.XLIX. do geyngen de geisilbroder. In deme seluen iaire bleif busschof Walraue vp vnser vrauwen auent dat sy zü hemel voir. zü hantz vp sente bartholomeis nacht bleuen de Jüden zü collen doit de sich seluer verbranten. In deme seluen iaire geyngen de geissilbroder.

In den iairen vns herren .M.CCC.L. [3]) dü wart busschof Wilhelm van genipe busschof zü collen.

In den iairen vns herren .M.CCC.L. dü was de steruede van den drüyssen.

In den iairen vns herren .M.CCC.LII. des vridais vur palmen. wart der proifst van spaheym vnd her Ernst van molenarchen herslagen zü Collen in des officiails hvis.

In den iairen vns herren .M.CCC.LIIII. was eyn grois wynt. vnd in deme iaire wart Grypenkoyuen gewunnen.

In den iairen vns herren .M.CCC.LVI. wart der konynck van franckrich geuangen van deme pryns van engelant.

In den iairen vns herren .M.CCC.LX. was de groisse geselschaf vur metze. vp der seluer reysen bleif greue Gerart van deme berghe vnd van Rauesberch doit.

In den iairen vns herren .M.CCC.LXVI. [4]) des eirsten dunrestages in deme Mertze was dat groisse vur in der lucht. vnd des seluen nachts starf der eirste herzoge van gülge. In der seluer nacht wart keyser karl eyn junck svn geboren.

---

1) So die Handschrift hier.

2) So.

3) Anfänglich stand da M.CCC.LIX, dann aber wurde das IX wegradirt.

4) So in der Handschr. verbessert; die ursprüngliche Zahl ist radirt und nicht mehr erkennbar. Die „Cronica" Bl. 265, a bringt die nämlichen Nachrichten zum J. 1361.

In den iairen vns herren .M.CCC.LXVI. [1]) vp den heiligen kirst auent wunnen de herren vnd stede des lantvreden heymersbach.

In den iairen vns herren .M.CCC.LXVIII. dû sach man Cometum mit deme langen sterze in der vasten. In deme seluen iaire galt eyn malder rocken VIIII [2]) marc. vnd eyne quarte wyns eynen alden groissen. vnd eyn malder weys .X. marc. In deme seluen iaire vûyr der paifs van Auyon zû Rome. In deme seluen iaire lach der paifs mit deme keiser zû velde mit groisme volke intgeyn her barrabo den herren van Meilayn.

In den iairen vns herren .M.CCC.LXIX. Geboit buschof Cono van Treiere allen paffen vz Collen zû varen vmb eyner fleschen wille de der burger meister her Johan van koilvilshouen nam bynnen myttaten. [3])

In den iairen vns herren .M.CCC.LXX. vp sente Matheis auent. wart vns der sank weder.

In den iairen vns herren .M.CCC.LXXI. In de auyste vp den .XXII. dach. streit der herzoge van guylge zû baiswijlre mit synen helferen. weder den herzoge van brabant vnd feynegyn in yn deme strijde.

In den iairen vns herren .M.CCC.LXXI. In deme maynde nouember. vp den XX. dach. verloren de weuer vnd de volre al ir macht tgeyn de herren van der stat van Collen.

In den iairen vns herren .M.CCC.LXXII. brach busschof Frederich Nuwenar. Gairstorp. Rodensberch. Merzenich.

In den Jairen vns herren .M.CCC.LXXIII. vp den pynzdag sanck eyn kardenail de hohe mysse in dem dome zû Collen.

In den iairen vns herren .M.CCC.LXXIIII. In deme maynde februario des .XI. dais. wart der rijn also grois dat man vur der moynzen perde drenckde. vnd dat wasser werde wail by paisschen. In deme seluen iaire quamen de denzer zû vnser vrauwen dage der lester zû Collen. vnd dat danzen werde bis kyrsnacht.

In den iairen vns herren .M.CCC.LXXV. vp den .IIII. dach in dem apprille voiren de scheffen van Collen zû bunne woynen.

---

1) Anfänglich stand da .M.CCC.LVI, eine spätere Hand änderte mit blässerer Tinte .M.CCC.LXVI. Vgl. „Cronica" Bl. 268, a zum J. 1366.

2) Auffallend so statt X.; vielleicht ist doch bloß VIIII gemeint.

3) So, zu lesen bynnen emunitatem. Vgl. die „Cronica" Bl. 269, b.

In den iairen vns herren .M.CCC.LXXV. In dem maynde September. des neisten dais na sente Matheis dage wart vns der sanck gelacht. vmb dat der keppeler geuangen wart. vnd her Johan van keilse eyn canv̊nch sente apostelen. de rentmeister was des busschofs van collen. Ouch was zů der seluer zijt der busschof zů deme keysser gereden. vnd brachte de stat van collen. In des keissers [1]) achte.

In den iairen vns herren .M.CCC.LXX.VI. In deme maynde februario. vp .den .XVI. dach wart eyme de ougen vz gestechen vnder der marporzen zů vesperzijt vp eynen sundach.

In den iairen vns herren .M.CCC.LXXVI. Vp sente quyrins dach. wart duytze verbrant. van Woilter van deme vorste. vnd Engelbrecht [2]) van oifte. vnd synen broder. de viant wairen busschofs frederichs van sarwerden [3]). In deme seluen iaire zů halnen meye wurden de herren van collen zů raide dat sy den rijn peilden al oyuer zů by beyen. vmb dat de stat van colne de bas bewart were. In deme seluen iaire. des eirsten dagis in deme eeuen maynde. vp den pynzdach. kois keiser karl synen sv̊n zů eyme roymssen konynge mit den kurvursten zů rense in deme garten. vnd van danne reden sy zů frankevort vnd machdin in de kurvursten zů eyme konynge vnd satten in vp den elter as man des pleit. In deme seluen jaire In deme maynde Junii vp den .XIX. dach vůren de herren van kollen zů duytze vnd uerbranten duyztze zů male bis an de muren de bleuen staynde. In deme seluen iaire in deme heumaynde. des .VI. dais vp eynen sundach was der keiser kårl zů aiche vnd kroynde synen sv̊n vnde wart konync volmacht van den kurvursten. vnd was da manich herre bij. In deme seluen iaire In deme heumaynde des .X. dais. was eyn grois brant in sente kunibertis kirspil. vnd eyn so grois wunt [4]) weide dat dat vuyr in den tůrn quam dat der tůrn uerbrante vnd de clocken vp dat gewolue veilen. vnd dat blij da de kyrche mit gedeckit was. ver | brante ir vmganc vnd ir pistrye. vnd alle der herren hoyue de da bij

1) So Handschr. hier.

2) Vor Woilter und vor Engelbrecht stand heren, welches jedoch beides Mal ausradirt ist.

3) Handschr. sarworden.

4) So Handschr. statt wynt.

stûnden. In deme seluen Jaire. vp sente Marien magdalenen dach. bleif herman der droitsisse doit der da was der stede helfer van collen. Dar na oyuer eicht dage des neisten dagis na sente panthalyons dage. quam buschof frederich van sarwerden by den malaten kotten entuschen collen vnd rodenkirchen myt syme vulchke zû none zijt vnd slûygen ir pauwelûne vp. doch bereit he sich balde des morgens vrû vur dage. vnd vûr weder heym zû schiffe vnd zû perde so sy baldest mochten ayn de perde de in da geschossen wûrden. Dar na oyuer eichtdage. vûr de stat van collen zû duytze vnd brach sente herbreitz kirche neder vnd verbrante dat cloister zû male vnd de kirspelz kirche vmb dat der busschof geyne burch en machde van der kyrchen. ‖

In deym yaire vnss herren doe man schreyf .M.CCC.LXXVII. vp vnser vraûwen dach in deym merce dat ir der engel die boetschaf brachte quamen die scheffen zo Coelne van Bûnne ind gyenegen vp dat raythûys ind swoeren da deym rayde mallich reycht zo doen. ind ein vnuertzocht reycht zo allen dinegen. In deym seluen yaire des vûnften dages in deym aûste woerden zwene yûeden mit namen Symon ind Dauid ind eyne yûedynne mit namen hanna an dat gerichte in ghen velt geuoert. da woerden die zwene yûeden gehanegen. ind die yûedynne solde man da grauen. doe si up dye kûle quam doe wart si geleûuich ind geloefde kirsten zo werden. doe wart si weder zo Coelne geuoert ind wart des seuenden | dages in deym seluen aûste zo deym kleyne sent mertin kirsten gedeûft.

In den iaeren vnss herren .M.CCC.LXXVIII. des vrydaechs na vnser vrauwen dage as man dye wyssche wyet de [1]) was des .XX. dages in deym aûste des nachtes an der myddernacht wart eyn groes vuyr ind brant zo Coelne up deym vyschmarte ind in der lyntgassen also dat da vil huser verbranten ind van deym vuyre gyenck der grose tûrn zo sent mertin an ind wart ouch byrnende also dat dat dach mit deym holtzwerke dat in deym turne was zo maele verbrante. ind dye clocken versmûlzen ind dye kirche wart neuwelichen beschut dat dye nyet enuerbrante.

1) So.

Münstereifeler Chronik (1270—1450).

Mitgetheilt von Prof. Dr. Floß.

Die Papierhandschrift Nr. 50 der Stadtbibliothek zu Luxemburg, aus dem fünfzehnten Jahrhundert, in zwei Spalten geschrieben, Länge 11″ 2‴, Breite 8″ 3‴, 178 Blätter, ohne Paginirung, Folio, enthält auf den vier letzten Blättern die hier veröffentlichte Chronik. Diese beginnt gegen das Ende des viertletzten und füllt dann die übrigen Blätter; ich habe diese Blätter in dem Abdruck durch die römischen Zahlen III. II. I., die Seiten durch die Buchstaben a und b, die Spalten durch 1 und 2 angezeigt. Ob die Handschrift in der gegenwärtigen Gestalt vollständig ist, bleibt ungewiß; das Schlußblatt ist herausgeschnitten und keine Spur mehr zu entdecken, ob es beschrieben war. Auf der letzten Seite hat die nämliche Hand mit blässerer Tinte in beiden Spalten Zusätze nachgetragen; dies ist in Anmerkungen an den bezüglichen Stellen vermerkt worden. Die Schriftzüge sind die üblichen des 15. Jahrhunderts; der Schreiber heißt Tilmann Pluntsch oder Pluynsch aus Euskirchen, Canonich des Stifts der hh. Crysanthus und Daria zu Münstereifel. Denn das voraufgehende Stück, ein Reisebericht über das gelobte Land von der nämlichen Hand, schließt mit folgenden Worten: Scriptum et conpletum per me Tilmannum Pluntsch Canonicum ecclesie sanctorum Chrisanti et Darie Monasterii eyfflie anno domini MCCCCXLVIII° ipso die Vrbani pape. Der Tag des Pabstes Urban ist der 25. Mai. Aehnlich lies't man beim Schlusse des Boethius de consolatione, womit die Handschrift anfängt, also: Expliciunt quinque libri parciales venerabilis magistri Bohecii senatoris Romani de consolacione philosophie finiti et conpleti sub anno domini MCCCCXLIX° duodecimo die mensis Marcii per me Teilmannum pluynsch de Euskirchen Canonicum ecclesie sanctorum Crisanti et darie Monasterii eyfflie. Auf dem zweiten Blatte der Handschrift vermerkt eine junge Hand: Sum fratrum Praedicatorum Luxemburgensium. Von einer Hand des 16. Jahrhunderts lies't man auf dem ersten Blatte: Christophorus Ittelius Altarista summe aedis Treverice hunc librum jure possidet; wiederum gleich darunter: Franciscus Nicolaus Aegh hunc librum iure possidet. Anno Domini 1636. Ueber die Handschrift vgl. Pertz Archiv VIII., 594.

Die Chronik folgt anfänglich der „Kölnischen Chronik", die wir aus einer Trierer Handschrift in diesem nämlichen Hefte veröffentlichen. Sogar auffallende Fehler derselben, wie die unrichtige Jahresangabe der Ermordung des Erzbischofs Engelbert, kehren hier in noch entstellterer Form wieder. Doch sind manche Nachrichten eingestreut, die sich in jener „Kölnischen Chronik" nicht finden. Später ist vorzugsweise die Geschichte des Herzogthums Jülich bedacht. Dies und die Vorliebe, womit einzelne Angaben über Euskirchen und Münstereifel aufgenommen sind, machen es wahrscheinlich, daß der Schreiber Canonikus Tillmann Pluntsch oder Pluynsch zugleich der Verfasser der Chronik ist. Die Nachrichten sind nicht immer chronologisch geordnet; auch fehlt es nicht an chronologischen und an sachlichen Fehlern. Wir haben die Orthographie der Handschrift genau beibehalten, auch das vursz = vurschreuen; ist doch dieses Wort ebenso in der „Cronica" abgekürzt. Die Nachrichten über Euskirchen und Münstereifel sind nach meiner Copie bei Katzfey, Geschichte der Stadt Münstereifel, Köln 1855. II, 67 u. 262 abgedruckt.

Hinter dem Boethius de consolatione hat die Handschrift etliche lateinische Verse über die auch in der Chronik erwähnte Wasserflut zu Münstereifel in der Nacht der Octave von St. Peter und Paul 1416. Sie rühren laut einer Notiz beim Schlusse von einem Physiker Magister Laurentius van der Wye her, welcher sie dem Herzog von Jülich widmete, und sind nicht geeignet, die poetische Begabung des Verfassers im günstigen Lichte zu zeigen. Er scheint der Ansicht zugethan, daß derartige Wassergüsse von dem Einflusse der Gestirne herrühren. Wir haben diese Eifeler Verse so, wie wir sie in der Handschrift vorfanden, im local-historischen Interesse der Chronik anfügen wollen; von Emendation kann bei derartiger Poesie nicht wohl Rede sein.

Bonn. Floß.

Anno domini MCCLXX wart Greue Ailff van Rauensberghe gekoeren tzoe eyme Roempschen konynghe. Ind wart zoe Aechen gekronet van eyme Erschenbuschoff Engelbreicht van Collen.

Anno domini MCCLXXXVIII doden her Schaunicghe van [1]) rodenkijrchen hertzoch Johan van Braebant Ind der Greue van Guylghe mit synen helperen Ind voren tzoe Worinck ind belaigen dae dat huyss mit hulpen der herren van deme Berghe. Ind dae blijuen doit van beiden sijden me dan zweilff hundert manne vp sent bonifacius daghe. Ind buschoff Sijuart van der westerburch wart ouch dae gevanghen van deme Greuen van deme Berghe.

Anno domini MCCLXXXVIIII wart Erschbuschoff Engelbreicht erslagen van sijme neuen Greuen dederich [2]) van Ysenburch.

Anno domini MCCXC geynghen die eirste [III, a, 1] meirbroeder. [3])

Anno domini MCCXCIIII wart Greue Ailff van Nassauwe gekoeren tzoe eyme Roempsche koenynghe.

Anno domini MCCXCIX Relaxeirde der Ertschebuschoff van Collen Buschoff Wychboilt dat Interdickt vp vnser vrauhen dach in der vasten dat van des paess wegen bynnen Collen gehalden wart VII Jare ind VII maende ind X dage. Ind bynnen deme seluen Interdickt wart buschhoff Wicbult zoe eyme buschoff gekoren bynnen Nůyssen up des hilligen Crůytz dage Exaltacionis.

Anno domini MCXIX wart begunt der Orden der vurwijser [4]) in Laudůnen vnder deme vader nortberto.

Anno domini MCC begunt der Orden der mynre broeder vnder Sent francisco.

Anno domini MCCVIII begunt der prediger orden vnder sent

---

1) Verdorben, lies herschauuinghe zu. Vgl. die vorhin veröffentlichte „Kölnische Chronik“ z. d. J.

2) Muß heißen Frederich, das Jahr ist 1225.

3) So; die vorhin veröffentlichte „Kölnische Chronik“ hat mer broder; die Annales Agrippinenses bei Pertz Scr. XVI, 737 haben fratres marini.

4) Seltsame Verdeutschung des Wortes Prämonstratenser (praemonstrare, vurwysen).

Dominica [1]) in hispanien Ind ward Confirmeirt van deme Paes Honorio anno MCCX procurante hoc sancto Dominico.

Anno domini MCCXXIII wart die Reigel ind dat leuen der mynre broider Confirmeirt ind gebulleirt van deme Paess honorio.

Item anno domini MCCC was eyne groisse Sterffde bynnen Collen yn de maende Aûste.

Anno domini MCCXCVIII was konynghe orgelinck [2]) van Oistrijch myt sijme volke zoe sent Remeyss missen vp deme platz by Sarede. [3])

Item anno domini MCCLXXVII wart der Greue van Guylghe zoe Aiche erslagen up sent Herbertz dage.

Anno domini MCCCIX wart lechenich gewunnen.

Item anno domini MCCCXI doe was der Strijt zo Euskirchen.

Anno domini MCCCXIII was up paeschaeuent der groiss brant bynnen Collen.

Anno domini MCCCXV was eyne groisse Sterffde Ind eyne duyre zijt Also dat manche mynsche starff van der sterffden Ind ouch manche mynsche van hûnger verdarff.

Item anno domini MCCCXX wart die burch zo Brech [4]) gewunnen.

[III, a, 2] Anno Domini MCCCXVIII wart Broele belegen van der stede wegen van Collen.

Anno domini MCCCXXVII [5]) starff buschhoff Heynrich van veirnenburch. Bynnen deme seluen Jare wart buschoff Walraue gekoren. Ind doe woess ouch der goede wijn.

Anno domini MCCCXXX woess ouch eyn goet wijn.

Anno domini MCCCXXXI galt eyne qwarte goetz wijns tzoe Collen II haller.

Item anno domini MCCCXXX lach Greue Gerart van Guylghe vur Euskirchen ind wan id myt gewalt.

---

1) So.

2) So; die vorhin veröffentlichte „Kölnische Chronik" hat oigelyn, die „Cronica van der hilliger Stat Coellen" Bl. 245, a ougelyn.

3) Muß heißen Surede (Sürth). Vgl. die „Cronica" Bl. 245, b.

4) So, lies Vrechen. Vgl. die „Cronica" Bl. 249, b und die vorhin veröffentlichte „Kölnische Chronik" z. d. J.

5) Muß heißen MCCCXXXII. Vgl. auch die vorhin veröffentlichte „Kölnische Chronik".

Item anno domini MCCCXXXV [1]) Confirmeirt Paess Clemens vur kirstnacht Proest Heynrich van veirnenburch zoe eyme buschoff want dat buschdoim van Collen XXI maende sunder buschoff was geweist. Item bynnen deme seluen Jare up sent Agneten dach bevroiss der Rijn dat men dar ouer geynghe.

Anno domini MCCCXXXV weyede zoe maelle eyn groisse wynt up sente Symon ind Juden daghe.

Anno domini MCCCXXXVI wart broeder welter verbrant. [2])

Anno domini MCCCXXXVII droich men die hillige drij konynghe zoe Collen.

Anno domini MCCCXXXIX voir der konynghe van Engelant zoe Kamerich.

Anno domini MCCCXL voir der selue konynghe zoe Dornich. [3])

Anno domini MCCCXV was eyne groisse Ertbijvynghe in deme braemaende up des goeden sente Barnabas dage Also dat sich alle die werelde des erveirde. ind die dach was doe des vrijdags nae vnsser heren lijchams dage. Ind ouch was doe groisse sterffde ind krenche [4]) ind ouch vngewijdder in desen landen. Ind her vmb geschaigen groisse bijduerde ouer all. off vnse here got erzoirnt were dat he synen zorn woilde laessen synken.

Item anno domini MCCCXLII was der Rijn zoe mael groiss vp sent Jacobs dage.

Item anno domini MCCCXLV wart der Greue van hollant erslagen van den vreisen.

[III, b, 1] Anno domini MCCCXLVI wart konynghe Karll van Beeme zoe eyme Roympschen konyngh gekoren.

Anno domini MCCCXLVII was der Strijt tzoe Lûytche. Ouch lach men doe ym deme seluen Jaire vur Kolijs. [5])

Anno domini MCCCXLVIII starff Greue Ailff van deme berghe. Doe was ouch der groisse hoff zoe Meye zoe Collen up deme Nûymarte.

---

1) Irrig, es geschah 1305 den 18. December.

2) Die „Cronica" Bl. 249, b setzt solches ins Jahr 1322, die vorher veröffentlichte „Kölnische Chronik" ins Jahr 1325.

3) Dorneck. Vgl. die „Cronica" Bl. 256, a z. d. J.

4) Corr., Handschr. kreiche.

5) So, lies Kalijs, Calais. Vgl. die „Cronica" Bl. 260, b.

Anno domini MCCCXLIX geynghen die geisselbroeder. Ind ouch die Joiden worden doe erslagen up sent bartholomeus dage.

Anno domini MCCCL begunt der Mŭynch Orden vnder sent Anthonijs theaida. [1])

Anno domini MCCCL was zoe Collen eyne groisse sterffde van den droesen In der Romer vart. Ind doe wart hijldeshem gewunnen vp Eschdage.

Anno domini MCCCLI [2]) wart buschoff Wilhelm Confirmeirt van paess Clemens zoe eyme buschoff zu Collen.

Anno domini MCCCXLII [3]) wart der van Spaenhem Ind her Ernst in des Officiaels huyse zoe Collen erslagen.

Anno domini MCCC begunt der Orden der Reynre [4]) Junfferen Sent Claeren vnder sent francisco.

Anno domini MCCCLIIII wart gripenkoeuen [5]) gewunnen.

Anno domini MCCCLVI wart der koynynghe van vranckrijche gevangen van deme koynynghe van Engelande zu haluen Mey.

Anno domini MCCCLVIII was eyne groisse sterffde zoe Collen.

Anno domini MCCCLX was die geschelschaff bij Metze. Ind in deme seluen Jare bleyff doit bij der Sleiden Greue Gerart van deme Berghe. Ind der proest van Geratzsteyne [6]) her Arnult genant van Blankenhem.

Anno domini MCCCLXI Starff der eirste hertzoghe Wilhelm van Guylghe des eirsten Donresdags in deme Mertze. doe was ouch dat vuyr yn deme hymmell.

Anno domini MCCCLXIII wart Jŭynckroede [7]) gewunnen.

Anno domini MCCCLXIIII waren die heren van Collen gewaepent entgeen die gemeyne.

---

1) So.

2) Nicht richtig, die Handlung fand 1349 Statt.

3) Zu lesen MCCCLII. Vgl. die vorhin veröffentlichte „Kölnische Chronik" z. d. J. und die „Cronica" Bl. 263, a.

4) So.

5) Handschr. g̕penkoenē d. i. gerpeñkoeuen. Vgl. die vorhin veröffentlichte „Kölnische Chronik" z. d. J.

6) Geroldstein? Ueber das Begebniß vgl. Brosius Annal. Juliae Montiumque Comitum II, 31 und die „Cronica" Bl. 265, a z. J. 1361.

7) Junckerod in der Eifel unweit Hillesheim.

[III, b, 2] Anno domini MCCCLXVI wat hemmersbach[1]) gewunnen Ind XIIII enthoefft.

Anno Domini MCCCLXVIII voer paess vrbanus van Aveyan zoe Rome.

Anno domini MCCCLXIX geboit buschoff Coene van Treiren allen paffen vyss Collen Ind die paffschaff beynen[2]) de Scheffen Ind den Rait van Collen offenbair. Ind des[3]) sanck was zwey Jare bynnen Collen gelacht. Ouch zoe der seluer zijt lach der konynghe van vranckrijch vur der groisser stat Calijs.

Anno domini MCCCLXXI. des Dunresdags nae antdage Martini was eyn groiss Strijt bynnen Collen Tuschen den heren van Collen ind den weueren dae bynnen Ind quam van eirsten van den weueren tzoe. want sij vp deme velde eynen man hoelden myt gewalt de veroirdeilt van den Scheffen was. Ind ouch vijl voelks vndhoivichet[4]) wart up deme heuwe mart bynnen Collen. Ind ouch vijl ander goeder lude van den weueren van den hoisten van der stat van Collen verwijst worden zoe ewigen dagen.

Anno domini MCCCLXXIIII waren die dantzende luyde. die schoiss man in die luychte ind man traitt sy Ind sy lijdden groisse pyne in deme bůyche Ind sy woirden stum. Ind sy reiffen allit[5]) vrjsch vro here sent Johan.

Anno domini MCCCLXXV. des Sundags vur sent Johans dage was eyn hoff zoe blankenhem.

Item anno domini MCCCLXXV. zoe sent Micheils missen lach die boise geselschaff vur Metze. Ind der buschoff van Trieren warff sich starck entgeyen sij. Ind waende al dage van yn ouer rijdden syn.

Anno domini MCCCLXXIII doe was der Rijn so groiss dat he zo Collen ouer die Můyren geynghe.

Anno domini MCCCLXXVI lach de buschoff van Sarwerden des Dynxdags vur sent Johans dage vur Collen myt vunfftehalff hundert geleyen. ind my[6]) dusent burgeren eynen dach ind eyne nacht myt gewalt. Doe [II, a, 1] hoeff sich des aceunts eyn groiss ge-

---

1) Hemmersbach bei Kerpen?

2) Verdorben, es muß etwas ausgefallen sein.

3) der?

4) Gerr., Handschr. vndhoidichet.

5) altit? Auch die „Cronica" Bl. 277, a hat allit. — 6) So.

rouff vur Collen. Ind dae blijuen VII doden in sent Seuerijns portzen Ind XXVI gevangen der van Collen. Ind tzoe den seluen zijden hatten die van Collen Düytz aue gebrochen.

Anno domini MCCCLXXVI des Sündags vur sent Johans dage wart koynynghe Karll gekroent zoe Aiche zoe eyme Roempsche koynynghe.

Anno domini MCCCLXXVI vp sent Mertins Aeuent brant die Abdije tzoe Munster eyffell. Ind up die selue sent Mertins nacht was eyn groiss vorst dat men ouer alle kleyne wasser geynck ind reit.

Anno domini MCCCLXXVIII des goedesdags vur sent Mertins missen doe lach de [1]) hertzoege van Guylghe ind syn son der hertzoege van Gelre vur Geyneppe ind tzogen vyl lude nydder ind veynghe wail lxx yre vyande myt namen heren Heynrich van Strüynck Ind woilter van deme voirste Heydenrich van Oire Ind loiff van reshem. [2])

Anno domini MCCCLXXVI Incepit magnus ordo sub beato Benedicto in monte Cassino. [3])

Anno domini MCCCLXXVII [4]) kreichde hertzoige Wilhelm van Guylghe ind van Gelre myt der vrauwen van Braebant Ind zoich in braebant myt groisser gewalt. Dae warff sich die vrauwe van braebant ind dat lant van Braebant ind zoigen vur Graue ind besaessen dat want der hertzoge van Gelre dat ynne hatte. Doe zoich der vursz hertzoge van Gelre up die Mase lijgen in sijn lant. Doe zogen die braebender her ouer die mase in des hertzogen lant myt eicht hundert perden Ritteren ind kneichten. Ind myt XV dusent gewapenden Burgeren. Ind doe hat der hertzoge van Gelre by eme doe dru hundert Rittere ind kneichte. ind zoich zoe den brabenderen ind streit myt den Ind beheilt dat velt myt groissen Eeren Ind veynck doe wail zwey ind Seuentzich Rittere ind kneichte ind manchen burger. Ind doe erdrenckden sich der braebender waille dru hunder in der masen doe sy dat velt verloeren hatten. Ind doe vlo ouch her Reynart vrizime [5]) myt manchme goeden Ritteren ind kneichten.

1) So.

2) So, wohl Rossem.

3) Seltsam.

4) Muß heißen MCCCLXXXVII. Vgl. die „Cronica" Bl. 282, a. Teschenmacher Annal. S. 400. Brosius Annal. I, 94.

5) Unsicher, Handschr. vriznue.

Want he was der hoiste bij der [II, a, 2] vrauwen van braebant. Item dar nae in deme herffste Sant der hertzoge van Burgundien vunff hundert myt geleyen der hertzogijnnen van Braebant. die laegen zoe gangulff ind zoe bucht. ind kreichden den hertzogen van Gelre. Doe warff sich der hertzoge van gelre ind zoich vur die brittüyne[1]) vur gangulff vnd vur bucht ind boit yn Strijt. Ind sij en doirsten neit myt eme strijden. Doe zoich der hertzoge van Gelre widder vmb heym in sijn slos. Doe zoegen die brijttüyne[2]) zer stunt weder heym in vranckrijch want sij neit langher dae blijuen dorsten. Ind doe wart vyant hertzoge Wilhelm van Guylghe geboeren hertzoge zoe Gelre des koyninghs van vrankrijch ind wart helper des konynghs van Engelant. Ind dar nae

Anno domini MCCCLXXXVIII warff sich der konynghe van vranckrijche ind der hertzoge van Burgundien myt groisser macht ind myt manchen groissen herren ind woelde zijen ouer den hertzogen van Gelre. Ind hatte wale zwey hundert dusent man. Ind doe sij quamen zoe Sent vijtte doe wart der konynghe van vranckrijch myt den allen samen vyant des hertzogen van Guylghe de vader was des hertzogen van Gelre dae bynnen dat he man was des konynghs van vranckrijch.

Item up sent lambreichtz dach zoich der konynghe van vranckrijch in dat hertzogedüm van Guylghe ind lach dae ynne myt sijnes selffs lijue vur nijdhecken. zoe wolreshem drij nacht doe wart der hertzoge van Guylghe myt deme konynghe gesoent. Item doe woelde der koynynghe van vranchrijch vort zijen ouer den hertzogen van Gelre ind zoich vmb Guylghe lijgen. Int lach myt syns selffs lijue zoe koerreshem Ind dae lach he drij wechen Ind dorscht neit vort ouer den hertzogen van Gelre zijen. Ind doe deidyngt der buschoff van Collen buschoff Frederich van Sarwerden Tuschen deme konynghe van vranckrijch ind deme hertzogen van gelre vmb eyne Soene dat der hertzoge van gelre zoe deme konynghe van vranckrijch reit. ind worden gesoent. Ind die soene geschach deme hertzogen van gelre zoe allen syme willen. want he des konynghs vrunt vast gevangen hatte.

---

1) So, oder Brictuyne.

2) So, oder brijctuyne.

Ind die also dat yme worden wal Seůen ind drissich [II, b, 1] dusent alter schilde.

Item in deme seluem Jare reit der selue hertzoge van Gelre in průyssen myt dryn hundert perden. Doe he vijl nae bij Průyssen qwam zoich yn neder myt sijnen vrunden her Eckart van deme walde. Doe der hoemeister ind die herren van průyssen des gewar worden. woirnen sich starck ind zoigen vur her Eckart Sloss. dae der hertzoich vp geuangen lach ind wunnen dat sloss myt gewalt ind veyngen dae up her Ecgardtz son ind synen eydom ind alle die dae up waren. Ind naemen den hertzogen van Gelre int vorten yn myt in Pruyssen. Ind her Eckart vertzeich up den hertzogen Ind was vort vrome ind heirlich in allen synen sachen.

Item Anno domini MCCCLXXIX des Sondags nae sent lambreichtz dage doe sleiff hertzoge wilhelm van gelre bij des hertzogen Doichter van Hollant zoe sent Gerartz berge. Dar qwam hertzoge Wilhelm van Guylghe syn vader myt XVIII^C perden. Ind hatten dae eynen groissen hoff.

Anno domini MCCCLXXX nae pynexten XIIII dage doe der Roempsche konynghe zu Aiche was dae wart Greue gerart der eirst hertzoge van deme Berge. Ind her Arnoilt der eirste greue zoe Blankenhem.

Anno domini MCCCLXXX des IIII dags nae sent Remeyss dage veill eyn groiss Snee de eyme manne an sijn kney geynge Ind die boeme ryssen want noch doe dat loeff up den boemen was groene.

Anno domini MCCCXXXIII nae sent Johans dage XIIII dage zoich buschoff Frederich van Sarwerden buschoff zoe Collen ind hertzoige wilhelm van Guylge ind van Gelre Ind die stat van Collen Ind die stat van Aiche vur die Dickde ind laegen dar vur wal VI wechen ind wart vp gegeuen van Junker Gerart. ind wart man der vursz heren ind Stede Ind die Dickt wart zoe brochen. Item des seluen Jairs was der wijn in deme Meye gar verbloet.

Anno domini MCCCLXXXIII zoe sent Remeyss missen was der Rijn so kleyne dat men dar ouer reit tuschen Collen Bunne ind Nůyssen.

[II, b, 2] Anno domini MCCCXCI was eyn groiss wijnt up kirstnacht ind eyn groes weder.

Anno domini MCCCLXXXV lach men vur Rijfferscheit waille IX wechen ind en wart doch neit gewunnen.

Anno domini MCCCXCIII veill eyn groisse wasser naerre dan eyne vyre also dat it zoe Munster eyffel up des spijdaels brucke geynge des anderen dags nae sent Vrbaens dage.

Anno domini MCCCXCII starff Aluert van Birgel Marschalk ynnen des landtz van Guylghe up [1]) sent vrbaens aeuent.

Anno domini MCCCXCIII vp sent willibrordus dage starff her frambach van Birgel Erffmarschalk des landtz van Guylghe.

Item in deme seluen Jare dar na starff hertzoge Wilhelm van Guylghe up sent lucien dage.

Anno domini MCCCXCIII vp sent Thomas dage hulden Scheffen burgere ind die gantze gemeyne van Munster eyffel hertzogen wilhelm hertzogen zo Guylghe ind zoe Gelre ind Greuen zoe Tzutpheyn zoe Munster up der burch.

Anno domini MCCCLXXXIIII synt fundeirt der Carthuyser orden ouermydtz meister Bruyn eynen Canuynch van Reynen [2]) die geboren was van Collen vnder deme Paess Vrbano.

Anno domini MCCCXCI kreichde buschoff Frederich van Sarwerden buschoff tzoe Collen myt Greuen Engelbreicht van der Marken. Ind der greue zoich ouer Rijn ind lach myt gewalt tuschen Bunne ind Collen ind brant dat vurgebirchtz sere schedelich.

Anno domini MCCCXCII zer stunt nae paeschen war dat cloister zoe Neder Eye [3]) gar verbrant van deme Junckeren van Kempinich.

Anno domini MCCCXCIIII des vrijdags nae sent Marien magdalenen dage vertzeich hertzoige Wilhelm van guylghe ind van gelre up die huldo die yme die burger van Munster eyffell gedain hatten. Ind doe hulden sij vort Junckher Reynart van Guylghe ind gelre syme broeder vp der burch zoe Munster.

Anno domini MCCCXCVI lach der hertzoge Wilhelm van Guylghe ind van Gelre myt groisser gewalt waille VII wechen

---

1) Corr., Handschr. ut.

2) Lies Reyms.

3) Das Kloster Nider-Ehe.

vur Schoin vorst by Aiche [I, a, 1] Ind wan dat sloss myt gewalt.

Anno domini MCCCXCVII was eyne groisse sterffde bynnen Munster in deme somer also dat des Somers bij VI^{C} mynschen stoiruen.

Anno domini MCCCXCIX lach der van waldorp vur kerpen Ind wan die burch ind ouch den dall ind verbrant burch ind dall Ind veruersde[1]) dat all in den grunt zoe maell vp sent bartholomeus dage.

Anno domini MCCCXCIX was zoe maill eyn lanck wijnter. Ind veill eyn Snee zoe maill grois vur vnser vrauwen dage Purificatio des goedesdags ind doe ervroren ind verkalden de wingarden ouer all wijden ind sijden. dat men die wijngarden alle aff hauwen moest dat grois schade was.

Anno domini MCCCXCIX des II dags vur des hilligen Cruytz dage Exaltacio bleiff der herre van Saffenberch doit vur lomenshem by wischem.

Anno domini MCCCC wart hertzoge Ropert van Beyeren eyn pallantz greue bij Rijne zoe Collen gecronet in deme doeme zoe eyme Roempschen konynghe up Druziendach[2]) dae en bynnen dat der konynghe wentzelaus eyn konynghe van Behem ind ouch eyn Roempsch konynghe noch doe leiffde want he neit waill bij symnen[3]) was.

Anno domini MCCCCI Jair up sent Agathen aeuent was eyn grois vuyr ind brant bynnen Collen in der Schijrmgassen dae grois schade geschach.

Anno domini MCCCCII up sent Barnabas dach was eyn grois gewesser bynnen munster in eyffel. dat waill IIII off V gueder huyser bynnen Munster wech vorte. Ind nei geyn stech noch bruck bleiff stain dan eyne. dar vmb die herren van deme Cloister ind die Burgere zwae bijdvart geyngen sere syneclichen zoe wijngarden ind zoe Sweynhem.

Anno domini MCCCCIIII up sent helenen dage was der seluer

---

1) So die Handschr. statt verwuesde.

2) Der Dreikönigentag oder 13 Tag nach Weihnachten. Vergl. die „Cronica" Bl. 287, a. Wallraf, altdeutsches Wörterbuch, S. 15. Weidenbach, Kalendarium, Regensb. 1855, S. 189.

3) So.

wasser ouch noch eyn ind was meerre dan dat eirste ind dede ouch groissen verderfflichen schaden.

[I, a, 2] Anno domini MCCCCVI des XV dags in deme Braemaende was Eclipsis solis. Ind die sone verlore eren gelantz ind schijn ind wart zoe mael duyster wal bij zwae vyren lanck des morgens tuschen VI ind VIII vyren.

Anno domini MCCCCV. des Sondags nae der hilligen Cruytz dage Inuencionis sleiff hertzoge Reynart van Guylghe ind Gelre ind greue zu Zutphein yrst bij marien sijnre vrauwen in vrankrijch.

Anno domini MCCCCVII soelde hertzoch Reynart van Gulghe etc. vursz gestreden han myt den hollenderen. Des neit en geschach ind men droich dat hillige sacrament ouer alle vur die plaege de dae van komen were.

Anno domini MCCCCVIII des anderen[1]) dags Tecle der hilliger iunffrauen Streit hertzoch Johan van Beyeren eyn hertzoch zoe Hollant myt den van lůytche. Ind hertzoich Johan beheilt dat velt ind den strijt. Ind doe bleuen doit up den vurgenoempden dach in deme strijde gezalter mynschen wall XXVIII dusent VII hundert ind V mynschen. Ind die van lůytche hatten zo zwen maelen doe vur Trijcht gelegen zoe eynre zijt VI wechen ind zoe der andere zijt XVI wechen. want die van Trijcht heilten doe myt deme hertzogen Johan van beyeren. Ind doch bleiff vngewunnen. Ind zoe der zijt was id zoe mael eyn kalt ind lanck wijnter.

Anno domini MCCCCXVI was zoe Munster eyffel eyn groisse gewesser up andach[2]) sent peters ind pauwels dach in der nacht. Also dat des wassers noiden verdrunken waill hundert mynschen bynnen Munster. Ind ouch waill hundert huysser vergeyngen Ind deide vort groissen verderffligen schaden bynnen Munster ind ouch beneden Munster.

Anno Domini MCCCCXXV up vnser vrauwen dach visitacionis lach buschoff Dederich van Moerss buschoff van Collen myt groisser gewalt ind macht vur orssoye[3]) in deme lande van Cleue. Ind up den vursz vnser vrauwen dach storuen dae vur vijll lude van hitzden Ind zoch von danne.

---

1) anderen ist ausgestrichen, aber durch darunter gestellte Punkte rehabilitirt.

2) Die Octave. Vgl. Weidenbach Kalendarium S. 182.

3) Orsojum, Orsoja, Orsoy bei Rheinberg.

[I, b, 1.] Anno domini MCCCCXLIIII⁰ hoeff sich eyn kreich tuschen heren Dederich van Moirss eynen Erschbuschoff van Collen ind der Stat van Soest. Ind die stat van Soest veill aff van deme Stifft van Collen ind naemen den hertzogen van Cleue zoe eyme herren. Ind darvmb wart der hertzoge der Stede hulper entgein den vursz Erschbuschoff Ind der vursz Erschbuschoff zoech myt groisser gewalt dick ind manchwerff vur die stat Soest ind sleiffde die vrucht dae vur. Ind zoech ouch vur Bijlsteyn ind ouch vur Vrijddeberch ind wan dat deme hertzoegen van Cleue myt gewalt aff.[1]) Ind der vursz hertzoich Ailff van Cleue nam nae yme die stat van zancten die vursz vuyrsten bieder was. Ind der selue kriech werde eyn lange zijt wale by seiss Jare lanck Ind wart doch up dat lest gelaissen an den geistligen vader den pais van Rome mit namen paes Nicolaum.

Anno domini XIIIIC XLIX⁰ Starff buschoff Heynrich von Moirsse eyn buschoff zoe Munster in Westphaelen. Ind zer stunt worden gekoeren yrre zwen Buschoffs Heynrichs broider sellge vursz Busschoff walraue van Moirsse ind hatte de merste koire van den doem herren. ind wart ouch Confirmeirt van deme payss Nicolao van Rome in eyndreichtichheit der hilliger kirchen. Ind die Stat van Munster waren deme paesse dae ynne neit gehoirsam ind entpheyngen den vursz Buschoff walraue neit zoe eyme Buschoff ind namen yn[2]).

[I, b, 2] Anno domini MCCCCXLV^to vp sent hupreichtz dage zoech hertzoighe Arnoilt van Gelre yn dat lant van Guylghe myt groisser gewalt waill myt XXVIIC perden Reisigen. ind brant dae ynne scheidlichen. Ind doe warff sich eyn herzoeghe Gerart van Guylghe ind van deme berghe ind herre Gerart van loin[3]) eyn herre zoe Guylghe ind Greue zoe Blankenhem Ind bestrijdden den vursz hertzogen van Gelre myt XIIC perden Also dat die Guylgher den Strijt wonnen. Ind veynghen des hertzogen broeder van Gelre eynen herren van Egmont heren Johan van Broechhusen Ind vijll vromen andere Rittere ind kneicht. Ind blijuen ouch vast vijl

---

1) Von hier ab blässere Tinte, doch dieselbe Hand.

2) Bricht so ab, das Folgende wieder mit der früheren schwärzeren Tinte geschrieben.

3) So die Handschr. Knopp, Geschichte der Länder Cleve u. s. w., nennt ihn wohl irrig Gerhard von Born.

doiden. Ind der vursz hertzoghe vloe van danne wall myt me dan XXII^C perden. Ind dee Guylgher blijuen up der wallstat noch doe stain me dan drij vyren lanck bis an den auent myt besunden ind Trumpetten ind warden Strijdtz van den Gelressen. die doch neit weder en qwaemen. Ind die Guylgher hatten sere ere perdt verloeren want sy aff zoe voess waren gevallen Ind strijdden des sy groisse Ere ind prijss hatten erworuen an allen vromen fursten herren Ritteren ind kneichten.

[1]) Anno domini MCCCCL [2]) primo was eyne groisse sterffde van der pestilencien zoe Colne ind hoeff an in deme mertze ind werde bis sent Andreiss maende ind was so grois as sij in langen Jaeren ee zoe Collen gewiest was. Ind neit alleyne zoe Collen dan ouch alle vmb lanxte ind vp deme Rijne zoe Nuyssen zoe Bunne zoe Andernach in Westphaelen also dat zoe Collen stoiruen wale me dan drissich dusent mynschen.

Wasserflut in Münstereifel in der Nacht vom 6. auf den 7. Juli 1416.

[P]roch dolor. in nocte Julii sexta. precor hoc te
Vt flendo moueat. aqua quanta nociua mouebat.
Preueniente mora medie noctis tenus hora
Nocte sub vmbrosa. torrente minis tediosa.
Ingens. vmbrosum flumen. mortale. perosum
Circuit dampnosum. contorrens impetuosum.
Vnde monasterium quod ab eyffel habet nominatum
Mortis in interitum partim fuit examinatum.
Lymphe neptuni bulierunt et simul vni
Parti pressuram muri statuere casuram.
Irruit absorbens hec flata caribdis aquosa.
Que ferit mordens opidum. cum vi dolorosa
Strata. domus. muros. pontes. montes quoque duros
Rupit et orbauit. quassauit et exspoliauit.
Per sacra migrauit loca templi que madidauit.
Terram sulcauit. tumulatos extumulauit.

---

1) Das Folgende wieder mit blässerer Tinte.

2) Die „Cronica" Bl. 312, b, hat die Nachricht zum J. 1451.

Grandes structuras fortes fecit ruituras.
Heu quam formosa bona. grandia [1]). quam speciosa.
Heu bona quam plura. locuplecia. quam valitura. |
Heu quot et och quanta bona. gazaphilacia quanta
Sunt ibi submersa. sunt hac illac male versa.
Sed tamen in rebus nichil est velud vt [2]) speciebus
Humani generis vbi mors dedit acta doloris.
Ecce dolens gestum quod in omnibus [3]) esse molestum
Debet qui christo confidunt. ve super isto.
Inque sopore graui primo venit vnda sua vi.
Que tulit infantes consueto more cubantes.
Inde viros feminas [4]) plures submersit et abras [5])
Vltra centenos opidanos et alienos
Obruit vnda. suo strepitu torrente nociuo
Saxea multorum tremulabant corda virorum.
Et fuit austerum contristamen mulierum.
Nam cortinate quedam fuerant grauidate.
Quedam currebant. vnda sua perdita flebant.
Quedam cognatos proprios in sanguine natos
Tristi clamore plorabant flente dolore.
Auditus tantus vix tam grauis est puto ploratus
In rama. natos rachel plorauit amatos:
Vox fuit hec flendo maior. tamen ista merendo.
In nostra zona tam territa flendida dona
Sic inprouisa vix vmquam sunt puto visa.
Plures quadrupedes submerserat illico gurges.
Et sic saxosum montem. celsum. spaciosum.
In quo fundatum castrum stat fortificatum.
Hunc aqua mollificans ita fortiter affluit [6]) intrans.
Aule structura partim fuit hinc ruitura.
Perniciosa ferox lacrimosa gemens fuit hec nox.
Illa monasterium non solum traxit in ymum. ||

1) Conj., Handschr. glandula.
2) in?
3) Conj., Handschr. auibus.
4) Conj., Handschr. virosque gainas.
5) abra = ancilla.
6) Handschr. affuit.

Pessima quamplura dedit huc istuc nocitura
In villis stratis opidis in rureque pratis.
Hoc in tranquillum flumen dedit hilla [1]) cucullum
Sub tali nocte versu quo stat precor hoc te.

Ista metra sunt edita contra ydeotas et inuidiosos dicentes etc.

Cristi vindicta quod in hiis sit sola relicta
Dicunt iam multi proboque sint dogmate stulti.
Hos premit inuidia. racio probata pia.
Sunt ignorantes quid habent pro posse vagantes
Stelle zodyaci quibus instat vis dominandi
Hijs super hec iura. vis grandis inest et opima.
Stilbontem. venerem. saturnum. postea solem
Cancer gestauit. serpens martem baiulauit.
Vrna iouem tenuit qui retro tunc abiit.
Architenèns phebe tenuit capud aspidis in se.
Si sane caperes hec dictaque mente notares.
Esset non mirum tibi mirandi dicere gyrum
Per spacium latum per aquam funere [2]) grauidatum.

Nota rigmata [3]) de generali diluuio quod fuit tempore Noe.

Tempore diluuii. dum diffusi fluuii mundum deleuerunt.
Tunc planete pariter presto socialiter inuicem luxerunt.
Signum illud humidum est et valde fluuidum. Hinc quedem scripture
Canunt hec quod flumina per stellata lumina ex vi nature
Tunc creuerunt nimie sed ex mundi crimine Dei cum vindicta.
Credit hec catholica lex et apostolica | sine fide ficta.
Planetarum posse clam grandem per potenciam infima gubernat.
Pluit nunc tunc tonitruat. alget nunc tunc toxicat. [4]) mox amene vernat.

---

1) Hilla für Hilda wie Holla für Holda. Vgl. Simrock, deutsche Mythologie §. 108 2. Aufl. S. 380. Oder sollte statt des hilla der Handschr. illa zu lesen sein?

2) Unsicher, Handschr. fu̇.

3) rima, rimata.

4) Conj., Handschr. torticat?

Vndat nunc procellulis latex siccis cellulis irrigat vix prata.
Arce ventus volitat et gelu consolidat lubrica lymphata.
Ista poli lacio dat ut pura racio fert nature vere[1]).
O natura prepotens O ens cuncta presciens nobis miserere.
Amen.

Ista sunt edita per magistrum laurencium van der Wye phisicum domini Reynardi Ducis Julie Gelrie comitisque Zutphanie Anno domini Millesimo Quadringentesimo decimo sexto octava apostolorum petri et pauli in nocte.

1) So.

Auszug aus alten Bücherverzeichnissen.

Mitgetheilt von **Dr. Ennen.**

1. Bücher eines gegen die Mitte des 14. Jahrhunderts verstorbenen Geistlichen. (Ausgezogen aus seinem Testamente.)

Liber sententiarum. psalterium cum nova glosa glossatum. summa vitiorum. ethymologia. liber de proprietatibus rerum. libri senecae. psalterium cum ordinaria glosa glossatum. Summa Ganfredi super decretales. liber vigiliarum et commendationum. liber de rubricis fratris Johannis. liber de regimine principum. excerpta de epistolis Senece. liber decretalium cum quibusdam annexis. libellus fratris Johannis Wullen ord. fr. minorum. summa virtutum. libellus de virtutibus herbarum. libellus vocabulorum secundum ordinem alphabeti. breviarium magnum. epistole Senece. psalterium. libellus medicine. libellus intitulatus manipulus florum. psalterium antiquum.

2. Bücher der Kirche zur h. Maria in Coblenz. (Aus einem Pergamentbändchen vom Jahre 1363.)

Hec sunt nomina et numerus librorum pertinentes (sic) ad ecclesiam beate Marie in Confluencia: Primo vnum nouum missale. Item Biblia. Item registrum biblie. Item summa lombardica. Item summa confessorum. Item ecclesiastica historia. Item Anthonius. Item Jacobus de Voragine. Item Epistolae pauli cum glosa. Item Matheus et Lucas in vno volumine. Item tractatus de laudibus divine sapientie. Item compendium theologie. Item ordinarium. Item Nicolaus de lira super evangelia.

Item sermones super evangelia dominicalia cum bonis et vtilibus regulis in vno volumine. Item historia de visitatione beate Marie. Item historia et legenda de corpore christi cum vigiliis defunctorum in vno volumine.

---

3. Bücher des Dr. iuris Walingi Simonis, Professor an der kölner Universität. (Aus einem Inventar von 1472.)

libri institutionum cum recollectis de regulis vtriusque iuris (von ihm selbst geschrieben und zusammengestellt). tres textus institutionum, primus est novus et pulcer et ante paucos annos impressus moguntie: secundus et antiquus cum glosa ordinaria; tertius est calvus textus sine glosa. decretum cum glosa ordinaria. decretales et textus cum glosa ordinaria. clementinae impressae in papiro cum glosa ordinaria Johannis Andree. digestum vetus cum glosa. duo repertoria, quorum primi compilator fuit magister Arnoldus de Rotterdamis, secundi compilator Braeo de Tretistam. summa Ganfredi. glosa psalterii. compendium sacrae theologiae cum tractatu super biblia. de arte moriendi cum diversis bonis tractatibus. tractatus de re militari. summa Raymundi.

In demselben Inventar ist auch angegeben: Item habeo diversas imagines quarum quaedam sunt pulchrae ac preciosae, scilicet imagines sancte crucis et salvatoris in monte, quas quaedam devota puella virgineis manibus fabricavit piae memoriae. Item imagines sancti Johannis baptistae et evangelistae et sancti Ivonis, ex alabastro sculptas. Item imagines sancti Georgii, sanctae Catharinae ac sanctae Barbarae cum tribus imaginibus nostrae dominae.

---

4. Auszüge, welche von Aegidius Gelenius aus verschiedenen Bibliothek-Katalogen gemacht worden.

a. Blankenheimer Bibliothek.

Chronica Trevirensia. Mscr. Arnold von Harven reiß nach Jerusalem und andern orthen. Mscr. Richardi Wasselburgii antiquitates belgicae gallicae. Relatio ad imperatorem que per eius commissarios in negotio pacificationis belgicae Coloniae peracta fuit anno 1579. Pasquillus vom strassburger Kriegswesen. Eberhardts graffen von manderscheidt vnd blankenheim reiss nach ieusalem. Croniken vam stifft vstrich vnd hollandt. Brandes liber. Strassburgische Chronik. Narratio brevis quando Henricus IV franciae rex factus catholicus. Chronica Trevirensia. Chronica archiepiscoporum Coloniensium vsque ad Truchsesium. Jacobi Wimphelingi Argentinensium episcoporum catalogus. Kurtz colnische Cronick, in pargameno. Chronica der grauen von der Marck. Antiquitates de Tuicio et de vita s. Heriberti. Catalogus der abtissinnen von Essen. Catalogus archiepiscoporum Coloniensium.

b. Bibliothek von St. Simeon in Trier.

Ambrosius super ep. s. Pauli. liber antiquissimus, ex libraria Prumiensi. Brunonis carthusiani expositio in psalmos et expositio in epist. s. Pauli, cum vita eiusdem. Computus ecclesiasticus Tractatus diversi de potestate et superioritate papae et concilii antiquus. generalis per cardinalem Cameracensem. Regimen principum. Salustius. Seneca. De similitudinibus rerum. Dictamina bona (in quo libro epistolae regiae praesertim Rudolphi primi Caesaris ex gente Habsburgica inter alias habentur).

c. Manuscripte der Jesuiten-Bibliothek in Trier, aufgezeichnet von Aeg. Gelenius.

Praefatio Ewerwini abbatis de coenobio St. Martini. Vita Conradi praepositi Coloniensis. Vita sti. Willibrordi archiepiscopi. Vita sancti Werneri, geschrieben 1429. Historia Trevirensis, in minori folio, Pergament. ab Euchario usque ad Henricum. Pontifices Trevirenses, groß Folio, Pergament. De gestis Caesarum, 4to, Pergament, schließt 1178 mit Friedrich I. Johannes Enen, gesta Trevirorum. Wilhelmus Wiethesin, historia s. Maximini.

d. Bibliothek der Kreuzbrüder zu Köln.

Miraculum de s. Maria Virgine apud Scheidam. Vita St. Reinoldi. Vita S. Patrocli. Vita S. Gertrudis. Vita S. Richalmi. Revelationes S. Mechtildis. Vita b. Conradi praepositi Colon.

Vita S. Friderici Vltrajectensis. Caesarii Heisterbacensis ad Alarium Monachum de solemnitatibus B. Mariae virginis. Eiusdem sermones.

e. Bibliotheca pp. regularium corporis Christi Coloniae.

Vita s. Livini. Vita s. Cuniberti. Vita S. Theodori. Vita S. Noithburgis. Vita S. Gregorii Porcetani. Vita S. Waltgeri Hervordensis. Vita S. Leodegarii. Vita Ss. Ewaldorum. Vita S. Imerii conf. Vita S. Severini. Vita S. Willehadi ep. Vita S. Caesarii. Vita S. Benigni. Vita s. Eusebii. Chronica praesulum Coloniensium. Liber continens chronica Martyniana (Martini poloni) cui annexum est pontificale id est omnium episcopalium orbis specificatio et deinde annectitur historia vltrajectensium. Libellus de monasterio Vrensweg, vbi de comitibus in Bentheim et dominis de Lipp agitur. Vita St. Medardi. Vita S. Cunerae. Vita S. Didelrici.

f. Bibliothek der Abtei Werden 1646.

Annales actorum Caroli magni imperatoris in vetusto exemplari scripto. Historia s. Ursulae (Incipit, vndecim millium virg. passio hoc ordine etc. — finit: passae sunt autem a. D. 238 etc. —) Vita S. Meinulphi. Vita B. Hermanni Steinfeldensis monachi.

Urkunden und Actenstücke.

Mitgetheilt von **Dr. G. Eckertz.**

Nr. 1.

Werner und Balthasar von Effern, einigen Kaufleuten in der Nähe von Mastricht einen mit Perlen, kostbaren Kleinodien 2c. beladenen Wagen i. J. 1561 weggenommen zu haben, beschuldigt, werden deßwegen beim herzoglich jülichschen Hauptgericht zu Jülich angeklagt; die Klage wird aber auf Verwenden ihrer Mutter Margaretha von Hasselt, einer ververwittweten von Effern, niedergeschlagen; auch der Kaiser ertheilt ihnen mit Rücksicht auf ihre Jugend 2c. Dispens und Absolution, worauf sie auch vom Herzog Wilhelm, ihrem Landesfürsten wieder zu Gnaden aufgenommen werden.[1])

Von Gottes gnaden wir Wilhelm Hertzog zu Gulich, Cleue vnd Berg, Graue zu der Marck vnnd Rauensberg, Herr zu Rauenstein. Thuen khundt vnnd bekennen offentlich mit diesem brieff, das vns die Erbare vnnd vnsere liebe getrewen Margretha von Hasselt Wittib von Effern, Diederich von Hasselt, Wilhelm von Effern, Goddart von Gilinge, gnant Pranell, Johan von Harff vnnd Adam Spieß vor sich vnnd andere Werners vnd Balthalsars von Effern Jrer Söne, brueder Vetter vnd Schwagere befreundte vnnd Verwanten vndertheniglich zu erkennen geben:

Nachdem sich verschiener (sic) Jarn zugetragen, das gedachte Werner

---

1) Die Urkunde hat einen Landfriedensbruch, einen Raubritterstreich zum Inhalt, der für die damalige Zeit bemerkenswerth ist. Das Dorf Efferen liegt etwa eine Stunde von Köln. Es hat noch seine Burg (jetzt der zu Köln wohnenden Witwe Freiin von Burtscheid zuständig), sowie eine interessante spätromanische Kirche.

vnnd Balthasar von Effern gebruedere von etlichen Kaufleuten, die sich gnant Heinrich von Gent, Diederich Padtuarius, Thomas Göden, Gilliß Müsenhole vnnd Gillis de la Bequie sambt andern derselben mit Consorten außgeschrien, betzichtigt vnnd bei vns clagweiß angeben worden, als solten sie mit hilff eines andern, mit namen Andriessen Stollen von Berlin Im verlauffenen Ein vnd sechtzigsten Jar am sechß vnd zwentzigsten tag des Monats Septembris nit weit von der Statt Mastricht einen wagen obgemelten Kaufleuten zustendig mit etlichen edlen gesteinen, Perlen, silbern vnnd guldenen Klenodien, auch anderen kostlichen wharen beladen, aufgehawen, spoliirt vnnd hinweggefurt haben, daher eruolgt, das wir als Jre der von Effern landtfurst auf gerurter Kaufleute anhalten bemelte gebrueder Werner vnd Balthasar vou Effern solcher angeclagter raubereyen vnnd Landfriedbruchiger thaten halber durch vnsern general Anwald vnd Procuratorn Fiscaln vor vnserm Haubtgericht zu Gulich Peinlich anclagen lassen, wie auch solicher Proceß auf vnderschiedlicher Fursten vnnd Herrn vorschreiben etlicher massen veruolgt vnnd aber In mittelst obgedachte beider Werners vnnd Balthasars von Effern gebrueder freundtschaft vnnd verwandten auß allerhand bewegenden vrsachen vnnd angezogenen grunden bei der Rom: Kay: Majestät vnserm allergnedigsten Herrn vmb dieser angegebener vergessenheit vnnd vberfarung allergnedigste dispensation, relaxation vnnd absolution allervnderthenigst angehalten, wie dan auch hochstgedachte Kay: Majestät an vns derwegen vmb bericht dieser sachen zu etlichmale geschrieben, denselben Jrer Kay: Majetät, wie auch, wie der Jn warheit mit allen vmbstenden beschaffen, aller vnderthenigst zukommen lassen, daruff vns letztlich von obgemelten Werners vnd Balthasars von Effern gebrueder freunden vnnd verwandten eine Kaiserliche dispensation, relaxation vnnd absolution als uil den angestelten criminal Proceß vnnd weiters nit belangt, vnder dato Wien den letzten Septembris Anno Siebentzig Ein in orginali vnuerletzt presentirt vnnd wir derselben statt zu geben von Jnen vnderthenig gebetten worden, welcher Jnhalt von wort zu wortt hernach volgt:

Wir Maximilian der ander [1]) rc. bekennen offentlich mit diesem brieff vnnd thuen khundt allermenniglich, das vns die Erbar vnser liebe andechtige Margreth von Hasselt wittib von Effern, Diederich von

[1]) Folgt der lange kaiserliche Titel.

Hasselt, Wilhelm von Essern, Goddardt von dem Gillingen, Johan von Harff vnnd Adam Spieß vor sich vnnd andere Werners vnd Balthasars von Esseren, Irer Söhn, bruder, Vetter vnnd Schwager, befreundte vnnd verwandten vndertheniglich zu erkennen geben, welcher massen sich verschiener Jar zugetragen, das gedachte Werner vnd Balthasar von Essern gebrueder von etlichen Kaufleuten, die sich gnant Heinrich von Gent, Diederich Padtuarius, Thomas Goden, Gilliß Musenhole vnnd Gillis de la Bequie sambt andern derselben Mit consorten außgeschrien vnnd betzichtigt worden, als solten sie mit Hilff eines andern mit namen Andriessen Stollen von Berlin Im verlauffenen Ein vnnd sechtzigsten Jare am sechß vnnd zwentzigsten tag des Monats Septembris nit weit von der Statt Mastricht einen wagen obgemelten Kaufleuten zustendig mit etlichen edlen gestainen, Perlen, Silbern vnnd guldenen Klenodien, auch andern kostlichen wharen beladen, aufgehawen, spoliirt vnnd hinweggefurt haben, daher eruolgt were, das der Hochgeborner Wilhelm Hertzog zu Gulich, Cleue vnnd Berg, vnser lieber Ohaim, Schwager vnnd Furst als Ihre dern von Essern Landtsfurst auf vorgedachter Kaufleute vngestumb supplicieren vnnd anhalten bemelte gebrueder Werner vnnd Balthasarn von Essern solicher angebrachter raubereien vnnd landtfriedbruchiger thaten halber durch dero General Anwald vnnd Procuratorn Fiscaln vor seiner Lieb Haubtgericht anclagen lassen, vnnd ob woll jetzt bemelter General Anwald auf solich gedachter Kaufleute geschwind anbringen, vngeachtet das die gebrueder von Essern sich ausser landts vnnd, wie Ire der freundtschaft anders nit bewust In der weiten frembde verhalten, auch etwan in Kriegen hin vnnd wider gebrauchen lassen vnnd demnach berurtes gegen Inen angestelten Proceß vermuetlich kein wissenschaft haben konnen, nichts desto weniger Im Rechten vortgefaren, So hette doch die obgnante Margreth von Hasselt wittib von Essern sich als die Mutter In solichen Proceß eingelassen, des Proceß nichtigkeiten angefochten vnnd dieselbige obgedachtem vnserm lieben Ohaim, Schwager vnnd Fursten dem Hertzogen zu Gulich dermassen zu erkennen geben, das sein Lieb endtlich dardurch bewegt worden, den furgenommenen Proceß einzustellen vnnd wie sie die freundtschaft berichtet gegen gedachten gebruedern formlich vnnd rechtlicher Ordnung gemeß zu procedieren, vilgemeltem general Anwald ernstlich zu beuelhen vnnd aufzulegen. Nun kondte gleich woll sie die freundtschaft nit eigentlich wissen, ob vorgnante Ire Shöne, brudere, Vettern vnnd Schwager noch Im leben weren, auch nit glauben, das sie an berurter bezichtigter vbelthat schuldig weren oder die begangen hetten, dieweil es aber dannoch an deme, das Im fhall sich vberall Ihr zuuersicht vnnd verhoffen anders befunden vnnd sie an solicher that schuldig sein solten, So stelte sie In keinen Zweiuel, das sie die von Effern gebrueder anderer gestalt nit als auß vnwissender Jugendt (angesehen das der Werner derzeit sein vollnkommen vogtbar alter nit erreicht, der Balthasar aber erst achtzehen Jar alt gewesen) auch auß vnuernunft vnnd vnbedacht zusambt böser gesellschafft, anreitzung vnnd verfuerung herzu kommen weren, volgendts aber alßbald Irer mißhandlung rhew vnnd leidt empfangen vnnd getragen, auch sich daruber Ins elend [1]) begeben, vnd souern sie noch Im leben, In die acht oder neun Jare darinn enthalten theten, also das, wa sie einicher dergleichen vberfarung sich theilhafftig gemacht haben solten, sie dannoch In der zeit etlichermassen gebuesst hetten vnnd vns darauf demuttigs vleiß angeruffen vnnd gebetten, Im fhall gedachte. Ire Shöne, brudere Vettern vnd Schwager obangeregter that vnnd verhandlung sich einicherlei gestalt theilhafftig gemacht vnnd daran schuldig weren, das wir Inen dasselb vnnd die derwegen verwirkte Peen vnnd straff miltiglich nachzugeben, sie daruon zu absoluieren, In vorigen standt zu restituieren vnnd widderumb In vnser vnnd des Heilig. Reichs gnad vnnd huld aufzunemen, auch alle Proceß, so deßhalben gegen Inen criminaliter furgenomen weren oder noch furgenomen werden wolten, zu cassieren vnnd aufzuheben gnediglich gerhueten, Des haben wir angesehen nit allein obgemelter freundtschafft demuttiges vleiß anruffen vnd bitten, daneben die Jugendt, darinne bemelte von Effern gebrueder zur zeit als diese that furgangen, noch gewesen sein sollen vnnd dan Ire biß daher Im elend vberstandene bueß, sonder auch vornemblich die Irenthalben bei vns bescheene gantz statliche intercessionen vnnd vorbitten, vnd demnach mit wolbedachtem muet, gutem rhat vnnd rechter wissen vorgnante Wernern vnnd Balthasarn von Effern gebrueder obangeregter that vnnd verhandlung halber, souern sie sich derselben einicherlei weiß theilhafftig gemacht oder einiche schuldt daran hetten, auch der dardurch verwirckten Peen vnnd straf gnediglich absoluirt, Inen soliches alles gnedig vnnd miltiglich nachgegeben vnnd verziegen, Sie widerumb In den standt, ehr vnnd wirde, darin sie vor solicher verhandlung gewest,

1) In die Verbannung.

restituiert vnnd In vnser vnnd des heiligen Reichs gnad vnnd Huld empfangen vnnd aufgenomen, auch alle vnd Jede Proceß vnnd Handlung, so deßhalben vorgedachtes vnsers lieben Ohaimen, Schwagers vnnd Fursten des Hertzogen zu Gulich Haubtgericht oder ander orten criminaliter wider sie angestelt sein mochten oder noch furgenomen werden wolten vnnd was daruff erkent sein oder werden mochte, gentzlich cassirt, aufgehebt vnndt abgethan vnnd bemelte von Effern gebrueder von solichen Processen vnnd Handlung entledigt, absoluieren, nachgeben vnnd verzeihen Inen soliche verhandlung, Restituieren sie In vorigen standt, ehr vnnd wirde, empfahen vnd nemen sie widerumb In vnser vnd des Heil. Reichs gnad vnd Huld, Cassieren vnd heben auf alle vnd Jede criminal Processen vnd handlung vnd entledigen sie daruon alles von Rom: Kaiserlicher macht vollkommenheit, wissentlich In craft diß brieffs vnnd meinen, setzen vnnd wollen, das denselben Wernern vnd Balthasarn von Effern gebruedern solich oberzelte betzichtigte verhandlung vnd derhalben angestelte Criminal Proceß vnnd was ferner daruff eruolgt sein mochte, an Iren leiben, ehren, wirden vnnd glimpffen keinen nachtheil, schaden oder verletzung geberen, sie auch derwegen hinfur an nimmermehr In oder ausserhalb Gerichts criminaliter angesprochen, beclagt, bekommert noch beschwert noch Inen soliches zu einicher schmach oder vnglimpffen vorgehalten, sonder sie zu allen ehren, wirden, Embtern, Gerichten vnnd anderm, wie das namen haben mochte, widerumb zugelassen vnnd gebraucht werden auch allenthalben Im heiligen Reich frei vnnd sicher sein, wonen, weberen, handlen vnnd wandlen sollen vnd mogen, In allermassen als sie vor solicher betzichtigter verhandlung, auch derhalben angestelten Processen gewesen, zugelassen vnnd gebraucht worden, auch sein zugelassen vnnd gebraucht werden mogen. Doch solle obgnanten Kaufleuten vnnd sonst einem Jeden, so berurten spoliirten vnnd hinweg gefurten gueter halber zu Inen spruch vnnd forderung zu haben vermeint, dieselbe one alle iniurierung vnnd schmahung ciuiliter Im Rechten zu prosequieren vnnd auf geburliche restitution zu handlen vnbenommen, auch bemelte von Effern vngeachtet dieser vnserer absolution vnnd cassation denselbenn Rechtens zu sein schuldig vnnd verbunden sein. Vnnd gebietten daruff allen vnnd Jeden Churfursten, Fursten, Geistlichen vnnd Weltlichen, Prelaten, Grauen, Freyherrn, Rittern, Knechten, Landtshaubtleuten, Landtmarschalcken, Landuogten, Haubtleuten, Vitzdumben, Vogten, Pflegern, verwesern, Amtleuten, Schulteissen, Burgermeistern, Richtern,

Rheten, Burgern, Gemeinden vnnd sonst allen andern vnsern vnnd des Reichs, auch vnserer Königreich erblichen Furstenthumben vnnd Landen vnderthonen vnd getrewen, In was wirden, stands oder wesens die sein, ernstlich vnnd vestiglich mit diesem brieff vnnd wollen, das sie die obgnante Wernern vnnd Balthasarn von Effern gebrueder bei dieser vnser absolution, restitution, begnadung cassation vnnd entledigung beruebiglich bleiben lassen vnnd sie Ire leib, Haab vnnd gueter darwider nit anfechten, bekommern, anclagen noch beschweren, sonder von vnser vnnd des Reichs wegen darbei handthaben, schutzen vnnd schirmen vnnd hierwider nit thuen noch Jemand andern zu thuen gestatten In kein weiß noch wege, als lieb einem Jedern sei, vnser vnnd des Reichs schwere vngnad vnnd straff vnnd darzu ein Peen nemblich drissig marck lottigs golds zu uermeiden, die ein Jeder, so offt er freuentlich darwider thete, vns halb In vnser vnnd des Reichs Cammer vnnd den andern halben theil mehr gnanten Wernern vnd Balthasarn von Effern vnnachlessig zu betzalen verfallen sein solle. Mit vrkhund diß brieffs besigelt mit vnserm Kaiserlichen anhangenden Insigel. Geben In vnser Statt Wien den letzten tag des Monats Septembris nach Christi vnsers lieben Herrn geburt funftzehen hundert vnd Im Ein vnnd siebentzigsten vnserer Reiche des Romischen vnnd Hungarischen Im neundten vnnd des Behaimischen Im drei vnd zwentzigsten Jare, Maximilian C. V Jo. Bax. Weber D. ad mandatum sacrae Caesareae Majestatis proprium. Bernburg. Vnnd ob wir woll hierin umb nachteiliger consequentz willen nit vntzeitige bedenken gehabt vnnd viel lieber gesehen, das dem angefangenen Rechten seiner lauff gelassen vnnd da dieselbige schuldig befunden, zu verdienter straf andern zum Exempel hetten dargestelt werden mogen, So haben wir doch der Rom: Kay: Majestät zu vndertheniggsten ehren vnnd gehorsam In diesem fhall gewilligt vnd willigen craft dieses, das wir auch vor vnser interesse den angefangenen Criminal Proceß gegen vilgedachte Werner vnnd Balthasar von Effern gebruedere von wegen obbezichtigter that vorgerurten Iren freunden vnnd verwandten zu gnaden fallen lassen vnnd sie die gebruedere wider In vnsere huld vnd gnad nemen, auch wider In vnsere Lande frey sicher vnd vnbeschart kommen lassen wollen, wie wir auch angeregten Proceß hiemit wissentlich aufheben, cassieren, sie die gebrueder wider In vnsere huld vnnd gnad aufnemen vnnd Inen In vnsere Lande vnnd gebiette zu kommen vnnd darinnen frey, sicher vnnd vnbeschart zu sein, zu wonen, zu weberen, zu handlen vnd zu wandlen In allermassen, wie sie vor solicher betzichtigter verhandlung, auch derhalb angestelten Processen gewesen, zugelassen vnnd gebraucht, gestatten, vergunnen vnd zulassen, Doch mit dieser bescheidenheit, das den obgnanten Kaufleuten vnnd sonst einem Jedern, der zu Inen spruch oder Forderung zu haben vermeint, dieselbige one alle iniurierung [1]) vnnd schmehung ciuiliter Im Rechten zu prosequiren vnnd auf geburliche restitution laut angeregter Kaiserlicher absolution zu handlen vnbenommen. Gebietten demnach allen vnnd Jeden vnsern Ambtleuten, Vogten, Richtern, Schulteissen, Burgermeistern, Scheffen, Rhäten, Geschworen, Haubt vnd Undergerichtern, vort allen andern vnsern geistlichen vnd weltlichen vnderthonen, Angehörigen, Lehn, Schutz vnnd Schirmßuerwandten, was stands oder wesens die sein, hiemit vnnd crafft dieses bei vermeidung vnser hochster vngnad, das Jr gedachte Werner vnnd Balthasar von Effern gebruedere bei dieser der Rom. Kays. Majestät vnsers allergnedigsten Herren absolution vnnd vnserer als des Landtfursten Begnadigung beruebiglich bleiben vnnd sie daruber nit beschwert noch beschweren lasset, Wollen wir also gehatt vnd gethon haben vnd versehen vns dessen zu euch allen vnd einem Jedern In sonderheit hiemit gentzlich vnnd vnnachlessig. Zu Vrkhundt haben wir Wilhelm Hertzog obgnant vnsern Sigel wissentlich an diesen brieff thun hangen.

Geben zu Düsseldorf In den Jarn vnsers herrn Tausent funf hundert siebentzig vnnd zwei, am zwentzigsten tag des Monats Augusti. Wilhelm, Ertzug tzu gulch u. [2])

(Nach dem Original auf Pergament. Das Siegel im Ganzen schön erhalten. Auch der Stadt Köln präsentirten die genannten Brüder den kaiserlichen Gnadenbrief und diese stellte ihnen auf Ersuchen ein Vidimus aus, wovon das Original mit dem Siegel ad causas versehen mir vorliegt.)

---

1) Injurie.

2) Scheint die eigenhändige Unterschrift zu sein.

Nr. 2.

Vergleich v. J. 1547 zwischen dem Herzog Wilhelm von Jülich und der Aebtissin von Herford über die Jurisdiction in der Stadt Herford. (Vidimirte Copie v. J. 1557.)

Wir Dechen vnnd Capitell der Collegiaten Kirchen zu Dusseldorff Thun khundt jedermenniglich, denen deser brief furbracht wirdet, das der durchluchtig hochgeboren Furst vnd her her Wilhem Hertzog zu Gulich Cleef vnd Berg Graf zu der Marck vnd Rauenssberg, her zu Rauensteyn etc. vnser gnediger Furst vnd her, vns heut dato durch seiner furstlicher gnaden Gulichischen Landt Renthmeister den Erentachtperen Johan van Hoengen genant wassenberg einen originall pergamenten brief mit dryen anhangenden Siegelen besiegelt nemlich syner furst. gn., daruf derselben helm vnd wapen in geelem, der Erwirdiger vnd wolgeborner Frauwen Annen Grafinnen zu Lymborch Abdissen des fryEdelen weltlichen Stiffts Heruorden, daruf Irer gnaden wapffen sampt einem Marienbildt In rotem, vnd Decanissen vnnd sementlichen Capittels daselbst zu Heruorden, daruf gleichsfals ein marienbildt In groenem wachs gedruckt, hait thun furbrengen van wort zu wort also lautendt:

In Gottes namen amen. Kundt vnd offenbair sy jedermenniglichen. Nachdem die Erwirdige wirdigen wolgeboren vnd Erbaren Frauw Anna geboren Grafin van Lymberg Abdis vnd Johanna geboren Grafin van Ritberg Decanissa vort sementlich Capittell des fry Edelen weltlichen Stiffts Heruorden eyn zyt lanck her vnd vornemlich In dissen geschwinden leuffen vast hoich beswiert vnd In vill wege In Ire priuilegien, hoicheit, fryheit vnd gerechticheit Ingegriffen vnd andere vngehorsam vnd wederwerdicheit begegent, also das ghe lenger ghe mehe des Stiffts abnemen zu besorgen gewest, wa gedachte Abdis, jonfferen vnd Stifft vnd Ire furseesen by dem durchluchtigen hochgeboren Fursten vnnd heren heren Wilhelmen Hertzogen zu Gulich, Cleue vnnd Berg, Grauen zu der Marck vnnd Rauensberg heren zu Rauensteyn etc. vnd seiner furstlicher gnaden furalderen seliger vnnd loblicher gedechtenis nit sonderliche gnedige furderong vnd bystant befonden hetten, demnach vnnd dwyll ouch hochgedachter Hertzoch vnd syner gnaden furalderen on das das Gogericht vnnd vill andere hoicheit vnd gerechticheit In der Stat Heruorden gehadt vnd noch hauen vnnd ouch das Stifft vnnd Stat Heruorden In dem betzirck der Graffschaft Rauensberg gelegen, also das nyemantz gedachte Abdis, Jonfferen, Capittell vnnd Stifft besser beschutzen, verdedingen vnnd by dem Irem halden kan, dan seine furstliche gnad vnnd derselbigen erben vnd nakomlingen, vnnd dwyll ouch das ghenig, so gedachte Abdis vnnd Capittell wie nachfolgt, vberlassen, Inen wenich genutzet, sonder vill vncosten, muehe vnnd arbeit daruf wenden muessen, so haben gemelte Abdis, Jonfferen vnnd Capittell by Innen Iren vnnd des Stiffts vnnd der nakommen wolfart, rouwe vnnd fridden betracht vnnd sich mit wolbedachtem gemoet vnnd furgehaptem raide gutlich vnnd frywilliglich mit hochgemeltem Hertzogen fur sich vnnd Ire nakomlingen verglichen, verdragen vnnd syne furstliche gnad vnnd derselbigen eruen vnd nakomlingen Hertzogen zu dem Berg vnnd Grauen zu Rauensberg fur Ire Erffagte vnnd Erfschirmheren angenomen vnnd annemen hymit vnnd In crafft dieses brieues In massen, wie hernachfolgt:

Zom ersten sullen hochgedachter Hertzog, syner furstlicher gnaden eruen vnd nakomlingen vurs. benante Abdis, Stifft, Capittell vnnd geistlichen vnnd Ire nakomlingen vurs. by Iren vryheiden, priuilegien, vort gulden, zynnssen vnd renthen, ouch lehen vnd anderen erfguederen, beschutzen beschirmen vnd hanthauen, damit sie die Jairlichs vnbehindert boeren vnnd entfangen lassen mogen vnnd Imfalh die Meyer vnd andere eygen luyde, sy syn dan bynnen der Lantweren Heruorden oder sunst In der Graffschafft Rauensberg gesessen, den vurs. geistlichen zu Heruorden zu gehorich Ire pechte vnd renthen nit betzalten vnnd sunst vngehorsam befonden wurden, alsdan sullen Abdis, Capittell vnnd andere geistlichen dieseluigen In bysyn hochgedachten Hertzogen Beuelhauers oder vagten eynes Ideren orts, da die vngehorsamen betzeler wonhafftich werenn, durch Ire vagte penden vnnd boessen lassen In allermassen, wie sulchs by denen van der Ritterschafft des orts gebruychlich ist, dartzu ouch Ire furstliche gnaden, Irer gnaden Amptluyd vnd Beuelhauer Inen behulfflich syn sullen. Nachdem die Abdis zu Heruorden eyn lehenher ist vber etliche lehenpacht gueder, die bynnen vnd buyssen Heruorden gelegen syn, sall berorte Abdis derseluiger gueder lehen her blyuen, wie sie furhin gewest vnnd Imfalh sich Jmantz darwidder stellen wult, das alsdan hochgedachter Hertzog syner f. g. eruen vnd nakomlingen bestimpter Abdissen behulfflich syn sullen, damit die widderspennigen zu geburlichem gehorsam gebracht werden. Es sall nyemantz vf der fryheit der kirchen vnd Stifft, das vormals mit eyner muyren vmbringt gewesen, gericht halden, dan allein die Abdis, welche ouch daselbst geboth vnd verboth haven vnd behalden sall, wie van alders gewonlich, desgelichen sall die Abdis vnnd Ire nakomlingen by Irem gerichte, das moelen gerichte genant, vnd dair sy sunst durch die Stat In huyseren oder hoeuen van alders gericht gehadt hait, darby durch hochgemelten Hertzogen syner f. g. eruen vnd nakomlingen beschutzt vnd wie sich geburt gehanthauet werden, dwyll die Abdis vurs. den haluen deill vnd hochberorter Hertzog den anderen haluen deill der muntzen vnd Zols zu Heruorden bis anher gehadt, sall die Abdis by Irem haluen deill vurs. gelassen vnd verdedingt werden, die Abdis sall by allen vischeryen In beiden wesseren, so woll In der Ae, als in der wernen, wie van alders gewonlich, gehanthafft werden. Bestimpte Abdis sall by Irer Jagt, wie sie die van alders gehadt, gelassen werden. Ferner sullen der Hertzog, syner furstlicher gnaden eruen vnd nakomlingen vurs. daran syn vnd verschaffen, dass die geistlichen Ire gueder, Kempe, wesen, holtzgewas, sedig acker vnd derglichen, wie es namen hauen mach, selbs sullen mogen gebruychen, diesem oder dem verpachten van Jaren zu Jaren nach Irem meisten nutz vnd profyt, vnbehindert van Imantz, doch vsgescheiden was sie Itzo erfflich verpacht hetten oder mit reden vnd billicheit nit absyn konten. Ire furstliche gnaden sullen ouch alle geistlichen fur all vnrecht, gewalt beschutzen vnd beschirmen vnd sie dair sy sich vf Ire f. g. zu recht vnd aller billicheit erbieden, darby behalden, doch der Abdissen als der ordinarien furbehalden Irer geburlicher straff der geistlichen. Hochgerorter Hertzog syner gnaden eruen vnd nakomlingen vurs. sullen de gemeine stuyren des Reichs vnd anslege zu vnderhaldong Kays. Maiestät Camergerichtz, wan die durch die gemeyne Stende gewilligt werden, van wegen der abdissen vnd Stiffts abdragen oder verrichten vnd dargegen die anlage van den geistlichen vnd den van Heruorden wederumb boeren, wie die Abdis die zu boeren vnd anzulegen plegt, na maes vnd gelegenheit des anslags. Wan eyne Abdis absturue, sullen Ire Furstliche gnaden die Capittularen by Irem fryen khuer hanthauen vnd verdedingen. Hergegenn hauen vilgemelte Abdis vnd Capittell hochgerortem fursten syner f. g. eruen vnd nakomlingen vurs. weder ouergegeuen vnd ouergeuen hymit vnd in crafft dis briefs alle weltliche hoicheit vnd obericheit, vort erffschafft vnd erffgerechticheit, so die samen vnd besonder hauen an beiden Steden, alde vnd nuwe Stat zu Heruorden vnd Irem zubehoer vnd sullen die eyde, so die van Heruorden der Abdissen vnd Capittell gedain oder zu doin schuldich, vf Ire furstliche gnaden gewant werden. Idoch die Burger, die lehenman syn, sullen der Abdissen zur zyt der lehengueder haluer vereydt syn vnd blyuen vnd anders nit, also das Ire furstliche gnaden alda gebieden vnd verbieden sullen In allermassen, wie die Abdis furhin hette doin mogen. Bynnen Heruorden sullen gheine Burger angenomen werden, sie hauen dan furhin hochgedachtem Fursten syner furstlicher gnaden eruen vnd nakomlingen vurg. geloeft vnd gesworen trouw vnd holt zu syn, wie sie vurhin eyner Abdissen zu doin schuldich gewest. Das Borchgericht bynnen Heruorden van kouffen vnd verkouffen der spyse vnd van zynssen der woirde oder lediger plaitzen sall Iren furstlichen gnaden zukomen, wie es furhin der Abdissen gewest. Derglichen sullen Ire furstliche gnaden hauen das gericht der weuer vnd vsdoin mogen, was van woirden oder lediger plaetzen In der Stadt Heruorden ledig ligen blyuen, wie eyn Abdis hette doin mogen. Die Burger bynnen Heruorden sullen gheine Raitzluyde setzen vnder sich on hochgedachtes Fursten syner f. g. eruen vnd nakomlingen vurgen. furwissen vnd bewilligong vnd sich In dem vnd In allem anderen gegen Ire furstliche gnaden gehorsam gewertich vnd dermassen ertzeigen vnd halden, wie sie furhin eyner Abdissen zu doin schuldich gewest. Want dan wir Wilhem van Gotz gnaden Hertzoch zu Gulich Cleef vnd Berg, Graf zu der Marck vnd Rauensberg, her zu Rauensteyn etc. gedachten Abdissen vnd Capittell mit sonderen g[illegible]sten vnd gnaden geneigt vnd alle vurs. puncten vnd artickeln mit furgehaptem rath Ingegangen vnd gewilligt hauen, so geloben wir by vnseren furstlichen eheren vnd trouwen, demseluen allenthalben nachzukomen vnd hauen des zu vrkhondt der wairheit vnd vaster stedicheit vnseren Siegel an desen brief doin hangen vnd want dan ouch alle puncten vnd artickelen vurs. mit vnser Annen geboren Graffinnen zu Lymberg Abdissen, Johannen geboren Graffinnen zom Ritberg, Decanissen vnd sementlichen Capittels des fry Edelen weltlichen Stiffts Hernorden, guden willen vnd mit wolbedachtem Raide zu vnser vnd vnser nakomen vnd Stiffts beste furgenomen, gehandelt vnd verdragen syn, so gelonen wir fur vns, vnsere nakomlingen vnd Stifft, by vnseren eheren vnnd truwen allem vnd Jederem, wie vurs. nazukomen, stede vnd vast zu halden, sondern eynich geferd vnd argelist vnd hauen wir Abdis vnseren Siegell vnd wir Decanissa vnd Capittell vnseren groissen Capittels Siegell wissentlich an desen brief gehangen vnd wir Hertzoch vnd Abdis, vort Decanissa vnd Capittell vurs. bitten vnd ersuechen vnderdeniglich vnd demodiglich den allerdurchluchtigsten grosmechtigsten Fursten vnd heren heren Karllen Romischen Keiser zu allen zyden mereren des Rychs etc. vnseren allergnedigsten heren, das Ire Keys. Majestät dissen verdrach gnediglich bestedigen vnd confirmieren woll. Gegeben In den Jaren vnsers heren duysent vunfhondert vnd sieuen vnd viertzich vf den zwenzigsten dach des monatz Maii. Und demnach weitter antzeigen lassen, dieweill Irer furstlicher gnaden solichen brief an etlichen orten zu gebrauchen vannoten, dahin er doch on groisse sorg vnd gefar nit woll konte gebracht werden, das wir derhalben ein glaubwirdig vidimus dauon vndter vnserem Capittels Siegell seiner furstlicher gnaden mitdeilen wolten. Nachdem wir dan solich begeren der wairheit zu steur Irer f. gn. nit abschlagen sollen noch mogen, so bekennen wir hiemit, das wir obingeleibten brief mit vnderthenigkeit vnd geburlicher Reuerenz entfangen an schrifften vnd Siegelen wie vorgemelt mit allem notwendigen vlys besichtigt und allerding gantz gerecht vnargwonig vnd sunst one alle gebrechen befonden vnd erkant haben, ouch daruf dis vidimus schreiben lassen vnd dasselbig vleissig vnd eigentlich gegen gerorten waren original brief collationert vberall gleichhellig befonden vnd der alles vnd jedes vorgeschreben zu warer getzeuchnis vnd becrefftigong vnsers Capittels Siegell an diesen brief gehangen.

Geschehen vnd gegeben zu Duysseldorf In den Jaren vnsers heren duysent vunfhondert vnd siebenvndvunfzig am achtzehnden tag des monats februarii.

(Nach dem Original in meinem Besitz. Das Siegel schön erhalten.)

Nr. 3.

Der Benedictiner-Mönch Seger von Voimessen zu M.-Gladbach, welcher sich den neuen Reformen (der Bursfelder Congregation) nicht unterwerfen will, verläßt auf Grund eines Vertrags das Kloster. 1510.

Wyr Johannes van Wick zo bruwilre ind Gerlacus van Breidbach zu D.... Eydte seint Benedicti ordens vnd visitatores van den provincial Capit. Koelen Jnd Tryer gesatz vnd geordenirt, Doin kunt offentlichs allen ind iglichen, die diesen brieff sullen sien off horen lesen, So as vnlangs durch willen, consent, Hulff, bistant Jnd zodoin deß Durchluchtigen Hochgeboren fursten ind Hr Heren Wilhelm Hertzouch zo gulich zo dem Brogh ind Grauen zo Rauensberg ꝛc. onssen gnedig linen Hr Ende mit byschickong syner furstlich gnaden Reidt, Nemptlichs Daem van Har.. Lantdrosscht des lands van Gulich Her Krafft van milendonck Rytter, Meister Ropert van ..ilpen Doctor und Herman van Hochsteden Amptman zo deß greuenbroich, Di hilge Reformaty des Closter zo Gladbach angeuangen ind vurgenomen ist, Dat zo vermeerong götlicher Dienste ind Haldongen der hilliger Regulen sent Benedicty Syn ind gescheyn moissen, Vnd asdan der Erbar Heir seger van Voimessem Monich deß vers. Closters zo gladbach noch zertzyt niet geneycht ist, die reformacie an sich zo nemen ind darJnn zo verblyuen, Hauen daromb Wyr mit sampt den Ehrwirdigen Hr Egidius van Bocholtz Abdt des vurs. Closters zo gladbach, allet in biwesen onss gnedigen lieuen Hr Reyde vurs. mitten genanten Hr. Seger van Voimessen ouerkommen ind verdragen, ind der selff Her Seger hait sich darzu willentlichen vngedrongen ind vngetzwongen erschenen, also, Dat Hi oytz dem Closter van Gladbach tzien sall, ind op syn Monnichspary Recht ind zobehoer, Hey Jn dem vurgenanten Closter ind Conuent oder Kapittell zo Gladbach Jn eyn gewysen hatt off vermeynen muecht zo hauen, Jd sy Jn fruchten, Wynen, Renten, cleidongen, forderongen, widongen, stemmen ind votis Jndem Capittell oder andern Hauen off gudere, beweglich ind vnbeweglich, neit darvan aussgescheiden, So des vurs. Abtz ind Conuent H..s zo gladbach verpligen vertzyen, ind vort belyen ind bewilligen ander... priester ind monichen van dem reformerden Conuent darJnn zo setzen, So derselue Hr Seger vertzeyen belieffst ind bewillichet hatt, vertzyet, belienet ind bewilliget, onch in crafft ind macht dessen, Vnd dan vur Sullen die vurgenanten Abdte ind Konuent des gotzhuyss ind Closters zo Gladbach den obgenanten Hr. Seger van Voimessen zo synen gesynns, sonder yemans Hyndernis, fry los Ind ledich folgen, sueren ind bringen laissen, ward hey wilt, allen Huyswart Ingedoem Ind anders im zostendich iss, ind Hey gebrouygt hait, Ind darzu sullen Hr Egidius Abdt, ind dat gemeyn Conuent zo gladbach ind yre Nakomelinge alle ind ieglich Jairs den genanten Hr Seger syn leuenlanck behoesst plichtig ind schuldich syn itzont den Neisten zokomen sent Remeisdach vonff ind sestich hornscher Gulden off die Werde dar vur an andre guden payment, alß in Zyt der Betzalongen zo gladbach geng ind geue ist, doch onbefangen .. sent Martinsdach alsdan neist folgen volkomenlich betzalt zo syn, ind dat syn leuenlanck ind niet langer, Vnd dan vort des neisten zokomen paschen nae dem vurgt sent Remeisdach, Als men schryifft Dusent vonffhondert und Eyhlff, oich one langer vertzoch dry ind drissichste Halue Hornsche gulden ind dan des neisten sent Remeis Dach Daer nae ouch dry ind drissichste Halue Hornsche gulden, machen zosamen all Jairs vonff ind sestzich Hornsche gld ind dye off die werde davon an andre guden payament wie vurgesch. In sye vry sicher Betzalt binnen gladbach zo yrrer Zyt op gebürlichen quitancen zo leuern ind waill zo betzalen, vm syn sustentaty, alimenta, cost, cleider ind ander syn Ehrbar Notturfft davan syn leuenlanck ind niet lenger zo halden ind zo gebruchen, Ja, so verre hey tgen des Hillige Reformaty niet endede off schaffte... zo werden mit Impetracion, gewalt offt anders eyngewisen, Want off hey In sulchem kentlichs besonden off wan hey sich weder in dat closter willentlig zo der Reformacy nae synn..... ind deillafftich werde, vnd Asdan deser brieff cassert vnd vnwerd zo syn, Auch also, was hie nae laissen wurd nae synn leuen, so wye hey ghein propria oder eygen guder hauen mach, Sall dem gotzhuyss ind gemeyn Conuent vurgen. wederheym vallen, so verre syn kentlige schuld oder debita, war hey die gemacht hatt, vest betzalt werden, Vnd Want Wyr Egidius Abdt ind vort dat gemeyn conuent zo Gladbach vurs. dese vurgenant. Reformacie mit allen desen puncten ind articulen angenommen hant ind an Nemen, So geloeuen wir ouch vur onss ind onsse Naekomen, dye vast ind stede zo halden, ind obligyren ind verstricken onss ind onsse nakomen ind onsse alinge gueder ourconnds desen seluen brieff, Wae ind wye die gelegen synt darvuir, Also ind der massen, Dat wyr dem vurg. Hr Seger von Voymeessen off wan hey des van syner wegen mechtig gemacht hatt alle ind iglig Jairs op Zyt, Wye dan von vurgeschr. steit, Dyselue vonff ind sestzich hornsche gl. oder die Werde dair vur vort an Dan fry, sicher ind vnbekomert, Vollentkomentlichen leueren Hantrechen ind waill betzalen sullen ind wollen one all wedersprock In maissen vurs., Ind off wir oder onsse Nakomen dairan bruchtig vonden wurden, Idt weir In deille off zo maill, dat will got neit geschehen sall, So mach Hr Seger vurgenant vnss ind alle onsse guder asdan, wai ind woy dy gelegen sint, neit davan vssgescheiden, die sament oder besonder, mit allem gebuirlichen lantrechten zu synem waill beuallen, kommeren, beswеren ind durch den gerychtzbanck, da dy gelegen syn off weren, so gerichtlichen Inforderen, verfolgen int hanthauen, nae gebuyr, aller biß zo syner volkomener betzalong der vonff ind sestzich Hornsche gulden In alre maissen vürgeschreuen steyt, des wyr onss verwillen kuren ind verwilligen ouch Hy ynne, vnss dairom vur dy Rente ind pensy, als die Jairlig erschenen is, niet mi dan eyn Maill zo heisschen, oder gerichtlichs roffen laissen, Noch derhaluen gheynen ferder offt langen proceß tgegen ons dairom halden durffen, Dan anstont plechtlichen, als vur bekantte scholt Da Inne fort faren, glychermaissen, off nae gebuyr alles rechten Da Inne procediert ind genoich geschiet were, sunder Wedersagen, Want och gheynerkunne priuilegien vnss beschudden, noch dair weder helffen sullen oder moigen, meynig wysen, der wyr dairop sament ind besonder allet willentlichen vertzegen ind renuncirt hauen, vertzyhen ind Renunciren in ind mit desen seluen brieff ind geloeuen mit, dit vast ind stede zo halden vur vnssen Nakomen, wye clayrlich vurgeschr. steit, buyssen Argelist Ind geuerde. Vnd sodan die hilge Reformacy vurß. mit Hulffe, bystant willen ind consent des obgenanten vnsers gnedigsten lieuen Hern Hertzough zo gulich ind zo den Bergen Graue zc. wye vurges. angeuangen gestalt ind geschlossen ist, zo vollentzien, oichmids syner furstlichen gnaden Reyde ind geschickde vurg. Sulche vort zo stanttafftiger dem almechtigen gode zu loeue ind dem hilgen orden zo eren, de ... gehalden werde ind moege. So haint Wyr Johannes ind Gerlacus Abdt und Visitatores, oich wyr Egidius Abdt ind Gemeyn conuent des closters zo gladbach gebeiden ind bidden demoidich ind vnderdennentlichen syn fürstlichen Gnaden, as onsse gnedigen lantfursten, da onsses gotzhuyss gladbach ondergelegen is, Dat dyselue willen den gedachten H. Seger oich dae by den geburlichen lantrechten Hanthauen Ind gnedigst beschyrmen, wi desen vurß. ind deß zo getzuygen syn fürstlich gnaeden Segell vur vnden an desen brieff doin hangen, Dat wir Wilhelm Hertzouch zc. bekennen wair, die vurß. hilge Reformacij mit vnssem Willen zodoin vortgain Hulff ind bestant, wie vur

.... angefangen ind geschiet, Ind wyr als Der lantfürst willen dairom oich Hr. Seger vurß. daby helffen, hanthauen vnd by synem zeimligen gehalde In onssem schyrm des gnedichlichen verhalden Durch beyde der genante Abdte ind visitatores, oich Hr. Egidius Abdtz ind Gemeynen Conuens, als vnsse vnderdanen zo gladbach vurß. Vnd dis in orkonde der Wairheit vnsse Segell vur vnss, vnse Eruen Ind Naekomen zo bevoir an desen brieff hauen doin hangen vnd Wyr Johannes Ind Gerlachus Abdt ind Visitatoren vurß. Haint onse Segell, vnd oich Wyr Egidius Abdt vnser Abdien, Ind wyr gemeyn Conuent des gotzhuyss zo gladbach vurß. Capittularisch dairzo vergadert vnde vnsse gemeyne Conuentsegell mit onden an desen gehangen ind gesegelt. Wilcht geschiet, geslossen, verdragen Ind gegeuen is In dem Jair vnsers Hrn., Do man Schrieff Dusent vonffhondert Ind zyn, op den Echtendach Maynds Martii. [1])

Praesens Copia... diligenter scripta et collacionata cum suo Originali concordat integra de verbo ad verbum p. me Jacobum Schurschen Imperial. publ. Notar. teste manu ppria.

Nach einer mangelhaften Abschrift der am Schlusse genannten notariellen Copie.

Nr. 4.

Statuten und Gewohnheiten des freiadligen Fräulein-Stifts von St. Cäcilien in Köln v. J. 1463.

In den Jaren vns heren dusent vierhundert ind dryenseistzich des elften daghes in dem Meye syn wir Abdisse ind Capittel der werentlycher kyrchen zo sent Cecilien bynnen Colne vergadert ouermitz heisschonge der geinre van edelen Jonfferen ind Canonichen na gewoenheit der vurs. vnser kyrchen, den da by in Capittels wyse geburt zo syn ind ludonge der Capittels Clocken, zu vernyen ind vercleren die statuten ind gewoenheit der egenanten vnser kyrchen van edelen vrouwen ind Junfferen ind voert Canonichen vur vns geweist synt, synt gehalden, wylche statuta ind gewoenheit vurs. hie na steint geschreuen, die eyn Abdisse, as sy gekoren wirt, na inhaldende yrs eyts sweren sall zo halden, die edele junfferen der Abdissen in eytz stat geloeuen soelen

---

1) Ueber die Einführung der strengen Satzungen der Bursfelder Congregation im Kloster zu M.-Gladbach unter dem Abte Aegidius von Bocholtz siehe: Eckertz und Noever die Benedictiner-Abtei M.-Gladbach p. 118. Der in der Urkunde vorkommende Mönch heisst bei Fahne, Chronik der Abtei Gladbach, p. 51: **Segerus de Wrimersen sacerdos et monachus.**

inde die Canonichen zo komende ouch sweren sullen zo halden allet sunder argelist.

1. In den eirsten. So wanne eyne Abdisse zo dem eirsten gekoren wirt, die eirste iunfferen prouende dan eruelt sal yr geboren zo geuen. Ind sy sall bliuen staen in yre stat der prouen, da sy ynne stont vp den dach, doe sy gekoren sulde werden ind wart. Ind off sy gein vpgesatte junffer en were, wan sy gekoren wirt, sall sy na gyffte der eirster prouende vurs. gelyche wael die gyfft ind stat der kinder prouende zo geuen, an gaen as der vpgesatter Junfferen eyne.

2. Vort sullen vier priorschen ind vier Junfferen van der ander banck syn ind niet mee. Unde de Junfferen vurs. na graede ind anders niemant mogen, wan eynche Junfferen prouende eruellet, bynnen den neisten vertzien dagen der Abdissen ind dem Capittel eyn vry edel kint nennen. Ind wan die iunffer dat kint dan der Abdissen presenteirt, sall em die Abdisse die eruallen prouende geuen, so verre as id gesprechen kan. Ind were id also iunck, dat id niet gesprechen en kunde ind stom bleue, so sall die Abdisse geloiffde nemen, dat die alderen off die neesten vrunde, die dat kint den iunfferen bestalt hetten, sunder vertzoch ouergeuen sullen.

3. Item weir sache, dat die Junffer, der eine Junfferen prouende vurs. soe angeinge van eruellenisse ind ein vry edel kint in den eirsten veirtzien dagen in den Capitell der Abdissen niet en neme, so were die prouende der Abdissen eruallen. Ind sy mach sy vort van alden herkomen mit rechte geuen.

4. Item ein Abdisse en sall der Ampte der kyrchen gein hauen, mer stonde sy in eyme ampte, as sy gekoren wirt, des mach sy gebruichen, bis dat dat iare vm is.

5. Item wan des heilgen cruitz elter ledich wirt, den sall eine Abdisse vnser kyrchen mit yrme Capittel geuen na ynnehalden der fundacien, vort alle prouenden, kyrchen, beneficia, lene ind Ampte der kyrchen sall ind mach vnse Abdisse alleine geuen na ynnehalden der seperacien (sic) dan Bumeister ind boten ampt vssgescheiden.

6. Item worden eynche decimen zo gelaissen zo geuen, die sall dat Capittell betzailen, also dat vnse Abdisse van yrre Abdien wegen geinen schaden en haue.

7. Item so wanne der offerlude ind staff prouende Ampte ledich werden, so sall vnse vrouwe Abdisse eyner ander bequemelycher personen weder beuelen ind geine brieuen geuen, dan wanne der eynich synen

eyt deit, so sall man en lesen wat en geburt zo doin, dar vp sullen sy yren eyt doen ind dan synen namen hinden in dit boich schriuen ind wan yrre eynich dar vntgain dede, sich da ynne halden, as hie na da van geschreuen steit.

8. Item so wanne vnse pisterie ledich wirt, id sy ouermitz sterffnisse oder ouergyfft, so sall vnse vrouwe die Abdisse eyme anderen eyrberen manne die pisterie weder beuelen ind geuen syn leueland na lude ind vnder penen des pisters brieff dat vermach, die doch in dat Capittel komen sall ind synen eyt doin, ee hie bestae dar ynne zo backen.

9. Item der selue pister is dan van stunt schuldich der Abdissen zo geuen hundert ouerlensche gulden ind were id sache, dat eyn Abdisse storue ind eyn nye Abdisse gekoren worde, des gelychs sall hie ouch hundert gulden geuen eyns der nuwer Abdissen.

10. Item dar zo sall der pister alle Jars vnser vrouwen der Abdissen geuen seys ouerlensche Gulden van der pisterien.

11. Item so sall vnse vrouwe die Abdisse selffs persoenlychen bewonen die abdie, ir kost ind gesynde dar steets hauen, vort de zimmere der Abdien ind hoiffs zo poilheym[1]) in gudem buwe zu halden.

12. Item off vnse abdisse zu poilheym off anders wa were, sall sy gelychewaill, na dem sy yr Confirmacie deme Capitell presenteirt hedde ind zu gelaissen were, ir presencie hauen.

13. Item off sache were, vnse Abdisse verschult were ind zu elten of geresheym varen woulde, ir renten versparen, bleue sy dan langer dan eyn iar uss, so en sall yr geine presencie na dem iare dienen, soe lange sy hie niet weder en woent.

14. Item vnse vrouwe abdisse sall ind mach mit yren Junfferen sunderlinge ind ouch mit yren Canonichen zo Capittel gain, ind ad Capittelum discipline bescheiden, off des noit were. Ind wie dat vnse vrouwe mit den edelen Junfferen helt, sall id ouch mit den Canonichen syn, dan alleyne off eynich Canonich suspens van deme Capittel worde gewyst off zu kerker, dat der dem doemdechen ouermitz dem junxsten Canonich in der prouende van gebede vnser vrouwen presenteirt sall werden, off hie dar ynne vngehoirsam were, mach ind sall vnse vrouwe den suspens maichen.

15. Item vurder statuta ind gewoenheit vnser vrouwen Abdissen ind edelen Junfferen hait vnse vrouwe Abdisse sunderlingen beschreuen,

1) cf. Lac. I. 249.

die mit vernyet synt, ouch in Capittels wyse vurs. ouermitz Abdissen, Juncferen ind Canonichen, wylchen den Canonichen neit allet geburt zu wyssen.

16. Item so wanne vnse Abdisse stiruet, der geburt van den corpus yrre prouende dry Jare na dienende vnd niet van der Abdien yre begenckenisse zo halden ind schult zu betzailen, as verre sy yr testament gemaicht hait ind deme Capittel presenteirt, as hie na geschreuen steit.

17. Item were id saiche, dat sy storue na sent margareten dage ind tusschen sente Remeys dage, so geburen yr die vruichte, die erschenen ind dem arn eruallen syn.

18. Item styrfft sy na sent remeis dage ind sent Andreis dage, so synt yr ouch die dry voider wyns van deme Capittel ind dar zo zynse ind pechte der Abdien eruallen.

19. Item so wanne eyn abdisse vnser kirchen stiruet ind eyn ander gekoren sall werden, ee dey zo bisitz der abdien werde zo gelaissen, sall sey yren eet doin ind gelouen alle Jars op sent materns dach zo geuen II. malder weys na ynne halden eyns breiffs liggende yn vnser kisten zu deilen Juncferen ind Canonichen.

20. Item wer id saiche, dat eynige iunffer storue ind eynich ander Junffer angeinge die prouende dar zo ein vry edel kint zo presenteren bynnen der vurs. zyt vnser Abdissen ind dat also presentirde sall geine renten die eirste dry iare na doide der Junfferen dar van hauen, dan were id saiche, eynche Junffer in yren leuen yre prouende ouergeue ind ein ander vry edel Junffer van vnser vrouwen Abdissen da mit begyfftiget worde, mach van stont ingain ind die renten vntfangen.

21. Item wanne ein Junffer, die vpgesat is, as vurs. is, der id dan geburt, ein vry edel kint vnser vrouwen Abdissen presentirt zo der gestornenre ind eruallen prouende zo begyfftigen ind vnse Abdisse dat gedain hait, so sall die iunffer, die dat kynt presentirt hait, yetlychen vnser offerluiden geuen ind waill betzailen zwey ryen Junfferen broitz, eyn rye semelen ind dry echtel wyns.

22. Item so wanne die edel kindere also mit prouende begyfftiget ind zo gelaissen synt, so sall die Junffer, die de Kindere vnser vrouwen Abdissen presentirt hait, hie selffs syn ind degelychs zo choire gain, off dat kint oder kindere sullen hie syn, zo scholen gaen ind zo chore gaen, wanne des noit is vnd die kindere vermoigent.

23. Item were id saiche, dat eynche edel Junffer van vnser vrouwen Abdissen suspens worde gemaicht ind den Capittel as dan so lange de Junffer suspens blyfft ind van vnser vrouwen Abdissen na gewoenheit vnser kyrchen, as vnse vrouwe beschreuen hait, as vurs. is, niet weder vntfangen were, soe en sall die Junffer van der Rente des kynts prouende niet heisschen noch hauen, ind die Rente des edelen kyntz sall dem Capittel bliuen, die kyrche mit zo buwen, dan wanne die suspens Junffer weder na gewoenheit der kyrchen vntfangen wirt, so sall ir die Rente des kyntz off der kindere prouende weder dienen ind volgen, as sy vur plagen, id en wer saiche, dat dat kynt off kindere suspens weren.

24. Item so wanne eyn Junffer hyr geprouent vp vnsen cloister van vnser vrouwen Abdissen in den Capittel eyn huys vntfenckt ind beschencket hait, as gewoinlych is, so sall sy dat huis seluer bewonen ind buwich halden ind were id sache, dat sy des niet en dede ind dat huys anderen luden vermyede, die sullen eyrbar vnberuichtiget, niet ruymich noch bennich syn, off laissen geschien zu syn oder anders, also dat vnse Capittel dar geine clage van hoire noch schaden lyde.

25. Item wer id saiche, dat eynche Junffer niet selffs hie in den huise en woende ind suspens worde van vnser vrouwen Abdissen ind zwey iare van hynne bleue, dat dat huys niet mit yrme gesynde off mit anderen eyrbaren luden bewoent off aenbuwych wurd ind die iairliche rente deme capittel, wanne sy suspens were, nyet en bezailte vp die gewoinlyche zyt, so sal dat vntfenckenisse des huises ind beschenckenisse niet ind aff syn inde deme Capittel weder eruallen syn ind bliuen, sunder voirder versoich darvmb zu doin geistlych off werentlych.

26. Item wat danne aenbuwich beuonden worde an deme vurs. huise ind dat Capittel weder liesse maichen ind vssgeue, sal men der Junfferen, wanne sy weder queme ind vntfangen worde, eyne mit der verstanden iairlychs Renten van yrre presencien ind prouende ynne halden ind afflain.

27. Item off dieselbe Junffer, wanne dat geschiet is, weder begeirde des huises, so verre id dan gein ander Junffer en hette ind deme Capittel eruallen were in maissen vurs. weder gesynnen van vnser vrouwen abdissen ind den Capittel ind mit eynen punt peffers weder vntfangen ind beschencken, as gewoenlych ys, dar zo vnse vrouwe abdisse verstaen ind mit geloiffden suilches niet mee zo ge-

schien, zo laissen ind doin sall, beheltlych alle zyt dem Capitel syns rechten.

28. Item off eynich edel geprouent kint by eyncher Junffere were, dar id niet gerne en were, dat selue kint mach mit synre prouen eynre anderre Junfferen heym gain ind bliuen da by iar ind dach.

29. Item off eynche Junffer kinder prouende hette in maissen vurs. kranck worde ind dat kint ind prouende eynre anderre Junfferen vnses Capittels, die hie degelychs zu choir geinge, so ver dat kint begeirte ind guden willen dar zo hette, besette ind anders nyemant, so mach die Junffer, der dat so besat worde, dat kynt vntfangen ind der renten na gewoenheit gesynnen, die yr ouch werden ind volgen sullen, ja so verre die Junffer hie degelychs zu choirre geit, as vurs. is, off dat edel geprouende kynt zo schoelen her gehalten wirt.

30. Item so wanne vnse vrouwe Abdisse off eynich vnser Junfferen styrfft, so sullen die offerlude sent kunibertz Clocke drywerff luden.

Item off eynche Junffer, Canonich off anders yemantz synre grafft in der kyrchen begeirden, die moissen ind yn geburt zwey malder weys erfflycher renten zo maichen off veirtzich ouerlensche gulden eyns da vur zo geuen, ind vnse vrouwe Abdisse, off sy will, mach in der kyrchen liggen ind yre truhendere en doruen niet geuen, vnse vrouwe Abdisse en hette id dan in yrme testamente bestalt.

31. Item off die Junfferen yr grafft in der kyrchen niet en koeren in maissen vurs., so is yr grafft tusschen sent Peter ind vnser kyrchen, dar man sy begrauen mach.

32. Item so wanne eyne Junffer styrfft ind hait yr testament gemaicht ind weyr sy niet hie, so verre sy dan oirloff hette van vnser vrouwen Abdissen ind niet suspens is, so sullen yr zwey iare die rente der prouenden van den corpus na dienen.

33. Item eynche Junffer, die suspens wirt gemaicht van vnser vrouwen Abdissen, die Renten des eirsten Jars sall vnse Abdisse halff hauen vnde dat Capittel die andere helffte.

34. Item wylche Junffer, die zo essen oder zo den Elff dusent Junfferen[1]) geprouent were, die en mach noch en sall hie geine prouende hauen ind hette sy hie prouen ind worden vp den vurs. enden prouen krigen, so sall yr prouen deser kyrchen ledich syn.

35. Item wanne eyn Abdisse off Junffer off Canonich so kranck

1) Im Stift zu Essen oder in St. Ursula zu Köln.

is, dat sy begeren des heilgen sacramentz off des heilgen olyes, dat sall eyn Canonich doen, deme die weche is beuoilen zo verwairen, vnde is id vnse Abdisse off eynche Junffer, so sullen die anderen Junfferen ind Canoniche mit gain ind da by syn, as sy dat heilge olye vntfeit, den sall presencie gebuiren van den, so kranck were.

36. Item so wanne eyn Abdisse off Junffer styrfft, der lychame sall man draigen zo der grafft dorch die doere, die tusschen sent Cecilien ind sent Peter steit, vnde wanne dat doide lychame gegrauen wyrt, sullen Canonichen, vicarius etc. Commendacie lesen ind den sal man presencie geuen.

37. Item off sache were, dat eynich kranck mynsche vp vnsen cloister wonende were geistlych off werenclych ind so kranck worde ind begeirde misse in dem huise laissen zo lesen, der priester dar zo geheisschet worde en sall des niet doin, dar en sy vnser edeler Junfferen eyne by off vnse Abdisse en geue sunderlinge oyrloff dar zo.

38. Item so wanne vnse Abdisse begangen sall werden, so sal man yr gebeirtze gehemelt ind erhauen midden in die kyrche vntgain den preitger stoil setzen ind dar vm die gereitschaff, dar die kertzen vpstain, vnde an dat gebeirtze die wapen vp schilden gemailt van yren eycht Antheren ind dat vnderste da van vpgekeirt.

39. Item off dat Capittel wyn hedde zo zappen, soe sullen die Junfferen ind Canonichen stille sitzen ind niet tzappen vnde woulde eyne Junffer zappen, soe sullen die Canonichen niet zappen. Item off sache were, eynche andere lude in des Capittels huiseren wonende wyn hedden zo zappen, die sullen eyrst vnser Abdissen des wyns sy zappen willen eyn quart senden ind oirloff heysschen.

40. Item vort vp sent Remeys dach so geburt den Junfferen ind Canonichen den wyn des corpus ind de verken zo verdenen ind vp sent margareten dach dat korn ind vruchte des Corpus der prouenden.

41. Item so wanne dat eyns Canonich prouent ouermitz ersterffnisse off ouergeuen ledich wirt, soe wylche zyt ein ander Canonich zo der vurs. ledigs prouent presentirt ind prouidirt is, der sall, ee syne brieue dar vp sprechende ind in den Capittel gelesen werden mit eyrbaren luden bewysen ind betugen vur vnser vrouwen Abdissen ind Capittell, die dat wairhefftigen sullen, dat der selue leuendige Canonich eyn eelych kynt van vader inde moeder vss eyme eelychen bedde geboren sy vry ind niet eygen.

42. Item as dat geschiet is, sall hie dem Capittel vur die statuta ind brieue horen zo lesen geuen Eicht inde zwentzich marck ind den offerluden vyer marck.

43. Item wanne vnser Canonichen eyn styrfft, den gebuirt so verre hie syn Testament gemaicht ind deme Capittel presentirt is, eyn Jar die Renten van den Corpus der prouent ind da van sullen syne truwehendere ouermitz vnser Canoniche eynen dat debitum laissen doin vnde der Canonich, der ankomen wyrt, sall eyn iar beiden inde van den Renten niet hauen.

44. Item so wylch Canonich an eyn prouen vnser kyrchen mit permutacien off vryer ouergyfft komen is ind van den Capittel zogelaissen wyrt, der mach yerst dages in gaen ind die Rente der prouent van den Corpus ind presencien verdienen.

45. Item vp guden vridach eyn Canonich, den de weche in vnser kyrchen geweist is ind deme sy is, gebuirt dat Ampte zo doen.

46. Item eyn Canonich, deme die weche is, geburt alle satersdage, apostel auende ind hogetzyde, wanne man credo in der missen wirt syngen, zo Ruechen ind die Collecten, as gewoenlych is, zo singen.

47. Item des sall ytlych vurs. Canonich, as man die Rente der prouende deilt, eyn halff malder Roggens mee hauen dan die Junfferen.

48. Item eyn eytlych Canoinch, dem die weche geweist is, geburt zo dem veyr hogetzyden prime misse zo halden ind vp sente Cecilien ind sent mauricius dach na der predicate die eyrste misse zo halden.

49. Item so wanne vnse vrouwe Abdisse oder Junffere mit den heilgen sacramente, sy syn kranck off gesunt, berycht[1]) willen syn, dat geburt dem seluen Canonich ouch zo doin.

50. Item so wanne van Junfferen off Canonichen yr eynich buissen Collen willen, die sullen yerst van vnser vrouwen der Abdissen oirloff hain, ind en gescheige des niet ind storuen, den en sall die Rente des nae Jars niet dienen noch werden.

51. Item eyn eytlyche vnser Canonichen sall van Alheilgen dage bis zo Paisschen, vssgescheiden kirsmisse syn swartze Cappe hain ind dar mit in vnse kyrche gain ind durch dat Jare syn Roechelen ind grae bunte beffe, as in anderen gestychten gewoenlychen is.

52. Item sall eytlyche Junffer ind Canonich vnser kyrchen, so wanne id gein nuyn letzen en synt, des auentz zo vesperitzyt ind des

1) Mit den Sacramenten versehen sein will.

morgens in der seilmissen verdienen yr presencie vnde wylcher dan niet dar en were, der sall in der vigilien versumen eyn deyl der presencien ind in der seilmissen vnde Commendacien zwey deyl, da van hie niet hauen en sal, id en were saiche, dat eynich vnser Juffferen off Canoniche bynnen vnser Emuniteten ind in des Capittels huiseren, dat sy beschenckt hedden, wonechtig kranck weren, so verre sy dat dem presencie meister kunt doin, sullen sy gelychtewail yr presencie hauen.

53. Item off sache were, dat vnse Abdisse Juffferen off Canoniche yrre eynich suspens ind van eyme Rychtere gebannen worde, dar got vur sy, die off der en sall geine Renten der prouen noch presencie, so lange sy in dem banne synt, geboeren noch heuen.

54. Item so wanne sent peters staff her zo sent Cecilien gedraigen wirt, so mach eyn Canonich vff dem doime vp den hogen elter misse halden, anders en sall nyemantz dar vp misse halden dan alleyne vnse Canoinchen.

55. Item off eynich vnser Canoniche, wanne hie mit synen brieuen queme zo lesen, as vurs. is, ind niet priester en were, der sall bynnen dem eirsten Jare priester werden in dar vntgain gein dispensacie weruen, noch van syme eyde vnser kyrchen nider (?) statuta sich laissen absolueren.

56. Item der selue Canonich, der dan niet priester en were, en sall ouch geine stymme hauen in dem Capittel noch mit vns zo Capittel gain noch gein presencie hauen off Capittellaria, bis so lange hie gewyet is priester ind syn misse gedayn hait.

57. Item gein van vnsen Canonichen en sall syne prouen permutiren, resigneren off in anderen henden stellen ouermitz sich selffs off eynen anderen, id en sy mit oirloff vnser vrouwen Abdissen, dar vp gebeden ind behalden.

58. Item off eynche werenclyche lude quemen zo wonen in vnser Juffferen Canoinche off Capittels huysere, ja ouch in den gesgyn[1]) by des pastoirs huse zo sent peter allet bynnen vnser emuniteten der huisvrouwen off andere vrouwen en sullen dar ynne gein kindere nederkomen noch die seys wechen dar ynne lygen, id en were eynich van vnsen Amptluden, as kelner, scholtisse, pister, schoelmeister ind offerlude.

59. Item so wanne eine Abdisse stiruet, so sall der pastoir zo sente peter van syme weduwen hoine zo der begenckenisse der vurs. Abdissen vpsetzen vyer pont kertzen, eytlyche van eyme ponde wasse.

1) Gäßchen, (noch vorhanden).

60. Item des satersdages ind hogezyde, as gewoehnlychen is zo Roechem, were dan saiche der Canonich, den die weche is, niet hie en were, soe mogen die Junfferen vort lesen.

61. Item der Canonich, deme dat huys vp dem orde by des pastoirs huise van sent peter is, sall alle Jars vp nye Jars auent zo vesperen zyt brengen musschaten van eyn ander gesneden, dar na Junfferen hie synt, in eyner schailen mit saltze, dar van mach eyn yetlyche Junffer eyn stucke nemen, ind dar zo sall hie brengen eyn flessche wyns ind schencken die Junfferen, vort soe sall der selue Canonich vp die selue zyt vnser Abdissen geuen eyn wys par henschen ind dry musschaten ind yre dienst Junfferen eyn wys par henschen sunder musschaten.

62. Item so wanne vnser Canonichen eyn styrfft, so gebuirt dar neist den aldesten Canoniche in der prouen des doden Canonichs huis, off hie wyl, vnde des sall hie bynnen den neisten drissich dagen in dem Capittel van vnser Abdissen gesynnen ind mit eyme pont peffers vntfangen ind beschencken, als gewoenlychen is, ind en geschege des niet bynnen der vurs. zyt, soe gebuirt das vurs. huis dar neist den Aldesten Canoniche in der prouent, die ouch doin sal, as vurs. is.

63. Item so wanne ein Junffer off Canonich stirfft, so verre sy yr Testament gemaicht haint, gebuirt yren truhenderen des huises die eirste drissich dage zo gebruichen yr nagelaissen huisrait ind goit zo vrberen ind achter der zyt eyrst dages zo ledigen, id en were mit willen des capittels off eyns anderen, die dat huis weder krege.

64. Item des gelychs gebuirt sich ouch, off vnse Abdisse storue ind worde ein ander Junffer bynnen den eirsten drissich dagen gekoren zo eynre Abdissen, as gebuilych is, so sall sy gelychewail die truhendere restlyche der vurs. zyt gebruichen laissen ind na der zyt vort, bis sy yr gebuirlyche confirmacie hait, ind van den Capittel dar mit sy zogelaissen.

65. Item vnse vrouwe Abdisse Junfferen ind Canoniche, off sache were eynche zwyst off zweyonge tusschen yn ind yren personen vpstonde, dat sal eyn eyckelych vur vnsen Capittel versoeken ind dar vur recht nemen ind vntfangen, so wat dat Capittel dar ouer erkennen wirt vnde den Capittel noch geinchen personen des Capittels dar vmb viande machen off vnwillen zoschicken.

66. Ind off eynche persone des Capittels vurs. vntgain dat Capittel redelyche anspraiche hedde, dat sall die persone eyrst guitlychen

ouermitz sich selffs ind yre vrunt versuichen, vnde worden sy des dan niet eyns, so mach die persone vnse Capittel bynnen Colne mit gebuirlychen rechten versoichen ind niet anders.

67. Item off eynich ander man off persone buissen den Capittel eynche persone des Capittels, id were Junffer off Canonich, an worde beclagede, ouerschreue vntgain vnse vrouwe ind capittel, so sall vnse Abdisse ind Capittel die persone besenden ind zo verstain geuen, suilche schryfft ind claige geschiet is, begeirt die persone des Capittels dan vp yre kost den seluen Cleger zo schriuen vur myn vrouwe ind Capittel zo komen, hie wille doin allet, dat erkant were sy schuldich zo doen, dar zo sall vnse vrouwe ind Capittel willych syn zo doen in maissen vurs., vnde woulde der cleger niet dar zo verstain ind gelyche wail die persone des Capittels ind die gudere des Capittels veeden ind schedigen, so sall vnse vrouwe der seluer personen zo Capittel bescheiden ind suspens machen vnde dan van stont bistant doin vur vnsen genedigeren hern van Colne, alsoe dat die persone des Capittels zo reden werde gestalt ind die gewalt, die geschien mochte gekeirt werden.

68. Item quia vestimenta atque ornamenta, quibus domino ministratur et sacrata debent esse et honesta non vetustate consumpta, cumque illa in cottidiano divini cultus exercitio una cum aliis clenodiis ecclesie nostre consumuntur atque vilescunt, ordo dictat rationis, ut res, bona atque clenodia ecclesie nostre ampliare studeamus et futuris defectibus prevideamus, statuimus et ordinamus, ut quicunque in ecclesia nostra Canonicus ad perceptionem fructuum prebende sue se petit admitti, antequam ad perceptionem fructuum admittatur, primo et ante omnia pro reformatione, conservatione atque augmentatione clenodiorum ecclesie nostre teneatur solvere viginti marcas pagamenti Coloniensis, quibus persolutis et non ante ad perceptionem prepetitam admittatur.

69. Item in de presencie gebuert viertzeyn amen wyns, de sal man verdeynen eyn deil in der aduent ind twe deil in der vasten ind we dan neit hyr en were van Jonfferen ind Canonichen, ja hedden si ouch yr deil wyns entfangen, sy synt se schuldich weder zo keren.

70. Item des anderen sondages na pynxten ys gewonlich dat hilge sacrament alle iaers zo sent peter zo dragen, also gebuert dem pastoir zo sent peter mit synen kirchmeisteren vp des hilgen sacramentz

dach des morgens zo komen by onse Abdisse ind bidden, dat si wille willigen dat hilchdom yre kirchen myt zo dragen ind beuelen der kosterschen, dat selue hilchdom getzyrt werde gode zo eren na goeder alder gewoynten.

71. Item so wilche Jonffer die kelrie op sent margraten auent myt dem yrsten wirt angain, die sal vnser frauwen Abdissen gelouen, zwey Jair hie selffs persoenlichen zo bliuen ind off des nyet geschege, en sall sy van den Renten nyet hauen ind hedde sy wat en wech, sall sy wederkeren off yemantz van yren wegen.

72. Item sullen alle Jars zwa kelnersse syn zo samen as eyne priorsche ind eyn Junffer van der ander banck vnde were saiche, dat der eynche niet en wonede zo sent Cecilien, der die kelrye geboren solde, versuymde sy sich, dat sy op sente margareten auent niet da en weren, so sall die kelrye geboeren der nester, dat is off eyn priorssche sich versuymde, as vurs. is, so sall sy angain ind geboeren der Junfferen van der ander banck, vnde en is die ouch niet op die vurs. zyt da, so sall sy angain dat Capittel, dat alltzit in affwesen der persoenen op die zyt vurs. staen ind syn sall.

73. Item eyn yetlyche der kelnerssen sall hauen eyn halff voider wyns ind zeyn malder roggen of XV kouffmantz gulden vur dat voider zo geuen.

74. Item noch sall yetliche kelnersse hauen zwey malder ertzen niet van den besten noch snoitsten.

75. Item da van sall die Junffer, der die kelnerye zo sent margareten is, angegangen geuen op die dry sondage, as man spes mea in der nonen singet, vnser vrouwen Abdissen vunff s. zween haller ind ytlycher Junfferen ind Canoniche zo presencien, die in der nonen synt, XVI haller.

76. Item op die seluen dry sondage geburt den pistor mit synre huisurouwen tzo essen mit der kellnersche ind der pistor sall na dem essen mit synen knechten none luden.

77. Item die kelnersche sall op den mendeldach den wyn ind wat zo dem mandaet broit geburt bestellen.

78. Item die kelnersche sall den vasbenderen alle dage, as sy die Rummelen bindent, eyn zoppe machen ind yren wyn dar zo geuen, na deme yrre is, darvntgain sall sy wederhauen die alde reiffe ind spene.

79. Item die kelnersche sall op sente mertyns auent senden vnser

vrouwen Abdissen eyn quarte wyns quedewen ind bieren ind eyne schaile trosyen ind ein gantze musschate oar vp.

80. Item des gelychs sall sy doen yetlycher Junfferen, die huys vp helt, eyn halff quarte wyns quedewen bieren ind Trosye.

81. Item vnse vrouwe Abdisse sall alle Jars vp sente margareten auent in dem Capittel sagen, dar die Canoinchen bi synt, so wylche Junfferen, priorschen ind van der ander banck synt, ind wylch yr van den die kelnerye sy angegangen.

82. Item die kelnersche sall noch hauen seys malder weys, da van sall sy die kost doin, as sent peters staff her kompt, ind off saiche were, die staff niet gedragen en worde, noch kost geschege, sall dat Capittel den weis behalden.

83. Item zo der kost zo essen gehoiren nuyn schottelen vur ind nuyn schottelen na. Item der priester Canonich, die die misse zo sent Cecilien hait gehalden, der sall ouen an sitzen, dar na der dyaken, dar na die Junffer, die kellnersse is, ind dan der edel man, der subdiaken ind dan vort vnse Canonichen ind lese prouenden.

84. Item die kelnersse en sall niet mee gerychte geuen dan hie na geschrenen steit.

85. Item in dat eirste mois mit botter gesoiden inde da bi harde kalde eyer ind zo dem anderen gerychte karpen ind baruen gesoyden mit peterzilien ind essich. Item zo dem dirden salmen gebraiden mit stumpen, dat synt jonge baruen vp eynen roister gebraden mit eyner zaessen dar by ind niet me gerichte. Item by alle dese gerychte wyns genoich.

86. Item die kelnersse sall des Auentz, wanne sente peters staff des morgentz komen sall, eyn halff salmen houfft, dar eyn mois salmes ane syn sall, mit komenien dar ouer vnser vrouwen Abdissen senden.

87. Item were eyn dechensse hie, der gebuirde eyn halff salmen houfft mit komenien sunder mois salmes.

88. Item ouch sall die kelnersse yetlycher Junfferen, die seluer huys vp helt, senden eyn mois salmens mit komenyen.

89. Item sall die kelnersse ouch des morgens vnser vrouwen Abdissen eyn schottel spyse senden.

90. Item so wanne eyne kostersche were, der geburde der kelnersche zu geuen derde halff kluyde vnseltz, davan solde sy den dormiter beluichten.

91. Item kelnersche, kostersche, scholastersche gebuirt ytlychen van yn vnser vrouwen Abdissen allen Jars zo geuen ein punt peffers.

92. Item vp kristnacht Jars auent ind drutzienauent sullen die Junfferen mit der procession gain na der missen vm den vmbganck ind singen dat Responsorium Sanctificamur ind lesen die letanien ind VII salmen.

93. Item die Canonichen leseprouende ind offerluide soilen zo der seluer zyt vmbgain wien van huise zo huise bynnen der emuniteten ind wie van yn niet en is in der Junfferen Capittel huise, wanne sy beginnent vmb zo gain ind ouch dan niet mit vss, vmb ind weder in geinge, der sall zwey s. bezalen.

94. Item dat gelt, dat dan wirt gegeuen, soelen sy verzeren tuschen kristnacht ind vastauende in der kelnerschen huise vp eynen dach der kelnersschen gelegen is, so sall die kelnerssche die kost doin, ind den wyn sullen sy betzailen, zwerentz sall sy die kost doin. Were euer saiche, dat kristdach vp eynen sondach queme, so sall sy drywerff zessen geuen den vurs. heren.

95. Item so wanne die kelnersse die kost deit, wye vurs. is, so sall sy vnser vrouwen der Abdissen eyn scottel spisen seynden off eynen s. dar vur.

96. Item dis sall die kelnerssche zo vollest hauen zwelff hoinre ind drissich eyer. Item die kelnerssche gewest ist, sall ouch so vil hauen.

97. Item so wylche Junffer kelnerssche is, mach die kelnerssche vurgeweist is, off sy hie is off eyn ander Junffer in die stat bidden zo denseluen essen, ind vur sich ind den gast sy bidden wyrt, sall sy vur ytlychen dry echtel wyns brengen vnde die offerlude sullen zo der taiffelen den wyn schencken.

98. Item so wanne eynich vicarius syne brieue der gyfft oder prouisien des elters zo gyfft vnser vrouwen Abdissen rorende gelesen ind zo der prosseßion des elters ind renten gerne zo gelaissen wolde syn, der sall, wan hie van vnser vrouwen Abdissen Capittel het laissen maichen, in dat eirste geuen zwelff marck ind dan syne brieue dar vp sprechende laissen lesen.

99. Item eyne ytlychen vicario ind lese prouende vnser kyrchen gebuirt so waile as vnse Canonichen vp sente marcus dach ind in den bede dagen mit den heilgen ind processien vnser kyrchen zo gain ind vort vp sente Cecilien, sent mauricius ind sent euergislus auende zo vesperen ind des morgens zo metten syn ind na deme der eyrste salm uys ist, neit in dat choir gain, vnde wylch dar ynne off an synen missen zo halden versuymlych beuonden worde, mach vnse vrouwe

zo Capittel doin bescheiden dar vur ansprechen ind doin straiffen, as iunfferen ind Canonich wysen ind sich gebort.

100. Item gein vicarius en sall werden zo der possession gelaissen, hie en doe yerst synen eit, as sich gebuirt ind beschreuen is.

101. Item gein vicarius en sall misse bynnen der hoemissen lesen, vnde wat vp die eltere der vicarien geoffert wirt, is allet der Costerien, vssgescheiden der vicarius van dem Cruitzelter, so wat vp den elter des heilgen cruitz, wannee hie selffs misse hellet, van den luiden bynnen vnser Emunitaten wönende geoffert wirt, mach hie behalden na ynhalden synre fundacien.

102. Item so wanne eyn leseprouender syne brieue gelesen will hauen, die sall in dat eirste geuen vyer marck, dan so sal men die brieuen dar vp sprechende horen, ind ee dat hie zo der leseprouende ind renten zo gelaissen werde, sall hie yerst synen eyt doin, so as die beschreuen is.

103. Item die leseprouende, den die weche is, sullen alle fyrdage hogetzyde rc. ind wanne dat man Credo in der missen hellet, hie syn ind zo der missen dat heilge ewangelium ind Epistele syngen ind wylch yr da ynne versumelych worde ind niet dar en were, ee dat der priester, die de misse singen sall, vssgeinge, so mach der priester lesen die misse ind he sall gebruicht hauen dem Capittel, so meinchwerff dat geschege, eyn marck, ind gelychewail so ver dat vp hogetzyde off vyerwerff in dem Jare geschege, straiffunge lyden van vnser vrouwen der Abdissen, off sy wilt.

104. Item wanne eyn leseprouende so wie vurs. is, versuymlych beuonden worde, so sall der kelner die marck eine an synen korn off gersten afflayn ind ynne halden.

105. Item so wanne eyn staff prouender synen brieff der gyfft begeirt in dem Capittel zo lesen, so sall hie in dat eirste geuen vyer marck ind dan synen brieff doin lesen.

106. Item der selue sall ouch mit den yersten, as der brief gelesen is, synen eyt doin.

107. Item eynen ytlychen staff prouender gebuirt selfs persoenlychen mit der roiden by der processien gain vp die zyde her na geschreuen, id en were, dat he eynich sunderlinge oirloff van vnser vrouwen abdissen hetten.

108. Item den vurschreuenre staff prouenre gebuirt hie zo syn purificacionis des Auentz zo vesperen, so verre id niet beslossen zyt en

is ind des morgens zo der missen, as man die kertzen segent zo sent peter, item vp palmdage, item vp paischauent, item paischdage zo missen ind zo vesperen ind vort de weche zo vespertzyt bis an den saterstdage, item des eirsten sondages na paisschen, item vp sente marcus dach, item in diebus rogationum item ascensionis domini zo der missen, item vp pinxstauent, item vp pinxstdach, item des eirsten ind des anderen sondages dar na, item vp sent johans auent zo vesperen, item vp sent peters ind sent pauwels auent, item vp sent marie magdalenen auent item vp sent peters auent ad vincula, item vp vnser vrouwen auent Assumptionis, item vp vnser vrouwen Auent natiuitatis, item vp sente mauricius dage zo missen, item vp sent michaiels Auent ind vort wanne stacien zo halden synt.

109. Item wylch staffprouende dar ynne bruchlych ind versumelych beuonden worde, sall eme nae aenzale synre renten aue gerechent werden van den kelner.

110. Item off eynich staff prouender Eichtwerff bynnen eyme Jare off me affhendich bleue, syn debitum seluer persoenlychen vp die vurs. zyde niet en dede ind dat liesse sunder oirloff van vnser Abdissen gebeden ind behalden, so sullen die Rente der stafprouende dienen zo dem buwe vnser kyrchen, ind vnse Abdisse mach as dan eyme anderen de staff prouende beuelen.

111. Item eytlyche, die na dysser zyt zo eyncher staff prouende komende wirt ind ee hie van vnsen Capittel werde zo gelaissen, sall hie horen lesen dese vur ind nae geschreuen punten und die dan zo den heilgen sweren zo halden ind niet dar weder doen, as syn eyt dat ynne sal halden.

112. Item den staff prouenderen vssgescheiden den pister gebuirt den vasbenderen vnse wyn vaes laissen zo binden, wan des noit is, die zo lonen, ind dat Capittel bezailt die reiffe ind wyden.

113. Item so wanne eynich vnser Canoniche off vicario des Cruitz Elters bauen oir selffs eeghen gewontlyche debita zo gelaissen ind gegunt wirt, dat sy in eynichen Exequien, id sy in fraterniteten off anders vur ind in stat eyns vremden anderen priesters off officianten misse zo lesen vur loen ind presencie off eyns vicarius Elter zo officieren in vnser kirchen gelich as eynen vremden vsswendien priester, sullen sy dar vmb ouch alle offer, wes dan vnder den missen, de man so beloent off officieren leitz geoffert wirt, der Custerien gantz laissen gelich als sus eyn ander vrempt prester off officiant schuldich is zo

doen, dat vnser kirchen Custerie des haluen geyn schaden off hynder en lyde in yren offer.

114. Item den offerluden, den vnse Abdisse dat Ampt beuelen wirt, sullen eyn eytlyche besonder in dat eirste den Capittel gude burgen setzen vur vyerhundert gulden, off eynich schade off versumenisse geschege, dat sich dat Capittel dar an erhaile.

115. Item der offerlude sall zo dem minsten alle nacht ein in vnser kyrchen slaiffen.

116. Item die offerlude sullen geloiuen, geine vrouwen vp yr kamer zo laissen, da van sunde vntstain of komen mochte.

117. Item die offerlude sullen des auentz zo eicht vren die lampe vntfengen ind niet ee ind des morgens, as der dach kompt, weder uffdoin vssgescheiden de gewoinlychen plegen zo bernen.

118. Item des sall yetlyche offerman van der Costerien des Jars weder hain eyn marck ind eycht s.

119. Item die offerluide sullen alle auentz zo nuyn oeren die cloisterportze sluissen.

120. Item des sullen sy beide van den Capittel weder hauen zwey malder roggens.

121. Item die offerluide sullen alle auentz de kertzen zo salue regina vntfengen ind aue maria luden.

122. Item des sullen sy beide weder hauen van dem Capittel alle Jars eyn malder roggen.

123. Item die offerlude sullen vrklocke wail stellen ind bewaren, dat sy gelych anderen clocken na der zyt slae. Item des sullen sy van dem Capittel weder hauen eyn malder roggen.

124. Item want sy vnser vrouwen Abdissen gehoirsam sullen syn in allen redlichen saichen, die cleynode truwelychen bewaren ind willenclyche vssrychten, as yr eyt dat vorder vermach, so sall eyme ytlychen van staender renten gebuiren van dem Capittel seys malder roggen, dry malder gersten, vierdehalff somber euen, XXI quarten wyns off eynen s. vur de quart, eyn half sommeren ertzen ind eichtenhaluen s., as man mit den heilgen geit.

125. Item noch want sy zo den memorien in vnser kyrchen zo vigilien ind Commendacien luden sullen, sall yetlych van dem Capittel hain I marck ind seys s. zo presencien.

126. Item noch sall yetlych hain van heren werners memorie, de des Jars zwerens syn sall, zo yetlycher zyt dry s. Item eyn

marck van dem gelde zo sent mariengarde [1]) (sic), so lange as dat werende is, ind wyr vntfangen syn. Item hogetzyde sondage ind heilge dage ind wan de memorien syn, gebort den offerluden beide samen in der kyrchen zo syn ind yr eyn den anderen helpen.

127. Item vyse Scholtisse sall hie bi vns vp vnsen cloister wonen ind steitz ein pert halden.

128. Item der selue sall die ungeboiden gedinge ind vp ander zyde, wanne des noit is, besitzen, ind wey weddich wirt, so hoe as eychten haluen schill., dat sall des scholtis syn, dan die groisse wedde as vunff marck sall des Capittels syn.

129. Item der scholtus (sic) sall zo allen vngeboiden gedingen syn rollen der vntfangen hende hain, dar offenbar lesen zo besyen, off sy die vngeboiden gedinge hoeden ind wie dar niet en were, sall der scholtus laissen penden vur dat wedde, id en were saiche, dat hie orloff hedde.

130. Item off der vntfangen hende dan eynich gestoruen were, sall hie van stont den kelner zerzyt kunt doin ind die kormode in vorderen ind bestellen ein ander vntfangen hant des kormodigen goitz weder sy.

131. Item der scholtus sall alle zyt willych syn zo ryden ind zynsse ind pechte yn zo vorderen ind wan hie en tuschen nyenhuise ind bornheym off vmb den trynt Ryden is, dat sall hie doin vp syne kost, dann Rede hie vorder, wat hie dan in dem deinste des Capittels Redelychen vertzeirde, sall dat Capittel betzailen.

132. Item dis sall eme dat Capittel weder geuen zo lone zwentzich gulden. Item vur syn cleidunge seys gulden, vur eyn huys vyer gulden, vur heuwe vyer gulden, yederen gulden gerechent vur dry marck ind vunf s., dat macht C. seystzein marck ind zweyn s.

133. Item vnse wyngarten bynnen Colne sall hie vp vnsem cloister wonen ind koe halden, da van der mist in vnse wingarde komen sall ind wyr sullen bestellen, dat dry wagen strois, als van palmestor [2]), buchelmunt ind lynde, ouermitz vnse halff wyn vur vnsere vmbganck, de koe vurs. zo voderen geuoert werde.

134. Item der wyngarder sall den wyngart zo rechter zyt snyden

1) Ecclesie b. Marie in ortis.

2) Palmerstorf, wo das Stift die Grundherrschaft hatte. Buchelmunt ist Boklemünd bei Köln, cf. Lac. I, 93.

ind grauen ind die Raemen wail verwaren ind die alde Raemen bi ein bynden.

135. Item hie en sall geine Raemen verbernen, wir en geuen sy eme.

136. Item die Reuen ind wetzelen sall hie hauen inde doch vnschedelych affhauwen.

137. Item hie en sall geyn lude in den wyngart druuen laissen snyden, id en sy mit wyst ind wille vnser Abdissen ind des kelners.

138. Item sullen wir den wyngarter geuen zo loine seys ellen doichs off seys marck darvur.

139. Item van der wyntergracht seys marck ind wan hie persset, sall hie hauen den dach vyer s. Item wan he mist dreget, sall hie den dach hauen vunff s. Item noch sall hie hauen vur syn loen seys en drissich marck.

140. Item den wyngarter gebuirt zo blaisen vp den orgelen. Item die vanen selffs ander zo dragen, wan man mit den heilgen geit ind vnser lieuer vrouwen bilde zo dragen, als man stacie geit.

141. Item sal men dese statuta ind gewoinheit vurs. alle iars eyns vp sente margareten auent lesen des morgens na der seilmissen, so verre id niet nuyn letzen noch sundach en sy, anders des seluen auentz na dem groissen gebede vnde des sall eyn presencie meister vnser vrouwen Abdissen yetlycher Junfferen ind Canonichen zo presencie geuen, wan dese statuta gelegen synt, eycht s.

142. Juramentum Abbatisse: Ego N. Abbatissa huius ecclesie ab hac hora in antea ero fidelis et obediens domino meo dom. N. archiepiscopo Coloniensi et eius successoribus pro tempore existentibus canonice intrantibus, ipsi ecclesie mee sancte Cecilie fidelis ero, separationem reddituum abbatie mee dicte ecclesie factam et hactenus observatam etiam in antea observabo, bona mobilia et immobilia et pretiosa et iura eiusdem ecclesie et abbatie mee predictis inventa observabo ac deperdita et alienata recuperabo pro posse et nosse nec ea alienabo citra consensum dicti domini mei Archiepiscopi pro tempore existentis et Capituli ecclesie mee predicte secreta capituli non revelabo, statuta et consuetudines laudabiles et honestas ipsius ecclesie observabo et observari faciam, correctiones disciplinares debitas faciam et tenebo

pro posse et nosse, sic me deus adiuvet et hec sancta dei evangelia [1]).

143. Juramentum schabinorum in stummelle: [2]) Ich glouen huyde zo daege wyllentlichen an dieser stat gode van hemel vnde marien synre lieuer moder, allen gotz heiligen, mynre Eirwerdiger frauwen van sent Cecilien vnd yrem gantzen gemynen Capittel als eynem erffgrunt heren des gerichts zo stummel, mynem gnedigen heren, dem hertzoich zo gulich vnd zo dem berge ꝛc. als eynem gewalt heren vnd vaydt, soe geloeuen ich den Erffgruntheren vnde gewalt heren getreuwe vnd holt zo syn, yr archste zo verwarden vnde yr beste vur zo keren vnd scheffen hael zo behalden vnd dat niet zo laissen oem lieff noch oem leit noch oem frunt noch oem maige noch oem geynre kunne argelyst. Ich geloeuen voerder nae anspraichen na antwort, die vur mych vnd myne gesellen kumpt, daer oeuer recht ordel zo geuen nae oensen besten synnen vnd verstande, off wyr des wyse weren off wyr es niet wyse en weren, schryft vnd gelt zo heisschen zo beiden deylen an onsen Ersamen houfft zo trecken, daer wyr des wyse gemaicht werden alsulch oerdel als oens oense Eyrsame houfft kent voer recht, dar niet zo koerten noch zo lengen noch zo melieren (?) noch zo voissen zo treden noch myt ougen zo wenden noch mit brieuen zo schriuen noch mit boeden zo senden, dan aen alsulche . . . vnd steede, dare oem der richter maynet, die ons vur recht maenen mach oem eyn recht oirdell zo geuen vnde alle dat gene dar ich vurgeloffT vnd gesaiht hayn, dar nae stede vnd vast zo halden sonder eynge kunne argelyst, die vnder diessem hemel bedeckt, as so myr got helppe vnde alle syne heyligen.

Die vorstehenden Statuten und Gewohnheiten vermitteln uns eine interessante Einsicht in die Einrichtungen und die Lebensart des Cäcilienstiftes. Sie verdienen um so mehr mitgetheilt zu werden, weil sich, soviel ich weiß, im Ganzen wenig Nachrichten über dieses Stift erhalten haben und weil sie nicht allgemeiner Natur sind, son-

1) Es folgen noch die iuramenta canononicorum, vicariorum, dyaconorum et subdyaconorum so wie die Eidesformel des Offermannes.

2) Der Eid der Scheffen von Stommeln ist von späterer Hand. Die Rechte, welche das Cäcilienstift zu Stommeln hatte, beruhten auf einer Schenkung des Erzbischofs Bruno I. vom Jahre 962: Lacombl. I., 105.

dern recht viel Individuelles enthalten, auch verschiedene culturhistorische Notizen bringen. Die Statuten befinden sich in einem Bande (groß 4°.) mit 30 Pergamentblättern in rothem Pergamentbande. Derselbe gehörte jedenfalls dem Cäcilienstifte, ist aber gegenwärtig der Königlichen Universitäts-Bibliothek zu Bonn einverleibt. Der Codex ist schön und fast ganz von einer Hand geschrieben, es wechseln rothe und blaue Initialen.

Bei dieser Gelegenheit sei noch mitgetheilt, daß sich in dem Pfarrhause von St. Peter in Köln die werthvollen Bildnisse von fünf Aebtissinen von St. Cäcilia befinden: 1) das Bildniß der Clara von Richenstein mit der Jahreszahl 1574; 2) der dom. comtissa de Franckenberg electa 1712 ob. 1737; 3) der dom. de Walbot Bassenheim el. 1737 ob. 1765; 4) der dom. de Dücker el. 1765 ob. 1790; 5) der dom. de Kloever ultimae abbatissae el. 1790 ob. 1806.

Allerlei.

Kirchheim, Hockenbure. (Annalen VI. S. 213 ff.) Die Oerter mit der Endung „heim" sind alte; sie datiren in der Regel vor dem Jahre 1000 her. Auch der erstere Ort war im 13. Jahrhundert schon eine Pfarrei (Binterim u. Mooren, Erzd. I, S. 161.) Die Endung Bure ist nicht „Burg", sondern wie in den Ortsnamen Bur, Buir, Büren, Wohnung. Dieselbe Bedeutung hat das Wort noch in „Vogelbauer". Nach Graff's althochdeutschem Sprachschatze III, S. 18, Betebure = Kapelle, Gotteshaus, so die jetzigen Ortsnamen Bedburg (Bedebure) an der Erft und im Clevischen. Der Ort Hochheim von 1473 (Lacomblet IV, S 454) scheint mit Hockenbure ein Ort zu sein; die Endung „heim" wechselt oft mit „hausen" und „hofen" ab. Die erste Silbe enthält entweder das altdeutsche huc = Hügel oder die erste Silbe eines Personennamens wie z. B. Hucbert. — „Hockenbruch" hat sich aus Hockenbure gebildet (Annalen II, S. 301.)

Walscheid bei Ründeroth. Annalen II, S. 186 ist zu lesen: W. oberhalb Lohmar unweit der Ager. — S. 193 „Güter in Linz und Rugginhusen". Nach einem Deutzer Cartular machte der Abt Otto von Deutz im Jahre 1347 mit dem Propste Rütger von Ulinchusen einen Vergleich wegen der Höfe zu Rotkin-Kusen in parochia Holthusen und zu Linne. Dasselbe Cartular hat auch einen Vergleich des Abtes Bruno von Deutz vom Jahre 1220 mit dem Prior Radolfus von Ulinchusen wegen der Höfe zu Linne und Ruggincħusen. Es sind dieselben Höfe.

Annalen III, S. 69. „Johann Geich, aus Aix territorii Merodiani". — ist Echtz, nordwestlich von Düren, wo auch Merode liegt.

Im VII. Hefte der Annalen und zwar in der Abhandlung über das Rheinbett, sind einige Orte verkehrt geschrieben. So ist z. B. zu lesen S. 142 anstatt Hallerhaf = Hellerhof, S. 147 Lagerhofe = Bergerhofe, S. 148 Beckumer Spey = Bockumer Sp., S. 153 Holzheim = Golzheim. Anstatt der Jahreszahlen (Seite 151) 1574 und 1704 wird wohl 1374 und 1784 zu lesen sein.

Der General Johann von Werth war (Annalen IV, S. 270, VI, 180—83) in erster Ehe mit Gerdrut von Gent zu Konen oder Coenen verheirathet. Der Ortsname ist aber verschrieben. Es ist nämlich Loenen in der Betau. Dieser Sitz kam als Heirathsgut von den Herren von Biland an die von Gent [1]) und auf dieselbe Weise an die Quad-Widrath. Das

1) Wilhelm van Gent, Herr zu Loenen 1538 (Lacomblet IV, S. 665).

Geschlecht hat von Gent in der Oberbetau den Namen; es besaß Dieden zwischen Maas und Waal, einen Rittersitz Oye, Loenen u. s. w. Elisabeth, eine Tochter Wallraff's von G. zu Oyen war 1637 mit Johann Quad zu Oberwinter und Miel verheirathet. Wilhelm Bertram Quad zu Wickrath und Schwanenberg († 1713) war mit Maria, einer Tochter des Junkers Cornelius von Gent und der Judith von Merode (aus dem Hause Rumern) verheirathet, welche Erbin zu Loenen und Sievernich war und im Jahre 1682 starb. Sievernich, nordöstlich von Zülpich, war im Jahre 1610 noch im Besitze des Floris v. Merode zu Rumeren und Amtmanns von Neuenahr. Nach der Stammtafel der v. Merode bei Bucelinus (Germania stemmatograph. T. II) war um dieselbe Zeit ein Florenz von M. aus dem Hause Rumeren mit Einer von Gent verheirathet, der keine Kinder hinterlassen haben soll. Aus dem Vorstehenden kann man ersehen, wie schon in der Jugendzeit des Generals verwandtschaftliche Verbindungen zwischen den von Gent mit kölnischen und Jülichschen Geschlechtern bestanden haben.

Weiße Kirche (Heft II, S. 297). Auf einer Karte vom Niederrhein, welche die Homann'schen Erben (1724—1750) nach der Jaillot'schen herausgaben, findet sich diese Kirche unter dem Namen „Wilkirchen" zwischen Kaarst und Schiefbahn angegeben. Die Karte ist übrigens nicht genau, und hat viele Oerter an der unrechten Stelle.

Nach Löhrer (Gesch. v. Neuß, S. 34) soll Luden in seiner „Geschichte des Teutschen Volkes" sagen: daß Niemand den Ort nenne, wo die Schlacht zwischen dem Fürsten der Friesen, Ratbod, und Karl Martell Statt fand. Die Annales Stae. Columbae Senonensis (Pertz, Monum. I, p. 102) berichten unterm Jahre 716 „Primum pugnavit Carolus Dux contra Ratbodum ad Coloniam". Sie wird wohl unterhalb Köln vorgefallen sein.

Reinald von Dassel, Erzbischof von Köln (1159—1167), vorher Propst zu Hildesheim (Annal. IV, S. 197). Den Ort Dassel erwarb Bischof Siegfried II. für das Bisthum Hildesheim. Das liber donationum ecclesiae Hildesheimensi factarum (Leibnitz, script. I, p. 770) führt auch den Erzbischof Reinald unter den Schenkern an und bezeichnet die Güter, welche er geschenkt, die im Hildesheimischen liegen. Zwei davon könnte man für niederrheinische Orte halten, nämlich: Embrike und Escherte, welches letztere man für Esserden bei Rees nehmen könnte. Es ist aber das Kirchdorf Escherde im ehemaligen Hildesheimischen Amte Steuerwald.

Wenn wir einem Dichter glauben wollen, dann gab es zur Zeit Karl's des Großen in den Ardennen um Inda (Cornelimünster) noch Bären und Auerochsen. Ermold (Ermoldi Nigelli carmina. — Pertz, Monum. II. p. 489), der in der ersten Hälfte des neunten Jahrhunderts wahrscheinlich als Abt von St. Aignau zu Orleans lebte, spricht nämlich von der Gründung des genannten Klosters (J. 817) durch den Kaiser Ludwig den Frommen:

Cornigeris quondam sedes gratissima cervis,
Ursis, seu bubalis apta, ferisque capris,
Sed Hludovicus agens purgavit lustra ferarum,
Atque Deo gratum condidit arte locum.

Die Angabe ist wahrscheinlich, denn im Jagdbezirke der Bischöfe von Utrecht, im Gau Drenthe (zwischen Gröningen, Almelo und Zwoll), fanden sich nach einer Urkunde des Kaisers Otto I. von 943 (Heda, Episcop. Ultrajectin. Ultraj. 1643 p. 83) wenigstens noch Bären [1]) vor, indem es darin heißt:

1) Die Friesen mußten den Römern Häute von Auerochsen liefern. Tacit. Annal. IV. 72.

Nemo sine venia Baderici Episcopi in pago forestensi Trentano cervos ursos, capreas apros bestias insuper, quae teutonica lingua Elo aut Schelo appellantur venari praesumat. Die letztere Thierart ist der Elch oder das Elenthier, welches jetzt, bis auf wenige Reste in Preußen aus Deutschland verdrängt ist; es fand sich noch zu den Zeiten der Hohenstaufen im Spessart und Odenwalde, wo es auch Caesar (de bello gall. VII. 28) angibt. Im Nibelungenliede heißt es bekanntlich:

Darnach schlug er schiere einen Wisent und einen Elch,
Starcher Ure viere und einen grimmen Schelch.

Die handschriftliche Chronik der Altenberger Mönche, die lange verloren war, findet sich jetzt im Landesarchive zu Düsseldorf (Viebahn, der Regierungsbezirk Düsseldorf, S. 299). Sie muß interessante Aufschlüsse über die Geschichte des Niederrheins geben, weßwegen ihre Herausgabe wohl zeitgemäß sein dürfte.

Aschenberg, lutherischer Prediger zu Cronenberg, dann als solcher zu Hagen 1820 gestorben, schrieb eine wenig bekannte, kurze bergische Landesgeschichte[1]), die in den Jahrgängen 1800, 1801, 2, 3, 4 und 1806 seines „bergischen Taschenbuches" abgedruckt ist. Da die Herausgabe desselben unterbrochen, reicht sie aber nur bis zum J. 1324. Im Taschenbuch für 1801, wo er den Faden der Geschichte mit dem Jahre 1160 wieder aufnimmt, erwähnt er in einer Note der obigen Chronik, wie folgt:

„Außer mehreren anderen, bisher unbenutzten Quellen schöpfe ich in der folgenden Erzählung vorzüglich aus einer wirklich gut und fast durchaus mit Einsicht geschriebenen Chronik, welche vom Jahre 1086—1260 reicht, und fünf verschiedene Mönche der Abtei Altenberg zu Verfassern hat. Der erste, zweite und dritte haben sich genannt. Der dritte steht den übrigen merklich nach. Wo der eine aufhört, fängt der Andere an. Jeder scheint dasjenige zu erzählen, was er selbst in reiferen Jahren erlebt hat; nur der Bericht des Einen umfaßt einen Zeitraum von 78 Jahren, und bei dem mag dies vielleicht nicht gelten. Die Ereignisse des Niederrheins waren ihr vorzügliches Augenmerk. Das Manuscript, welches ich nach vieler Mühe erhielt, und nur ein paar Monate benutzen durfte, ist, wie ich glaube, das Original; vielleicht ist gar keine weitere Abschrift davon vorhanden u. s. w." Aschenberg's Nachrichten vom h. Engelbert gründen sich vorzüglich auf den Bericht des Mönches Balderich, welcher zu Engelbert's Zeiten in der Abtei Altenberg lebte, und welcher ausdrücklich in der angeführten Chronik sagt: „Er habe den Erzbischof persönlich gekannt, und den Edelknaben, welcher bis an seinen letzten Athemzug bei ihm beharrte, genau über alles befragt, was auf das tragische Ende des Erzbischofs Bezug hat."

A. benutzte auch (Taschenbuch für 1803, S. 123) eine handschriftliche Xanten'sche Chronik, die sich auch über Ereignisse in Westfalen verbreitete.

F. W. Oligschlaeger.

1) Im Jahre 1803 (berg. Taschenb. f. 1804) zeigte er die Herausgabe seiner „Geschichte der Länder Berg, Jülich, Cleve, Mark und Ravensberg" in acht Bänden, in größtem Octav, auf Subscription an. Das Werk kam aber nicht heraus, und das schätzbare Manuscript, von welchem der achte Band Urkunden und Inschriften alter Denkmäler enthält, ist wohl verloren.

CPSIA information can be obtained
at www.ICGtesting.com
Printed in the USA
LVHW040400200422
716646LV00005B/275

9 783752 595864